TERESA MEDEIROS

Teuflische Küsse

Buch

Eigentlich hätte die schöne, anmutige Laura Fairleigh jeden Grund, endlich irgendeinen ihrer unzähligen Heiratsanträge anzunehmen. Denn nach dem Tod ihrer Gönnerin, die sie vor Jahren als Waise mit ihren zwei kleinen Geschwistern aufgenommen hat, könnte sie Arden House erben. Könnte! Wenn da nicht die verflixte Testaments-Klausel wäre, dass sie bis zu ihrem 21. Lebensjahr verheiratet sein muss. Doch keiner der Verehrer kommt auch nur im Entferntesten dem Mann ihrer Träume nahe – und sie hat nur noch drei Wochen Zeit. Danach erbt das Haus der als »Teufel von Devonbrooke« verschriene Sohn, der zu allem Überfluss sowohl seinen Anspruch als auch die Rückkehr schon angemeldet hat. Inbrünstig betet Laura um ein Wunder – und findet einen hinreißend gut aussehenden, ohnmächtigen jungen Mann im Wald. Ihr Kuss erweckt zwar seine Lebensgeister, nicht aber sein Gedächtnis. Wie praktisch: Kurz entschlossen gibt Laura den jungen Mann als ihren frisch angetrauten Ehemann aus. Jetzt muss Laura zwar nicht mehr befürchten, ihr Heim zu verlieren, aber sie muss den eigentlich gar nicht so unerquicklichen Avancen ihres »Schwindel-Ehemanns« widerstehen – keine leichte Aufgabe, denn der Unbekannte erweist sich als teuflisch guter Küsser. Doch dann fliegt der ganze Schwindel auf …

Autorin

Teresa Medeiros wurde von der Zeitschrift Affaire de Cœur mit dem Preis der »10 besten Romanautorinnen der USA« ausgezeichnet. Sie lebt mit ihrem Mann Michael und vier geliebten und neurotischen Katzen in Kentucky.

Von Teresa Medeiros ist bereits erschienen

Geliebte Rächerin. Roman (35727)
Verzauberte Herzen. Roman (35332)
Wilder als ein Traum. Roman (35312)
Rebellin der Liebe. Roman (35311)

TERESA
MEDEIROS

Teuflische Küsse

Roman

Aus dem Amerikanischen
von Gabi Langmack

BLANVALET

Die Originalausgabe erschien 2001 unter dem Titel
»A Kiss to Remember« bei Bantam Books,
a division of Random House Inc., New York.

Umwelthinweis:
Alle bedruckten Materialien dieses Taschenbuches
sind chlorfrei und umweltschonend.

Blanvalet Taschenbücher erscheinen im Goldmann Verlag,
einem Unternehmen der Verlagsgruppe Random House.

Deutsche Erstveröffentlichung Mai 2002

Umschlaggestaltung: Design Team, München
Umschlagillustration: Agt. Schlück/Daeni
Satz: DTP-Service Apel, Hannover
Druck: Elsnerdruck, Berlin
Verlagsnummer: 35581
Lektorat: Maria Dürig
Redaktion: Petra Zimmermann
Herstellung: Katharina Storz/HN
Made in Germany
ISBN 3-442-35581-8
www.blanvalet-verlag.de

1 3 5 7 9 10 8 6 4 2

Zum Gedenken an meine geliebte Pumpkin – du warst mein Wunderkätzchen, hast mir dreizehn Jahre lang den Schoß und das Herz gewärmt. Ich lege dir noch immer jede Nacht deine Decke hinaus, falls du dich doch entschließt, auf Besuch zu kommen.

Für unseren gütigen Herrn – jeden Morgen bin ich zu dir gekommen, mit vollem Herzen und leeren Händen, und du hast mir größeren Segen beschert als ich tragen konnte.

Und für Michael, der jeden Kuss unvergesslich macht.

Prolog

Sterling Harlow musste sich auf der Ottomane auf die Zehenspitzen stellen, um aus dem Fenster des Salons spähen zu können. Er hätte sich leichter getan, hätte nicht eine mollige gelbe Katze schlapp über seinem Arm gehangen. Sein warmer Atem schlug einen perfekten Kreis auf das kalte Glas. Er wischte ihn gerade noch rechtzeitig mit dem Ärmel ab, um eine elegante Stadtkutsche auf der gebogenen Auffahrt des weiß getünchten Landhauses Halt machen zu sehen. Als ein livrierter Lakai mit Perücke hinten von der Kutsche sprang und sich anschickte, den Schlag zu öffnen, lehnte Sterling sich vor, bis seine Nase das Glas berührte.

»Ich hab noch nie einen echten Duke getroffen, Nellie«, flüsterte er und quetschte aufgeregt die duldsame getigerte Katze, die seine ständige Begleiterin war.

Seit Mama und Papa ihm gesagt hatten, dass sein Großonkel sie mit einem Besuch beehren würde, hatte Sterling von früh bis spät seine Kinderbücher nach dem Bild eines Herzogs durchsucht. Schließlich hatte er entschieden, dass sein Onkel wie eine Kreuzung aus Odysseus und König Artus aussehen musste – gütig, tapfer und nobel, einen roten Samtumhang über die breiten Schultern drapiert und vielleicht sogar mit einem leuchtenden Schwert an der Hüfte.

Sterling hielt den Atem an, als der Schlag aufging. Die Sonne ließ das Wappen auf dem gelackten Tuch blitzen.

»Sterling!« Mutters Stimme prasselte auf seine angespannten Nerven, dass er beinahe von der Ottomane gefallen wäre. Nellie sprang aus seinen Armen und suchte hinter den Vorhängen Zuflucht.

»Komm augenblicklich da herunter! Was soll dein Onkel denken, wenn du ihn angaffst wie einer der Dienstboten?«

Mutter daran zu erinnern, dass sie sich nur eine Bedienstete leisten konnten, wäre unklug, entschied Sterling und hüpfte von der Ottomane. »Der Duke ist hier, Mama! Er ist wirklich da! Und er fährt in einer Kutsche, die von vier weißen Pferden gezogen wird, genau wie Zeus und Apollo!«

»Oder der Teufel«, murmelte sie und leckte sich die Finger, um den Wirbel glatt zu streichen, der sein sonniges Haar ständig heimsuchte.

Sterling versuchte, stillzuhalten, während sie ein paar Katzenhaare von seinem Gehrock klopfte und sein Miniaturhalstuch so fest zurechtzurrte, dass es ihn fast erwürgte. Er wollte sich dem Duke von seiner besten Seite zeigen. Wollte Mama und Papa stolz machen. Vielleicht würde Papa dann nicht mehr so viele Nächte in London verbringen und Mutter sich nicht jeden Abend in den Schlaf weinen. Mehr als einmal hatte ihr gedämpftes Schluchzen ihn letzte Woche geweckt.

»So, jetzt.« Sie trat einen Schritt zurück und betrachtete ihn mit schief gelegtem Kopf. »Ganz der gut aussehende kleine Gentleman.«

Ihr hübsches Gesicht schrumpelte ohne Vorwarnung. Sie drehte sich weg und drückte sich ein Taschentuch an den Mund.

Erschrocken und verwirrt ging Sterling einen Schritt auf sie zu. »Mama? Weinst du?«

Sie scheuchte ihn weg. »Sei nicht albern, ich habe etwas im Auge. Asche vom Küchenfeuer, nehme ich an, oder eines von Nellies Haaren.«

Zum ersten Mal in seinem jungen Leben hatte Sterling seine Mutter im Verdacht zu lügen. Doch bevor er nachhaken konnte, ging die Salontür auf.

Das Herz schlug Sterling bis zum Hals, er vergaß seine Mutter und drehte sich um.

Papa stand unter der Tür, die blau geäderten Wangen so rot wie die Nase. Für gewöhnlich bedurfte es einer Glückssträhne am Spieltisch oder dreier Flaschen Portweins, seine Augen so fiebrig glänzen zu lassen.

»Ellie. Sterling. Es ist mir eine große Ehre, meinen Onkel vorzustellen – Granville Harlow, den sechsten Duke of Devonbrooke.«

Der Herzog drängte ungeduldig Sterlings Vater zur Seite und rauschte, gefolgt von einem hoch gewachsenen Lakaien, in den Salon. Zu Sterlings größter Enttäuschung trug er keinen schneidigen roten Umhang, sondern einen nüchternen schwarzen Gehrock und Kniehosen ohne jede Verzierung. Seine Schultern waren nicht breit, sondern schmal und bucklig, als könnten sie jeden Moment einstürzen. Dicke Brauen überschatteten die farblosen Augen und ein schütterer Kranz weißer Strähnen umrahmte sein glänzendes Haupt.

Sterling stierte die lange Spitznase an, die plötzlich zu zucken begonnen hatte. Der Herzog explodierte in ein gewaltiges Niesen, das alle zusammenfahren ließ.

»Hier ist doch eine Katze, oder?« Die eng stehenden Augen suchten den Salon ab. »Sofort hinaus damit. Ich kann diese widerlichen Kreaturen nicht ausstehen.«

»Ich bedaure unendlich, Euer Gnaden. Hätte ich das gewusst, hätte ich sie zu den anderen Tieren in die Scheune gesperrt.« Sterlings Mutter murmelte unablässig unbeholfene Abbitten, öffnete das Fenster und schubste Nellie unsanft in den Garten hinaus.

Sterling wollte protestieren, doch des Herzogs eisiger Blick nahm ihn ins Visier und ließ ihm die Zunge am Gaumen festfrieren.

»Was für ein Glück, dass Euer Gnaden gerade richtig zur Teestunde angekommen seid.« Ein ängstliches Lächeln trat auf Mutters Lippen. »Ich habe die Köchin angewiesen, eine Auswahl an Erfrischungen –«

»Ich habe keine Zeit für Lustbarkeit und Trödelei«, sagte der Herzog scharf und zermalmte Mutters Lächeln. »Ich muss so schnell wie möglich nach London zurück. Ein Mann in meiner Position hat wichtigere Geschäfte zu besorgen als dies hier.«

Als der Duke auf ihn zukam, begann Sterlings Nase zu jucken. Der alte Mann roch noch unangenehmer, als er aussah – wie mottenzerfressene Unterwäsche, die jahrhundertelang auf dem Speicher gelegen hatte.

»Ist das der Junge?«, kläffte er.

Vater trat an Mutters Seite und legte den Arm um sie. »Ja, Euer Gnaden. Das ist unser Sterling.«

Sterling schreckte zurück, als der Herzog sich hinab beugte und sich sein Gesicht besah. Die vernichtende Biegung seiner dünnen Unterlippe zeigte klar, dass ihn nicht gerade erfreute, was er da sah. »Ein bisschen klein für sein Alter.«

Papa lachte eine Spur zu herzlich. »Er ist erst sieben, Mylord. Und ich selbst war auch eine Art Spätentwickler.«

Der Herzog zog Sterling am Ohr, und Sterling war dankbar, dass er nicht vergessen hatte, sich hinter den Ohren zu waschen. Bevor er sich noch von der Schmach erholt hatte, zogen die knochigen Finger schon seine Unterlippe nach vorne, und der Herzog begutachtete seine Zähne.

Sterling wich zurück und schaute den Herzog fassungslos an. Er hätte ihn am liebsten gebissen, doch er fürchtete, der Alte könne noch schlechter schmecken, als er roch.

Mutter gehorchte Vaters angelegentlichem Schubs und trat

einen Schritt vor. »Er ist ein folgsamer Junge, Mylord. Und er hat ein freundliches, freigebiges Herz. Ich nenne ihn immer nur meinen kleinen Engel.«

Der Herzog machte schnaubend klar, dass er auf derartige Eigenschaften keinen größeren Wert legte.

Mutter wrang mit den Händen ihren Rock. »Er ist aber auch teuflisch klug. Ich habe nie einen jungen Burschen erlebt, der einen solchen Sinn für Buchstaben und Zahlen gehabt hätte.«

Der Duke umkreiste Sterling, der sich vorkam wie ein saftiges Stück verdorbenen Fleischs unter den hungrigen Augen eines Aasgeiers. Es war beängstigend still, bis der Alte schließlich stehen blieb und auf den Absätzen wippte. »Ich habe schon genug meiner wertvollen Zeit vergeudet. Er wird reichen müssen.«

Mutters Hand flog an ihren Mund. Vater machte ein erleichtertes Gesicht.

Heiße Verzweiflung ließ endlich Sterlings Zunge auftauen. »Reichen? Wem soll ich was reichen? Ich versteh das nicht. Wovon redet er denn? Papa? Mama?«

Papa strahlte ihn an. »Wir haben eine wundervolle Überraschung für dich, Sohn. Dein Onkel Granville hat großzügiger Weise zugestimmt, dich zu seinem Erben zu machen. Du wirst jetzt *sein* kleiner Junge sein.«

Sterling schaute verstört zwischen seinen Eltern hin und her. »Ich will aber nicht *sein* kleiner Junge sein. Ich will *euer* kleiner Junge sein.«

Das gelbzahnige Lächeln seines Onkels war bedrohlicher als jeder finstere Blick. »Er wird nicht lange irgendjemandes kleiner Junge sein. Ich halte nichts davon, Kinder zu verhätscheln. Ich mache in null Komma nichts einen Mann aus ihm.«

Sterlings Vater schüttelte betrübt den Kopf. »Du musst wissen, Sterling, Lord Devonbrookes Gemahlin ist in den Himmel gegangen.«

»Um von ihm wegzukommen?« Sterling sah seinen Onkel angriffslustig an.

Sein Vater zog drohend die Brauen zusammen. »Sie ist in den Himmel gegangen, weil sie krank war. Unglücklicherweise ist sie gestorben, bevor sie ihm einen Sohn schenken konnte. Er ist nicht mit einem eigenen kleinen Jungen gesegnet, so wie wir.«

»Diese willensschwache Gans hat mich mit einer Tochter zurückgelassen«, geiferte der Herzog. »Einer Tochter! Mir nützt der Fratz wenig, aber dir kann sie Gesellschaft leisten.«

»Hast du das gehört, Sterling?« Mama klammerte sich mit weißen Fingerknöcheln an Papas Hand. »Du wirst eine Schwester haben. Ist das nicht wunderbar? Und du wirst in einer prächtigen Villa in London leben, mit vielen Spielsachen und einem eigenen Pony. Du wirst die beste Erziehung bekommen, und wenn du alt genug bist, wird dein Onkel dich auf Bildungsreisen nach Europa schicken. Es wird dir nie mehr an irgendetwas fehlen.« Die Tränen liefen ihr die Wangen hinunter. »Und eines Tages –« Sie schaute den Herzog ängstlich an und setzte hinzu: »Natürlich erst in vielen, vielen Jahren … wirst *du* der Duke of Devonbrooke sein.«

»Ich will aber kein Duke sein«, sagte Sterling finster, während auch seine Schultern zu beben begannen. »Und ich werd auch keiner. Ihr könnt mich nicht zwingen!«

Sterling dachte nur noch an Flucht, schoss um seinen Onkel herum und sprintete zur Tür. Aber er hatte nicht an den Lakaien gedacht. Der Mann fing ihn ab und klemmte ihn sich unter den Arm, als sei er ein Weihnachtsschinken.

Sterling kratzte und strampelte in Panik, taub für jeden Laut, nur für sein eigenes Geschrei nicht.

Bis er die Münzen klimpern hörte.

Sterling verstummte, zwinkerte die Tränen fort und sah seinen Vater eine dicke Börse umklammern, die der Herzog ihm gerade zugeworfen hatte.

Die Augen des Alten glitzerten triumphierend und gehässig. »So wie wir es vereinbart haben, Neffe. Die Schenkungsurkunde für Arden Manor ist mit dabei. Welche Wendungen dein Glück an den Spieltischen auch nimmt, du musst nie mehr Angst haben, dass deine Gläubiger dich auf die Straße setzen.«

Als Sterling zu verstehen begann, wurde er vollkommen ruhig.

Sie hatten ihn verkauft. Seine Eltern verkauften ihn an diesen abstoßenden alten Mann mit den kalten Augen und den gelben Zähnen.

»Lass mich herunter.«

Seine Worte hallten durch den Salon und brachten alles zum Erliegen. Sterling legte eine derartige Autorität an den Tag, dass noch nicht einmal der ungeschlachte Lakai sich zu widersetzen wagte. Sterling kam ungelenk auf die Füße, die Augen nicht mehr feucht, sondern trocken und brennend.

Granville Harlows Mundwinkel zuckten widerwillig vor Bewunderung. »Ich habe nichts dagegen, wenn ein junger Bursche ein wenig Temperament zeigt. Jetzt wo du mit deinem theatralischen Getue fertig bist, darfst du deinen Eltern Lebewohl sagen.«

Mutter und Vater kamen auf ihn zu, schüchtern, als seien sie Fremde. Mutter ging an der Tür neben ihm auf die Knie, Vaters Hand auf ihrer Schulter und breitete die Arme aus.

Sterling wusste, dass es die letzte Chance war, sie zu umarmen und sein Gesicht an ihrem weichen Busen zu vergraben. Die letzte Chance, die Augen zuzumachen und tief den Orangenblütenduft zu atmen, der in den glänzenden, kastanienbraunen Stopsellocken an ihren Schläfen hing. Ihr ersticktes

Weinen traf ihn ins Mark, doch er ging wortlos an ihr vorbei zur Tür hinaus, die schmalen Schultern gestrafft, als sei er bereits der Duke of Devonbrooke.

»Eines Tages wirst du es verstehen«, rief sein Vater ihm hinterher. »Eines Tages wirst du wissen, dass wir nur getan haben, was das Beste für dich war.«

Das zerrissene Schluchzen seiner Mutter verklang, als Sterling sich in die Ecke der Kutsche drückte. Sein Onkel stieg ein, und die Kutsche setzte sich in Bewegung. Das Letzte, was Sterling sah, war Nellie, die auf dem Fenstersims vorm Salon saß und ihm verloren nachschaute.

ERSTER TEIL

Der Teufel hat eben nicht,
so voll sein Köcher auch sei,
einen Pfeil für die Herzen
oder eine Stimme, so süß.

George Noel Gordon
Lord Byron

KAPITEL 1

Mein geliebter Junge, meine Hände zittern,
während ich diesen Brief schreibe ...

Der Teufel war nach Devonbrooke Hall gekommen.

Nicht gezogen von vier weißen Pferden oder in einen Pesthauch aus Schwefel gehüllt, sondern mit den honiggoldenen Locken und den engelsgleichen Gesichtszügen eines Sterling Harlow, des siebten Duke of Devonbrooke. Er schritt die marmornen Flure des palastartigen Herrenhauses entlang, das er die letzten einundzwanzig Jahre lang sein Zuhause genannt hatte, zwei gescheckte Mastiffs auf den Fersen, deren löwenhafte Anmut seiner eigenen entsprach.

Er befahl den Hunden mit nachlässiger Handbewegung, stehen zu bleiben, öffnete die Tür des Studierzimmers, lehnte sich an den Türstock und fragte sich, wie lange seine Cousine wohl noch vorgeben würde, seine Anwesenheit nicht zu bemerken.

Ihre Feder kratzte ungerührt ein paar Minuten lang über die Seiten des Hauptbuchs, bis der vehemente Querbalken eines T einen unschönen Tintenfleck auf dem Papier hinterließ. Sie gab sich seufzend geschlagen und schaute ihn über den Rand ihres drahtgefassten Binokels an. »Ich sehe, Napoleon hat es nicht geschafft, dir irgendwelche Manieren beizubringen.«

»Andersherum«, erwiderte Sterling träge lächelnd. »Ich habe ihm das eine oder andere beigebracht. Es heißt, dass er nur deshalb nach Waterloo abgedankt hat, weil er mich loswerden wollte.«

»Jetzt, da du wieder in London bist, könnte ich mir vorstellen, ihm im Exil Gesellschaft zu leisten.«

Während Sterling den Raum durchquerte, hielt sich seine Cousine so starr wie eine Schneiderpuppe. Seltsam genug, aber Diana war vermutlich die einzige Frau in ganz London, die hinter dem prächtigen, lederbelegten Mahagonischreibtisch nicht deplatziert wirkte. Wie üblich mied sie das jungfräuliche Weiß und die blassen Pastelltöne, die die Schönheiten Londons derzeit favorisierten und hatte sich für würdevolles Weinrot und Waldgrün entschieden. Ihr dunkles Haar war zu einem einfachen Knoten zurückgekämmt, was den eleganten Haaransatz betonte.

»Bitte, schmolle nicht, liebe Cousine«, murmelte er und beugte sich hinab, um sie auf die Wange zu küssen. »Ich kann die Missbilligung der ganzen Welt ertragen, aber deine zerreißt mir das Herz.«

»Könnte gut sein, falls du eines hättest.« Sie legte den Kopf schief, damit er sie küssen konnte, der harte Mund ein wenig weicher. »Ich hörte, du seiest schon vor über einer Woche zurückgekehrt. Ich nehme an, du hast dich einmal mehr bei diesem Halunken Thane aufgehalten.«

Sterling ignorierte den ledernen Ohrensessel neben sich, kam um den Schreibtisch herum und setzte sich halb auf die Tischecke. »Er hat dir nie wirklich vergeben, dass du die Verlobung gelöst hast. Er behauptet, du hättest ihm das Herz gebrochen und grausam seinen Charakter verunglimpft.«

Auch wenn sich Diana um einen unbeteiligten Tonfall mühte, ein zartes Rosa färbte ihr doch die Wangen. »Es war nicht der Charakter deines Freundes, der mir Probleme bereitet hat, sondern vielmehr das Fehlen eines solchen.«

»Trotzdem hat all die Jahre lang keiner von euch beiden geheiratet. Ich fand das immer etwas … merkwürdig.«

Diana nahm das Binokel ab und schaute ihn frostig an. »Ich lebe lieber ohne Mann, als einen Knaben zu heiraten.« Als hätte sie zu viel preisgegeben, schob sie die Augengläser zurück und wischte geschäftig den Tintenüberschuss von der Spitze ihrer Schreibfeder. »Ich bin sicher, dass im Vergleich zu deinen Eskapaden sogar Thanes verblassen. Wie ich höre, warst du immerhin lange genug in London, um dich viermal zu duellieren, deiner Gewinnsumme das Familienvermögen drei junger Gecken einzuverleiben und ein ganzes Sortiment unschuldiger Herzen zu brechen.«

Sterling warf ihr einen vorwurfsvollen Blick zu. »Wann lernst du endlich, nicht auf rücksichtslosen Klatsch zu hören? Ich habe lediglich zwei Burschen am Arm verletzt, von einem anderen den Familiensitz gewonnen und ein einziges Herz angekratzt, das sich als weit weniger unschuldig erwiesen hat, als man mir hat weismachen wollen.«

Diana schüttelte den Kopf. »Jede Frau, die dumm genug ist, dir ihr Herz zu schenken, hat es sowieso nicht besser verdient.«

»Spotte du nur, wenn dir danach ist, aber jetzt wo der Krieg vorbei ist, habe ich tatsächlich die Absicht, ernsthaft nach einer Braut zu suchen.«

»Dieses bisschen von einer Neuigkeit wird jeder ehrgeizigen Schönheit und jeder Ehe stiftenden Mutter in dieser Stadt das Herz wärmen. Erzähl doch, woher die plötzliche Sehnsucht nach Heim und Herd?«

»Ich brauche einen Erben, und anders als der gute alte Onkel Granville, Gott sei seiner schwarzen Seele gnädig, habe ich nicht die Absicht, mir einen zu kaufen.«

Ein markerschütterndes Knurren dröhnte durch den Raum, als hätte die Erwähnung seines Onkels eine unirdische Erscheinung auf den Plan gerufen. Sterling spähte nach hinten über den Schreibtisch, wo die Mastiffs angespannt irgendetwas anstarrten.

Diana lehnte sich langsam zurück und ließ die niedliche weiße Katze sehen, die sich auf ihrem Schoß zusammengerollt hatte.

Sterling setzte eine finstere Miene auf. »Sollte die nicht in der Scheune sein? Du weißt, ich kann diese Kreaturen nicht ausstehen.«

Diana bedachte Sterling mit ihren eigenen katzenhaften Lächeln und streichelte die Katze unter dem flaumigen Kinn. »Ja, weiß ich.«

Sterling seufzte. »Runter, Caliban. Runter, Cerberus.« Als sich die Hunde schmollend auf den Kaminvorleger stahlen, sagte er: »Ich weiß nicht, warum ich mir eigentlich die Mühe gemacht habe, in den Krieg zu ziehen und gegen die Franzosen zu kämpfen, wenn ich genauso gut hätte hier bleiben können, um dich zu bekriegen.«

In Wirklichkeit wussten sie beide, warum er gegangen war.

Sterling hatte schnell herausgefunden, warum sein Onkel nichts dagegen hatte, wenn ein junger Bursche ein wenig Temperament zeigte. Weil der alte Teufel nämlich ein grausames Vergnügen daran fand, einem dieses Temperament auszuprügeln. Sterling hatte die Bemühungen seines Onkels, ihn zum nächsten Duke of Devonbrooke zu formen, stoisch ertragen. Bis er siebzehn Jahre alt geworden war und – ganz wie sein Vater – innerhalb von acht Monaten dreimal so viele Zentimeter in die Höhe geschossen war.

Er würde nie die kalte Winternacht vergessen, als er sich umgedreht und seinem Onkel den Rohrstock aus den knorrigen Fingern gerissen hatte. Der alte Mann hatte vor Angst gezittert und gewartet, dass die Hiebe ihn trafen. Sterling hätte immer noch nicht sagen können, ob es Verachtung für seinen Onkel war oder ob er sich selbst angewidert hatte, jedenfalls hatte er den Rohrstock in zwei Teile gebrochen, ihn seinem Onkel vor die Füße geworfen und war gegangen. Der alte Mann hatte nie mehr Hand an ihn gelegt. Ein paar Monate später hatte Sterling Devonbrooke verlassen. Er hatte die Bildungsreise, die sein Onkel für ihn geplant hatte, in den Wind geschlagen und stattdessen zehn Jahre lang die Schlachtfelder Napoleons bereist. Häufige Besuche in London, wo er ebenso hart spielte wie er zu kämpfen pflegte, hatten seine kometenhafte Militärkarriere akzentuiert.

»Du könntest langsam daran denken, nach Hause zu kommen«, sagte Diana. »Mein Vater ist schon seit über sechs Jahren tot.«

Sterling schüttelte bedauernd den Kopf. »Manche Gespenster lassen sich einfach nicht zur letzten Ruhe betten.«

»Wie ich sehr wohl weiß«, erwiderte sie mit in die Ferne schweifendem Blick.

Kein einziges Mal hatte sein Onkel sie den Rohrstock spüren lassen. Als Mädchen war sie nicht einmal dieser Aufmerksamkeit würdig gewesen.

Sterling wollte nach ihrer Hand greifen, doch sie war schon dabei, einen zusammengefalteten, cremefarbenen Briefbogen unter dem Tintenlöscher herauszuziehen. »Das hier ist vor fünf Monaten mit der Post gekommen. Ich hätte es dir zu deinem Regiment nachgeschickt, aber …« Ihr anmutiges Achselzucken sprach Bände.

Sterling bestätigte ihre Einschätzung, indem er eine Schublade aufzog, um das Schreiben auf einen Stapel identischer Briefe zu werfen – alle adressiert an Sterling Harlow, Lord Devonbrooke, alle ungeöffnet. Auch wenn der Duft von Orangenblüten dem Briefbogen noch anhaftete, er trug nicht die leicht verschnörkelte Handschrift, mit der Sterling gerechnet hatte. Ein leichter Schauer, sanft wie der Atemhauch einer Frau, ließ ihm die Nackenhaare zu Berge stehen.

»Mach ihn auf«, kommandierte er und drückte Diana den Bogen wieder in die Hand.

Diana schluckte. »Bist du sicher?«

Er nickte knapp.

Dianas Hände zitterten, als sie einen Brieföffner mit Elfenbeingriff unter das wächserne Siegel schob und den Bogen auffaltete. »Geehrter Lord Devonbrooke«, begann sie leise vorzulesen. »Ich bedaure, Ihnen mitteilen zu müssen, dass Ihre Mutter in eine andere, gütigere Welt gegangen ist.« Diana zögerte kurz, las dann aber widerwillig weiter. »Obwohl Sie es die ganzen Jahre lang vorgezogen haben, die wiederholten Bitten Ihrer Mutter um Aussöhnung zu ignorieren, ist sie doch mit Ihrem Namen auf den Lippen gestorben. Ich glaube zuversichtlich, dass diese Nachricht Ihnen keinerlei übertriebenen Kummer bereiten wird. Ihre ergebene Dienerin, Miss Laura Fairleigh.«

Diana senkte langsam den Bogen auf den Schreibtisch und nahm die Augengläser ab. »Oh, Sterling. Es tut mir so Leid.«

An seinem Unterkiefer zuckte nur kurz einmal ein Muskel. Wortlos nahm er Diana den Brief ab, warf ihn in die Schublade und schob sie zu. Allein der Duft von Orangenblüten hing noch in der Luft.

Ein Lächeln verbog ihm die Lippen und ließ jenes Grübchen auf seiner rechten Wange tiefer werden, das seinen Gegenspielern – egal, ob am Spieltisch oder auf dem Schlachtfeld – jedes Mal das kalte Grausen einjagte. »Diese Miss Fairleigh scheint mir alles andere als ›ergeben‹. Wer ist dieses freche, junge Ding, dass sie es wagt, den mächtigen Duke of Devonbrooke zu tadeln?«

Er wartete ab, während Diana eines der ledergebundenen Bücher konsultierte. Seine Cousine führte peinlich genau über alles Buch, was einst ihrem Vater gehört hatte, nun aber Sterlings Eigentum war.

»Sie ist die Tochter eines Geistlichen. Eine Waise. Deine Mutter hat sie vor sieben Jahren bei sich aufgenommen, zusammen mit ihren jüngeren Geschwistern. Nachdem ihre Eltern bei einem unglückseligen Feuer ums Leben gekommen sind, bei dem das Pfarrhaus zerstört worden ist.«

»Wie überaus wohltätig von ihr.« Sterling schüttelte sarkastisch den Kopf. »Eine Pfarrerstochter. Ich hätte es wissen müssen. Es geht doch nichts über die rechtschaffene Empörung einer armen, irregeleiteten Närrin, die Gott an ihrer Seite wähnt.« Er klaubte einen Briefbogen aus einer Teakholzablage und schob ihn Diana hin. »Du verfasst sofort ein Sendschreiben. Du teilst dieser Miss Fairleigh mit, dass der Duke of Devonbrooke in einem Monat in Hertfordshire eintreffen wird, um sein Erbe in Besitz zu nehmen.«

Diana schaute ihn entgeistert an und ließ das Buch zufallen. »Das kannst du nicht ernst meinen.«

»Und warum nicht? Meine Eltern sind beide tot. Damit gehört Arden Manor mir – oder vielleicht nicht?«

»Und was hast du mit diesen Waisenkindern vor? Willst du sie auf die Straße setzen?«

Er strich sich das Kinn. »Mein Rechtsanwalt soll eine neue Bleibe für sie suchen. Sie werden mir für meine Großzügigkeit noch dankbar sein. Schließlich widerfährt drei Kindern, die man zu lange sich selbst überlässt, nur allzu leicht ein Unheil.«

»Miss Fairleigh ist kein Kind mehr«, erinnerte ihn Diana. »Sie ist eine erwachsene Frau.«

Sterling zuckte die Achseln. »Dann finde ich ihr einen Ehemann – irgendeinen Unteroffizier oder einen Anwaltsschreiber, dem es nichts ausmacht, ein freches, junges Ding zur Braut zu nehmen, wenn er sich damit bei mir lieb Kind machen kann.«

Diana schlug sich die Hand auf die Brust und funkelte ihn an. »Du bist ein solcher Romantiker. Es wärmt mir das Herz.«

»Und du bist ein unverbesserlicher Drachen«, gab Sterling zurück und zwickte sie in die Patriziernase.

Er erhob sich. Die elegante Bewegung ließ die Mastiffs aufmerken. Diana wartete ab, bis er, die Hunde auf den Fersen, an der Tür war. Dann sagte sie leise: »Ich verstehe es immer noch nicht, Sterling. Arden ist nur ein bescheidenes Anwesen auf dem Land, kaum mehr als ein kleines Landhaus. Warum solltest du es in Besitz nehmen wollen, wo du ein Dutzend riesiger Besitztümer hast, die du noch kein einziges Mal besucht hast?«

Er zögerte, die Augen freudlos. »Meine Eltern haben meine Seele verkauft, um die Eigentumsurkunde für dieses Haus zu bekommen. Vielleicht will ich nur selbst herausfinden, ob es diesen Preis wert war.«

Er deutete eine Verbeugung an und schloss hinter sich die Tür. Diana blieb zurück, die Katze auf ihrem Schoß streichelnd und die Stirn in nachdenkliche Falten gelegt.

»Seelenloser Teufel! Abscheuliche Kröte! Trüffelschnüffelndes Männerschwein! Oh, welch erbärmliches Scheusal!«

George und Lottie bestaunten mit offenen Mündern die im Salon auf und ab stürmende Laura. Einen dermaßen beeindruckenden Wutanfall hatten sie bei ihrer ausgeglichenen Schwester noch nicht erlebt. Sogar das dicke, braune Haar, das am Scheitel zu einem festen Knoten geschlungen war, bebte vor Entrüstung. Laura drehte sich im Kreis und wedelte mit dem Brief in ihrer Hand. Der teure Briefbogen war jämmerlich zerknüllt, so oft, wie sie ihn in der Faust zusammengepresst hatte, seit er am Morgen mit der Post gekommen war. »Noch nicht einmal den simplen Anstand, selbst zu schreiben, hat er. Seine Cousine hat er schreiben lassen! Ich kann dieses herzlose Ungeheuer richtig sehen. Wie er sich vor gieriger Vorfreude die kleinen, fetten Hände reibt und darüber nachdenkt, wie er uns das Dach überm Kopf wegschnappt. Kein Wunder, dass sie ihn den Teufel von Devonbrooke nennen!«

»Aber Lady Eleanor ist doch schon vor fünf Monaten gestorben«, sagte George. »Warum hat er so lange damit gewartet, sich mit uns in Verbindung zu setzen?«

»Aus diesem Brief geht hervor, dass er die letzten paar Monate außer Landes war«, erwiderte Laura. »Auf dem Kontinent wahrscheinlich, wo er sich ohne Zweifel den schamlosen Vergnügungen eines jeden maßlosen Wüstlings hingegeben hat.«

»Ich wette, er ist ein Zwerg«, mutmaßte Lottie.

»Oder ein buckliger Troll mit schiefen Zähnen und einem unersättlichen Appetit auf zehnjährige Gören.« George machte Klauenhände und torkelte auf Lottie zu, was ihr ein schrilles Gekreisch entlockte, das die Kätzchen, die zwischen ihren Unterröcken geschlafen hatten, in alle Himmelsrichtungen über den schäbigen Teppich flüchten ließ. Lottie ging nirgendwo hin, ohne ein ganzes Rudel von Katzenkindern im Schlepptau zu haben. Es gab Zeiten, da hätte Laura geschworen, dass ihre kleine Schwester die Kleinen selber warf.

Laura musste einen ungelenken Hüpfer tun, um nicht über eines der Kätzchen zu stolpern. Anstatt das Weite zu suchen, ließ sich die gelb getigerte Mieze aufs Hinterteil fallen und leckte sich hochmütig die Pfote, als sei der Beinahezusammenstoß allein Lauras Schuld gewesen.

»Du brauchst gar nicht so blasiert zu schauen«, informierte sie das kleine Kätzchen. »Falls man uns von hier vertreibt, wirst du bald Feldmäuse fressen müssen, anstelle des feinen, saftigen Bücklings, den du so gern hast.«

George sank ernüchtert neben Lottie auf der Polsterbank zusammen. »Kann er uns wirklich vor die Tür setzen? Und wenn er es tut, was wird dann aus uns?«

Lauras Gelächter hatte wenig mit Amüsement zu tun. »Oh, wir brauchen uns keine Sorgen zu machen. Hört euch das an –« Sie las verächtlich vor: »›Lord Devonbrooke bittet Sie um Vergebung. Er bedauert aufrichtig, seine Pflichten so lange vernachlässigt zu haben. Als neuer Hausherr auf Arden Manor wird er es mit Freuden auf sich nehmen, für anderweitige Unterbringung zu sorgen.‹« Sie zerknüllte einmal mehr den

Brief. »Anderweitige Unterbringung, ach ja! Wahrscheinlich hat er vor, uns ins Arbeitshaus zu werfen.«

»Arbeiten hat mir aber nie besonders gefallen. Ich glaube, ich möchte lieber auf die Straße gesetzt werden«, sagte Lottie gedankenverloren. »Ich würde eine herzzerreißende Bettlerin abgeben, meint ihr nicht? Könnt ihr euch nicht vorstellen, wie ich an einer verschneiten Straßenecke stehe, eine Blechtasse in den erfrorenen Fingern?« Sie seufzte gedehnt. »Ich würde mit jedem lieben Tag blasser und dünner werden, bis ich schließlich in den Armen eines gut aussehenden, aber gefühlskalten Fremden an Schwindsucht dahinscheiden würde.« Sie illustrierte ihre Ausführungen, indem sie sich auf die Polsterbank zurücksinken ließ, einen kleinen, pummeligen Handrücken an die Stirn gelegt.

»Das Einzige, an dem du noch dahinscheiden wirst, sind die Unmengen von Cookies Teekuchen, die du verschlingst«, murmelte George.

Lottie lebte wieder auf und streckte ihm die Zunge heraus.

George sprang auf und raufte sich das rotblonde Haar aus den haselnussbraunen Augen. »Jetzt weiß ich es! Ich fordere den Schuft zum Duell! Er wird es nicht wagen abzulehnen. Ich werde im Dezember schließlich dreizehn – fast schon ein Mann.«

»Die Aussicht, kein Dach über dem Kopf zu haben *und* einen toten Bruder dazu, macht mich kein bisschen glücklicher«, sagte Laura grimmig und drückte ihn wieder auf die Bank hinunter.

»Wir könnten ihn umbringen«, schlug Lottie begeistert vor. Frühreife Leserin von Schauerromanen, die sie nun mal war, sehnte sie sich geradezu danach, jemanden zu ermorden, seit sie Mrs Radcliffes *The Mysteries of Udolpho* gelesen hatte.

Laura schnaubte. »So gefühllos, wie er all die Jahre lang die Briefe seiner Mutter ignoriert hat, wird es dazu vermutlich einer silbernen Gewehrkugel oder eines Pflocks durchs Herz bedürfen.«

»Ich versteh nicht, wie er uns rauswerfen kann, auf unsere Ärsche –«, sagte George, fing sich einen warnenden Blick Lauras ein und räusperte sich, »- auf unsere *Ohren*, wenn uns doch Lady Eleanor versprochen hat, dass Arden Manor immer unser Zuhause bleibt.«

Laura ging zum Fenster, zog eine der Spitzengardinen zurück und mied den schlauen Blick ihres Bruders. »Ich habe euch das noch nicht gesagt, weil ich nicht wollte, dass ihr beiden euch Sorgen macht, aber Lady Eleanors Zusage ist geknüpft an eine gewisse ... *Bedingung*.«

George und Lottie wechselten einen besorgten Blick, bevor sie gleichzeitig fragten: »An welche?«

Laura schaute die beiden an, und die Wahrheit sprudelte ihr in einem Sturzbach über die Lippen. »Um Arden Manor zu erben, muss ich vor meinem einundzwanzigsten Geburtstag verheiratet sein.«

Lottie schnappte nach Luft, während George ächzte und sein Gesicht in den Händen vergrub.

»Ihr braucht nicht so entsetzt dreinzuschauen«, schniefte Laura. »Das ist reichlich unverschämt von euch.«

»Aber du hast schon ein Dutzend Heiratsanträge abgewiesen, von jedem ledigen Mann im Dorf«, führte George aus. »Du hast gewusst, dass Lady Eleanor nicht gebilligt hat, wie wählerisch du bist. Deshalb hat sie wahrscheinlich versucht, dich zum Handeln zu zwingen.«

»Tooley Grantham ist der Gefräßigkeit verfallen.« Lottie zählte an dicklichen, kleinen Fingern Lauras Vorbehalte gegenüber potenziellen Freiern ab. »Wesley Trumble ist zu behaart. Huey Kleef schlürft beim Essen. Und Tom Dillmore hat ständig kleine Dreckspuren in den Nackenfalten und hinter den Ohren.«

Laura schauderte. »Ihr wollt also, dass ich den Rest meines Lebens mit irgendeinem ungeschlachten Bären von Mann verbringe, der keine Tischmanieren hat und einen Abscheu vorm Baden.«

»Es wäre aber vielleicht besser, als ein Leben lang auf einen Mann zu warten, den es gar nicht gibt«, sagte George finster.

»Du weißt, dass ich immer davon geträumt habe, einmal einen Mann zu heiraten, der Papas Arbeit in der Pfarrgemeinde weiterführt. Die meisten Männer im Dorf können nicht einmal lesen. Und lernen wollen sie es auch nicht.«

Lottie wickelte sich eine lange, goldene Locke um den Finger. »Wie schade, dass ich nicht die ältere Schwester bin. Wäre natürlich ein großes Opfer, aber ich wäre vollkommen willens, wegen des Geldes zu heiraten und nicht wegen der Liebe. Dann könnte ich mich immer um George und dich kümmern. Und es würde mir auch nicht schwer fallen, mir einen reichen Ehemann zu angeln. Aus mir wird nämlich ganz die unvergleichliche Schönheit, müsst ihr wissen. Alle sagen das.«

»Du bist längst schon die unvergleichliche Ziege«, murmelte George. Er schaute Laura anklagend an. »Du hättest früher sagen können, dass du einen Ehemann brauchst. Solange noch Zeit war, einen zu finden, der deinen hohen Ansprüchen genügt.«

Laura plumpste auf die quietschende Ottomane und stützte das Kinn in die Hand. »Woher sollte ich wissen, dass irgendjemand außer uns dieses heruntergekommene, alte Haus haben will? Ich habe geglaubt, wir könnten hier einfach so weiterleben, ohne dass irgendwer es bemerkt.«

Unvergossene Tränen brannten in ihren Augen. Das Sonnenlicht, das durch die Ostfenster fiel, unterstrich nur noch die vornehme Schäbigkeit des Salons. Die Petit-point-gestickten Rosen auf den Kissen der Polsterbank waren längst zu wässrigem Rosa verblasst. Unansehnliche Schimmelflecken verunstalteten den Stuckfries über der Tür, ein modriger Stapel ledergebundener Bücher unterstützte das abgebrochene Bein des Pianoforte. Arden Manor mochte ein heruntergekommenes Landhaus sein, nur noch der Schatten seines einstigen Glanzes, aber den dreien war es ein Zuhause.

Das einzige Zuhause, das sie kannten, seit sie vor über sieben Jahren ihre Eltern verloren hatten.

Laura begriff langsam, dass die niedergeschlagenen Mienen ihrer Geschwister ihrer eigenen glichen. Sie erhob sich und zwang sich zu lächeln. »Kein Grund, so lange Gesichter zu machen. Wir haben noch einen ganzen Monat Zeit, bis dieser teuflische Lord hier ankommt.«

»Aber wir haben nur noch ein bisschen mehr als drei Wochen bis zu deinem Geburtstag«, erinnerte sie George.

Laura nickte. »Ich gebe zu, die Lage scheint hoffnungslos zu sein, aber wir müssen immer daran denken, was Papa uns gelehrt hat – beten und beharrlich sein, dann beschenkt uns der liebe Gott.«

»Und worum sollen wir Ihn bitten?«, fragte Lottie eifrig und sprang auf.

Laura sann lange über die Antwort nach, ihr gottesfürchtiges Wesen im Widerstreit mit den entschlossen leuchtenden Augen. »Um einen Mann.«

KAPITEL 2

Es scheint mir Ewigkeiten her zu sein,
dass ich dein süßes Gesicht zum letzten Mal sah …

Sterling Harlow war auf dem Weg nach Hause.

Als er diesen Morgen Thanes Stallburschen herbeizitiert hatte, um das Pferd zu satteln, hätte er geschworen, dass er einfach nur im Hyde Park ausreiten würde. Er hatte wirklich geglaubt, nichts Dringlicheres im Sinn zu haben als ein beiläufiges Lächeln, ein kurzes Tippen an den Hut beim Flirt mit den Damen, die ihm unterwegs ins Auge fielen. Dem würde, wie immer, ein herzhafter Lunch folgen, ein nachmittägliches Nickerchen und eine Nacht an den Spieltischen bei Whites oder Watiers.

Was keine Erklärung dafür war, dass er sein Pferd in einen fiebrigen, kurzen Galopp getrieben und die überfüllten Gassen Londons hinter sich gelassen hatte. Nun befand er sich auf einer offenen Landstraße.

Hecken und steinerne Mauern flogen vorbei, rahmten das satte Grün der wogenden Wiesen. Der Sommerhimmel war von blendendem Blau, die Wolken grasten wie flaumige Lämmer auf einem Feld aus Azur. Frische Luft flutete in seine Lungen, blies den Ruß der Stadt hinaus und ließ ihn sich trunken fühlen, bedenklich trunken.

Er war fast eine ganze Stunde lang dahingejagt, bevor er begriff, welches Gefühl ihn trieb.

Er war zornig. Zornig bis zum Wahnsinn.

Geschockt parierte er die Stute zum Trab durch. Er hatte einundzwanzig Jahre lang Zeit gehabt, jene unterkühlte Distanziertheit zu perfektionieren, die einem Mann seines Rangs geziemte. Und ein frömmelndes Landei hatte zwei Minuten gebraucht, sie zu zerstören.

Drei Tage war es her, dass er ihren Brief in Dianas Schreibtischschublade geworfen hatte, um ihn nie mehr sehen, geschweige denn lesen zu müssen. Aber ihre Stimme hallte immer noch in seiner Erinnerung wider – giftig und affektiert im Bemühen, jene Gewissensbisse zu erwecken, die er jahrelang mit Gleichgültigkeit übertüncht hatte.

Obwohl Sie es die ganzen Jahre lang vorgezogen haben, die wiederholten Bitten Ihrer Mutter um Aussöhnung zu ignorieren, ist sie doch mit Ihrem Namen auf den Lippen gestorben. Ich glaube zuversichtlich, dass diese Nachricht Ihnen keinerlei übertriebenen Kummer bereiten wird.

Sterling schnaubte. Ob es Miss Laura Fairleigh wohl Überwindung gekostet hatte, sich zu Mutters Fürsprecherin zu machen? Nun, immerhin hatte Mutter ihr ein Zuhause gegeben.

Ihm hatte sie seines genommen.

Es war ihm ein Leichtes, sich die selbstgerechte Tugendwächterin vorzustellen, wie sie es sich in Arden Manors gemütlichem Salon bequem machte. Sie hatte vermutlich an dem Sekretär aus Rosenholz gesessen, als sie den Brief geschrieben hatte. Die Feder zwischen die geschürzten Lippen geklemmt, auf der Suche nach der vernichtendsten Formulierung. Er konnte sogar ihre geschniegelten Geschwister sehen, wie sie an ihrem Ellenbogen hingen und sie baten, den Brief laut vorzulesen. Damit sie sich über ihn lustig machen konnten.

Vielleicht hatten sie sich im sanften Schein der Lampe um Mutters geliebtes Pianoforte versammelt, nachdem das Sendschreiben peinlich genau mit Wachs versiegelt war. Um Lieder zu singen und Gott dafür zu danken, dass sie – einem unversöhnlichen, armen Wicht wie ihm – moralisch überlegen waren.

Die Vorstellung ließ ihm, zu seinem Erstaunen, noch etwas anderes klar werden.

Er war eifersüchtig. Lächerlich, jämmerlich, rasend eifersüchtig.

Das Gefühl war ihm vollkommen fremd. Er vermochte eine schöne Frau zu begehren oder ein gutes Pferd, die einem anderen gehörten. Doch in den seltenen Fällen, wo ihm verweigert war, was er bewunderte, hatte er nie gelitten.

Aber er war eifersüchtig auf die Kinder, die in dem Haus lebten, das einst sein Heim gewesen war. Jahrelang hatte er sich nicht gestattet, an Arden Manor zu denken, doch plötzlich fühlte er beinah schon die Dornen jener Rosen stechen, die den weiß getünchten Backstein hinaufkletterten. Er roch den pikanten Duft von Mutters Kräutergarten und sah eine dicke, gelbe Katze in der Mittagssonne auf der Terrasse hinterm Haus dösen.

Etwas schmerzte in seiner Brust, unangenehm nah am Herzen.

Sterling grub die Absätze in die Flanken der Stute und spornte sie zum Galopp. Sie jagten ein paar Meilen erneut in mörderischem Tempo dahin, dann ließ er das Pferd wieder traben. Eine Frau war kein Grund, ein treu ergebenes Ross zu Schanden zu reiten. Er biss die Zähne zusammen. Und eine Frau wie Laura Fairleigh erst recht nicht.

Sterling pausierte an einem heruntergekommenen Gasthaus und gab dem Pferd Wasser, bevor er weiterritt. Als die Landschaft ihm langsam einigermaßen vertraut vorkam, hatte die Sonne schon den Zenit überschritten und sank gemächlich dem Horizont entgegen. An einer einsamen Wegkreuzung zügelte er die Stute. Wenn seine Erinnerung ihn nicht trog, musste das Dorf Arden direkt hinter dem nächsten Hügel liegen und keine zwei Meilen dahinter das Anwesen.

Er wollte sich an einem schläfrigen Donnerstagnachmittag

in einem abgelegenen Dorf nicht den neugierigen Blicken der Einheimischen aussetzen. Er wollte auch nicht, dass einer von ihnen voraus lief und Miss Fairleigh seine Ankunft ankündigte. Sie erwartete ihn nicht vor Ablauf eines Monats, und wenn die Jahre im Kampf mit Napoleon und dessen Speichelleckern ihn eines gelehrt hatten, dann war es, das Überraschungsmoment voll auszuschöpfen. Sterling lenkte die Stute von der Straße hinunter auf einen sonnengefleckten Pfad. Um ungesehen das Landhaus zu erreichen, brauchte er nur den Eichenwald zu durchqueren, der an die westliche Ecke des Anwesens grenzte.

Ein Lächeln verbog ihm die Lippen, als er sich dem alten Wald näherte. Als Junge hatte er sich ausgemalt, der Wald sei verzaubert, Heimat ganzer Unmengen von Kobolden und Waldgeistern, die ihm Böses wollten. In der Hoffnung, seine Angst werde ihn daran hindern, in das reißende Flüsschen oder die felsige Schlucht zu stürzen, hatte seine Mutter wenig dazu getan, seine Phantasie zu zerstreuen. Sein Lächeln schwand. Am Ende hatte sie ihn einem Monster übergeben, das schrecklicher war als alles, was er sich vorgestellt hatte.

Der Forst war düsterer, als er ihn in Erinnerung gehabt hat te.

Ein dichtes Blätterdach schirmte die Sonne ab und hieß die Schatten willkommen. Sterling hatte Schwierigkeiten, sich an das urzeitliche Dunkel zu gewöhnen. Wie sehr er sich auch auf den Pfad vor sich konzentrierte, aus den Augenwinkeln sah er seltsame Bewegungen flackern. Doch wenn er sich umdrehte, war alles wieder unheimlich still wie die Ruhe vor dem Sturm.

Ohne Vorwarnung erhob sich ein Vogel aus einem verschlungenen Weißdorn. Sein Pferd scheute nervös und hätte ihn beinahe abgeworfen.

»Ruhig, altes Mädchen«, murmelte er und lehnte sich vor, um der Stute den Hals zu streicheln.

Er hatte die letzten zehn Jahre damit verbracht, in die Kanonenmündungen vieler Wahnsinniger zu schauen. Lächerlich, wie dieser verlassene Wald ihm zusetzte. Er hätte nicht an diesen verwünschten Ort zurückkehren sollen. Er hätte Diana anweisen sollen, dieser scheinheiligen Miss Fairleigh das Haus zu geben – und seinen Segen dazu.

Er brachte die zitternde Stute zum Stehen und versuchte, seine eigenen, tückischen Gefühle zu zügeln. Er mochte zum Haus seiner Kindertage zurückkehren, aber er war kein kleiner Junge mehr. Er war Sterling Harlow, der siebte Herzog von Devonbrooke und bald auch Hausherr auf Arden Manor.

Sterling spannte die Oberschenkel an und zog zackig an den Zügeln. Die Stute reagierte mit flottem Tempo und ließ sich durchs Labyrinth der Bäume lenken.

Er lehnte sich tief auf ihren Hals, um den herunterhängenden Zweigen zu entgehen, entschlossen, den Wald und all seine Ängste ein für alle Mal hinter sich zu lassen. Nicht lange, und der Baumbestand lichtete sich. Sonnenlicht fiel durch den Spitzenbaldachin der Blätter und vergoldete die Luft mit dem Versprechen der Freiheit.

Ein Versprechen, das die enge, zerklüftete Schlucht brach, die sich vor ihm im Erdreich auftat und ihn zu verschlucken drohte.

Sterling weigerte sich, in Panik zu verfallen. Die Stute hatte bei der Fuchsjagd auf Thanes Landsitz doppelt so weite Sprünge über dreimal so tiefe Schluchten bewältigt. Er vertraute ihr.

Bis sie die Vorderhufe in die Erde grub, schrill wieherte und ihn davon in Kenntnis setzte, dass er diesen besonderen Sprung alleine machen würde. Er sauste über den Kopf des Pferdes und verlor die Zügel. Ungefähr eine Viertelsekunde lang war er dankbar, dass der Boden mit Laub gepolstert war, dann sah er die riesige Eiche, die ihm im Weg stand. Das Letzte, was er hörte, war der dumpfe Schlag seines Kopfs, der den Baumstamm traf.

Laura hatte den alten Eichenwald immer geliebt.

Sie liebte seine Wildnis, sein Dunkel und die heidnischen Vergnügungen, die er kühn verhieß. Sie kannte jeden Felsen und jeden Schlupfwinkel, seit sie ein kleines Kind gewesen war, doch sie redete sich immer noch ein, sich in seinem schattigen Labyrinth verlaufen zu können. Es verschaffte ihr den köstlichen Kitzel der Gefahr, der ihrem gesetzten Leben so schmerzlich fehlte.

Als Kind hatte sie wirklich geglaubt, eines Tages einem verhutzelten Kobold zu begegnen, der auf einem Giftpilz saß, oder zwischen den glitzernden Farnen eine Elfe zu entdecken. Als junges Mädchen hatte sie sich vorgestellt, das gespenstische Donnern von Pferdehufen zu hören, sich umzudrehen und einen verwegenen Ritter auf einem strahlend weißen Schlachtross zwischen den Bäumen hervorgaloppieren zu sehen.

Der Wald war ein verzauberter Ort, wo sogar die verwaiste Tochter eines Geistlichen träumen durfte.

Laura sank im weichen Lehm zwischen den Wurzeln ihrer Lieblingseiche auf die Knie. Heute war sie nicht zum Träumen in den Wald gekommen. Sie war gekommen, um einen alten Freund um einen Gefallen zu bitten.

Sie machte die Augen zu, senkte den Kopf und faltete die Hände, so wie Mama und Papa es ihr beigebracht hatten. »Hm, lieber Gott? Es tut mir sehr Leid, Dich zu stören. Vor allem weil ich diese hartherzigen Gedanken hege, was Lord Teufel« – sie zuckte zusammen – »ich meine, was Lord Devonbrooke angeht. Aber so wie es aussieht, sitzen die Kinder und ich ganz schön in der Patsche.«

Sogar jetzt, wo George und Lottie sich nicht mehr ständig

mit aufgeschlagenen Knien herumplagten oder mit Zahnlücken, waren sie für Laura nach wie vor »die Kinder«. Sie wollte alles tun, damit die beiden nicht bemerkten, wie ernst die Lage war. Vor allem für ihre ältere Schwester.

»Es ist mir wirklich peinlich, Dich zu belästigen. Vor allem weil ich ja weiß, dass ich meine Pflichten Dir gegenüber vernachlässigt habe«, fuhr sie fort. »Also, allein letzte Woche hab ich zweimal hintereinander mein Morgengebet ausfallen lassen. Dann hab ich mir das letzte Teegebäck geschnappt, wo ich doch wusste, dass Lottie es haben wollte. Ich hab Cookie gescholten, weil sie das Porridge hat anbrennen lassen. Und als ich mir mit der Lockenschere die Wange verbrannt habe« – sie linste zwischen den Wimpern heraus, um sicher zu gehen, dass auch wirklich niemand ihr schockierendes Geständnis mitbekam – »da habe ich ein *sehr* schlimmes Wort gesagt.«

Der Wind raschelte durch die Blätter und seufzte missbilligend. Vielleicht war es keine so gute Idee gewesen, mit der Aufzählung ihrer Verfehlungen anzufangen, dachte Laura und biss auf ihrer Unterlippe herum.

»Ich würde Dich ja überhaupt nicht belästigen, aber ich muss ihm einen Strich durch die Rechnung machen, diesem Lord Teufel« – wieder zuckte sie zusammen – »Lord Devonbrooke ... und zusehen, dass die Kinder das Dach überm Kopf behalten. Es sieht so aus, als müsste ich noch vor meinem Geburtstag heiraten. Was heißt, dass es mir eigentlich nur an einer Sache fehlt – einem Gentleman, den ich heiraten könnte.«

Laura senkte den Kopf tiefer, die Worte purzelten geradezu heraus. »Das ist es nämlich, worum ich Dich bitte. Einen netten Mann, einen anständigen Mann. Einen Mann, der mich all die Jahre, die wir als Mann und Frau zusammen leben werden, ehrt. Ich hätte ihn gern warmherzig, mit gottesfürchtiger Seele und einer Vorliebe für regelmäßiges Baden. Er muss nicht umwerfend gut aussehen, aber es wäre nett, wenn er nicht allzu abscheulich behaart wäre und eine einigermaßen gerade Nase hätte und noch all seine Zähne.«

Sie zog eine Grimasse. »Oder zumindest die meisten. Es wäre mir auch lieber, wenn er mich nicht schlagen würde und George und Lottie genauso lieben würde, wie ich es tue. Ah, und wenn er Katzen leiden könnte, würde das die Sache deutlich erleichtern.«

Es konnte nicht schaden, selber ein paar Zugeständnisse zu machen, also setzte Laura hinzu: »Und wenn Du mir einen Mann schickst, der lesen kann, dann sorge ich dafür, dass er da weitermacht, wo Papa aufgehört hat.« Wenn Gott so großzügig war, ihr einen Mann zu schenken, musste sie so großzügig sein, ihn mit Gott zu teilen, das war nur angemessen. Sie fürchtete, zu viel verlangt zu haben, und sprudelte rasch die Schlussworte heraus: »Danke für all Deine Wohltaten. Beschenke Papa und Mama und die gute Lady Eleanor mit Deiner Liebe. Amen.«

Laura machte langsam die Augen auf. Eine prickelnde Vorahnung stieg in ihr auf. Aber sie hätte nicht sagen können, was genau sie jetzt vom Allmächtigen erwartete. Donnergrollen? Eine majestätische Trompetenfanfare? Fassungsloses Gelächter?

Sie suchte die strahlend blauen Flecken ab, die sich zwischen den Ästen der Eiche zeigten, aber der Himmel war so weit entrückt wie die eleganten Ballsäle Londons.

Laura stand auf und klopfte sich das trockene Laub vom Rock. Sie fing schon an, ihr hastiges Gebet zu bereuen. Vielleicht hätte sie genauere Angaben machen sollen. Schließlich hatte der liebe Gott ihr bereits ein paar potenzielle Ehemänner geschickt. Freundliche, ehrbare Burschen aus dem Dorf, die stolz gewesen wären, sie zur Frau zu bekommen und Arden Manor zum Zuhause. Männer mit treu ergebenem Herzen und breiten Schultern, die gewillt gewesen wären, von früh bis spät zu arbeiten, um ihnen allen das Dach überm Kopf zu erhalten.

Einer unverheirateten Frau, die Bruder und Schwester zu versorgen hatte, drohte eine trostlose Zukunft, weshalb sogar die sanftmütige Lady Eleanor Laura dafür gescholten hatte, die aufrichtigen, wenn auch plumpen Anträge zurückgewiesen zu haben.

Was tun, wenn Gott sie jetzt für ihren Stolz bestrafte? Gab es eine bessere Methode, sie Demut zu lehren, als sie für den Rest ihres Lebens Wesley Trumbles Rücken rasieren zu lassen oder Tom Dillmore hinter den Ohren zu schrubben? Laura schauderte, Panik schnürte ihr die Kehle zu. Wenn Gott ihr bis zu ihrem Geburtstag keinen Gentleman schickte, blieb ihr keine andere Wahl, als ihren Stolz zu vergessen und einen der Männer aus dem Dorf zu heiraten.

Laura fürchtete fast, dass Seine Antwort auf ihre Gebete ihr in Form eines Tooley Grantham über die Wiese entgegengetrampelt kommen könnte und lief tiefer in den Wald hinein. Laura hatte Lady Eleanor während ihrer letzten Tage versorgt und nach ihrem Tod Arden Manor verwalten müssen. Sie hatte seither wenig Gelegenheit zum Spazierengehen gehabt. Oder zum Träumen.

Die sonnengesprenkelten Schatten lockten sie vorwärts. Laura mochte alt genug sein zu wissen, dass sie auf nichts Bedrohlicheres als ein kleines Stachelschwein oder ein paar Giftpilze stoßen würde, doch die Geheimnisse des Waldes erschienen ihr immer noch unwiderstehlich. Je tiefer sie sich in den Wald wagte, desto verwobener wurde über ihr das Astwerk. Nur noch spärliches Sonnenlicht sickerte hindurch und schaurig-schöne Kühle lag in der Luft.

Während sie so dahinwanderte, kehrten ihre Gedanken zu ihrem Dilemma zurück. Würde sie es ertragen, einen Huey, Tom oder Tooley zu heiraten, wo sie doch stets von einem Gabriel, Etienne oder Nicholas geträumt hatte? Wenn sie einen Nicholas heiratete, konnte sie ihn Nick nennen, wenn sie sich kabbelten und Nicky in den Augenblicken großer Leidenschaft. Natürlich hatte sie noch keinen Augenblick großer Leidenschaft erlebt, aber sie war optimistisch. Er konnte sie ja auch bei einem Kosenamen nennen, zum Beispiel ... na ja, da würde ihm schon etwas einfallen. Laura war dermaßen beschäftigt mit den Vorzügen des imaginären Gentleman, den sie heiraten würde, dass sie fast in die enge, felsgesäumte Schlucht gefallen wäre, die ihr den Weg abschnitt.

Sie hielt nach einem der umgefallenen Baumstämme Ausschau, die man normalerweise als Brücke benutzten konnte, da sah sie ihn.

Sie erstarrte und zwinkerte wie verrückt. Es wäre nicht das erste Mal gewesen, dass sie in diesem Wald eine Phantasie fortzwinkern musste. Als Kind hatte sie oft innegehalten und wie wahnsinnig gezwinkert, damit eine scheußliche Fratze wieder zu dem knorrigen Ast wurde, der er eigentlich war oder ein grauhaariger Zwerg wieder zu einem flachen Felsbrocken.

Aber dieses Mal half alles verzweifelte Zwinkern nichts. Laura kniff die Augen zu, zählte bis zehn und öffnete sie wieder.

Er war Realität, schlief auf einem Bett aus Moos am Rande der Schlucht, direkt unter der ältesten Eiche im Wald. Laura ging wie in Trance auf ihn zu. Hätte nicht ein Sonnenstrahl die Düsternis durchdrungen und ihn in goldenem Schimmer gebadet, sie hätte ihn vielleicht gar nicht bemerkt.

Sie kniete sich mit wachsendem Schrecken neben ihn hin, so bleich und reglos wie er dalag. Mit zitternden Fingern öffnete sie die oberen zwei Knöpfe seiner Weste und schob die Hand hinein. Das gestärkte Hemd drückte sich mit jedem seiner gleichmäßigen Atemzüge an ihre Handfläche.

Laura hatte gar nicht bemerkt, dass sie den Atem angehalten

hatte, bis sie benommen vor Erleichterung über ihm zusammensackte. Sein Herz schlug fest und regelmäßig unter ihrer Hand. Er war am Leben.

Aber wie war er hierher gekommen? Laura schaute beunruhigt ins Gebüsch. Keine Spur von einem Pferd, keine verräterischen Spuren einer Auseinandersetzung. War er das Opfer eines Verbrechens? Eines Entführungsversuchs oder eines Raubüberfalls? Das verschlafene kleine Dorf Arden hatte Derartiges zwar noch nicht gesehen, aber das hätte man genauso von gut aussehenden, fremden Männern in eleganter Aufmachung behaupten können. Laura durchwühlte die Taschen seiner Reitjacke. Seine Börse war so unberührt wie sein Auftauchen rätselhaft.

Als sei er direkt vom Himmel gefallen.

Laura hockte sich auf die Fersen, und ihre Augen wurden weit.

Es ließ sich nicht bestreiten, er hatte das Antlitz eines Engels. Nicht das eines pausbäckigen, rosigen Puttos, wie sie Lottie so gerne in ihre Fibel zeichnete, sondern das eines hoch gewachsenen Seraphim, der mit seinem Flammenschwert die Himmelspforten bewachte. Er war von gänzlich männlicher Schönheit, mit ausdruckstarken Augenbrauen und herrischem Kinn. Die majestätischen Wangenknochen und die nach innen gewölbten Wangen gaben ihm einen leicht slawischen Anstrich, aber die Andeutung eines Grübchens auf der rechten Wange zerstreute diesen Eindruck wieder.

Laura legte den Kopf schief und betrachtete ihn kritisch. Auch wenn seine Handrücken mit zarten goldenen Härchen bestäubt waren, schien der weitaus größere Teil seines lockigen, blonden Haars doch auf dem Kopf zu sprießen, nicht aus Nase und Ohren. Sie beugte sich argwöhnisch schnüffelnd zu ihm hinunter. Der Duft einer Herrenseife – frisch und dennoch schwer – umgab seine Haut. Sie machte die Augen zu und holte noch tiefer Luft. Sogar der erdige Moschusduft seines Schweißes war sonderbar verlockend. Sie schlug die Augen auf und fand sich auf der Höhe seiner Nase wieder. Ein beinahe unsichtbarer Höcker störte die perfekte Biegung und verlieh seinem Gesicht gewinnenden Charme.

Laura setzte sich und schüttelte über ihre eigene Torheit den Kopf. Sie war genauso albern wie Lottie. Einen Moment lang hatte sie sich tatsächlich der lächerlichen Vorstellung hingegeben, er sei die Antwort auf ihre Gebete. Aber man fand nicht einfach einen Mann im Wald und behielt ihn dann. So etwas war nun mal nicht üblich. Sie seufzte wehmütig und ließ den tadellosen Schnitt seiner wildledernen Reithosen auf sich wirken und die betörenden Locken, die den gestärkten Hemdkragen umspielten. Und einen Mann wie ihn behielt man erst recht nicht. Ein Mann wie er wurde von jedem, der das Unglück gehabt hatte, ihn zu verlieren, schmerzlichst vermisst.

Ihr Blick flog zu seinen Händen. Er trug keinen Ehering, der ihr bewiesen hätte, dass zu Hause eine besorgte Ehefrau auf ihn wartete. Er trug auch keinen Siegelring, der einen Hinweis auf seine Identität hätte geben können. Sie streckte die Hand aus und berührte gedankenverloren seine langen, wächsernen Finger.

Er brauchte ein weiches Bett und einen warmen Umschlag um den Kopf, keine Laura Fairleigh, die um ihn herum geisterte. Sie war nicht gerade versessen darauf, den örtlichen Autoritäten erklären zu mussen, dass sie wertvolle Zeit damit verschwendet hatte, den schön gezeichneten Schwung seiner weichen, festen Lippen zu bewundern.

Laura wollte sich endlich erheben, da hielt sie schon wieder inne. Sie hatte schon so lange herumgetändelt, da konnte es nicht mehr schaden, wenn sie noch schnell einen Blick auf seine Zähne warf. Zumindest redete sie sich ein, dass es ihr um sein Gebiss ging, als sie sich wieder über ihn beugte.

Mit dem Sonnenlicht auf den noblen Gesichtszügen sah er zeitlos aus wie ein Prinz, der tausend Jahre lang darauf gewartet hatte, dass irgendwer vorbeikam und ihn aus seinem verzauberten Schlaf erweckte.

Vergoldete Sonnenstäubchen umschwirrten sie beide wie im Märchen.

Später würde sie schwören, der Wald habe sie mit einem Zauber belegt. Denn anders war der schockierende Impuls nicht zu erklären, der sie – Laura Fairleigh, Tochter eines frommen Gottesdieners, die keinem ihrer Verehrer je gestattet hatte, auch nur ihre Hand zu halten – dazu trieb, sich hinabzubeugen und ihre Lippen auf seine zu drücken.

Seine Lippen waren noch glatter und fester, als sie ihr erschienen waren, und schenkten ihr den verführerischen Geschmack von Zartheit und Stärke. Ihr Atem ging in Schwindel erregenden Stößen, mischte sich mit seinem. Sie hatte nie zuvor einen Mann geküsst, weshalb es einiger verwirrter Sekunden bedurfte, bis sie begriff, dass er ihren Kuss erwiderte. Seine Lippen hatten sich fast unmerklich unter den ihren geöffnet, ihren eigenen sanften Druck zart erwidert. Als die Spitze seiner Zunge ihre Unterlippe berührte, durchprickelte Laura ein sündiger Schauer, warnte sie, die Gefahr gefunden zu haben, die sie ihr Leben lang gesucht hatte.

Sein heiseres Stöhnen ließ sie zur Vernunft kommen. Sie hob langsam den Kopf und musste zu ihrem größten Entsetzen feststellen, dass er nicht vor Schmerzen gestöhnt hatte, sondern vor Lust.

»Wer? …«, flüsterte er. Er blickte sie mit bernsteinfarbenen, verwirrten Augen an.

Nicht einmal wenn sie aus einem jener Träume erwachte, in denen sie die Straßen Ardens entlanglief, mit nichts anderem bekleidet als Strümpfen und ihrer Sonntagshaube, fühlte sie sich so erniedrigt wie in diesem Moment.

Sie rutschte weg von ihm und plapperte nervös drauflos: »Ich heiße Laura Fairleigh, Sir. Und ich versichere Ihnen, egal wie es auch aussehen mag, es gehört ganz entschieden nicht zu meinen Angewohnheiten, fremde Männer zu küssen.« Sie strich sich das Haar aus den glühenden Wangen. »Sie müssen mich für den allerschamlosesten Fratz halten. Ich weiß nicht, was über mich gekommen ist, etwas so Ungeheuerliches zu tun, aber ich darf Ihnen versichern, dass es *niemals* mehr passieren wird.«

Bevor sie noch aufstehen konnte, hatte er sie am Arm gepackt. »Wer? …«, wiederholte er, die Stimme brüchig vor Verzweiflung. Er kniff die Augen zusammen, um ihr Gesicht besser sehen zu können. »Wer? … Wer … bin ich?«

Der flehentliche Ausdruck seiner Augen war unmissverständlich. Seine Finger gruben sich in ihren Arm, forderten eine Antwort, die sie nicht zu geben vermochte.

Laura wusste, dass sie dabei war, die furchtbarste Sünde ihres Lebens zu begehen, doch sie konnte dem zärtlichen Lächeln, das sich auf ihr Gesicht schlich, keinen Einhalt gebieten. »Sie gehören zu mir, Sir.«

KAPITEL 3

*Manchmal ist mir,
als wärst du ein Fremder …*

All die Jahre hatte sich Laura mehr als einmal zusammenfantasiert, wie ihr Zukünftiger auf Arden Manor ankam, um ihre Hand zu fordern. Manchmal ritt er ein glänzendes, schwarzes Schlachtross mit einer weißen, sternenförmigen Blesse auf der Stirn. Oder er entstieg einer prächtigen Kutsche, die das altehrwürdige Wappen eines berühmten Adelshauses trug. Aber niemals hatte sie sich ausgemalt, dass er über den Rücken eines Esels hängen würde. Das Gesicht nach unten gedreht, der Esel von einem übellaunigen Kerl mit Cockney-Akzent geführt, der ihr unablässig die Ohren voll fluchte, seit sie ihn von seiner Schafsherde weggeholt hatte. Nach fast vierzig Jahren auf dem Land, zwanzig davon als Lady Eleanors ergebenes Mädchen für alles, war Dowers Londoner Unterklassen-Akzent glücklicherweise immer noch so stark, dass Laura das meiste ohnehin nicht verstand.

Als der Esel auf den Hof trottete, kam Cookie schürzewringend aus der Küche gerannt, um ihren Mann zu begrüßen. »Oh, du gütiger Himmel! Was in aller Welt ist dem armen Burschen passiert?«

»Armer Bursche, das will ich meinen!«, schnaubte Dower. »Wahrscheinlich in London dem Galgen entwischt. Wird uns heut' Nacht alle in unsren Betten umbringen, wirst schon sehen.«

»Er ist kein Verbrecher«, erklärte Laura zum zehnten Mal. »Er ist ein Gentleman.«

Dower nickte viel sagend. »Hab mal so 'nen feinen Herrn gekannt – Gentleman 'Arry, haben se ihn genannt. Hat die feinen Leut mit seinen hübschen Manieren eingewickelt und seinem süßen Geschwätz – bis se aufgewacht sind, die Nasen aufgeschlitzt und das Geld weg.«

Cookie schaute zweifelnd drein, packte den Fremden am sonnengebleichten Haar und drehte seinen Kopf herum. »Hat ein ehrliches Gesicht, wie es aussieht. Für einen noblen Herrn.«

Der noble Herr stöhnte, zweifellos, um sich gegen die unwürdige Behandlung zu verwahren, die man ihm angedeihen ließ. Laura entwand sein Haar sacht Cookies Griff und strich es um den Kragen herum glatt. »Wenn wir ihn nicht hineinbringen und uns um seine Beule kümmern, wird er kaum noch lange genug leben, irgendwem die Nase aufzuschlitzen.«

Sie hätte am liebsten selber aufgestöhnt, als Lottie und George aus der Scheune gestürmt kamen, begleitet von einer hoppelnden Horde kleiner Katzen. Sie hatte gehofft, die beiden auf den Neuankömmling vorbereiten zu können, bevor sie ein Feuerwerk von Fragen loslassen konnten.

»Wer ist das?«

»Wie heißt er denn?«

»Hat sein Pferd ihn abgeworfen?«

»Ist er vom Baum gefallen?«

»Hat ihn wer ausgeraubt?«

»Ist er ohnmächtig?«

»Ist er tot?«, fragte Lottie, vorsichtig den Finger in die wildlederbespannte Hüfte bohrend.

»Aus diesem Blickwinkel kann man das nicht sagen«, erklärte George und befingerte die feine Reitjacke aus Kaschmir.

»Das ist ein ganz feiner Herr«, tat Cookie mit einigem Besitzerstolz kund.

Dower schüttelte den Kopf. »Is ein entflohner Verbrecher.

Bringt uns heut' Nacht alle in unseren Betten um, brauchen bloß die Augen zuzumachen.«

Lotties runde, blaue Augen fingen zu leuchten an. »Ein Mörder? Oh, ist das aufregend!«

Laura knirschte mit den Zähnen und fragte sich, was der Allmächtige wohl damit bezweckte, sie mit einer Familie von Wahnsinnigen zu strafen. »Er ist kein entflohener Sträfling und auch kein Mörder. Er ist einfach nur ein unglückseliger Reisender, der christlicher Nächstenliebe bedarf.« Sie zog George den Jackenkragen aus den Fingern und hob die Stimme: »Und ich sage euch auch, was wir tun werden. Wir werden ihm diese Nächstenliebe angedeihen lassen. Und bei Gott, wir werden sie ihm geben, bevor er noch stirbt, weil wir unsere Pflichten vernachlässigt haben!«

Alle starrten sie mit offenen Mündern an. Sogar Dower, der fließender fluchte als er Englisch sprach, war baff.

Laura gewann ihre Fassung wieder und strich sich geziert das Haar zurecht. »Und jetzt wäre ich dir sehr dankbar, Dower, wenn du unseren Gast ohne weitere Verzögerung ins Haus schaffen würdest.«

Dower grummelte immer noch etwas von Galgen und die Nase aufgeschlitzt kriegen, gehorchte aber und hievte sich den Fremden auf die Schultern. Der alte Mann mochte o-beinig sein, das Gesicht graubraun wie Trockenfleisch, doch Schultern, Arme und Brust strotzten vor Muskeln, die er sich im Ringkampf mit den Hertfordshire-Schafen erworben hatte, die noch störrischer waren als er selbst.

Je näher Dower der Eingangstüre kam, desto kühner wurde sein Gerede. »Sagen's nicht, ich hätt' Sie nicht gewarnt, Fräuleinchen. Denken's an meine Worte. Der Teufel da, bringt uns allen bloß Verderben, werden's schon sehen.«

Laura konnte ihm nur hinterherlaufen und hoffen, dass der alte Mann Unrecht hatte.

Des Fremden Gesicht war in Mondlicht getaucht.

Laura saß auf einem Stuhl neben seinem Bett und fragte sich, ob er je wieder erwachte. Er schien keine Schmerzen zu leiden, aber er hatte sich kaum bewegt, seit Dower ihn vor sieben Stunden auf der Chintz-Tagesdecke abgeladen hatte. Laura prüfte erst den warmen Breiumschlag, den Cookie um die garstige Beule am Scheitel geschlungen hatte, dann berührte sie seine Stirn, um festzustellen, ob er Fieber hatte. Sie fürchtete langsam, dass – welches Unglück auch immer – er mehr beschädigt war als lediglich, sein Gedächtnis verloren zu haben.

Sie hatte darauf bestanden, ihn in Lady Eleanors Schlafzimmer zu bringen, was alle schockiert hatte. Zwar hielt Cookie das Zimmer sauber und lüftete regelmäßig die Laken, aber weder Laura noch die Kinder hatten es seit Lady Eleanors Tod gewagt, die sakrale Stille des Raumes zu stören. Zu viele Erinnerungen an die letzten Tage mit Eleanor hingen im Orangenblütenduft des Gemachs – bittere ebenso wie süße.

Aber das anmutige Himmelbett war das bequemste im Haus und Laura war wild entschlossen, es ihrem Gast angedeihen zu lassen.

Es war das Mindeste, was sie ihm schuldete.

Zuerst hatte Cookie sich geweigert, sie mit ihm allein zu lassen. Für ein unverheiratetes Mädchen sei es »nicht ziemlich«, einen Herrn in seinem Schlafgemach zu umsorgen, hatte sie kategorisch festgestellt. Erst als Laura zugestimmt hatte, Dower auf einem Stuhl vor der Tür schlafen zu lassen, eine altertümliche Muskete überm Schoß, hatte Cookie nachgegeben, auch wenn sie auf dem ganzen Weg zur Küche zurück den Kopf geschüttelt hatte. Jetzt ratterte fast schon die Tür, so laut schnarchte der alte Mann.

Der Fremde lag ausgebreitet auf der Tagesdecke, Lauras eigenen federgepolsterten Quilt bis zur Taille heraufgezogen.

Dower hatte dem Mann auf Lauras Anordnung hin zwar die Jacke ausgezogen, doch es war an ihr hängen geblieben, sein Halstuch aufzubinden und seinen Kragen zu lockern. Die aufs Kissen gezausten, sonnengoldenen Locken und die einen Ton dunkleren, geschwungenen Wimpern ließen ihn eher wie einen Jungen aussehen, nicht wie einen Mann. Aber der Goldstaub, der sich langsam seines Kinns bemächtigte, gemahnte sie, dass seine Unschuldsmiene bloße Illusion war.

Verzweifelt suchte Laura sein Gesicht nach einer Andeutung von Leben ab. Wäre seine Haut nicht so warm gewesen, sie hätte geschworen, er sei aus Marmor gemeißelt – Abbild auf dem Steinsarg eines Helden, der viel zu jung gestorben war. Die Kinder und die Bediensteten in ihren Plan einzuweihen, stand ihr noch bevor. Falls er nicht mehr erwachte, würde keiner je erfahren, welchen dummen Träumereien sie sich hingegeben hatte. Jetzt, wo sie nicht mehr dem Wald die Schuld an ihrem Wahn geben konnte, waren praktische Überlegungen angezeigt. Wie ihn überzeugen, dass er mit ihr verlobt war? Und wie konnte sie, zu ihrer eigenen Beruhigung, feststellen, ob er nicht schon an eine andere Frau gebunden war?

Laura beugte sich vor. Er atmete tief und gleichmäßig, die Lippen leicht geöffnet.

Ihr Kuss hatte ihn schon einmal erweckt. Konnte sie es wagen? …

Er wirkte so verletzlich, wie nur ein wirklich starker Mann verletzlich wirken konnte, wenn er einer Frau ausgeliefert war. Er hätte genauso gut im Eichenwald sterben können, hätte sie ihn nicht gefunden. Trotzdem fühlte sie sich schuldig, als hätte sie selbst ihm den schrecklichen Schlag verpasst.

Sie zog ihm den Quilt über die Brust, beugte sich vor und küsste ihn zart auf die Stirn.

Das musste ein Traum sein.

Was sonst hätte den Duft von Orangenblüten erklärt und die Frauenlippen, die sanft seine Stirn berührten? Irgendetwas regte sich tief in seinem Inneren, ein verschwommener Geist, gewebt aus dem Nebel der Erinnerungen und der Träume. Aber bevor er ihn zu fassen bekam, entglitt er ihm, rief ihm noch etwas zu, das wie sein Name klang. Doch die Stimme war zu kraftlos und zu weit entfernt, als dass er sie hätte verstehen können.

Er sehnte sich danach, dem Wesen zu folgen, aber ein enormes Gewicht drückte ihm aufs Herz. Er schlug die Augen auf und sah eine dicke, gelbe Katze, die ihn mit weisen, goldenen Augen anschaute, auf seiner Brust sitzen.

»Nellie«, flüsterte er. Wie sonderbar, dass er sich an ihren Namen erinnerte, nicht aber an seinen eigenen.

Er streckte die Hand nach der Katze aus und erwartete, sie in den Nebel schwinden zu sehen, wie den anderen, nicht fassbaren Schatten. Doch seine zitternde Hand bekam das weiche, saubere Fell zu fassen. Er streichelte sie, und ihr Schnurren ließ ihn auf einer Woge der Zufriedenheit treiben. Ihm fielen die Augen zu.

Wenn das ein Traum war, wollte er nie mehr erwachen.

Cookie kam am nächsten Morgen geschäftig in Lady Eleanors Schlafzimmer. Sie hatte eine Waschschüssel unter dem Arm und ein fröhliches Pfeifen auf den Lippen. Als ihr Blick aufs Bett fiel, erstarb das Liedchen mit einem Missklang.

»Da soll mich doch der Teufel …«, flüsterte sie und schüttelte den Kopf.

Irgendwann des Nachts hatte Laura ihre Wacht aufgegeben, war im Stuhl nach vorne gesackt und mit dem Kopf auf der Brust des Fremden gelandet. Sie schlief den Schlaf der rechtschaffen Erschöpften, den Rücken unbequem gekrümmt, einen Arm schlaff an der Bettkante hinunterhängend. Der Bursche schlief ebenfalls, die Hand allerdings um Lauras Kopf gelegt und die Finger besitzergreifend in etwas hinein gewühlt, das einst ein adretter Haarknoten gewesen war.

Cookie machte ein finsteres Gesicht. Falls dieser Schurke ihre junge Mistress auch nur irgendwie kompromittiert hatte – sie würde nicht zögern, ihm die Waschschüssel übers Hirn zu hauen und ihn ein für alle Mal schlafen zu schicken.

Doch ihre Befürchtungen schwanden, je näher sie sich heranschlich. Mit geschlossenen Augen und offenen Mündern wirkten die beiden so unschuldig wie zwei zahnlose Säuglinge.

Sacht schüttelte sie Laura bei den Schultern. Das Mädchen setzte sich kerzengerade auf, wobei ihr eine widerspenstige Locke übers Auge fiel. »Oh, lieber Gott! Ich hätte nicht einschlafen dürfen. Er ist tot, oder?«

»Unsinn. Er ist nicht tot. Deine gute Pflege hat dem Burschen sogar ein bisschen Farbe auf die Wangen gebracht.«

Laura warf einen Blick auf ihren Patienten. Cookie hatte Recht. Er atmete ruhig und gleichmäßig. Und die Wangen hatten ihre gespenstische Blässe verloren.

Cookie nickte allwissend. »Jetzt muss der Kerl nur noch ordentlich durchgeschrubbt werden.«

»Lass mich das machen«, sagte Laura automatisch und griff nach der Schüssel.

Cookie zog mit entgeisterter Miene das Becken weg. »Bestimmt nicht, Mädchen. Schlimm genug, dass ich dir erlaubt hab, die Nacht über auf ihn aufzupassen. Wenn ich dich ihn waschen lass, springt Lady Eleanor noch aus dem Grab heraus.« Sie zeigte mit dem Finger aufs Bett. »Fast vierzig Jahre bin ich jetzt mit dem alten Lüstling von einem Ziegenbock verheiratet, und ich versprech dir, der junge Bursche da hat nichts, was ’ne alte Frau wie ich nicht schon hundertmal gesehen hätt.«

Sie versperrte Laura die Sicht, lüpfte den Quilt, als wolle sie ihre Behauptung beweisen und linste darunter. Weil der Fremde ja immer noch die anliegenden Wildlederhosen trug, konnte Laura sich einfach nicht vorstellen, was die faltigen Wangen der Dienstmagd plötzlich so rot werden ließ.

Cookie ließ die Federdecke fallen und schluckte schwer. »Die alte Cookie hat vielleicht ein bisschen übereilt dahergeredet, aber denk dir nur nichts, Kind.« Sie packte Laura am Arm, bugsierte sie, nach wie vor die Waschschüssel haltend, rückwärts zur Tür und schwappte bei jedem Schritt Wasser aus der Schüssel. »Ich hab dir in der Küche ein heißes Bad eingeschüttet. Jetzt geh und richte dich ordentlich her. Ich kümmere mich um deinen feinen Herren da.«

Bevor Lauras übermüdeter Verstand noch einen Protest formulieren konnte, hatte Cookie ihr schon freundlich, aber unerbittlich die Tür vor der Nase zugeschlagen.

Er war mit Sicherheit tot.

Was sonst hätte die forschen, lieblosen Frauenhände erklärt, die seinen Körper anpackten. Er konnte sich vielleicht nicht mehr an seinen Namen erinnern, aber erinnerte sich sehr wohl daran, dass Frauenhände dazu da waren, Vergnügen zu bereiten: um mit quälendem Liebreiz über seine Haut zu wandern; sein begieriges Fleisch in lasterhafte Lust zu hüllen; die makellos gelackten Nägel in seinen Rücken zu graben, während die Frau, der sie gehörten, unter den routinierten Stößen seiner Hüften in Ekstase verfiel.

Unzählige Frauen hatten ihn im Laufe seines Lebens mit unerschöpflichem Erfindungsreichtum berührt, aber keine hatte ihn mit solch geringschätziger Gleichgültigkeit angefasst. Diese Hände waren weder sanft noch roh, als sie ihn entkleideten und wuschen. Sie waren schlicht mit einer Aufgabe befasst, die es zu erledigen galt.

Es blieb nur eine Schlussfolgerung. Die Hände richteten ihn für sein Begräbnis her.

Er wollte schreien, doch seine Zunge war so versteinert wie seine Gliedmaßen. Die finale Demütigung folgte, als die gleichgültigen Hände seine Hosen herunterzogen und ihre Besitzerin einen anerkennenden Pfiff hören ließ, der gut zu einem Viehtreiber gepasst hätte.

»Meine Mutter hat immer gesagt, die Reichen sind gesegnet. Aber ich hab geglaubt, sie hätt das Geld gemeint.« Sie beugte sich vor, gackerte ihm ins Ohr und tätschelte ihm doch tatsächlich wie einem sabbernden Schoßhündchen den Kopf. »Du bist vielleicht dem Galgen entgangen, Bürschlein, aber gut hängen tut's trotzdem.«

Ein paar endlose Minuten später war die Waschprozedur vorüber und etwas Weiches, Warmes wurde über ihn gezogen. Er erschauerte innerlich. Ein Leichentuch! Seine Peinigerin pfiff ein unmelodisches Trauerlied vor sich hin, fuhrwerkte ums Bett herum und suchte ihre Sachen zusammen. Eine Tür fiel ins Schloss. Das Gepfeife wurde leiser.

Er war allein, eine Ewigkeit, wie ihm schien.

Dann knarrte die Tür unendlich langsam wieder auf. Ein eisiger Schauer lief ihm den Rücken hinunter.

Der Teufel kam, um ihn zu holen.

Ihr Treffen war längst überfällig. Doch er hatte geglaubt, er werde dem Teufel auf einem rauchenden Schlachtfeld von Angesicht zu Angesicht gegenübertreten. Nicht tot auf dem Rücken liegend, im Bett eines Fremden. Und Beelzebub besaß noch nicht einmal den Anstand, alleine zu kommen. Der alte Halunke hatte eine ganze Legion von Dämonen mitgebracht, die auf dem Bett herumhüpften und sich über seinen hilflosen Körper hermachten.

Einer packte ihn am großen Zeh und nahm ihn zwischen die Zähne, ein anderer tollte in freudigem Wahn auf seinem Bein hin und her. Er hätte die Tortur ertragen, wäre da nicht ein dritter Dämon gewesen, der sich zwischen seine Beine stürzte und ihm die nadelscharfen Klauen ins allerverwundbarste Körperteil bohrte.

Seine Augen flogen auf. Er mühte sich ab, den dröhnenden Kopf zu heben und blinzelte in den kalkweißen Nebel. Wie es aussah, waren es überhaupt keine Dämonen, die sein Bett bevölkerten, sondern Ratten. Seine Nerven lagen blank. Und die Ratten waren nichts im Vergleich zu der schockierenden Erkenntnis, dass der Teufel kein rotgesichtiger Herr mit Hörnern und zugespitztem Schweif war, sondern ein blauäugiger Racker mit goldenem Haar, der kopfüber von der Querstange des Betthimmels hing und ihm gespannt ins Gesicht glotzte.

Er verschwendete keinen Gedanken an den Preis, den sein schmerzender Schädel würde bezahlen müssen, schoss kerzengerade hoch und schrie, was die Lungen hergaben.

Laura aalte sich gerade hinter dem Vorhang in der Küchenecke in einer Wanne warmen Wassers, als plötzlich die Hölle losbrach.

Gerade hatte sie noch halb gedöst, die Augen geschlossen und den Kopf auf den Rand der Wanne gelegt, da stand sie plötzlich splitternackt und triefend mitten im Waschzuber, jeden Muskel vor Entsetzen gespannt.

Die männliche Stimme, deren Gebrüll das ganze Haus erfüllte, war ihr fremd. Aber die ohrenzerfetzenden, spitzen Schreie hätte sie überall wieder erkannt.

»Lottie«, keuchte sie mit angstgeweiteten Augen.

Vielleicht hatte Dower Recht, und der Fremde war *tatsächlich* dabei, sie alle umzubringen. Die Nase aufgeschlitzt zu bekommen, war jedenfalls grässlich genug, um Lotties entsetzliches Gekreisch zu erklären. Eine andere Stimme mischte sich in das Geschrei. Laura lugte rechtzeitig um den Vorhang herum, um Dower vorbeistürmen zu sehen, die Heugabel in der Hand und einen nicht enden wollenden Fluch auf den Lippen.

Lauras Panik wuchs. Wenn sie nicht zusah, dass sie nach oben kam, würde es möglicherweise gar nicht ihr Gast sein, der einen Mord beging.

Ihr blieb keine Zeit mehr, sich abzutrocknen, keine Zeit mehr, die Unterwäsche anzuziehen, die ordentlich zusammengefaltet auf einer Bank neben der Wanne lag. Sie sprang aus dem Wasser und zuckte vor Schmerz zusammen, als ihre Stirn gegen einen Kupferkessel schlug, der an einem der Dachbalken hing. Sie schnappte sich das frisch gewaschene Kleid und zog es über den Kopf. Der rosafarbene Musselin klebte auf der nassen Haut. Sie nahm sich gerade genug Zeit, sich einigermaßen anständig zu bedecken, dann wurstelte sie sich aus dem Vorhang heraus und rannte barfuß und tropfend durch die Eingangshalle und die Stufen hinauf.

Sie war schon halb im ersten Stock, als die höllische Kakophonie so abrupt endete, wie sie begonnen hatte. Laura erstarrte, die Hand ums Treppengeländer geklammert.

Gütiger Himmel, war Lottie etwa tot? Wie sonst die schreckliche Stille deuten, die sich urplötzlich auf das Landhaus gelegt hatte? Die Angst ließ ihre Schritte schleppend werden, während sie sich Lady Eleanors sperrangelweit offener Schlafzimmertür näherte. Sie schaute um den Türstock herum, erwartete fast, den Teppich mit goldenen Locken und blutigen Gliedmaßen bedeckt zu sehen.

Doch ihr bot sich ein vollkommen anderes Bild.

Lottie stand mitten auf dem Bett, einen Arm voller zappelnder Kätzchen fest an die Brust gedrückt. Ihre Unterlippe zitterte, die großen blauen Augen flossen vor Tränen über. Aber Lotties Tränen konnten Laura nicht schrecken. Das Kind war dafür bekannt, sich schon wegen eines Sauerteigfladens, den George ihr beim Tee vor der Nase wegschnappte, in einen hysterischen Anfall hineinzusteigern.

Was sie allerdings schreckte, war der barbarische Zug um Dowers Mund. Der Alte hatte die Heugabel auf den bebenden Oberkörper des Mannes gerichtet, der sich zwischen den Fenstern an die Wand drückte.

Das Herz schlug Laura bis zum Hals. Wie es aussah, war Dornröschen aus dem Schlaf erwacht.

Obwohl er derjenige war, der unbewaffnet in der Zimmerecke festsaß, gelang es ihm, noch Furcht erregender auszusehen als Dower. Das blonde Haar war zerzaust, der Blick der eines Wilden. Abgesehen von dem Quilt, den er sich um die Hüften geschlungen hatte und fest umklammert hielt, war er so nackt wie Laura selbst noch gerade eben. Laura bemerkte gar nicht, dass sie die breite Brust angaffte, den Goldstaub der Brusthaare, der wie ein Pfeil auf seine hart gespannten Bauchmuskeln wies.

Er musste den Bauch einziehen, weil Dower schon wieder gefährlich mit der Heugabel herumfuhrwerkte. Als die tödlichen Spitzen nur knapp an seinem Fleisch vorbeigingen, fletschte er die Zähne und ließ ein kehliges Knurren hören. Den primitiven Drohgebärden zum Trotz – seine Hilflosigkeit rührte Laura das Herz.

»Nimm die Heugabel herunter und geh weg, Dower«, befahl sie.

»Damit der verfluchte Deibel mir die Kehle rausreißt? Bestimmt nicht, Miss.«

Mit Dower war anscheinend nicht zu rechnen, also setzte Laura ihre Hoffnungen auf den Fremden. Sie schlängelte sich zu ihm durch und betete, dass er ihre ausgestreckte Hand nicht als Drohung verstand.

»Sie brauchen keine Angst zu haben«, sagte sie freundlich und verzog die Lippen zu etwas, das hoffentlich wie ein ermutigendes Lächeln aussah. »Niemand wird Ihnen etwas zu Leide tun.«

Sie hätte überzeugender gewirkt, wäre nicht just in jenem Moment Cookie hereingestampft, mit einem blutverschmierten Beil in der Hand. Und George gleich hinterher.

Ihr Bruder stützte die Hände auf die Knie und rang nach Luft. »Wir haben den Lärm bis in den Hof hinaus gehört. Hat geklungen, als werde hier ein Schwein geschlachtet.«

»Was in Marias und Josephs Namen ist hier oben los?«, wollte Cookie wissen und schaute sich wütend im Schlafzimmer um.

»Vielleicht solltest du meine Schwester fragen«, schlug Laura mit eisigem Blick auf Lottie vor.

»Ich habe nichts Böses gemacht«, jammerte Lottie. »Ich wollte ihn bloß anschauen. Dann hat er losgebrüllt wie ein Löwe und hat mich fast zu Tode erschreckt. Und ich bin ins Bett runtergefallen und hab zu schreien angefangen und –«

»Dieser kleine Fratz hat mir Ratten ins Bett gesteckt.«

Alle schossen wie auf Kommando zu dem Fremden herum, verblüfft von seinem kultivierten Bariton. Als der Mann zu Lauras Schwester herüberschaute, ließ Dower langsam die Heugabel sinken.

Lottie war die Erste, die die Fassung wiedergewann. Sie knuddelte eines der in Frage stehenden Untiere unter ihrem spitzen, kleinen Kinn. »Das sind keine Ratten, Sir. Sondern Kätzchen.«

Er schnaubte. »Das macht keinen großen Unterschied, wenn du mich fragst.«

Lottie schnappte nach Luft.

Cookie kam geschäftig an und zog ihren Dower aus des Fremden Reichweite. »Ist ja gut, ist ja gut, mein Lieber. Ich bin sicher, unsere kleine Lottie hat Sie nicht erschrecken wollen.« Ihr mütterliches Glucken wäre sicherlich beruhigender gewesen, hätte sie nicht immer noch das blutige Beil in der Hand gehabt. Sie sah den argwöhnischen Blick des Fremden und ließ die Waffe hinter ihrem Rücken verschwinden. »Sie brauchen sich wegen der alten Cookie keine Sorgen zu machen. Ich habe nur gerade ein schönes, dickes Huhn für Ihr Mittagessen geschlachtet.«

»Vielleicht hätte er ja lieber Katzeneintopf«, schlug Lottie eisig vor, das kleine Näschen so hoch erhoben, wie es nur ging.

»Ich hatte auf Fratzensuppe gehofft«, schoss der Fremde zurück.

Laura wusste nicht, ob sie lachen oder weinen sollte. »Bitte strengen Sie sich nicht so an, Sir. Sie haben einen schrecklichen Schlag erlitten. Sie sind noch gar nicht wieder Sie selbst.«

Als er sie mit zornigem Blick anfunkelte, war ihr, als seien die anderen vier verschwunden: »Verflucht noch mal, warum sagen Sie mir dann nicht einfach, wer ich bin?«

KAPITEL 4

Und dann wieder ist mir,
als wärst du immer noch mein kostbarer kleiner Junge …

Sein goldener Blick war halb wütend, halb flehentlich, von einer Angst begleitet, die fast greifbar war. Wenn Laura jetzt nicht handelte, schnell handelte, würde irgendjemand in diesem Raum etwas sagen, das ihr Vorhaben unmöglich werden ließ.

»Oh, armer Liebling.« Sie schenkte ihm ihr mitfühlendstes Lächeln, ging auf ihn zu und nahm ihn am Arm. »Nach allem, was Sie durchgemacht haben, ist es kein Wunder, dass Sie in verdrießlicher Stimmung erwacht sind.«

Er blickte auf sie hinab und zog die Augen zusammen. »Warum nennen Sie mich Liebster?«

»Genau, warum nennst du ihn Liebling?«, wiederholte Cookie argwöhnisch und holte das blutverschmierte Schlachtbeil wieder hinterm Rücken hervor.

Laura überhörte die Fragen geflissentlich und stellte sich entschlossen vor ihren Gast hin. »Er kann im Augenblick weder unsere Aufregung gebrauchen noch unsere Hätscheleien, sondern nur Frieden und Ruhe.«

Der Mann schnaubte. »Eine Bande rabiater Katzen und eine Beil schwingende Hexe würde ich kaum als Hätschelei bezeichnen.«

Dower befreite sich aus Cookies Griff und stürzte auf ihn zu. »Ich verhätschle ihn mit der Heugabel, das versprech ich, wenn er noch mal schlecht von meiner Madam redet.«

Laura duckte sich unter den Zinken durch und legte Dower

beruhigend die Hand auf die Brust. »Er wollte niemanden beleidigen. Er ist einfach nur erschöpft und verwirrt. Weswegen ich euch bitten muss, uns alleine zu lassen.«

Dower polterte gleich darauf wieder los: »Müssen bekloppt im Kopf sein, wenn Se meinen, ich lass Sie mit dem Wilden da allein.«

»Und einem halb nackten Wilden dazu.« Cookie betrachtete nervös den Quilt, der die untere Hälfte des Fremden abschirmte.

»Mach dich nicht lächerlich, Cookie. Du weißt genauso gut wie ich, dass er mir niemals etwas tun würde.« Laura schaute den großen, zornigen Fremden schnell über die Schulter an und hoffte nur, dass sie Recht behalten würde. Er hatte um einiges kleiner und ungefährlicher ausgesehen, so lange er noch bewusstlos gewesen war.

»Wenn er auch nur den Finger streckt, Miss, dann brauchen Se bloß schreien und ich komm gerannt«, versprach Dower und gestikulierte mit der Heugabel in Richtung des Mannes.

»Wenn sie auch nur annähernd so kreischt wie ihre Schwester, bin ich derjenige, der zu rennen anfängt«, versicherte der Fremde dem Alten.

Dower und Cookie verließen widerwillig grummelnd das Schlafzimmer. Es blieb Laura überlassen, Lottie samt ihres Arms voller Katzen aus dem Bett zu fischen. Lottie schlurfte erbärmlich schniefend herum, bis Laura sich hinunterbeugte und sie anzischte: »Marsch, kleine Lady, oder du kriegst was ab, worüber du wirklich weinen kannst.«

Während sie Lottie in die Eingangshalle hinunterscheuchte, lehnte George immer noch am Türstock, ein nachdenkliches Glänzen im Blick. Ihr Bruder hatte sie immer schon besser gekannt als jeder andere, und er hatte sie offensichtlich in Verdacht, etwas im Schilde zu führen. Als Laura sich ihm zuwandte, duckte er sich zur Tür hinaus, aber sein Feixen verhieß, dass seine Kooperation ihren Preis haben würde.

»Schöne Träume«, rief er dem Fremden noch zu, bevor Laura die Tür zuschlug.

Sie ließ sich lange Zeit, den Messingschlüssel im Schloss herumzudrehen, dann wandte sie sich um und sah ihrem Gast ins Gesicht. Sie fragte sich längst, ob sie sich nicht schwer verrechnet hatte. Sogar mit nichts als einem Quilt und einer finsteren Miene bekleidet, sah er in etwa so hilflos aus wie ein hungriger Löwe.

»Weshalb haben Sie mich Liebling genannt?«, wollte er wieder wissen, als sei ihm diese Frage wichtiger als die, wie es ihn nackt in Lady Eleanors Bett verschlagen hatte.

»Nur eine Angewohnheit, nehme ich an«, erwiderte Laura mit gekonnt unschuldigem Gesichtsausdruck. »Würden Sie es denn vorziehen, wenn ich Sie anders nenne?«

»Sie könnten es mit meinem Namen versuchen.« Sein eisenharter Tonfall verriet, dass sie seine Geduld strapazierte.

»... mit Ihrem Namen?« Sie ließ ein ersticktes, blechernes Lachen hören. »Wir haben uns nie mit solchen Förmlichkeiten abgeben müssen, aber wenn Sie darauf bestehen ...«

Laura war immer stolz auf ihre Aufrichtigkeit gewesen. Sie musste sich erst vorstellen, wie sie in ihrer Hochzeitsnacht den Schmutz unter Tom Dillmores Fingernägeln herauskratzte, sonst hätte sie es nicht über die Lippen gebracht: »... Nicholas.«

Seine Miene verfinsterte sich zusehends. »Nicholas? Ich heiße Nicholas?«

Sie borgte sich den passend schneidigen Nachnamen von Lotties Lieblingsautorin. »Aber, sicher doch! Mr Nicholas ... Radcliffe«, setzte sie mit fester Stimme hinzu.

»Nicholas Radcliffe. Nicholas Radcliffe«, murmelte er vor sich hin. »Verflucht! Das sagt mir überhaupt nichts.« Er ließ sich gegen die Wand fallen und legte die Hände an die Stirn. »Wenn nur endlich dieses infernalische Dröhnen in meinem Kopf aufhörte!«

Laura ging auf ihn zu, von aufrichtigem Mitgefühl getrieben.

»Nein!« Er streckte die Hand aus und starrte sie zwischen den Strähnen, die ihm in die Stirn fielen, heraus an. Als stelle sie eine größere Gefahr für ihn dar, als zuvor der Verrückte mit der Heugabel.

Laura erheischte einen Blick in den Spiegeln auf Lady Eleanors Toilettentisch und wurde mit einem Mal gewahr, welchen Anblick sie bot. Barfuß, die Wangen gerötet, das Haar achtlos auf dem Kopf zusammengewurstelt, mit Strähnen, die in alle Himmelsrichtungen um ihr Gesicht herumbaumelten. Der feuchte Musselin des kurzen Miederoberteils klebte auf den sanften Hügeln ihres Busens fest. Sie wusste nicht, ob sie erst die Haare richten sollte oder den Rock herunterziehen, damit wenigstens die blassen Knöchel bedeckt waren, und entschied sich dazu, erst einmal linkisch die Arme vorm Busen zu verschränken.

»Wir scheinen nun ja festgestellt zu haben, wer *ich* bin. Aber das erklärt immer noch nicht, wer *Sie* eigentlich sind.« Er legte den Kopf schief, um sie zu betrachten, was Laura ihre unsägliche Aufmachung nur umso bewusster machte. »Oder warum fühlen Sie sich genötigt, mich mit Koseworten anzusprechen?«

Er erinnerte sich offensichtlich nicht an ihr erstes Zusammentreffen im Wald. Und an ihren ersten Kuss auch nicht.

Die verschränkten Arme boten keinen angemessenen Schutz mehr vor seinem durchdringenden Blick, also zerrte sie eines von Lady Eleanors Schultertüchern aus einer Schublade und legte es sich um. »Es ist ein wenig kühl, nicht wahr?«

»Ganz im Gegenteil. Ich finde es ziemlich warm hier drin.

Genau genommen weiß ich nicht mehr recht, ob ich diese Decke noch weiter benötige.«

Als seine Finger den Quilt loszulassen drohten, riss Laura verschreckt die Augen auf. »Und ob Sie die Decke benötigen! Zumindest bis Cookie Ihre Hosen gewaschen hat.«

Auf seiner rechten Wange zeigte sich kurz das Grübchen und setzte sie darüber in Kenntnis, dass er nur gescherzt hatte. »Cookie? Soll das etwa die alte Vettel mit dem blutigen Beil sein?«

»Oh, Sie brauchen sich vor Cookie nicht zu ängstigen. Sie würde keiner Fliege etwas zu Leide tun.« Laura runzelte die Stirn. »Einem Huhn schon. Oder irgendeinem anderen Tier, das sich zu Pie verarbeiten lässt ... aber einer Fliege nicht.«

»Ich wage zu behaupten, dass sich von dem Mann, der mich mit seiner Heugabel aufspießen wollte, nicht unbedingt das Gleiche sagen lässt.«

Laura wischte seine Bedenken fort. »Sie sollten ihm gar keine Beachtung schenken. Dieser Mann war doch nur Dower.«

»Das war er allerdings!«

Laura lachte. »Nicht *sauer*. *Dow-er*. Jeremiah Dower, um genau zu sein. Er ist mit Cookie verheiratet und eine Art Mädchen für alles auf Arden Manor. Cookie behauptet immer, Dower sei so sauer, weil seine Mutter ihn mit Zitronensaft gestillt hat. Ich bin ganz sicher, dass er Ihnen nichts antun wollte. Er war vermutlich in dem Glauben, Sie hätten eine Art Wutanfall. Seit man Sie zu uns zurückgebracht hat, sind Sie immer wieder einmal kurz zu sich gekommen und ...«

»Von woher zurückgebracht?«

»Sie erinnern sich tatsächlich nicht mehr?« Laura seufzte traurig und zupfte an den seidenen Rosen herum, mit denen das Oberteil ihres Kleides besetzt war, damit sie ihn nicht ansehen musste. »Der Doktor hat uns schon gesagt, dass so etwas passieren könnte.«

»Welcher Doktor denn nun schon wieder?«

»Nun … Doktor … Dr. Drayton aus London. Sie müssen wissen, wir haben in Arden keinen eigenen Arzt. Auch wenn Tooley Grantham, der Schmied, die eine oder andere Beule aufschneidet oder einen entzündeten Zahn zieht, wenn die Situation es erfordert. Deshalb war es auch dieser Doktor Drayton, der uns erklärt hat, dass es nicht ungewöhnlich sei, wenn ein Mann bis zu einem gewissen Grad das Gedächtnis verliert, nachdem ihm etwas derart Traumatisches widerfahren ist im Wa …«, sie bremste gerade noch rechtzeitig, bevor ihr »Wald« entschlüpfte, »*in Wa*terloo.«

»Waterloo?«, wiederholte er leise. »An den Krieg kann ich mich erinnern.«

»Ach, wirklich?« Laura vergaß ganz, ihr Erstaunen zu verbergen.

Er war wieder gegen die Wand gesunken, die Augen umwölkt wie vom Rauch eines weit entfernten Schlachtfelds. »Ich kann mich an den Geruch des Schießpulvers erinnern, an die Schreie … das Donnern der Kanonen.«

»Sie … Sie waren bei der Infanterie. Ein richtiger Held, wie man mir gesagt hat. Weswegen Sie bei Waterloo auch einen Hügel hinaufgestürmt sind und versucht haben, eine von diesen französischen Kanonen zu erbeuten, und das, obwohl die Zündschnur schon brannte.«

Er richtete sich auf. »Sind Sie auch sicher, dass ich ein Held war? Mir klingt das eher nach einem ausgemachten Schwachkopf.«

»Oh, Sie waren ja so tapfer! Wenn die Kugel auch nur ein Stück weiter links eingeschlagen hätte, wären Sie in kleine Stücke zerrissen worden, aber so ist Ihnen das Schlimmste erspart geblieben. Und sicherlich wären Sie ganz ohne Verletzung davongekommen, wenn Sie nicht ausgerechnet … ausgerechnet …. auf den Kopf gefallen wären«, beeilte sie sich, zum Ende zu kommen. Dass sie zum Lügen möglicherweise sogar mehr Talent hatte als Lottie, war eine schmerzliche Erkenntnis.

Er massierte sich mit langen, eleganten Fingern die Stirn. »Das würde wohl auch diese teuflischen Kopfschmerzen erklären.«

Laura nickte erfreut. »Aber sicher. Wir hatten schon befürchtet, Sie würden überhaupt nicht mehr richtig zu Bewusstsein kommen.«

»Doch nun bin ich es.« Er ließ die Hand sinken.

»Ja«, bestätigte sie, entnervt vom Widerspruch zwischen seidiger Stimme und Raubtierblick.

»Bei Ihnen.«

»Bei mir«, echote Laura und wich gegen einen dreibeinigen Beistelltisch zurück. Wie in aller Welt schaffte er es, sie zum Rückzug zu bringen, ohne auch nur einen einzigen Schritt auf sie zuzukommen?

»Wer zur Hölle Sie auch immer sind!«, polterte er los, sodass sie zusammenzuckte.

Der Tisch hinter ihr wackelte gefährlich. Sie drehte sich um und stellte ihn wieder richtig hin, um Zeit zu gewinnen. Es war nicht besonders schwierig gewesen, ihm seinen Namen vorzulügen. Warum nur war es ihr fast unmöglich, ihm ihren echten Namen zu verraten? Sie spielte mit den Sachen herum, die auf dem Tischchen lagen, berührte das seidene Nadelkissen und den Fingerhut aus Zinn. Als ihre gedankenverlorene Hand den abgegriffenen Ledereinband von Lady Eleanors Bibel streifte, wäre sie vor Scham fast zurückgezuckt, wenn da nicht dieser Anflug von Trotz gewesen wäre. Sie hatte Gott darum gebeten, ihr einen Mann zu schicken, und Er hatte es getan. Wie konnte es also Sünde sein, ihn zu behalten?

Laura schluckte den letzten Rest ihrer Bedenken hinunter, drehte sich um und begegnete seinem brennenden Blick mit einer kühlen Grandezza, die sie selbst erstaunte. »Erinnern Sie sich denn nicht mehr an mich, Liebster? Ich bin es, Laura Fairleigh. Ihre Verlobte.«

Das kantige Kinn und die königlichen Wangenknochen waren wie aus Granit gemeißelt. Er zwinkerte nicht einmal. »Wir sind miteinander verlobt?«

Laura nickte.

»Um irgendwann zu heiraten?«

Sie nickte erneut, diesmal mit hingebungsvollem Lächeln.

Er schloss die Augen und rutschte ein Stück die Wand hinunter. Dass ihre Lüge ihm einen derartigen Schlag versetzen würde, hatte sie nicht erwartet. Der goldene Schimmer wich von seinen Wangen, was nur bewies, wie viel Kraft es ihn gekostet hatte, sich so lange auf den Beinen zu halten. Diesmal protestierte er nicht, als sie ihm zu Hilfe eilte, auch wenn er noch genug Energie aufbrachte, die Augen zu öffnen und sie finster anzustarren.

Laura erwischte ihn gerade noch, bevor er weiter zu Boden sackte, was in Anbetracht seines Gewichts keine leichte Aufgabe war. Sie musste ihm einen Arm um die Hüften schlingen und ihre Schulter unter seine Achsel stemmen, um ihn auf den Beinen zu halten. In dieser ungelenken Umarmung stolperten sie aufs Bett zu, als tanzten sie einen plumpen Walzer. Laura versuchte, ihn auf die Matratze gleiten zu lassen, doch die rutschige Überdecke aus Chintz ließ ihr keine andere Wahl, als sich mit ihm gemeinsam aufs Bett zu werfen.

Sie blieb als keuchendes Häuflein liegen, den Arm immer noch unter seinem Gewicht gefangen. Sie hätte nicht zu sagen vermocht, ob die Erschöpfung sie atemlos machte oder der hitzige Druck der nackten, weichen Männerhaut.

»Was für ein Glück, dass wir bereits verlobt sind«, sagte er trocken. »Anderenfalls müsste ich Sie wohl im Angesicht einer Heugabel ehelichen, falls Ihr Bediensteter uns in dieser misslichen Lage ertappte.«

Laura bekam ihren Arm frei und setzte sich auf dem Bett auf. Sie stopfte sich mit glühenden Wangen eine widerspenstige Strähne in den Haarknoten zurück. »Was reden Sie denn da? Dower weiß so gut wie ich, dass Sie nicht der Typ Mann sind, der die Tugendhaftigkeit seiner Verlobten aufs Spiel setzt.«

»Bin ich nicht?« Er schaute sie finster an. »Sind Sie sich da absolut sicher?«

»Aber natürlich«, versicherte Laura. »Sie haben allzeit äußerste Schicklichkeit gewahrt.«

Er ächzte und legte sich den Arm übers Gesicht. »Kein Wunder, dass ich mich vor diese Kanone geworfen habe. Ich hatte keinen Grund, am Leben zu bleiben.«

Jetzt, da sein stechender Blick hinter dem Arm verschwunden war, konnte Laura ungestört seinen betörenden Mund betrachten, sich ungestört des hinreißenden Kusses erinnern, den sie im Wald getauscht hatten.

»Sie hatten den allerbesten Grund, am Leben zu bleiben«, sagte sie leise. »Nämlich zu mir zurückzukommen.«

Er ließ den Arm sinken. Etwas, das noch beunruhigender war als Argwohn, blitzte in seinem Blick. »Wie lange waren wir voneinander getrennt?«

»Ein Jahr lang, würde ich schätzen.« Laura senkte von Scham und Scheu getrieben den Kopf. »Obwohl es sich eher anfühlt wie eine Ewigkeit.«

»Aber Sie haben auf mich gewartet.«

Ihre Blicke trafen einander. »Ich hätte ein Leben lang auf Sie gewartet.«

Er schien einen Moment lang verwirrt. Als hätte sich das kleine bisschen Wahrheit, das in ihren Worten steckte, verlogener angehört als all ihre Lügen. Er schickte sich an, ihr die Hand an die Wange zu legen, und Laura begriff, dass sie besser geflohen wäre, solange sie dazu noch Gelegenheit gehabt hatte. Selbst wenn das Bettzeug unter ihr Feuer gefangen hätte, jetzt konnte sie sich nicht mehr von der Stelle rühren. Seine Fingerspitzen waren nur noch ein winziges Stück entfernt, als er plötzlich aufjaulte.

Ein tapsiges, gelbes Kätzchen, das nur aus Ohren und Pfötchen zu bestehen schien, tollte seinen rechten Oberschenkel hinauf und grub mit jedem ausgelassenen Hüpfer die Krallen in den Quilt. Laura war froh über die Ablenkung, hob die kleine Katze hoch und legte ihr die Hand unters pelzige Bäuchlein. »Die ist so klein, dass meine Schwester sie übersehen haben muss.«

»Bringen Sie sie bitte weg«, zischte er zwischen zusammengebissenen Zähnen hervor. »Ich kann diese Biester nicht leiden.«

Laura rieb die Wange am flaumigen Fell der Kleinen und strahlte ihn an. »Ich fürchte, Ihr Gedächtnis lässt Sie im Stich. Sie lieben Katzen.«

Er riss die Augen auf. »Wie bitte?«

Sie nickte. Er schaute mit sichtlichem Entsetzen zu, wie sie ihm das zappelnde Katzenkind auf die Brust setzte. Mann und Katze sahen einander einen gespannten Moment lang gleichermaßen misstrauisch an, dann gähnte die Kleine, streckte sich und rollte sich auf seinem Brustbein zu einem schnurrenden Knäuel zusammen.

Er schüttelte den Kopf. »Als Nächstes werden Sie mir noch erzählen, dass ich diesen unerträglichen, kleinen Fratz leiden mag, der all die Katzen angeschleppt hat.«

Laura wählte ihre Worte mit Bedacht. »Obwohl es gelegentlich zu Meinungsverschiedenheiten kommt, haben Lottie und Sie einander doch sehr lieb.«

Er schloss die Augen und drehte sich weg, als sei diese neue Enthüllung mehr, als jeder Mann ertragen konnte. Laura zog ihm den Quilt liebevoll bis zum Schlafplatz des Kätzchens über die Brust hoch. »Sie hatten für heute mehr als genug Aufregung. Sie müssen mit Ihren Kräften haushalten.«

Sie wandte sich gerade zum Gehen, als er sie am Handgelenk packte. Sein Daumen streichelte, gefährlich nah an einer Zärtlichkeit, die empfindsame Haut an der Innenseite des Gelenks. »Laura?«

Sie holte bebend Luft. »Sir?«

»Habe ich Sie denn auch so lieb?«

Ihr blieb nur ein Mittel gegen die Sehnsucht, die sie bei seinen Worten überkam: sie leichthin abzutun. Sie kräuselte ihr Näschen, lächelte schelmisch und antwortete: »Aber natürlich haben Sie mich lieb. Wer könnte mir wohl widerstehen?«

Sie entzog sich seinem Griff und machte, dass sie davonkam. Hoffentlich gratulierte sie sich nicht zu früh zu ihrem cleveren Schachzug.

»Ihr süßer roter Mund lügt.«

Weil sonst niemand da war, blieb dem Mann auf dem Bett nichts anderes übrig, als seine zynische Beobachtung dem goldenen Fellknäuel auf seiner Brust mitzuteilen. Das Kätzchen wachte auf und beäugte ihn schläfrig.

Er streckte die Hand aus und streichelte das samtige Dreieck zwischen den Ohren der Kreatur. Trotz seines anfänglichen Widerwillens fühlte sich die Geste seltsam vertraut an, als habe er so etwas in der Vergangenheit schon hundertmal getan. »Ich weiß, dass sie lügt, aber wie soll ich es beweisen, wenn ich mich nicht an die Wahrheit erinnern kann?«

Dem Kätzchen fielen wieder die Augen zu. Das Mäulchen gähnte rosa.

»Dich interessiert nicht im Mindesten, was ich sage, habe ich Recht? Du tust nur so, als würdest du zuhören, weil du nett sein willst.« Er hob die kleine Katze hoch, beachtete ihr entrüstetes Miauen nicht weiter und besah sich ihr Bäuchlein.

»Ein Mädchen«, verkündete er und schüttelte angewidert den Kopf. »Das hätte ich mir ja denken können.«

Er schickte die Kleine mit einem Klaps auf das Hinterteil zum Fußende des Betts, setzte sich auf und schwang die Beine über die Bettkante. Erneut erfasste ihn ein Schwindelanfall und ließ das Zimmer sich drehen. Er stützte den dröhnenden Schädel in die Hände. Hätte die verfluchte Kanonenkugel ihm nur sauber den Kopf abgetrennt, dann hätte es wenigstens nicht so wehgetan.

Als das Pochen nachließ, schaute er sich vorsichtig im Schlafzimmer um. Alles in allem atmete der Raum vergangene, bessere Tage – heruntergekommen war er, aber durchaus freundlich. Die Wände waren nicht mit Seide bespannt, sondern mit Papiertapeten. Ein Rosenmuster in hellem Rosa, das einst wohl blassrot gewesen war. Ein abgetretener Teppich bedeckte den Großteil des Holzbodens. Die Einrichtung bestand aus einem Stuhl, einer hohen Mahagonikommode mit Schubladen, einem Toilettentisch, einem Waschständer mit Krug und Schüssel aus Porzellan und einem Beistelltisch, den man vermutlich aus einem neu möblierten Salon ausrangiert hatte. Doch auch das frische, liebevoll aufgetragene Bienenwachs täuschte nicht darüber hinweg, dass Zeit und häufiges Polieren das Holz der Möbel ausgebleicht hatte.

Er atmete tief den zarten Orangenblütenduft, der die Luft parfümierte und fühlte sich wieder schwindelig. Er machte die Augen zu und wartete, dass der Anfall vorüberging. Was diese eine Sache anging, konnte er Laura nicht der Lüge bezichtigen – er kannte diesen Ort. Er kannte die weiß und golden gerieften Säulen des Himmelbetts und die abgesplitterte Marmorumrandung des Kamins. Er kannte die Schatten unterm Giebel und das Licht der Morgensonne, wie es schräg durch die hohen Fenster fiel. Alles hier stimmte irgendwie, er konnte es nicht verleugnen. Alles in diesem Zimmer war ihm vertraut.

Alles, nur er selbst nicht.

Er stand langsam auf und achtete darauf, den Quilt ordentlich um die Hüften festzuschlingen. Der Toilettentisch mit dem brokatbezogenen Stuhl davor und dem ovalen Spiegel schien hundert Meilen entfernt zu sein, und er wollte sich keine Blöße geben vor irgendeinem Überraschungsgast. Jeder wankende Schritt ließ seinen Kopf vor Schmerzen dröhnen. Als er den Toilettentisch endlich erreicht hatte und dankbar auf den Stuhl sank, war seine Haut nasskalt vor Schweiß, und seine Hände zitterten.

Er packte den Rand des Tischs und wartete, dass seine Finger sich beruhigten. Er war noch nicht bereit, in den Spiegel zu sehen und betrachtete stattdessen die Tischplatte, wo ein charmantes Durcheinander herrschte. Es sah aus, als habe sich hier gerade eine Dame zurechtgemacht, die jeden Moment ins Zimmer zurückkommen konnte. Ein Tütchen voller Haarnadeln mit Perlmuttköpfen lag offen in einer dünnen Schicht aus Reispuder. In einer Bürste mit silbernem Rücken entdeckte er kastanienbraunes Haar, durchsetzt mit Grau. Er zog den Stöpsel aus einem Duftflakon. Der berauschende Duft von Orangenblüten erfüllte ihn mit einem unbeschreiblichen Gefühl des Verlusts.

Aus einer Lackdose hing ein goldenes mit Perlmutt eingelegtes Medaillon. Er nahm es in die Hand und mühte sich mit dem winzigen Verschluss ab. Jemand hatte eine blonde Locke feinen Kinderhaars sorgsam in dem anmutigen Oval verstaut. Er fragte sich, ob irgendwer ihn jemals genug geliebt hatte, sich ein solches Andenken an seine unschuldigen Kinderjahre aufzubewahren. Er schloss das Medaillon und legte es in die Dose zurück.

Er konnte dem Mann im Spiegel nicht auf ewig ausweichen. Also holte er tief Luft, beugte sich vor und hoffte verzweifelt auf einen Schimmer des Erkennens.

Aus dem Spiegel starrte ihn ein Fremder an.

Er wollte zurückweichen, doch er schaffte es nicht. Zu faszinierend war der wild gelockte Satyr, der hinter dem Spiegel wohnte. Er hatte ein Gesicht, das man in den besseren Kreisen wohl als unwiderstehlich gut aussehend bezeichnet hätte, so man sich nicht an dem Anflug von Arroganz störte. Oder an dem hämischen Zug um den Mund. Es war das Gesicht eines Mannes, der gewöhnt war zu bekommen, was er wollte. Die Sorte Gesicht, die den Mächtigen dieser Welt gehörte, nicht wegen seiner Tugenden oder seines Charakters, sondern der schieren physischen Ausdruckskraft wegen, der klaren Flächen und Winkel wegen. Er musste zugeben, es war ein bemerkenswert verlockendes Gesicht.

Nur war er nicht sicher, ob er es haben wollte.

Was auch immer Laura behauptet hatte, es schien ihm nicht das Gesicht eines Mannes zu sein, der seiner Verlobten gegenüber allzeit äußerste Schicklichkeit wahrte.

»Wie geht's?«, fragte er den Mann im Spiegel. »Ich heiße Nicholas. Nicholas … Radcliffe.« Er runzelte die Stirn. Der Name lag ihm schwer und ungewohnt auf der Zunge wie eine fremdländische Sprache. »Darf ich mich vorstellen, Mr Nicholas Radcliffe«, wiederholte er angestrengt. »Und das ist meine Verlobte, Miss Laura Fairleigh.«

Na also. Zumindest Letzteres fühlte sich ein bisschen selbstverständlicher an. Ihr Name ging ihm vertrauter über die Lippen, wie ein altbekanntes Liedchen.

Er fuhr sich mit der Hand über die goldenen Stoppeln auf seinem Kinn. Was in aller Welt hatten sich diese beiden dümmlichen Dienstboten dabei gedacht, ein unschuldiges Mädchen mit einem Mann allein zu lassen, der so aussah wie er?

Falls sie überhaupt so unschuldig war, natürlich.

Mit dieser Stupsnase, die sich kräuselte, sobald sie lachte, und den Sommersprossen auf den sonnengeküssten Wangen sah sie zumindest so aus. Das dicke braune Haar, das sie am Scheitel zu einem Knoten geschlungen hatte, war nur ein klein wenig gelockt, und ihre dunklen Augenbrauen bogen sich über Augen, die intensiv und süß waren wie geschmolzene Schokolade.

Sie war keine Schönheit, aber die hübscheste Frau, die er je gesehen hatte. »Zur Hölle, noch mal«, flüsterte er. »Wenn es nach deinen Erinnerungen geht, ist sie die *einzige* Frau, die du je gesehen hast.« So man nicht diese Harpyie mit dem Beil und dem schwachen Schatten eines Damenbarts mitrechnete – was er aber strikt verweigerte.

Die Augen des Fremden im Spiegel blitzten ganz eindeutig vor Zynismus. Er hätte einer Frau niemals geraten, einen solchen Mann zu belügen, und wenn doch, nur auf eigene Gefahr.

Warum also ging Laura Fairleigh dieses Risiko ein? Er hätte nicht einmal sagen können, warum er so sicher war, dass sie log. Irgendein Instinkt, der tiefer gründete, als die Erinnerung es tat, schien ihn zu warnen. Vielleicht log sie auch gar nicht explizit, sondern verbarg lediglich etwas. War ihre Verlobung arrangiert worden? Fehlte es möglicherweise an wirklicher Zuneigung? Die nächste Überlegung verursachte ihm ein seltsam unterkühltes Gefühl.

Vielleicht war sie ihm während seiner Abwesenheit untreu geworden. Vielleicht war sie es leid gewesen, auf seine Rückkehr zu warten, und hatte in den Armen eines anderen Mannes Trost gesucht.

Schuldgefühle hätten ihr Stottern erklärt, ihren Widerwillen, ihm in die Augen zu schauen, und auch den rasenden Pulsschlag, den seine Fingerspitzen ertastet hatten, als sie die seidige Haut ihres Handgelenks liebkosten.

Aber Schüchternheit erklärte all das ebenso. Wenn sie tatsächlich so lange voneinander getrennt gewesen waren, wie Laura behauptet hatte, war es nur natürlich, dass seine körperliche Nähe sie bange werden ließ. Vielleicht wartete sie auch darauf, wie jedes unberührte Mädchen, dass er sie mit zärtlichen Worten und unschuldigen Küssen in seine Arme lockte.

Er dachte daran, wie der rosafarbene Musselin ihres Kleides auf ihrer rosigen Haut geklebt hatte und musste sich eingestehen, dass er sich dieser Aufgabe mit Freuden gewidmet hätte. Seine Verlobte mochte schlank und feingliedrig sein wie ein Fohlen, aber ihre Rundungen hatten die aufreizende Anmut einer Frau. So viel wusste er, seit sie zusammen aufs Bett getaumelt waren und ihre festen, schön gehobenen Brüste sich an seine Seite gedrückt hatten. Er zog den Quilt zurecht und musste feststellen, dass es ihm nicht die erhoffte Erleichterung brachte, wenn zusätzlich zu seinem Kopf noch ein anderer Körperteil zu pochen begann.

»Also gut, Nicholas, alter Junge«, sagte er zu seinem reumütigen Spiegelbild. »Bis dein Gedächtnis zurückkehrt, wird dir nichts anderes übrig bleiben als abzuwarten und zuzusehen, dass du deine zukünftige Braut und dich selbst kennen lernst.«

Seine Verlobte mochte vielleicht hoffen, dass er sich im Netz ihrer Lügen verfing, aber ein unstreitiges Stückchen Wahrheit klebte doch in ihren glitzernden Spinnenfäden – Laura Fairleigh war leicht zu lieben.

KAPITEL 5

Dich verloren zu haben,
hat mich vor Kummer fast wahnsinnig werden lassen …

»Hast du den Verstand verloren, Kind?«, heulte Cookie auf und plumpste auf einen Heuballen. »Du kannst doch nicht so mir nichts, dir nichts einen fremden Mann heiraten.«

George schlug mit der Faust auf die splittrige Holzbank, auf der er sich rittlings niedergelassen hatte. »Und ob sie das nicht kann! Schließlich bin ich der Mann in der Familie, und ich werde es, verflucht noch einmal, nicht erlauben!«

»Nicht fluchen, George«, mahnte Laura ganz automatisch.

Dower beugte sich hinüber und gab George einen Klaps auf die Ohren. »Hast gehört, was deine Schwester gesagt hat. Sollst nicht fluchen. Is nämlich nicht fromm. Und überhaupt is das meine Sach, sie dran zu hindern, dass sie den verbrecherischen Bastard heiratet.«

Laura seufzte. Sie hatte berücksichtigt, dass George gerne überreagierte, Lottie einfach nicht leise sprechen konnte und Dower sich eines recht bildhaften Vokabulars bediente und hatte das Familientreffen deshalb in der Scheune einberufen. Außer Hörweite ihres Diskussionsgegenstands. Nachdem sie ihr Vorhaben erläutert hatte – in einer perfekten Mischung aus brillanter Raffinesse und unwiderleglicher Logik, wie sie geglaubt hatte –, waren die Anwesenden in unterschiedlich schwere Anfälle von Entgeisterung und Wut verfallen. Was Laura letztlich bewies, dass ihr Instinkt sie nicht getrogen hatte. Sogar die alte Milchkuh, die den Kopf über die Stalltür hängte, an der Dower lehnte, hatte missbilligend gemuht.

Aus dem Nest, das Lottie oben auf dem Heuboden für sich und ihre Kätzchen gegraben hatte, schniefte es vernehmlich, was üblicherweise erstes Anzeichen für lauthalses Geschluchze war. »Was passiert mit uns, wenn er herausfindet, dass wir ihn belogen haben? Stellt euch nur vor, dass er zum Gericht geht und uns aushängen lässt?«

»Aufhängen lässt«, korrigierte Laura freundlich.

Dower schnaubte. »Wie sollt er uns den Richter auf'n Hals hetzen, wo er doch selber vorm Gesetz abgehauen ist? Ein kluger, feiner Herr, wie der einer ist, lässt's nicht drauf ankommen, dass er selber hängt.«

»Er wird uns niemals glauben«, prophezeite George verdrossen.

»Aber sicher wird er das«, insistierte Laura. »Wir müssen uns nur auf die Sache einlassen. Es wird genauso wie damals, als Lady Eleanor uns jedes Weihnachten geholfen hat, für die Kinder im Dorf ein Krippenspiel aufzuführen. Alle haben gesagt, wie herzzerreißend Lottie als Jesuskind gewesen ist, und sogar die standhaftesten Heiden hatten Tränen in den Augen.«

»Und ich erst«, sagte Dower. »Vor allem, wie ich das Jesuskind, was vielleicht sechzig Pfund g'wogen hat, zur Krippe tragen hab.« Er rieb sich das Kreuz. »Seitdem plagt mich der Hexenschuss.«

»Wenigstens haste die Bälger aus dem Dorf nicht überzeugen müssen, dass du eine Jungfrau bist«, sagte Cookie. »Wie ich die große Rede gehalten hab, dass nie ich einen Mann gekannt hätt, hat Abel Grantham so schlimm lachen müssen, dass er vom Esel gefallen ist und auf die Krippe drauf. Fast hätt er das arme Jesuskind zerquetscht.«

Laura erinnerte sich an den Vorfall nur zu gut. Sie war diejenige gewesen, die losgestürzt war, um einen prustenden Abel von einer heulenden Lottie herunterzuzerren. Aller Weihrauch und alle Myrrhe hatten nicht ausgereicht, den schalen Whiskey-Atem des Weisen aus dem Morgenland zu überdecken.

Aber sie wollte die anderen jetzt nicht an die anderen Desaster erinnern, die ihr Laienspiel begleitet hatten. Wie Dowers glimmende Pfeife damals Georges Turban entzündet hatte. Oder wie die Schafherde ihren Hirten entkommen war und blökend den Mittelgang der Dorfkirche hinuntergelaufen war. Sie setzte ein fröhliches Lächeln auf. »Genauso sollten wir unsere neueste Theateraufführung betrachten. Ein bisschen ungehörig vielleicht, aber eigentlich nur ein harmloses Spiel.«

Cookie schüttelte sorgenvoll den Kopf. »Was du da vorschlägst, Kind, ist kein Spiel. Es ist eine Lüge. Und nie ist etwas Gutes dabei herausgekommen, wenn man einen Mann belügt.« Sie schaute unruhig zum Scheunentor. »Vor allem, wenn es ein solcher Mann ist wie der.«

Lauras vergnügtes Lächeln schwand. »Das mag ja stimmen, Cookie. Aber ich bin überzeugt, dass manchmal noch weniger Gutes herauskommt, wenn man die Wahrheit sagt.«

Alle starrten sie an, verblüfft vom eisigen Klang ihrer Stimme.

Laura fing an, in der Scheune auf und ab zu gehen. Nur das Zwitschern der Schwalben, die unterm Dachgebälk nisteten, begleitete sie. »Meiner Ansicht nach gehen uns die Möglichkeiten aus. Da ich nicht vorhabe, einen der Männer aus dem Dorf zu heiraten und den Rest meines Lebens unglücklich zu sein, bleibt uns nur übrig, unsere Zukunft in die Hände Sterling Harlows zu legen. Und ich glaube nicht, dass man ihn grundlos den Teufel von Devonbrooke nennt. Das Letzte, was ich will, ist, euch Angst einzujagen. Aber fragt ihr euch eigentlich nicht, welche Art von *anderweitiger Unterbringung* ein Mann wie er für uns zu arrangieren gedenkt?«

Laura stützte die Hand auf einen abgesplitterten Holzpfosten und schaute zum Heuboden hinauf. Die Augen ihrer Schwester blitzten sie aus den Schatten an. »Lottie, ich glaube kaum, dass es ungewöhnlich ist, ein Mädchen deines Alters ins Arbeitshaus zu stecken und es von der Morgendämmerung bis Mitternacht arbeiten zu lassen, bis die Lebensgeister so gebrochen sind wie der Rücken.«

»Würde mir nichts ausmachen«, sagte Lottie zornig. »Solange du nicht diesen missmutigen Primitivling heiratest.«

»Aber was würde aus deinen feinen, zarten Händen werden und aus deinem Haar?«

Lottie griff sich mit unsicheren Fingern in die Locken. Das Einzige, woran Lottie sich bei ihrem Vater erinnern konnte, das wussten sie alle, war, dass er sie sein kleines Goldlöckchen genannt hatte. »Ich könnte mir Zöpfe flechten, glaube ich.«

Laura schüttelte den Kopf und hasste sich in diesem Moment so sehr, wie sie Sterling Harlow hasste. »Ich fürchte, das könntest du nicht. Sobald du Läuse bekommst, bleibt ihnen nichts anderes übrig, als alle abzuschneiden.«

George sprang auf. »Er würde es nicht wagen, mich an einen solchen Ort zu schicken. Ich bin alt genug, davonzulaufen und zur Marine zu gehen.«

Laura drehte sich nach ihm um, die Miene so bedauernd wie der Tonfall. »Auch wenn du es dir noch so gerne einbildest, du bist noch kein erwachsener Mann, George.«

Ihr Bruder ließ sich wieder auf die Bank fallen und würdigte sie keines Blickes.

Laura ging vor Cookie in die Knie und blickte ins betroffene Gesicht der alten Frau auf. »Und was soll aus Dower und dir werden? Wie lange, meinst du, wird der Herzog jemanden in eurem Alter noch in Stellung behalten? Hätte Lady Eleanor euch nicht als Familienmitglieder betrachtet, ihr wärt schon vor Jahren in den Ruhestand geschickt worden.«

»Der alte Bock hier hat aber noch 'ne Menge Feuer in seinen Bockshörnern«, verkündete Dower.

Laura ergriff die gichtige Hand des alten Mannes. »Im Sommer, vielleicht. Aber was ist mit den kalten Winternächten, Dower, wenn dir die Fingergelenke anschwellen und knacken und bluten, bis du sie kaum noch abbiegen kannst. Cookie, du weißt genau, wovon ich rede, nicht wahr? Du hörst ihn doch, wenn er die ganze Nacht herum läuft, weil er vor Schmerzen nicht schlafen kann?«

Cookie wich dem fragenden Blick aus, während Dower Laura hochzog. »Es macht nichts aus, Miss, wenn wir im Arbeitshaus enden mit kaputten Rücken und die Knöchel blutig. Wir halten Sie zu sehr in Ehren, um Sie an 'nen Fremden zu verscherbeln, wegen uns.«

Laura ließ mit wachsender Verzweiflung seine Hand los. »Das ist es aber doch, worum ich euch bitte – dass ihr an mich denkt! Hat sich einer von euch ausgemalt, was aus mir wird, wenn dieser Duke Arden Manor für sich beansprucht?«

Dower kratzte sich den grauhaarigen Schädel. »Sie sind 'ne gebildete Dame oder vielleicht nicht? Sie könnten eine von diesen Gubernanten werden, die den Kindern der feinen Leut was beibringt.«

Laura seufzte. »Ich weiß, dass das jetzt ein Schock für euch wird, vor allem für Lottie, die doch immer die unvergleichliche Schönheit sein will, aber es hat seinen Grund, warum die Männer aus dem Dorf mich heiraten wollen.«

Sie starrten sie verständnislos an.

»Ich bin hübsch.« Laura hörte sich an, als spräche sie von einem schweren Gebrechen. »Viel zu hübsch, um Gouvernante zu werden. Und sollte sich tatsächlich eine Lady finden, die mich einstellt, was ich bezweifle, es wäre nur eine Frage der Zeit, bis einer der Männer im Haus – der Bruder der Hausherrin, ihr Sohn oder vielleicht sogar ihr eigener Ehemann – mich an der Hintertreppe in eine Ecke drängt. Und dann büße ich nicht nur meine Stellung ein, sondern auch meine Reputation. Und wenn eine Frau in einer Welt wie dieser einmal ihren guten Ruf verloren hat, ist sie leichte Beute für jede Art von Gaunern und Halunken.«

Sie schaute mit ernstem Blick von einem zum anderen. »Und das ist nicht einmal das Schlimmste. Es gibt noch eine andere Möglichkeit, die wir ins Auge fassen müssen. Stellt euch vor, der Herzog wirft selber ein Auge auf mich und will mich zu seiner Mätresse machen!«

Dower schluckte eine Gotteslästerung herunter, und Cookie streckte die Finger aus, den bösen Blick abzuwehren, als gedenke Laura, die Konkubine des Leibhaftigen zu werden.

»Wer könnte einen Mann seines Reichtums, seiner Macht und mit seinen gesellschaftlichen Verbindungen davon abhalten, einem mittellosen Mädchen vom Land seine Aufmerksamkeit aufzuzwingen? Im Dorf würde man vielleicht sogar meinen, ich müsse meinem Gönner dankbar sein.« Obwohl ihr die Röte schon die Wangen wärmte, reckte Laura trotzig das Kinn. »Und wenn ich mich diesem Fremden auch nach dem gleichen Muster verkaufe, ich habe ihn mir zumindest selber ausgesucht.«

Ihre Worte hingen stolz in der Luft und beschämten die Anwesenden.

Dower strich sich mit der Hand über den Hals. »Wenn's dieser junge Bock ist, den Sie haben wollen, Miss, dann mein ich, dass uns nichts andres über bleibt, als ihn zum Scheren in den Pferch zu treiben.«

Laura warf die Arme um den alten Mann und drückte ihm einen Kuss auf die stacheligen Wangen. »Gott segne dich, Dower! Ohne dich würde ich es nicht schaffen. Du musst gleich morgen nach London und deine alten Kumpane konsultieren. Ich muss herausfinden, ob irgendjemand etwas gehört hat, dass man die letzten Tage einen Gentleman vermisst.«

»Oder ob ein Sträfling geflohen ist«, murmelte Dower leise vor sich hin.

»Ich hoffe, dass er der verwaiste zweite Sohn eines zweiten Sohnes ist, ohne Erbschaft und mit noch weniger Perspektive.« Laura fing wieder an, auf und ab zu laufen – mit leichterem Schritt als zuvor. »Wenn wir noch vor meinem Geburtstag heiraten wollen, muss an drei aufeinander folgenden Sonntagen das Aufgebot in der Kirche verlesen werden. Also von übermorgen an. Das heißt, dass mir weniger als drei Wochen bleiben, um sicherzustellen, dass er nicht irgendwo eine Ehefrau versteckt hat.« In Anbetracht der Kürze und der Natur ihrer Bekanntschaft war Laura erstaunt, wie sehr der Gedanke sie schmerzte.

»Da bin ich ja beruhigt, dass du dich wenigstens nicht zur Bigamie erniedrigst«, sagte George gedehnt. »Aber was, wenn Dower tatsächlich die Familie dieses Mannes findet … oder seine Ehefrau?«

Laura seufzte. »Dann bleibt uns wohl nichts anderes übrig, als ihn seinen rechtmäßigen Eigentümern zurückzugeben.«

»So wie ein verirrtes Schaf«, schlug Dower vor.

»Oder ein entlaufenes Schwein«, ergänzte Lottie verächtlich.

»Was ist, wenn du diesen Kerl heiratest und jemand aus London kommt nach Arden und erkennt, wer er wirklich ist? Was dann?«, fragte George.

»Und wann hat unser bescheidenes Dörfchen zum letzten Mal einen Besucher aus London gesehen?« Lauras Frage brachte sogar einen George zum Schweigen. Und tatsächlich konnte sich keiner von ihnen erinnern.

Doch ihr Bruder schien beweisen zu wollen, dass er genauso unbarmherzig sein konnte wie sie. »Was, wenn er im Heiratsregister mit falschem Namen unterschreibt? Seid ihr in den Augen der Krone dann rechtmäßig verheiratet?«

Laura blieb stehen. Das hatte sie noch nicht bedacht. Sie schob ein ganzes Leben voller spiritueller Unterweisungen beiseite und wandte sich hoch erhobenen Hauptes ihrem Bruder zu. »Vorm Angesicht des Herrn werden wir verheiratet sein. Und soweit es mich angeht, sind Seine Augen die einzigen, die zählen.«

Cookie erhob sich wortlos von ihrem Heuballen und ging Richtung Tür.

Laura hatte Haltung bewahrt, als Dower geschimpft und George seine Zweifel geäußert hatte, aber wenn die gutherzige Cookie sie jetzt wieder links liegen ließ, dann würde sie in Tränen ausbrechen. »Wo gehst du hin?«

Cookie drehte sich um, und ein zärtliches Lächeln zierte ihr breites Gesicht. »Wenn ich bis zu deinem Geburtstag ein Brautkleid genäht haben soll, kann ich nicht den ganzen Tag bei den Kühen und den Hühnern in der Scheune verbummeln. Ich glaub, Lady Eleanor hat auf dem Speicher einen weißen Crêpe de Chine zurückgelegt, genau für diesen Tag.« Die Dienstmagd tupfte sich mit dem Saum der Schürze die feuchten Augen trocken. »Ich wünscht, unsere gute Lady wär hier und könnte dich sehen, wie du neben diesem gut aussehenden Burschen am Altar stehst. Das war schon fast ihr größter Wunsch, weißt du.«

Laura zwinkerte ihre eigenen Tränen fort. Es gab nur eins, das Lady Eleanor sich noch inniger gewünscht hatte – dass eines Tages ihr Sohn die Auffahrt heraufgelaufen kam, direkt in ihre Arme.

Laura hängte sich bei Cookie unter. »Glaubst du, sie hätte was dagegen, wenn wir etwas Brüsseler Spitze von den Gardinen im Salon nehmen und die Ärmel damit besetzen?«

Laura und Cookie verließen über Hochzeitstorten und Brautsträuße schwatzend die Scheune. Dower trottete hinterher und schüttelte fassungslos den Kopf. »Hätten in der Scheune bleiben sollen, wo sie hingehören. Braucht nur 'ne Hochzeit, schon kriegen die verständigsten Weiber Kuhaugen.«

Es war lange Zeit still in der Scheune, nachdem die drei gegangen waren. Bis George explodierte. Er sprang auf und versetzte einem blechernen Futterkübel einen heftigen Tritt, dass das Getreide in goldenem Bogen durch die Luft flog. Der Kübel landete mit einem metallischen Gedröhn, das sich wie ein Blitz in die angespannte Stille entlud.

»Sie sagt, sie tut es um ihrer selbst willen, aber das stimmt nicht! Sie tut es für uns. Sie tut es, weil ich zu jung bin, um meine eigene Familie zu versorgen.« Er sank gegen einen Pfosten, die Hände hilflos zu Fäusten geballt. »Gott im Himmel, wenn ich nur ein erwachsener Mann wär …«

Über ihm saß Lottie im Schneidersitz im Heu und ließ jedes theatralische Gehabe vermissen. Ihr kleines, rundes Gesicht war bleich, ihre Stimme sonderbar gelassen. »Wir können es ihr einfach nicht erlauben. Wir können nicht zulassen, dass sie unseretwegen ihre Tugend opfert. Sonst fällt sie in die Hände eines Schurken, was schlimmer ist als der Tod, und Laura hat was Besseres verdient.«

»Du hast ja nicht mitbekommen, wie sie ihn angesehen hat«, sagte George düster. »Als würd sie gern in seine Schurkenhände fallen.«

»Das sagst du so einfach, aber du bist keine Frau.«

»Du auch nicht«, erinnerte George seine kleine Schwester.

Lottie stützte das Kinn in die Hand. »Wenn Laura vor ihrem einundzwanzigsten Geburtstag heiratet, erbt sie das Haus.«

»Was genau der Grund für diesen ganzen Irrsinn ist«, stimmte George zu, irritiert von dem berechnenden Gesichtsausdruck seiner Schwester.

»Aber in Lady Eleanors Testament steht nicht, dass sie verheiratet *bleiben* muss.«

»Du weißt genauso gut wie ich, dass Laura die Schmach einer Scheidung nie überleben würde.«

»Wer hat denn was von Scheidung gesagt?« Lottie streichelte das graue Fellbündel in ihrem Schoß. »In Miss Radcliffes Romanen finden die Schurken immer ein frühes Ende. Bevor es ihnen gelingt, die Tugend der Heldin zu kompromittieren.«

George stützte die Hände in die Hüften und schaute zu ihr hinauf. »Carlotta Anne Fairleigh, du willst den armen Kerl doch nicht etwa umbringen? Egal, was in deinen dummen Büchern steht, du kannst nicht herumlaufen und Leute umbringen, nur weil sie keine Katzen mögen. Oder weil sie dich nicht mögen.«

»Und warum nicht?«, entgegnete Lottie. »Stell dir mal vor, wie nützlich es wär! Als Witwe hätte Laura alle Vorteile einer Ehe, müsste aber die Einschränkungen nicht erdulden. Und wenn ihr Bräutigam sein frühes Ende *nach* der Hochzeit, aber noch *vor* der Hochzeitsnacht findet, dann bräuchte sie seine verfaulten, stinkenden Hände nicht überall auf ihrem Körper zu ertragen.«

George wankte, er konnte nicht anders. Er stakste aufs Scheunentor zu und hoffte, der Wind würde ihm die Wut aus den Hirnwindungen blasen. Die ausgebrannte Ruine des Pfarrhauses, das sie einst zusammen mit ihren Eltern bewohnt hatten, stand an einer entlegenen Ecke des Guts. Doch an warmen, windigen Tagen wie diesem war ihm, als rieche er immer noch beißenden Rauch und schmecke bittere Asche.

»Wenn Papa und Mama hier wären, könnten sie uns sagen, was für Laura am besten ist.« Er drehte das Gesicht in die Morgensonne. »Sie würden wissen, was für uns alle das Beste ist.«

»Sie sind aber nicht hier. Aber wir beide.«

Er seufzte. »Wir drei sind so gut zurechtgekommen. Ich hab gedacht, das würde ewig so bleiben.«

»Kann es auch«, sagte Lottie leise. »Wenn du versprichst, mir zu helfen.«

George kniff die Augen zu, doch das Bild seiner Schwester, wie sie in den Armen dieses Fremden lag, wollte nicht verschwinden. Einen endlosen Augenblick lang schien sogar der Wind den Atem anzuhalten und auf seine Antwort zu warten.

Schließlich wandte er sich wieder in die Schatten der Scheune, ein grimmiges Lächeln auf den Lippen. »Schwarz hat Laura immer schon gut gestanden.«

Lotties Zähne blitzten auf. »Meine Rede!«

KAPITEL 6

Du warst immer
ein so makelloser kleiner Engel ...

Nicholas Radcliffe war schlechter Laune.

Zumindest stellte er das am Nachmittag des nächsten Tages fest, ungefähr zur Teezeit. Zum hundertsten Mal knarrte die Schlafzimmertür auf, so schien es ihm jedenfalls, nur damit wieder jemand hereinkam, der nicht seine Verlobte war.

Wie es schien, hatte eine unsichtbare Laura Fairleigh beschlossen, ihn der Obhut all derer zu überlassen, die zufällig an seiner Tür vorbeikamen. Sogar Dower hatte ihm am Morgen einen kurzen Besuch abgestattet, nach Schaf riechend und mit der finsteren Miene einer Totenmaske. Er hatte ihm mitgeteilt, dass er auf dem Weg nach London sei, zum Viehmarkt. Dann hatte er seinen breitkrempigen Hut in den Händen geknetet und sich eine barsche Entschuldigung abgerungen. Dafür, dass er ihn fast mit der Heugabel durchbohrt hatte. Und die ganze Zeit über hatte er ihn mit schwarzen Knopfaugen gemustert, als nehme er schon mal Maß für Nicholas' Sarg.

Als Nächster war Lauras Bruder erschienen. Mit mürrischem Gesicht und einem Tablett voller Bückling und Rührei. Als Nicholas sich nach dem Verbleib seiner Schwester erkundigte, hatte George etwas nichts Sagendes gemurmelt und fluchtartig den Raum verlassen.

Als wenig später die Tür aufflog, hatte Nicholas das nach wie vor andauernde Schwindelgefühl ignoriert und sich gespannt aufgesetzt. Er hatte tausend Fragen, von denen die meisten nur Laura beantworten konnte. Doch zu seiner großen Enttäuschung gehörten das schief sitzende weiße Häubchen und die wirren Locken zu Cookie. Er hatte der Dienstmagd gewaltsam Waschschüssel, Seife und Rasierzeug aus den rissigen Händen genommen und darauf bestanden, sich allein zu waschen und zu rasieren. Er wollte die gestrige Prozedur kein zweites Mal durchmachen.

Als Cookie gehen wollte, hatte er nicht widerstehen können, unschuldig zu blinzeln und zu bemerken: »Du brauchst dich nicht so zu sputen, Cookie. Da ist nichts unter dem Quilt, das eine Frau wie du nicht schon hundertmal gesehen hätte.« Er zog spöttisch die Augenbrauen hoch. »Oder zumindest einmal.«

Cookie war scharlachrot angelaufen und hatte mädchenhaft in ihre Schürze gekichert. »Jetzt aber, Sir. Sie sind mir vielleicht ein unanständiger Gentleman.«

»Da hat mir deine Mistress aber etwas anderes erzählt«, hatte er ihr hinterhergemurmelt, und sein Grinsen wandelte sich in ein nachdenkliches Lächeln. Das gelbe Kätzchen, das sich in seine Kniekehle kuschelte, hatte ihn fragend angesehen. Er hatte wiederholt versucht, den kleinen Plagegeist zu verscheuchen, aber die Katze weigerte sich, länger als ein paar Minuten von seiner Seite zu weichen.

Je länger sich die Stunden hinzogen und je kürzer sein Geduldsfaden wurde, desto mehr fühlte er sich wie ein Gefangener. Wenn er nur seine Hosen gehabt hätte, dann hätte er wenigstens im Zimmer auf und ab gehen können. Das Dröhnen in seinem Kopf war zu dumpfem Kopfweh geworden, störend, aber nicht unerträglich.

Kurz nachdem die Teezeit vorüber war und er gerade ein Schläfchen machen wollte, ging die Tür wieder einen Spaltbreit auf. Weil aber von Laura erneut nichts zu sehen war, wollte er schon irgendetwas Zerbrechliches in Richtung Tür werfen. Da entdeckte er einen Berg goldener Locken, der seitlich von einem blassroten Band zusammengehalten wurde. Mehr war aus seiner Position nicht zu erkennen. Sein neuester Besucher kroch, wie es schien, auf Händen und Knien herein.

Eine kleine Hand mit dicklichen Fingern und kurzen Fingernägeln krabbelte über die Bettkante und wühlte sich gefährlich nah an seinen Hüften durchs Bettzeug. Als sie nicht fand, wonach sie suchte, begannen die Locken sich wie ein vergoldeter Springbrunnen zu heben. Nicholas Radcliffe verengte die Augen zu schmalen Schlitzen, als Lottie Fairleigh über die Bettkante lugte, und betrachtete die Kleine durch gesenkte Wimpern.

»Da bist du ja, du ungezogenes Biest«, fauchte Lottie und griff nach der Katze, die an seiner Seite schlief.

»Nicht gerade eine freundliche Begrüßung für den Mann, den deine Schwester zu heiraten gedenkt«, sagte Nicholas gedehnt und stützte sich auf den Ellenbogen.

Lottie purzelte nach hinten auf den abgetretenen Teppich, der Mund ein rotes, überraschtes O.

»Ich warne dich, wenn du wieder zu kreischen anfängst, fange ich wieder zu brüllen an, und dann sind wir wieder da, wo wir angefangen haben.«

Sie klappte den Mund zu.

»Na also, schon besser«, sagte er. »Du bist fast auszuhalten, wenn du nicht so schreist.«

»Ich wünschte, ich könnte das Gleiche von Ihnen sagen«, gab sie zurück und brachte ihn gegen seinen Willen zum Lachen. Sie stand auf und klopfte ihr zerknittertes, weißes Kinderschürzchen ab, wobei sie genau das richtige Maß gekränkter Eitelkeit an den Tag legte. »Ich bitte um Vergebung, Sir, dass ich Sie gestört habe. Aber ich muss mein Kätzchen holen.«

»Und ich hatte ungerechterweise schon gedacht, du wolltest mich mit dem Kopfkissen ersticken.«

Lotties Kopf schoss mit wippenden Locken hoch. Die blauen Augen sahen so schuldbewusst drein, dass er sich fast schämte, sie geneckt zu haben. Doch sie erholte sich rasch und lächelte süß. »Eine ziemlich rüde Methode, einen unerwünschten Gast loszuwerden, wenn auch wirkungsvoll. Aber ich würde Gift vorziehen. Man hat eine so große Auswahl. Ich habe allein siebzehn verschiedene, tödliche Giftpilze katalogisiert, alle im alten Eichenwald.«

Nicholas setzte sich auf und beäugte misstrauisch die Reste seines Mittagessens.

»Wenn Sie uns jetzt entschuldigen würden.« Sie griff nach dem Kätzchen.

Das Tierchen schlug Lottie die scharfen, kleinen Krallen in die Finger, dass sie bluteten.

»Autsch! Was haben Sie mit ihr gemacht?« Lottie saugte an ihren zerkratzten Knöcheln, während die Katze den Kopf auf Nicholas' nackte Brust legte und hingerissen schnurrte.

Nicholas streichelte ihr seidiges Fell und zuckte die Achseln. »Deiner festen Überzeugung zum Trotz habe ich durchaus meine charmanten Seiten.«

»Das heißt es von Napoleon auch. Habe ich jedenfalls gelesen.« Sie wedelte hochmütig mit der Hand, als sei es ihre eigene Idee gewesen, die Katze bei ihm abzuladen. »Sie dürfen die kleine Hochverräterin behalten, wenn Sie wollen. Ich habe mehr als genug von der Sorte.« Hoch erhobenen Kopfes segelte sie auf die Tür zu. So peinlich, wie ihr Auftritt gewesen war, wollte sie sich zumindest würdevoll entfernen.

»Carlotta?« Sie drehte sich ohne zu zögern um. Nicholas hatte ihren Taufnamen offensichtlich richtig erraten. Er betrachtete ihr undurchdringliches, kleines Gesicht und hoffte, irgendetwas darin wieder zu erkennen. Doch sie war ihm so fremd wie sein eigenes Spiegelbild. »Wir scheinen beide recht eigensinnig zu sein. Aber deine Schwester hat mir versichert, dass wir einander trotzdem sehr gerne haben.«

Das Kind erwiderte seinen Blick, ohne mit der Wimper zu zucken. »Dann wird es wohl so sein.«

Sie verabschiedete ihn mit einem majestätischen Knicks. Zurück blieb ein aufgewühlter Nicholas, der sich nur noch matt in die Kissen werfen konnte.

Als sich der kupferrote Glanz des aufgehenden Mondes in sein Schlafgemach senkte, fing Nicholas an, sich nach Lotties Genörgel zu sehnen. Er hielt es keine Minute länger aus, ans Bett gefesselt zu sein wie ein schwächlicher Invalide. Sogar das Kätzchen hatte ihn verlassen und war aus dem Fenster gehüpft, um auf dem sternenerleuchteten Dach Grillen zu jagen.

Er warf sich auf den Bauch und bearbeitete das Kissen mit den Fäusten. Es wäre nicht so zermürbend gewesen, hätte nur jemand das Bett mit ihm geteilt. Er musste seine Phantasie nicht sonderlich bemühen, sich Lauras Haarpracht übers Kissen ausgebreitet vorzustellen oder sich selbst, wie er jede einzelne Sommersprosse auf ihren Wangen küsste und sie mit seinem Körper tief in die weiche Federmatratze drückte.

Er fand Gefallen an den lasterhaften Gedanken, obwohl sie schlecht zu den gefestigten Moralvorstellungen passten, die seine Verlobte ihm attestiert hatte.

Irgendwann fiel das alte Haus knarrend in den Schlaf, was seine Rastlosigkeit nur noch größer machte. Er setzte sich auf, warf die Decke zurück und schwang die Beine über die Bettkante. Zu seinem Erstaunen blieb der Raum standhaft, drehte sich nicht um ihn herum und ließ ihn nicht den Boden unter den Füßen verlieren, wie er befürchtet hatte.

Und jetzt entdeckte er auch seine Fahrkarte in die Freiheit. Ordentlich zusammengefaltet lag sie auf dem brokatenen Sitzkissen des Stuhls.

Ein Paar Hosen.

Irgendwer musste sie gebracht haben, während er gedöst hatte.

Er schüttelte die letzten Reste des Schwindelgefühls ab, durchquerte mit zuversichtlichen Schritten das Zimmer und zog die Reithosen an. Er freute sich an ihrem vertrauten, guten Sitz und entdeckte zu seinem Vergnügen über der Rückenlehne des Stuhls ein ebenso sorgsam hindrapiertes Hemd. Er befingerte den gestärkten Batist. Ein ziemlich extravaganter Stoff für jemanden, der nur über den Sold eines einfachen Soldaten verfügte. Als er das Hemd über die Schultern zog, bemerkte er ein paar Risse, die so sorgsam geflickt worden waren, dass man sie kaum bemerkte. Möglicherweise hatte ein wohltätiger Offizier das Hemd ausrangiert.

Ordentlich angezogen, die Hände in die Hüften gestützt, fühlte er sich mehr wie er selbst.

Wer auch immer, zur Hölle, er war.

Er fuhr sich mit der Hand durch die widerspenstige Mähne und zuckte zusammen, als er die taubeneigroße Beule am Scheitel berührte. Zumindest eines hatte er heute über sich herausgefunden. Es gefiel ihm nicht, hilflos den Marotten einer Frau ausgeliefert zu sein. Laura hatte kein Recht, ihm erst mitzuteilen, dass sie verlobt waren, um ihn dann mit dieser schockierenden Erkenntnis allein zu lassen.

Mit der Kraft kam auch die Entschlossenheit zurück. Er schlüpfte auf den dunklen Gang hinaus und hätte nicht zu sagen vermocht, ob er seine Verlobte suchte oder sich selbst.

Laura geisterte im Salon herum wie ein Gespenst. Sie hatte sich erst gar nicht die Mühe gemacht, eine Lampe zu entzünden oder eine Kerze. So unstet wie sie umherwanderte, war ihr das Mondlicht lieber. Nicht mehr lang, und sie würde die blassen Hände ringen wie die überreizten Frauen in Lotties heiß geliebten Schauerromanen.

Sich vorzustellen, wie sie im hellen Sonnenschein ihre Tage mit einem Fremden verbrachte, war nur eine Seite der Medaille. Der Gedanke, im Dunkel der Nacht sein Bett zu teilen, die andere. Als kleines Mädchen hatte sie davon geträumt, einen Mann wie ihn zu heiraten. Aber diese Träume hatten stets mit einer zärtlichen Liebeserklärung und einem unschuldigen Kuss geendet und nicht mit einem ungezähmten Riesen von einem Mann, der mit ihr im Bett lag.

Ihr entwischte ein ängstliches Jammern. Ihr Verlobter hatte vielleicht sein Gedächtnis verloren, aber sie hatte mit Sicherheit den Verstand verloren, ein derart wahnsinniges Komplott auszuhecken.

Sie hatte ihn den ganzen Tag über gemieden und die Geschichte einstudiert, die sie sich für sie beide ausgedacht hatte. Sie hatte es nicht gewagt, auch nur ein einziges Wort in ihrem Tagebuch festzuhalten, aus Angst, er könne es irgendwann entdecken.

Deine Sünden werden dich einholen.

So hatte ihr Vater es gerne gepredigt, und Laura konnte seine sanfte Stimme beinahe hören. Papa hätte niemals gedacht, sein unschuldiges kleines Mädchen könne zu einer größeren Sünde fähig sein, als die tägliche Epistel nicht auswendig zu lernen oder sich ein Stückchen Zucker aus der Dose zu schnappen, wenn Mama gerade wegschaute. Ihren Eltern war wahrscheinlich nie in den Sinn gekommen, Laura könne sich einen ganzen Mann schnappen.

Sie ließ die Schultern hängen. Es war zu spät, die Wahrheit zu beichten und ihn um Verzeihung zu bitten. Zu spät, ihm einen Kerzenleuchter über den Kopf zu schlagen und ihn in den Wald zurückzubringen. Er gehörte ihr – in guten wie in schlechten Tagen.

»Ein Cousin hat uns einander vorgestellt«, murmelte sie und schaute nach rechts, um ja nicht über die Ottomane zu fallen. »Der zweite Sohn eines Onkels dritten Grades. Oder doch lieber der dritte Sohn eines Onkels zweiten Grades?« Sie rieb die schmerzenden Schläfen mit den Fingerspitzen. Sie hätte genauso gut im Bett bleiben können und Lottie beim Schnarchen zuhören.

Der alte Sekretär aus Rosenholz zeichnete sich im Mondlicht vor ihr ab. Ein zerknüllter Briefbogen lag verlassen, aber längst nicht vergessen im Durcheinander der Schreibplatte. Der Brief, den Sterling Harlows treue Handlangerin verfasst hatte. Laura verabscheute den arroganten Duke mehr denn je. Schließlich war er es gewesen, der sie auf den Pfad des sicheren Verderbens getrieben hatte.

Sie fingerte in einem winzigen Fach herum, holte eine Zunderbüchse heraus und entzündete eines der Hölzchen. Sie hielt die Flamme an die Ecke des Briefs und fühlte einen Hauch von Triumph, als er sich zu kräuseln begann und schwarz wurde.

»Das geschieht dir recht, du elender Teufel«, flüsterte sie und hielt den Bogen hoch. »In der Hölle sollst du braten, da gehörst du auch hin.«

»Der Himmel kennt nicht jene Raserei, wenn Lieb' in Hass sich wandelt«, zitierte hinter ihr jemand William Congreve. »Noch kennt die Hölle einen Zorn, wie ein verschmähtes Weib ihn hat.«

KAPITEL 7

Auch wenn ich ihnen gestattet habe, dich mir wegzunehmen, habe ich dich doch immer in meinem Herzen gehabt …

Als die tiefe, seidige Stimme aus dem Schatten an ihr Ohr drang, wirbelte Laura herum und fürchtete jenseits aller Vernunft, mit ihrer Gotteslästerlichkeit den Teufel selbst heraufbeschworen zu haben. Doch es war nicht der Fürst der Finsternis, der am Türstock lehnte, sondern ihr Verlobter. Die Flamme, die sich in seinen goldbraunen Augen spiegelte, verhieß ihr, dass sie mit Gefährlicherem spielte als Feuer.

Mit nichts als einem Quilt bekleidet, hatte er einem prachtvollen Wilden geglichen, der frisch aus den Dschungeln Madagaskars eingetroffen war. In Hemd und Hose sah er kein bisschen zivilisierter aus. Weder Jackett noch Halstuch zügelten die maskuline Kraft, die ihn umgab. Das lohfarbene Gold seines Haars, das er länger trug, als es die Mode war, hing auf die Schultern herab, und sein Hemdkragen stand offen. Laura ließ den Blick hinunterwandern und wünschte sich sofort, sie hätte es nicht getan. Das anliegende Wildleder der Reithosen meißelte perfekt die Muskeln seiner Oberschenkel heraus. Er war weiß Gott keiner von den Spinnenbeinigen, die Sägemehl benutzten, um ihre Gliedmaßen aufzumöbeln.

Ihre Fingerspitzen sengten schmerzhaft. Sie jaulte auf, ließ die glimmenden Reste des Briefs fallen und trampelte in Hausschuhen darauf herum. »Die Rechnung vom Schlachter«, erklärte sie atemlos und hob den Saum ihres Nachtgewands, um den Funken zu entgehen. »Er kann ziemlich halsstarrig sein, wenn er am Monatsersten sein Geld noch nicht hat.«

Ihr Verlobter beobachtete interessiert das zuckende Tänzchen. »Wünschen Sie all Ihre Gläubiger zur Hölle oder nur die, die darauf bestehen, bezahlt zu werden?«

Laura wollte nicht antworten und nahm die schmerzenden Fingerspitzen in den Mund.

»Lassen Sie mich Ihre Hand ansehen.« Er durchquerte den Raum, das Gesicht von den Schatten verschleiert und wirkte noch größer und bedrohlicher als oben in Lady Eleanors Schlafzimmer.

Lauras Herz ließ einen Schlag aus. Was, wenn Dower Recht hatte? Was, wenn sie sich einen Mörder oder Dieb ins Haus geholt hatte? Vielleicht war er gar nicht das Opfer irgendeines Straßenräubers, sondern selber einer? Jeder Straßenräuber, der auch nur einen Schuss Pulver wert war, hatte die Mittel, sich als feiner Herr zu verkleiden, da war Laura sicher. Vielleicht hatte er sogar ihre List durchschaut und war heruntergekommen, um sie zu erwürgen.

Sie wich unwillkürlich vor ihm zurück.

Er hielt abrupt inne. »Wenn Sie meine Verlobte sind, warum benehmen Sie sich dann, als hätten Sie Angst vor mir?« Er kam ein Stück näher und sah so aufrichtig bestürzt aus, dass Laura sich fühlte, als wolle *sie* ihm eine Verletzung beibringen. »Habe ich Ihnen jemals wehgetan oder Sie glauben lassen, ich könne etwas Derartiges tun?«

»Bis jetzt nicht.« Sie stieß mit der Schulter an den Kaminsims und brachte eine Porzellanvase ins Wanken. Er griff um ihre Schulter herum, hielt die Vase fest und schnitt ihr damit ganz nebenbei den Fluchtweg ab. »Nein, das haben Sie nicht, wollte ich sagen.«

Als er ihr die Hände an die Wangen legte, waren die stechenden Fingerkuppen mit einem Mal vergessen. Seine Daumen spielten sanft über ihre zarte Haut. Doch anstatt zurückzuweichen, hätte sie sich am liebsten in seine Berührung fallen lassen.

Seine heisere Stimme war hypnotisierend. »Falls ich einer von diesen brutalen Grobianen bin, wäre es besser gewesen, Sie hätten mich der Gnade der Franzosen überlassen. Weil ich in diesem Fall ein grausames Schicksal verdient hätte.«

Laura duckte sich unter seinem Arm durch und setzte sich auf die monderhellte Polsterbank am Fenster. Sie sank in die Kissen und faltete die Hände im Schoß. »Ich fürchte mich nicht vor Ihnen«, log sie. »Ich hielt es nur für das Beste, den Anschein von Unziemlichkeit zu vermeiden.«

»Ein wenig spät, sich darum Sorgen zu machen, oder nicht? Wenn man bedenkt, dass wir einander noch nicht einmal in ordentlicher Kleidung gesehen haben.« Der Schalk blitzte in seinen Augen. »Zumindest, soweit ich mich erinnern kann.«

Laura blickte an ihrem Nachtgewand hinunter. Das züchtige Nachtkleid mit dem gefältelten Oberteil und dem hohen Spitzenkragen enthüllte weit weniger, als es das feuchte Kleid getan hatte. Seltsamerweise war es aber das offene Haar, das sie sich so nackt fühlen ließ. Ein solch unordentlicher Anblick sollte allein einem Ehemann vorbehalten bleiben.

»Trotz Ihrer Verfassung haben wir doch eine gewisse Form zu wahren.«

Sein Lächeln schwand. »Waren Sie deshalb den ganzen Tag über nicht an meinem Bett? Um die *Form* zu wahren?«

»Sie haben ein schreckliches Martyrium durchlitten. Ich nahm an, sie bedürften der Ruhe.«

»Und wie viel Ruhe, glauben Sie, kann ein Körper ertragen? Sie sagten, ich sei zwischenzeitlich immer wieder zu Bewusstsein gekommen.« Er legte den Arm auf den Kaminsims und trommelte mit den Fingern. »Wie lange genau bin ich schon hier?«

Sogar jetzt, wo er sich vollkommen wohl zu fühlen schien, barfuß wie er war und mit zerzaustem Haar, betrachtete er durchdringend ihr Gesicht. Suchte er nach der Wahrheit oder nach irgendwelchen Spuren von Betrug?

Sie zwang sich, ihm in die Augen zu sehen. »Zwei Ihrer kommandierenden Offiziere haben Sie vor knapp einer Woche zu uns gebracht. Wir waren nicht sicher, in Anbetracht der Schwere Ihrer Verletzung, ob Sie das Bewusstsein je wieder erlangen würden.«

»Jetzt, da ich es habe, erwartet man mich mutmaßlich auf meinem Posten zurück.«

»Aber nein!«, sagte Laura hastig. »Napoleon hat abgedankt, und Louis sitzt wieder auf dem französischen Thron. Man hat mir versichert, dass man Ihrer Dienste nicht weiter bedarf.«

»Nun, dann hängen sie mich wenigstens nicht als Deserteur.« Er runzelte die Stirn. »Was ist mit meiner Familie? Hat man sie von meiner Rückkehr in Kenntnis gesetzt?«

Laura konzentrierte sich ganz darauf, den Rock ihres Nachtgewands in adrette Falten zu legen. »Unglücklicherweise haben Sie mir praktisch nichts von Ihrer Familie erzählt. Soweit ich verstanden habe, haben Sie und Ihre Familie sich voneinander entfremdet, lange bevor wir beide uns trafen. Sie schienen mehr als entschlossen, Ihren Weg alleine zu machen.«

Ein Schatten, der mit dem Mondlicht nichts zu tun hatte, huschte fast unmerklich über sein Gesicht. »Eigenartig«, murmelte er.

»Was ist eigenartig?«, fragte Laura und fürchtete, zufällig seinem Gedächtnis nachgeholfen zu haben.

Ein melancholisches Lächeln zupfte an seinem Mundwinkel. »Von allem, was Sie mir berichtet haben, ist dies das Erste, was mir wirklich bekannt vorkommt.«

»Elternlos zu sein ist etwas, das wir gemein haben, müssen Sie wissen. Meine Eltern sind bei einem Feuer ums Leben gekommen, als ich dreizehn Jahre alt war. Dies war auch der Grund, warum mein guter Cousin Ebenezer glaubte, dass wir gut zusammenpassen würden. Er war es, der uns einander vorgestellt hat, als Sie während eines Heimaturlaubs vor zwei Jahren über Weihnachten sein Gast waren. Der gute, gute Ebenezer Flockhart ... der zweite Sohn eines Onkels dritten Grades.« Sie zuckte zusammen, so peinlich wie das jetzt geklungen hatte.

»Erinnern Sie mich daran, ihm zu danken, wenn wir einander das nächste Mal treffen.«

»Ich fürchte, das wird nicht möglich sein. Er ist nämlich ... nämlich ...«

»Im Krieg gefallen?«, schlug ihr Verlobter vor.

Laura war tatsächlich versucht gewesen, ihrem fiktiven Vetter Ebenezer einen ehrenhaften Tod für König und Vaterland anzudichten, aber die letzten Reste ihres ramponierten Gewissens behielten die Oberhand. »Er ist nach Amerika gesegelt. Was immer sein Traum war, und nun, da auch dort drüben der Krieg vorüber ist, stand es ihm frei, seine Träume zu verwirklichen.«

»Vielleicht besuchen wir ihn eines Tages. Da er derjenige ist, der uns miteinander bekannt gemacht hat, wird es ihn sicher freuen, die leuchtenden Gesichter unserer Kinder zu sehen.«

»Unserer Kinder?«, wiederholte Laura mit einem Quieken in der Stimme. »Wie viele würden das wohl sein?«

Er zuckte die Achseln. »Das lässt sich nicht so genau sagen. Ich schätze, ein halbes Dutzend würde reichen.« Er zog den Kopf ein und machte ein verschämtes Gesicht, das nicht zum durchtriebenen Blitzen seiner Augen passte. »Für den Anfang zumindest.«

Lauras Verstand schlug Kapriolen. In gerade einmal zwei Tagen hatte sie es vom unschuldigen Kuss auf die Lippen eines Fremden zu einem halben Dutzend potenzieller Kinder gebracht.

Für den Anfang zumindest.

Sein lautes Gelächter überraschte sie. »Kein Grund, so blass zu werden, meine Liebe. Ich habe nur gescherzt. Oder sollten

Sie es versäumt haben, mir mitzuteilen, dass ich keinerlei Humor besitze?«

»Mir war natürlich klar, dass Sie scherzen«, versicherte sie mit nervösem Schluckauf. »Sie haben immer gesagt, Sie wünschten sich nur zwei Kinder – einen Jungen und ein Mädchen.«

»Wie bescheiden von mir.« Er setzte sich neben sie auf die Bank am Fenster und streckte die langen Beine aus. Laura rückte so weit von ihm ab, wie das gemütliche Rund der Kissen es nur zuließ. Er nahm gerade noch ihre eiskalten Finger in seine warmen Hände, bevor sie zu Boden fallen konnte. »Ich bin ein wenig verwirrt von Ihrem Verhalten, meine Liebe. Sie sagten, wir seien lange Zeit voneinander getrennt gewesen, aber Sie scheinen nicht sonderlich geneigt zu sein, sich erneut mit mir … *bekannt* zu machen.«

»Sie müssen mir meine Scheu vergeben, Sir. Wir sind zwar seit fast zwei Jahren verlobt, aber auf Grund Ihrer Karriere beim Militär waren Sie höchst selten hier zu Besuch. Sie haben mich vor allem per Brief umworben.«

Er zog sie näher an sich. Der spöttische Blick wich ernsthaftem Interesse. »Haben Sie meine Briefe hier? Sie könnten meinem Gedächtnis auf die Sprünge helfen oder mir wenigstens sagen, was für eine Art Mann ich bin.«

Das hatte Laura nicht bedacht. »Ich fürchte, ich habe Ihre Briefe nicht mehr. Ich habe mich ihrer entledigt.«

Er ließ gänzlich verblüfft ihre Hände los. »Nun, der schnöden Sentimentalität kann man Sie jedenfalls nicht bezichtigen.«

»Oh, nein. Sie haben mich missverstanden!« Sie legte ihm die Hand auf den Arm und bemerkte es nicht einmal. »Sozusagen entledigt. Ich habe jedes Wort in Ehren gehalten, das Sie mir schrieben. Ich habe mit Ihren Briefen unterm Kopfkissen geschlafen … und so ist es dann auch passiert, dass Cookie sie am Waschtag mit in die Lauge geworfen und ausgekocht hat. Es tut mir unendlich Leid.«

»Und mir erst.« Niedergeschlagen sank er in die Kissen zurück und raufte sich das Haar. »Woher kommt es, dass ich mich an jeden noch so staubigen Winkel in diesem Haus erinnere, aber an nicht einen Moment, den ich hier verbracht habe?«

»Ich weiß nicht«, erwiderte Laura noch verwirrter als er.

»Es macht mich verrückt, dass ich mich nicht an Sie erinnern kann. Oder an uns.« Er beugte sich vor und studierte ihr Gesicht. »Haben wir einander geküsst?«

Wäre da nicht dieser fordernde Blick gewesen, Laura hätte geglaubt, dass er wieder einen Scherz machte. Sie wandte das Gesicht ab. War es nicht ironisch, dass sie ihn, ohne mit der Wimper zu zucken, belügen konnte, aber rot wurde, wenn es die Wahrheit zu sagen galt? »Einmal.«

Er nahm sie am Kinn und drehte sacht ihr Gesicht zu sich. »Das ist merkwürdig. Ich hätte geschworen, ich sei nicht der Typ Mann, der sich mit einem einzigen Kuss zufrieden gibt, wenn ein Mund so süß ist wie der Ihre.« Ein sündhafter Schauer ließ sie vor Vorfreude beben, als er mit dem Daumen leicht über diese besagten süßen Lippen strich. »Sie brauchen keine Angst zu haben, Laura. Sie haben mir doch selbst erklärt, dass ich niemals die Tugend meiner Verlobten aufs Spiel setzen würde. Ich versichere Sie, auch für den zurückhaltendsten Bräutigam ist es nicht ungewöhnlich, seiner Braut schon vor der Hochzeit hin und wieder einen Kuss zu stehlen.«

Eine Wolke trieb heran und verdunkelte den Mond. Alles gekünstelte Gehabe schmolz dahin, sie waren nur noch zwei Fremde in dunkler Nacht. Laura war sich nur allzu deutlich des frischen, seifigen Dufts seines frisch rasierten Gesichts bewusst und des warmen Atems, der ihren Mund den Bruchteil eines Augenblicks streichelte. Bevor er seine Lippen auf die ihren legte.

Laura hatte geküsst, aber sie war noch nie geküsst *worden*. Was einen feinen, aber profunden Unterschied machte. Zu Anfang schien es ihm zu genügen, mit prickelnder Zärtlichkeit seinen Mund über ihren zu streichen und die seidige Fülle zu genießen. Doch ihre Lippen erblühten unter seinem aufreizenden Druck, bevor Laura selbst es noch richtig begriff und öffneten sich gerade weit genug, ihn hereinzubitten. Er bedurfte keiner sonderlichen Überredungskunst.

Laura keuchte, als die raue, süße Zunge in ihren Mund drang. Er legte ihr die Hand an den Hinterkopf und küsste sie tiefer.

Sie hatte sich geirrt. Er überredete sie sehr wohl. Nicht mit witzigen, schlagfertigen Repliken oder vorsichtigem Necken, sondern mit dem wortlosen Versprechen, ihr verbotene Freuden zu schenken. So schockierend diese Intimität auch war, sie musste ihm mit eigener Zunge antworten und ihre Zunge über die seine tanzen lassen, auch wenn ihr schüchterner Wagemut sie selber in Erstaunen versetzte. Er knabberte an ihr, schmeckte sie, streichelte sie und schien über jede neue Empfindung nachzusinnen, als hätte er die ganze Nacht, um ihren Mund zu verwöhnen.

Im Wald hatte Lauras Kuss ihn aus kurzer Bewusstlosigkeit erweckt. Hier in der Dunkelheit des Salons war er es, der sie erweckte. Aus lebenslangem Schlummer. Er ließ ihr das Blut vom Herzen zu den geheimsten Körperstellen strömen, wo es mit unablässigem, hartnäckigem Schlag pochte.

Als sie schon glaubte, vor schwindeligem Staunen in Ohnmacht zu fallen, löste er sich von ihr. Doch stellte sie schnell fest, dass sein Mund nicht weniger beredt war, wenn er ihre Wangenknochen berührte, das Grübchen unterhalb ihrer Kehle oder die zarte Haut unterm Ohr.

»Sagen Sie wieder Liebling zu mir«, flüsterte er und fing mit den Zähnen ihr Ohrläppchen.

»Hm?« Sie schnappte nach Luft, als seine Zunge flink ihr Ohr liebkoste.

»Sagen Sie Liebling zu mir. Sie haben mich heute noch kein einziges Mal so genannt. Es fehlt mir.«

Sie ließ den Kopf in den Nacken fallen, als sein Mund sich zu ihren gierigen Lippen zurückschmeichelte. Sie grub ihm die Finger ins Haar, suchte Halt in einer Welt, die gefährlich unter ihren Füßen wankte.

»Oh … Liebling«, seufzte sie.

Ihre Kapitulation wurde mit einem Kuss belohnt, der noch süßer und tiefer war als der zuvor.

Aber so leicht war er nicht zufrieden zu stellen. »Nennen Sie mich beim Namen«, drängte er.

Laura konnte sich einen lähmenden Moment lang an nichts mehr erinnern. Sie war dermaßen verwirrt, dass sie sich kaum an ihren eigenen Namen erinnerte. Und den, den sie ihm gegeben hatte, schon gar nicht. »Uh … hm … Nicholas.«

»Noch mal«, flüsterte er an ihren Lippen.

»Nicholas … Nicholas … Nicholas …« Ein atemloser Refrain, der auf jeden Kuss folgte. Wenn das hier kein »Augenblick großer Leidenschaft« war, dann wusste Laura nicht weiter. »Oh, Nicky …«

Ihr kehliges, hingebungsvolles Gurren wäre fast Nicholas' Verderben gewesen. Wäre Laura nicht längst eine Lügnerin gewesen, er hätte sie zu einer gemacht. Indem er bewies, dass er eben doch der Typ Mann war, der die Tugendhaftigkeit seiner Verlobten aufs Spiel setzte. Die Sorte Mann, die sich ein Mädchen auf den Schoß zerrte und ihren Protest mit tiefen, berauschenden Küssen erstickte. Die Sorte Mann, die Versprechen machte, die er nicht im Geringsten zu halten gedachte.

Doch diesmal würde er ein Leben lang an sein Versprechen gebunden sein.

Als Nicholas *das* begriff, gelang ihm das Unmögliche. Er hörte auf, sie zu küssen.

Irgendwie war Laura mit seiner Hand auf den Rippen in seinen Armen gelandet. Sein Daumen schwebte nur eine Winzigkeit über der verführerischen Rundung ihrer Brust. Ihr Herzschlag donnerte gegen diese Rippen wie das Echo seines eigenen Herzens. Als sie endlich begriff, dass er sie nicht mehr küsste, schlug sie langsam die Augen auf.

Ihr Blick war umnebelt, die rosigen Lippen glänzten von seinen Küssen. Sie hatte nach Leidenschaft und Unschuld geschmeckt. Und er hätte geschworen, diesen betörenden Geschmack nie zuvor gekostet zu haben.

»War es bei unserem ersten Kuss genauso?«

Der vorwurfsvolle Tonfall riss sie aus ihrer Benommenheit. Sie versteinerte. »Eher nicht, würde ich sagen, Sir. Sie waren der Inbegriff der Zurückhaltung.«

»Dann habe ich außer meinem Gedächtnis vielleicht auch meine Skrupel verloren.« Er strich ihr das zerzauste Haar aus den Wangen und bemerkte erstaunt, dass seine Hände zitterten. »Warum gehen Sie nicht lieber zu Bett, bevor Sie noch etwas Wertvolleres verlieren?«

Seine Worte klangen wie eine Bitte, doch Laura verstand sie als Warnung. Sie zog sich so würdevoll wie möglich aus seiner Umarmung. »Aber sicher, Sir. Ich wünsche eine gute Nacht.«

Sie hielt diese Würde aufrecht, bis sie aus seiner Sichtweite war. Dann stürzte sie die Treppe hinauf, als sei der Teufel hinter ihr her.

Vielleicht war er das auch. Nicholas fuhr sich mit der Hand übers Kinn.

Er hatte seiner Verlobten mit unschuldigen Küssen und süßen Worten den Hof machen wollen, nicht in Hörweite ihrer Familie über sie herfallen. Der Gedanke rief ihm mit aller Macht wieder Lauras Anblick ins Gedächtnis. Wie sie auf der

Bank am Fenster zwischen den Kissen gelegen hatte, den Rock des Nachtgewands bis zur Hüfte hochgeschoben, während er ihr lustvolles Gestöhn mit Küssen erstickte.

»Zur Hölle«, fluchte er und sprang auf.

Er konnte es nicht abstreiten. Ihre unschuldigen Lippen hatten ihn heftig, besitzergreifend und primitiv reagieren lassen. Wenn man ihr glauben konnte, waren sie fast ein Jahr lang getrennt gewesen. War es so lange her, dass er eine Frau geküsst hatte – oder sogar noch länger? Ein eigentümlicher Gedanke machte ihm zu schaffen. Er sorgte sich hier um ihre Treue, aber er hatte nicht die geringste Ahnung, ob er selbst ihr dieses Jahr über treu gewesen war. Vielleicht hatte er, wie so viele andere vor ihm, seine niedrigen Gelüste in den Armen einer Soldatenhure ausgelebt.

Er schüttelte den Kopf und staunte darüber, wie leidenschaftlich sie beide gewesen waren. Was eines betraf, hatte Laura ihn nicht belogen, das hatten ihm ihre Küsse bewiesen – sie gehörte zu ihm. Daran gab es keine Zweifel mehr.

Er war kurz davor, in sein kaltes, einsames Bett zurückzukehren, da fielen ihm die verkohlten Reste des Briefs ein, den Laura verbrannt hatte. Er ging in die Knie und fuhr mit den Fingern durch die Asche.

Er erwischte einen Klumpen geschmolzenen Wachses – noch warm und so weich und geschmeidig wie Lauras Berührungen. Er richtete sich vorsichtig auf und drückte den Klumpen zwischen Daumen und Zeigefinger zusammen. Er mochte sein ganzes Leben vergessen haben, aber eines wusste er genau: Ein Dorfmetzger verschloss seine Rechnungen nicht mit kostspieligem Siegelwachs.

KAPITEL 8

Ich bete jede Nacht für dich,
ohne auch nur eine auszulassen …

Als Nicholas am nächsten Morgen erwachte, dröhnte ihm wie zur Strafe schon wieder der Schädel. Er ächzte und zog sich das Kissen über den Kopf, was den Lärm erträglicher machte.

Worauf ihm auch aufging, dass sich der Aufruhr nicht in seinem Kopf abspielte, sondern draußen vorm Fenster. Er griff sich die Hosen vom Fußende des Betts, schlüpfte hinein und stolperte ans Fenster.

Er machte es auf, lehnte sich aus der Dachgaube und sog die kühle, frische Luft in die Lungen. Die Nacht hatte einen Schleier aus Tau aufs Gras gelegt, der nun in der Morgensonne glitzerte. Laut klangen die Glocken, hallten in vielstimmigem Geläut über die sanften Hügel und Wiesen wider, lieblich und wehmütig. Es war die Art von Musik, die einen Mann einen Kloß im Hals bekommen ließ. Die Art von Musik, die einen Mann nach Hause rief.

Falls er ein Zuhause hatte.

Nicholas schloss vorsichtig, aber nachdrücklich das Fenster. Er schob sogar die Riegel vor und zog die Vorhänge zu, doch das verlockende Geläut ließ sich nicht zum Schweigen bringen.

Als hinter ihm die Tür aufknarrte, schoss er herum und war dankbar, die Hosen angezogen zu haben. »Klopft in diesem infernalischen Haus denn niemals jemand an, bevor er ein Zimmer betritt?«

Obwohl sie die Arme voller Kleider hatte, brachte Laura

noch einen spöttischen Knicks zu Wege und ein fröhliches Lächeln. »Einen guten Morgen auch, Sir.«

In dem weißen Musselinkleid mit dem blauen Blumenmuster sah seine Verlobte überaus einnehmend aus. Eine passende, blaue Schärpe hielt unter dem schön gerundeten Busen das Kleid auf Figur zusammen. Der ausgebogte Saum ließ schlanke Fesseln in weißen Strümpfen und ein Paar seidene Schuhe sehen. Dazu trug Laura sogar einen Strohhut mit Rosette und breiten Bändern, die unterm Kinn zu einer kecken Schleife gebunden waren. Fehlte nur noch ein Lämmchen an einer Leine, und sie hätte einem der großen Meister für das Bildnis einer Schäferin Modell stehen können.

Nicholas machte ein finsteres Gesicht. Nach einer Nacht wie der letzten war ihm nicht gerade danach, sich zum Lamm machen zu lassen. Geschweige denn zum Opferlamm.

Sie legte den Stapel Kleider auf den Stuhl am Toilettentisch. »Ich habe Ihnen ein paar Sachen für den Kirchgang gebracht. Cookie hat sie vom Speicher geholt. Sie sind ein wenig aus der Mode, aber ich bezweifle, dass das in Arden jemandem auffällt.«

Er verschränkte die Arme vor der Brust und sein Blick verfinsterte sich noch mehr. »Wofür sollte ich diese Kleider wohl brauchen? Wir heiraten heute schließlich nicht, oder etwa doch?«

Sie lachte. »Nein, natürlich nicht.«

»Warum müssen wir dann zur Kirche?«

»Weil Sonntag ist.«

Er starrte sie immer noch verständnislos an.

»Wir gehen sonntags *immer* in die Kirche.«

»Ach ja?«

»Ich jedenfalls. Und so wie ich Sie verstanden habe, versäumen Sie den Sonntagsgottesdienst nur ungern.« Ihre Augen leuchteten vor Bewunderung. »Sie sind überaus fromm.«

Nicholas kratzte sich das stoppelige Kinn. »Dazu fällt mir doch nichts mehr ein. Wer hätte das gedacht? Der Allmächtige und ich stehen miteinander auf gutem Fuß?« Er schaute sie trotzig an. »Sie sollten dennoch wissen, dass ich nicht vorhabe, Ihn um Vergebung zu bitten, weil ich sie gestern Nacht geküsst habe. Es tut mir nicht im Geringsten Leid.«

Ihre Wangen verfärbten sich zwar, aber sie sah ihm tapfer in die Augen. »Vielleicht sollten wir nicht um Vergebung beten, sondern um Mäßigung.«

»Und vielleicht übertreiben Sie jetzt. Ein Kuss kann doch ein durchaus unschuldiges Zeichen der Zuneigung sein, oder vielleicht nicht?«

Laura mochte unbedarft sein, was die Kunst der Liebe anging, aber so unbedarft, ihrer beiden Küsse für unschuldig zu halten, war sie nun auch wieder nicht. »Grundsätzlich *kann* er es sein, wie ich annehme«, gestand sie widerstrebend zu.

»Und haben Sie mir nicht selbst versichert, ich sei bei unserem ersten Kuss der Inbegriff der Zurückhaltung gewesen?«

Laura hatte befürchtet, dass ihre Worte sie verfolgen würden. Längst bereute sie ihren Entschluss, ihn nicht mehr zu belügen, als unbedingt erforderlich war. »Es gibt etwas an diesem Kuss, das ich Ihnen verschwiegen habe.«

Er wartete gespannt.

Laura holte tief Luft. »Sie waren in jenem Moment bewusstlos.«

Seine Augenbrauen schossen nach oben.

»Es ist kurz, nachdem man Sie hergebracht hat, passiert. Ich wollte mir wohl einreden, Sie seien nicht verletzt, sondern schliefen nur. Sie haben so tragisch ausgesehen und so verletzlich. Wie der Prinz aus einem Märchen, belegt mit einem bösen Fluch. Ich weiß, es war nur eine kindliche Träumerei, aber ich habe wirklich geglaubt, ich könne Sie wachküssen.«

»Aber Miss Fairleigh! Ich bin schockiert. Ich kann nicht

glauben, dass ein Muster an Benimm, wie Sie eines sind, sich die Hilflosigkeit eines Mannes zu Nutze macht und ihm ihre Zuwendung aufzwingt!«

Laura dachte nicht groß nach, ging zu ihm und legte ihm die Hand auf den Arm. »Oh, bitte, denken Sie nicht schlecht von mir! Ich habe nie zuvor etwas derart Sündiges getan. Ich weiß einfach nicht, was über mich gekommen ist. Ich ...«

Als sie bemerkte, dass er längst lauthals lachte, verstummte sie. Das Grübchen auf seiner Wange ließ ihn wie einen Jungen in Georges Alter aussehen.

Sie erstarrte und trat einen Schritt zurück. »Sie sollten sich nicht über mich lustig machen, Sir. Ich hatte für einen kurzen Moment meine Urteilskraft verloren und meine moralische Standhaftigkeit. Ich versichere Sie, es wird nicht noch einmal passieren.«

Sein Gelächter erstarb zu einem warmen Lächeln. »Was umso bedauerlicher ist!«

Sie schniefte gekünstelt. »In Anbetracht der mangelnden Ernsthaftigkeit, mit der Sie unsere Verlobung betrachten, liegt es an mir, dafür zu sorgen, dass unsere Lippen einander nicht mehr berühren, bis wir in St. Michael vorm Altar unsere Gelübde abgelegt haben. Bis dahin brauche ich einfach nur sicherzustellen, dass wir nicht mehr miteinander allein sind.«

»Wir sind aber gerade allein«, erinnerte er sie mit einem Lächeln auf den Lippen.

Laura schaute sich im schattigen Schlafgemach um und war sich des zerwühlten Betts, das noch den warmen Abdruck seines Körpers trug, nur allzu bewusst. »Sind wir, wie es aussieht. Aber Sie würden es nicht wagen, mich zu küssen – mit Lottie auf dem Flur und Cookie unten im Erdgeschoss.«

Er zog eine goldene Augenbraue hoch.

»Oh, würde ich nicht?«

Als er seine Hände unter ihre Ellenbogen schob und sie in

seine Arme zog, wurde ihr klar, dass sie – gütiger Himmel – halb hoffte, er würde es doch tun.

Aber sein Blick hatte dieses Funkeln verloren und war seltsam ernsthaft. »War ich gut zu Ihnen, Laura? Habe ich Ihre Gefühle geachtet? Habe ich Sie glücklich gemacht?«

Sie holte bebend Luft. Sein würdevoller Ernst wirkte noch entwaffnender als sein Charme. »Sie waren überaus rücksichtsvoll. Sie haben mir ausnahmslos jede Woche geschrieben und zweimal in der Woche meines Geburtstags. Weil Sie mir ja keine Blumen bringen konnten, haben Sie an den Rand der Briefbögen hübsche kleine Sträuße gezeichnet. Und wenn Sie zu Besuch kamen, hatten Sie immer kleine Geschenke für Lottie und George dabei.«

Die Lügen gingen ihr ganz mühelos über die Lippen, und Laura erkannte, dass sie schlicht den Mann ihrer Träume beschrieb. Einen Traummann, der vor ihren Augen Gestalt annahm.

»Sie haben mir immer beschrieben, wie glücklich wir sein würden, wenn wir erst verheiratet wären. Wie wir morgens im Bett heiße Schokolade schlürften und in der Abenddämmerung lange Spaziergänge machten. Später am Abend wollten wir im Salon mit der Familie Karten spielen und am Pianoforte Lieder singen. Und Sie wollten uns am Kamin vorlesen, bis wir schläfrig würden.« Sie senkte auf einmal schüchtern den Blick. »Dann wollten wir uns ins Schlafzimmer zurückziehen.«

Nicholas' Blick verdüsterte sich, als schmerze ihn die Idylle. »Habe ich Ihnen denn niemals Anlass gegeben, Ihr Verlobungsgelübde zu bereuen?«

Laura schüttelte den Kopf. »Nein. Niemals.«

Er zog sie näher an sich und berührte mit den Lippen ihren Mund. Die Süße seines Kusses traf Laura in einem unbedachten Moment. Doch bevor sie sich seinen Lippen noch ergeben konnte, hatte er sich schon mit unergründlichem Gesichtsausdruck zurückgezogen. »Dann kann ich nur beten, dass ich Ihnen auch in Zukunft keinen Anlass gebe.«

Als Nicholas sich neben Laura und ihren Geschwistern auf der familieneigenen Kirchenbank niederließ, war er zu der Ansicht gekommen, dass die Bewohner Ardens blind zur Welt gekommen sein mussten. Andernfalls hätten sie von seinem altmodischen Aufzug Notiz nehmen müssen. Obwohl er sich an sein früheres Leben nicht erinnern konnte, war er doch einigermaßen sicher, sich nie dermaßen lächerlich vorgekommen zu sein. Die Kniehosen wären schon erniedrigend genug gewesen, aber Laura hatte seinem Elend noch gestreifte Seidenstrümpfe hinzugefügt, sowie Schnallenschuhe, eine bestickte Weste und einen scharlachroten Gehrock mit blinkenden Messingknöpfen. Er hätte perfekt in einen jeden Salon hineingepasst – im vorigen Jahrhundert. Hätte er eine gepuderte Perücke gehabt, er hätte sich als Lakai beim König bewerben können.

Er kniff sich in die Nase. Die alte Steinkirche roch glücklicherweise noch ein wenig muffiger als er.

George war ans Ende der Reihe gerutscht, um so viel Abstand zwischen sich und seinen Angehörigen zu lassen, wie es die lange, schmale Kirchenbank zuließ. Lottie thronte auf Lauras anderer Seite. Die engelsgleiche Unschuldshaltung empfindlich von dem Damentäschchen gestört, das ihr ständig vom Schoß zu rutschen drohte.

Nicholas erhaschte einen Blick auf Lauras heiteres Profil. Sie schien sein Unbehagen ebenso wenig zu bemerken wie seinen Oberschenkel, der sich warm an sie presste. Ihre weiß behandschuhten Hände waren sittsam um das Gebetbuch gefaltet, ihr Gesicht aufmerksam der hoch im Altarraum schwebenden Kanzel aus Mahagoni zugewandt, von der aus der

Pfarrer ihnen seinen Segen zu geben geruhte. Als die erste Strophe von »Komm, du Quelle aller Gnade« das Kirchenschiff erfüllte, stieß sie ihn an, um ihn zum Aufstehen zu bewegen. Ihre Stimme war nicht der luftige Sopran, den er erwartet hatte, sondern ein kehliger Alt, der ihn vor Begehren schaudern ließ. Er blickte reuig zum Himmel empor und rechnete schon halb damit, dass der Herr ihn mit einem Blitzschlag töten wurde ob dieser lüsternen Gedanken in Seinem Haus.

Sein Nacken prickelte eigenartig. Er schlug auf den Kragen, weil er fürchtete, eine unglückselige Motte säße darunter fest. Aber es hört nicht auf zu prickeln. Er drehte sich um und sah hinter sich einen Mann stehen, dem die buschigen, schwarzen Augenbrauen zusammengewachsen über die ganze Stirnbreite liefen und der ihn mit Blicken durchbohrte. Als er sich weiter umwandte, entdeckte er auf der anderen Seite des Gangs einen zweiten, finsteren Gaffer. Einen pockennarbigen Kerl, dessen Gesicht aussah, als müsse es gründlich gewaschen werden. Der Mann hielt Nicholas' kühlem Blick keine Minute lang stand, dann senkte er verlegen die Augen.

Nicholas konzentrierte sich verwirrt wieder auf den Altar. Vielleicht ließ seine lachhafte Aufmachung ihn überempfindlich reagieren und bloße Neugier als Feindseligkeit auffassen.

Als die Gemeinde sich setzte, hob der weißhaarige Geistliche zu einer Predigt an, die Nicholas bald fürchten ließ, er könne erneut das Bewusstsein verlieren.

Er war gerade dabei einzudösen, als die durchdringende Stimme des Pfarrers ihn hochriss. »... mir eine große Ehre, das Aufgebot zur Eheschließung zwischen Mr Nicholas Radcliffe und Miss Laura Jane Fairleigh bekannt zu geben. Wenn einer von euch einen Grund oder ein gerechtfertigtes Hindernis kennt, warum diese beiden nicht im heiligen Bund der Ehe vereint werden können, dann spreche er jetzt. Dies ist das erste Mal, dass dieses Aufgebot verkündet wird.«

Nicholas war nicht der Einzige, den die Worte des Pfarrers unvorbereitet trafen. An Stelle der Stille, die üblicherweise einem Aufgebot folgte, rumorte es vernehmlich im Kirchenschiff. Nicholas schaute erst nach rechts und dann nach links. Mehrere Männer starrten ihn mit unverhohlenem Unmut an. Nicholas fragte sich ernsthaft, ob einer von ihnen gebildet genug war, jenen Brief zu Papier zu bringen, den seine Verlobte verbrannt hatte, oder eloquent genug, Lauras Leidenschaft derart anzustacheln.

Laura blickte mit glühenden Wangen unverwandt geradeaus. Stocksteif stand sie da, bar jener schmelzenden Weichheit, die sie ihm letzte Nacht gezeigt hatte.

Als der Pfarrer zur Kollekte schritt, ergriff Nicholas ihre behandschuhte Hand und flüsterte: »Sie hätten mich warnen können.«

Ihre Nase kräuselte sich. Sie lächelte nervös und wisperte: »Das war ja erst die erste Lesung des Aufgebots. Ihnen bleiben noch zwei weitere Sonntage, sich gegen unsere Verbindung zu erklären.«

Er fuhr mit dem Daumen besitzergreifend über ihre Fingerknöchel. »Und weshalb sollte ich das tun, wo mich doch offensichtlich jeder Mann im Dorf beneidet? Aus den Blicken zu schließen, die man mir zuwirft, bin ich nicht der Einzige, der Ihnen einen Antrag gemacht hat.«

»Aber der Einzige, dessen Antrag ich angenommen habe«, mahnte sie ihn.

»War unsere Verlobung ein Geheimnis, oder haben Ihre anderen Verehrer ebenfalls das Gedächtnis verloren?«

»Sch …« Sie entzog ihm ihre Hand. »Es ist jetzt an der Zeit, Gott für unsere Verfehlungen um Vergebung zu bitten.«

Während sie sich zusammen mit dem Rest der Gemeinde

erhoben, flüsterte Nicholas mit heiserer Stimme: »Und welche Sünde könnte ein Unschuldslamm wie Sie bekennen müssen?«

Da war er wieder. Dieser Anflug von Angst in Augen, die kein Leid hätten kennen dürfen. »Vielleicht haben Sie ja auch die Heilige Schrift vergessen, Sir. Keiner von uns ist ohne Sünde. Nicht ein Einziger.« Laura kniete sich hin, und die geschwungene Krempe ihres Huts schirmte ihr Gesicht vor seinem Blick ab.

Er starrte eine ganze Zeit lang ihren cremeweißen Nacken an, dann kniete er sich ungelenk neben sie. Er hätte geschworen, dass er es nicht gewohnt war, vor irgendjemandem zu knien – nicht einmal vor Gott. Er schloss pflichtschuldigst die Augen, doch er tat nur so, als bete er. Die Worte, die Laura so selbstverständlich über die weichen, rosafarbenen Lippen kamen, waren ihm versagt. Genau wie die Überzeugung, dass irgendjemand diesen Worten voller Anteilnahme lauschte.

»Sie sind ein schönes Paar, findest du nicht?«, murmelte George und verjagte einen gesprenkelten Schmetterling aus seinem Gesicht.

»Ich finde, sie passen überhaupt nicht zusammen.« Lottie hob die Nase aus einer abgenutzten Ausgabe von *Der mordende Mönch*, die sie im Gebetbuch in die Kirche geschmuggelt hatte. »Er ist viel zu eklig und groß für sie.«

Bruder und Schwester hockten auf den steinernen Stufen St. Michaels und betrachteten verdrossen die Gratulanten, die sich auf dem sonnigen Kirchhof um Laura und Nicholas scharten. Die Männer, die Laura früher den Hof gemacht hatten, hielten sich zurück, aber der Rest der Dorfbewohner stürzte sich begierig auf die aufregende Neuigkeit von der nahenden Hochzeit und dem manierlichen Fremden. Der Charme, den Lottie ihm so großmäulig abgesprochen hatte, trat deutlich zu Tage. Nicholas ließ sich von den verheirateten Männern herzlich auf die Schulter klopfen und von ihren Ehefrauen schmachtend anlächeln. Sogar die sauertöpfische alte Witwe Witherspoon weinte wie ein Schulmädchen, als er sich ihre knochige Hand an die Lippen drückte.

»Und? Hast du Gott um Vergebung gebeten, weil du einen Mord begehen wolltest?«, fragte George.

Lottie schlug das Buch zu. »Ich ziehe es vor, nicht von einem Mord zu sprechen, sondern von einem Missgeschick zur rechten Zeit.«

»Ein Missgeschick ist es, wenn du deine Augengläser verlegst oder vergisst, deine Stiefel zuzuknöpfen, aber nicht, wenn du eine Stunde nach deiner eigenen Hochzeit tot umfällst. Hast du dir ernsthaft darüber Gedanken gemacht, wie du diese heimtückische Tat ausführen könntest?« George sah, wie Laura mit strahlendem Gesicht Nicholas anlächelte. »Ich hatte mich schon darauf gefreut, seine selbstgefällige Visage in die Hochzeitstorte zu drücken, um ihn zu ersticken«, schlug er vor.

Lottie schüttelte den Kopf und streichelte das flaumige Gesichtchen mit den Schnurrhaaren, das aus ihrem Damentäschchen auftauchte. »Zu offensichtlich, fürchte ich. In Mr Walpoles *Die Burg von Otranto* wird Conrad von einem riesigen, federgeschmückten Helm erschlagen. Aber ich bin sehr für Gift.«

»Zum Glück. Ich glaube nämlich kaum, dass in unserer Pfarrgemeinde besonders viele riesige, federgeschmückte Helme herumfliegen.«

»Ich schließe auch Ertrinken oder einen zufälligen Schuss aus einem Gewehr nicht ganz aus. Ich werde die nächsten zwei Wochen ein paar Experimente durchführen, um die beste Methode zu ermitteln, wie man einen unerwünschten Bräutigam loswird.«

»Und was machst du, wenn diese *Experimente* den erhofften Erfolg haben?«

George folgte Lotties himmelwärts gerichtetem Blick. Hoch über ihnen auf dem Glockenturm saß ein steinerner Engel mit ausgebreiteten, verwitterten Flügeln. Die Leute erzählten sich, der Engel wehre böse Geister ab. Mit seinen runden Wangen und dem spitzen Kinn erinnerte er verblüffend an Lottie.

Lottie seufzte verträumt. »Dann schauen wir einfach zum Himmel und warten auf göttliche Inspiration.«

Laura fragte sich, ob es Sünde war, auf einem Kirchhof zu stehen und vom Küssen zu träumen. Sie schaffte es zwar zu lächeln, zu nicken und die Hände der Dorfbewohner zu schütteln, die sich um sie scharten und sie beglückwünschten, aber sie konnte an nichts anderes denken als an einen mondhellen Salon und die berauschenden Küsse eines Fremden.

Dieser Fremde stand nun an ihrer Seite und brauchte sie nur leicht mit dem Ellenbogen zu streifen, um ihre Sinne zum Prickeln zu bringen. Sie hatte während der Predigt zwar so getan, als höre sie aufmerksam zu, aber mit Nicholas so nahe neben sich war es ihr unmöglich gewesen, sich zu konzentrieren. Während der Geistliche die Tugenden der Selbstbeherrschung pries, hatte Laura im Geiste die süßen Augenblicke durchlebt, in denen sie die ihre fast verloren hatte.

Betsy Bogworth, die Tochter des Gerbers, die wegen ihres ausgeprägten Überbisses und ihres Hangs zum Naserümpfen wie ein überdimensionierter Hase aussah, hing an Lauras Ärmel. »Schäm dich, ein solches Geheimnis für dich behalten zu haben! Warum hast du uns nicht erzählt, dass du verlobt bist, du schlimmes Mädchen?«

»Eigentlich war es Mr Radcliffes Idee, die Verlobung geheim zu halten, bis er von seinen Verpflichtungen beim Militär befreit sein würde«, antwortete Laura.

»Ach, war es das?« Nicholas' harmloser Tonfall stand im krassen Gegensatz zum argwöhnischen Blitzen seiner Augen.

Laura lächelte entschlossen. »Natürlich war es das, Lieber.«

Betsys Schwester Alice, dieser bleiche Strich von einem Mädchen, schlug die Hände ans Kinn. »Eine geheime Verlobung! Das ist ja so schrecklich romantisch! Wie musst du dich nach ihm gesehnt haben!«

»Allerdings.« Laura sah Nicholas verstohlen an und ließ den Blick auf seinen Lippen verweilen. »Ich habe ihn mehr geküsst, als du dir vorstellen kannst.«

Alices flachsblonde Augenbrauen schossen nach oben. Die Menge schwieg mit einem Mal. Nicholas räusperte sich und scharrte mit der Spitze seines Schuhs am Boden herum.

Laura spürte, wie sie rot anlief. »Mehr *vermisst*, als du dir vorstellen kannst, wollte ich sagen.«

Betsy wandte sich an Nicholas und zog die Nase nach oben. »Jeder heiratsfähige Mann in Arden hat irgendwann versucht, das Herz unserer Laura zu gewinnen, und alle sind gescheitert. Wie haben Sie es geschafft, ihr den Hof zu machen, wo wir Sie kein einziges Mal auf Arden Manor gesehen haben?«

Nicholas lächelte freundlich. »Ich glaube, diese Frage beantwortet besser meine Verlobte.«

Laura wagte nicht, ihn anzusehen, aber sie konnte seinen erwartungsvollen Blick spüren. »Im ersten Jahr unserer Verlobung waren Mr Radcliffes Besuche so selten und so kurz, dass keine Zeit blieb, ins Dorf zu gehen. Und im letzten Jahr haben wir zum allergrößten Teil schriftlichen Kontakt gepflegt. Und seine Briefe waren es auch, die ihm letztlich meine Liebe gewonnen haben. Mr Radcliffe kann sehr überzeugend sein mit seinem Mund.« Laura knirschte mit den Zähnen. »Mit *Worten*, wollte ich sagen.«

Die Rettung nahte von höchst unerwarteter Seite. Halford Tombob bahnte sich mit seinem Gehstock rabiat einen Weg durch die Menge der Gratulanten. Der alte Halunke weigerte sich, einen Kneifer zu tragen, sondern bestand darauf, ein enormes Monokel am Knopfloch seiner Weste baumeln zu lassen.

Als er das Glas mit leberfleckiger Hand vors Auge klemmte und Nicholas' Gesicht studierte, verstummte die Menge. Es folgte ein peinlich stiller Moment. Halford Tombob sah aus wie ein einäugiger Grashüpfer. Er ließ das Glas sinken und verkündete im Brustton der Überzeugung: »Ich kenne dieses Gesicht.«

KAPITEL 9

Manchmal frage ich mich, ob
Du Dich überhaupt an mich erinnerst …

Lauras Herz blieb stehen, ehe es in einen unregelmäßigen Rhythmus verfiel. Der alte Mann musste sich täuschen. So viel sie wusste, hatte Halford Tombob Arden nicht verlassen, seit George II. auf dem Thron gesessen hatte.

»Ich möchte nicht respektlos erscheinen, Mr Tombob«, sagte sie und hakte sich mit behandschuhter Hand bei Nicholas unter. »Doch das ist ganz unmöglich. Das ist der erste Besuch meines Bräutigams hier im Dorf.«

Tombob legte die Stirn in Falten. »Sind Sie ganz sicher? Das ist ja sonderbar. Ich hätte schwören kön-nen …« Er schüttelte sein dichtes weißes Haar. »Mein Fehler, würde ich sagen. Weder meine Augen noch mein Geist sind, was sie einmal waren.« Immer noch kopfschüttelnd trat er den Rückzug an.

»Warten Sie, Sir.« Trotz des respektvollen Tons hatte Nicholas' Aufforderung eine Autorität, der sich niemand widersetzen konnte. Der alte Mann drehte sich um. Jetzt starrte Nicholas *sein* Gesicht an. »Können Sie mir sagen, warum Sie dachten, Sie kennen mich?«

Tombob stützte den Stock entschlossen ins Gras. »Sie erinnern mich an einen Jungen, den ich einst kannte. Kann mich nicht an den Namen erinnern. Aber er war eine großzügige, gutmütige Seele – kein Funken Frechheit in ihm.«

Auf Nicholas' Lippen machte sich langsam ein Lächeln breit. »Dann muss die Dame Recht haben. Dieser Junge kann ich nicht sein.«

Sowohl Tombob als auch die Umstehenden lachten herzlich über Nicholas' Scherz. Laura zog ihn am Arm. Ihre Nerven hatten für heute genug auszuhalten gehabt. »Kommen Sie, Mr Radcliffe. Wir sollten wirklich nicht länger trödeln. Cookie wartet mit dem Essen auf uns.«

Als ihre schäbige Chaise kurz darauf über Arden Manors gepflasterten Weg rollte, war es nicht Cookie, sondern Dower, der sie erwartete, frisch zurück von der Reise nach London. Weil aber der alte Mann nur zwei verschiedene Mienen kannte, grimmig oder grimmiger, ließ sich nicht sagen, ob er gute oder schlechte Nachrichten mitbrachte.

Ehe Nicholas ihr eine Hand reichen konnte, sprang Laura schon aus der Kutsche und hätte sich in ihrer Hast fast den Rocksaum zerfetzt. »Schön, dich wieder zu sehen, Dower. Gibt es was Neues über diesen Schafsbock, den wir für unsere Herde kaufen wollen?«

»Vielleicht«, sagte er kryptisch.

»Wir sind auch ohne neuen Schafsbock wunderbar ausgekommen.« George warf einen scharfen Blick auf Nicholas. »Ich verstehe nicht, warum wir jetzt plötzlich einen brauchen.«

»Es sei denn, wir rösten ihn lange am Spieß«, warf Lottie süßlich ein.

»Komm, Dower«, sagte Laura und lächelte durch zusammengebissene Zähne. »Es geht schließlich ums Vieh, also besprechen wir die Angelegenheit wohl am besten im Stall.«

Bevor die Kinder Nicholas' Verdacht weiter anstacheln konnten, marschierte sie los in Richtung Stall und zog Dower, so schnell seine Säbelbeine es erlaubten, hinter sich her. Kaum hatte sie die Stalltür zugezogen und das Schloss eingehakt, wirbelte sie herum und schaute ihm ins Gesicht. »Was hast du erfahren in London, Dower? Gibt es irgendwelche Berichte über einen vermissten Gentleman?«

»Immer mit der Ruhe, Miss Laura. Muss erst mal Luft holen.«

Trotz ihrer Ungeduld wusste Laura, dass es sinnlos war, Dower anzutreiben, wenn der nicht wollte. Cookie hatte ihm einmal zugesetzt, einem der Nachbarn einen frischen Minz-Pie zu bringen. Mit dem Erfolg, dass der Kuchen nach einer Woche sein Ziel erreichte, mit einer dicken Schicht Schimmel überzogen und drei fehlenden Stücken.

Sie schmorte still vor sich hin, während er einen Fuß auf einen umgekippten Tiegel setzte, eine Pfeife aus der Tasche fischte, sie entzündete und einen entspannten Zug nahm. Als sie eben überlegte, ob sie sich selbst am Haar ziehen sollte oder ihn, machte er den Mund auf, blies eine Rauchschwade heraus und sagte: »Es gibt einen vermissten Gentleman, jawoll.«

Laura sank auf einen Strohballen, ihre Beine wurden weich. »Das war es dann wohl, würde ich sagen. Wir wandern alle ins Gefängnis.«

Dower nahm einen weiteren tiefen Zug aus der Pfeife. »Er is vor noch nich mal 'ner Woche verschwunden. Is in eine von den berühmten Spielhöllen losgezogen, aber nie angekommen. Und sein Weib schreit seitdem was von Falschspiel.«

»Oh.« Laura hielt ihren Bauch und fühlte sich, als hätte eine Kuh sie getreten. So wie es aussah, brauchte Nicholas keine Frau. Er hatte schon eine.

Ein Grinsen erschien auf Dowers dünnen Lippen. »Klar sagen welche, dass er mit seiner Gelicbten nach Frankreich is.«

Lauras Kopf flog hoch. »Er hat eine Frau *und* eine Geliebte?«

Dower nickte bewundernd, während er den Rauch aus der Nase blies. »Das muss man dem Burschen lassen. Der Himmel weiß, dass ich genug zu tun hab, um eine Frau glücklich zu machen, geschweige denn 'ne zweite.«

Laura erinnerte sich an die rauen Zärtlichkeiten, die ihr Nicolas ins Ohr geflüstert hatte und an die köstliche Hitze seines

Mundes auf ihrer Haut und konnte den bitteren Ton nicht ganz aus ihrer Stimme halten: »Ich bin mir sicher, er weiß, wie man Frauen glücklich macht. Solches Geschick fällt manchen Männern einfach zu.«

Sie erhob sich von dem Strohballen und begann, zwischen den Boxen auf- und abzumarschieren. Sie konnte schlecht Nicholas' Charakter verurteilen, nachdem sie selbst keinen hatte. Ihr Herz hätte vor Schuldgefühlen schmerzen sollen, anstatt vor Liebeskummer zu brechen. »Seine arme Frau. Was muss sie durchmachen, wenn sie darüber nachdenkt, welch schreckliches Unheil ihm widerfahren sein könnte?«

Dower nickte zustimmend. »Und ich würd sagen, ihre wilden Racker sind eher 'ne Prüfung als 'ne Freude.«

Laura blieb stehen und drehte sich langsam um. »Racker?«

»Ja. Fünf von denen sind da, eins schräger und lauter als das andere.«

Laura tastete nach dem Strohballen hinter sich und setzte sich wieder.

Dower zog ein zerknittertes Flugblatt aus der Tasche und hielt es ihr hin. »Das haben se überall in der Stadt verteilt, dass se rausfinden, was mit ihm is.«

Laura nahm das Flugblatt, darauf gefasst, die Skizze eines Künstlers in der Hand zu halten, der seinem Objekt nicht gerecht werden konnte. Sicher hätte es nicht mal ein Meister wie Reynolds oder Gainsborough geschafft, den schelmischen Zug im Lächeln ihres Bräutigams festzuhalten oder seine unwiderstehliche Art, in die Sonne zu blinzeln.

Sie legte sich das Flugblatt auf die Knie und entdeckte ein paar tief liegende kleine Schweinsaugen, die sie anschielten. Sie beugte sich näher über die Skizze. Die buschigen Barthaare schafften es nicht, die enormen Hängebacken zu verbergen. Die Stirn war von einem Berg schwarzer Locken gekrönt, so dicht, dass sie fast weiblich wirkten.

Laura wandte sich von der Skizze ab. Kein Künstler, nicht mal ein blinder, konnte *so* unfähig sein.

Sie sprang auf und hielt Dower das Flugblatt hin. »Das ist er nicht! Das ist nicht mein Nicholas!«

Dower schüttelte den Kopf und war sichtlich verwirrt. »Hab nich gesagt, dass er's is. Aber Sie ham mich gefragt, ob'n feiner Herr abgeht.«

Laura wusste nicht, ob sie ihn treten oder küssen sollte. Als Kompromiss umarmte sie ihn. »Ach, du wunderbarer alter Kauz! Was würde ich nur ohne dich machen?«

»Genug jetzt, Mädchen. Wenn ich mich zerdrücken lassen möcht, provozier ich meine Frau.« Dower wand sich aus ihrer Umarmung heraus und deutete mit seinem Pfeifenkopf auf das Flugblatt. »Das Ding sagt noch nich, dass uns Ihr junger Mann in der dunklen Nacht nich doch noch alle in unsern Betten abmurkst.«

Ein neugieriger Schauder durchfuhr Laura. Sie mochte zwar Nicholas' richtigen Namen nicht kennen, aber sie wusste, dass er nachts an ihrem Bett nicht an Mord denken würde.

Doch Dowers Worte setzten ihrer Erleichterung einen Dämpfer auf. So überglücklich sie war, dass ihr Bräutigam kein streunender Ehemann und Vater von fünf wilden Bälgern war, hatte sie einen Moment lang vergessen, dass sie nach wie vor keinen Schimmer von seiner Identität hatten.

»Du hast absolut Recht, Dower. Du musst einfach in ein paar Tagen wieder nach London und weiter suchen. Wenn ich an dem Mittwoch vor meinem Geburtstag heiraten soll, haben wir nicht viel Zeit.« Sie drückte die Stalltür auf, ließ das Sonnenlicht herein und starrte sehnsüchtig zum Fenster von Lady Eleanors Zimmer hinauf. »Ich verstehe nicht, warum ihn keiner vermisst. Wenn er mir gehören würde und ich würde ihn verlieren, würde ich Tag und Nacht suchen, bis er wieder sicher zu Hause wäre.«

»Ihr Vetter ist verschwunden.«

Elf Jahre hatte Diana Harlow auf diese Stimme gewartet. Hatte von jenem Moment geträumt, in dem ihr Besitzer durch die Tür welchen Zimmers auch immer trat, in dem sie sich gerade befand. Sie hatte sich tausend verschiedene Variationen ausgedacht, wie sie reagieren würde, von einem herzlichen Willkommen über kühle Herablassung bis zu abgrundtiefer Verachtung. Doch sie hatte sich nie vorgestellt, so kraftlos zu sein, wenn der Augenblick schließlich da war. So kraftlos, dass ihr nichts anderes blieb, als weiter ins Haushaltsbuch vor sich auf dem Tisch zu starren, auch wenn seine Spalten und Zahlen sich in völligen Wirrwarr verwandelt hatten.

»Ihr Vetter ist verschwunden«, wiederholte ihr unangemeldeter Gast, als er durchs Zimmer schritt und vor dem Tisch Halt machte. »Haben Sie irgendeinen Hinweis auf seinen Verbleib?«

Diana hob langsam den Kopf und schaute in die frischen grünen Augen von Thane DeMille, dem Marquis von Gillingham und besten Freund Sterlings. Auch wenn die Zeit und die zügellosen Exzesse, die man von jedem höher gestellten jungen Gecken erwartete, in den jungenhaften Zügen ihre Spuren hinterlassen hatten, war sein Haar noch immer von dem kräftigen Rostbraun ihrer Erinnerung. Seine Arme und Schultern hatten ihre frühere Ungeschicklichkeit verloren und steckten muskulös in einem grauen Cutaway. Dazu trug er eine silbern und burgund gestreifte Weste und eine rehbraune Hose. In seinen eleganten Händen hielt er Hut und Stock.

Sie wandte sich wieder dem Kassenbuch zu und wusste schmerzlich genau um die Strähnen, die sich aus ihrem Chignon gelöst hatten und die Tintenkleckse an ihren Fingern. »Mein Vetter hat seine Aufenthaltsorte niemals zu meiner Angelegenheit gemacht. Haben Sie an seinen üblichen Lieblingsplätzen nachgefragt – Almack's? White's? Newmarket?« Sie tauchte ihre Feder in die Tinte und begann, eine neue, fein säuberliche Zahlenreihe zu malen. »Wenn er an keinem dieser Plätze zu finden ist, würde ich vorschlagen, Sie versuchen es im Salon der Wilson-Schwestern.«

Die Wilson-Schwestern waren als leichte Mädchen verschrien. Ihr Hang zu reichen Herren der Gesellschaft wurde nur von ihrer Kunstfertigkeit übertroffen, wenn es darum ging, eben jene Herren zu verwöhnen.

Wenn Thane schockiert war, dass sie den Namen eines solchen Etablissements kannte und sich nicht scheute, diesen einem Mann gegenüber auszusprechen, dann versteckte er seine Regung gut hinter einem spöttischen Lächeln. »Tatsächlich habe ich erst gestern Abend mit Miss Harriette Wilson gesprochen. Sie hat Sterling nicht mehr gesehen, seit er aus Frankreich zurückgekommen ist.«

Diana rutschte mit der Feder ab und verwandelte eine Null in eine Neun. Langsam schloss sie das Buch und sah über ihre Brillengläser hinweg zu Thane auf. »Ich bezweifle stark, dass es irgendeinen Grund zur Sorge gibt. Wie Sie ist mein Vetter ein Mann mit vielen Interessen und wenig Spaß an der Langeweile. Er ist wahrscheinlich nur verschwunden, um einer seiner vielen Neigungen nachzugeben.«

Thanes Mund wurde schmal. »Ich wäre geneigt, Ihnen zuzustimmen, wenn da nicht das hier wäre.«

Er wandte sich zur Tür, steckte zwei Finger in den Mund und stieß einen Pfiff aus, der gar nicht zu dem feinen Herrn passte.

Sterlings Mastiffs kamen ins Zimmer getrottet, die großen Köpfe hängend und die Augen voller Trauer. Sie hatten wenig Ähnlichkeit mit den kraftvollen Kreaturen, die noch vor ein paar Tagen an den Füßen ihres Herrn ins Zimmer marschiert waren. Sie strichen ratlos durchs Zimmer, als seien sie verloren ohne Sterlings Stimme als Führung. Nicht mal die kleine weiße Katze auf dem Kaminsims konnte ihr Interesse wecken.

»Platz, Caliban. Platz, Cerberus«, befahl Thane.

Die Hunde schenkten ihm kaum mehr als einen Seitenblick, bevor sie sich ans Fenster wandten. Sie stießen an die Brokatvorhänge, setzten sich auf ihre Hinterteile und pressten die Nasen an die Scheibe, während sie auf die neblige Straße draußen starrten.

»Ich verstehe nicht«, meinte Diana fröstelnd.

Thane ließ sich in den Ledersessel gegenüber dem Tisch fallen.

Daran hatte sie nicht mehr gedacht. Er saß nie. Er lümmelte sich immer hin. »Sie machen auf diese Art herum, seit Sterling verschwand. Sie wollen nicht fressen. Sie wollen nicht schlafen. Sie verbringen die halbe Nacht damit, vor sich hinzujammern.« Finster zog er ein Haar aus dem Revers. »Und sie stinken furchtbar.«

Diana konnte sich ein Lächeln kaum verkneifen. »Vielleicht brauchen sie einen tüchtigen Diener, keinen Herzog.«

Thane beugte sich vor und fixierte sie mit seinem Blick. »Haben Sie Sterling jemals irgendwo hingehen sehen, egal wie lange, ohne diese beiden Biester an seiner Seite? Selbst die Franzosen nannten sie seine *Chiens de Diable* – seine Höllenhunde sozusagen – und schworen, dass sie geschickt worden waren, um seine Seele in die Hölle zu begleiten, falls er auf dem Schlachtfeld fallen sollte.«

Als Diana seine Worte bedachte, fühlte sie einen ersten Schauder der Beunruhigung. Sie schob einen Blätterstapel zurecht, um ihre unruhigen Hände zu beruhigen. »Wie lange geht er denn schon ab?«

»Fast eine Woche. Donnerstag früh gegen zehn Uhr informierte er einen meiner Stallburschen, dass er im Hyde Park ausreiten wolle. Das war das Letzte, was von ihm gesehen wurde.«

»Fürchten Sie, dass er Opfer unfairer Machenschaften geworden sein könnte?«

»So lästig der Gedanke ist, ich fürchte, damit müssen wir rechnen.«

Diana kämpfte gegen ihre wachsende Panik. Trotz ihrer dauernden Sticheleien liebte sie ihren raubeinigen Vetter so sehr, wie er sie liebte. Für den Rest der Welt mochte er den Teufel spielen, doch für sie war er stets der Schutzengel gewesen, der die Hauptlast von Vaters Missgunst auf sich genommen und sie aus Vaters Schusslinie gebracht hatte.

»Es gibt keinen Grund, das Schlimmste zu befürchten, oder?«, fragte sie. »Er könnte das Opfer einer Entführung geworden sein.«

»Daran habe ich auch schon gedacht. Doch es gab keine Drohungen, keine Forderungen nach Lösegeld. Und wenn jemand verrückt genug gewesen wäre, Ihren Vetter zu entführen, werden sie uns wohl am Ende dafür bezahlen, dass wir ihn zurücknehmen. Weil allein seine giftige Zunge den Mumm auch noch des bösesten Schurken brechen würde.«

Diana war zu besorgt, um sich an seinem grimmigen Humor zu erfreuen. »Doch wer sollte danach trachten, Sterling zu verletzen? Hat er irgendwelche Feinde?«

Thane hob eine Augenbraue und zeigte ihr, wie lächerlich ihre Frage war. »Nun, da muss ich nachdenken«, sagte er und trommelte mit den Fingernägeln auf der Armlehne des Sessels. »Da sind die beiden unglücklichen jungen Kerle, die er kürzlich im Duell angeschossen hat, bevor sie überhaupt nur zum Schuss kamen. Dann ist da Lord Reginald Danforth, früherer Besitzer eines bezaubernden Landsitzes in Derbyshire, der jetzt Ihrem Vetter gehört, dank seiner guten Hand beim Kartenspiel. Ach, und da hätte ich fast seine heftige Liebelei mit der wunderbaren Elizabeth Hewitt vergessen. Der arme Sterling wusste wirklich nicht, dass die fragliche Lady verheiratet war, ehe ihre Liaison vorbei war. Nur fürchte ich, das macht für ihren Gatten keinen Unterschied. Er hätte Sterling selbst herausgefordert, wenn er nicht von früheren Duellen gehört hätte und eine ähnliche Demütigung fürchtete.«

Mit einem tiefen Seufzer nahm Diana die Augengläser ab, um sich den Nasenrücken zu reiben. »Gibt es irgendjemand in London, der ihm keine Krankheit an den Hals wünscht?«

»Sie und mich.«

Thanes sanft gesagten Worte schmerzten sie. Elf Jahre lang hatten nur noch die ausdauerndsten Klatschbasen behauptet, dass Thane und Diana einander verbunden waren. Die, die niemals jenen Abend vergessen hatten, an dem ihrer beider Verlobung – und Dianas Herz – endgültig gebrochen war. Ihn ohne Augengläser anzublicken, gab ihr das Gefühl, ihre Augen seien so ungeschützt wie ihre Erinnerungen.

Mit einer harschen Bewegung setzte sie die Gläser wieder auf und begann auf einem frischen Bogen ihre Notizen. »Dann sollten Sie und ich diejenigen sein, die ihn finden. Ich sollte einen Detektiv beauftragen, während Sie Sterlings ganzen Bekanntenkreis abklappern. Vielleicht ist es am besten, wir behalten unsere Erkundigungen für uns, ehe wir irgendwelche Ergebnisse haben. Wir wollen ja keine Panik verursachen.« Sie sah auf zu ihm. »Findet der Plan Ihre Zustimmung?«

»Ich fühle mich schlicht geschmeichelt, dass Sie sich überhaupt mit mir abgeben. Das war nicht eben Ihre Art in der Vergangenheit.«

Obwohl seine Sticheleien ihr die Hitze auf die Wangen trieben, wollte sie sich nicht in ein Rededuell stürzen, bei dem sie keine Hoffnung auf einen Sieg hatte. »Wenn wir Sterling zuliebe zusammenarbeiten, wird es am besten sein, die Vergangenheit zu begraben und uns auf die Zukunft zu konzentrieren – *seine* Zukunft, um genau zu sein.«

»Wie Sie wollen, Gnädigste.« Thane erhob sich und nahm

den Hut. »Ich werde morgen Nachmittag vorsprechen, damit wir unsere Fortschritte diskutieren können.« Als er zur Tür ging, ließ einer der Mastiffs ein klägliches Geheul hören.

Diana verzog das Gesicht, als das Tier auf einen der unbezahlbaren türkischen Teppiche ihres Vaters sabberte. »Haben Sie nichts vergessen, mein Lieber?«

»Hm? Ach, ja.« Thane ging mit Unschuldsmiene zum Sessel zurück und nahm den Gehstock unter den Arm.

»Ich meinte die Hunde«, sagte sie kühl.

Sein spöttisches Grinsen war noch genauso provokativ wie in ihrer Erinnerung. »Aber das sind doch jetzt *Ihre* Hunde, meine Liebe. Wenn Sie der Dienste eines tüchtigen Dieners bedürfen, wäre es mir eine Freude, Ihnen einen zu empfehlen.« Mit der Andeutung einer zackigen Verbeugung ließ er sie zurück, wie er sie vorgefunden hatte.

Allein.

KAPITEL 10

Obwohl ich es nicht verdient habe,
hat Gott mir eine neue Familie geschenkt …

Laura Fairleigh war eine Frau, die Wort hielt.

Nicholas hätte nicht gedacht, dass er diese besondere Tugend verwünschen würde, doch wie die Tage vergingen und sie sich an ihr Gelübde hielt, niemals mit ihm allein zu sein, begann er, sich zu wünschen, sie wäre in ihrem moralischen Urteil nicht ganz so fest. Obwohl sein Kopfweh fast so schnell schwand wie die Beule an seinem Schädel, überlegte er sich, einen Rückfall vorzutäuschen, nur in der Hoffnung, dass sie ihn ins Leben zurückküsste.

Offensichtlich hatte sie andere um Unterstützung bei ihrer Mission gebeten. Hatte er einmal das Glück, sie allein vorzufinden, wenn er den Salon betrat, blieb nicht mal Zeit für den Austausch freundlicher Belanglosigkeiten, bevor Cookie geschäftig hereinstürmte, mit einem Stück weißen Crêpe zur Begutachtung oder einer Portion Mandelcreme, an der sie für den Hochzeitskuchen herumexperimentierte. Wenn es sich ergab, dass sie sich draußen auf dem Gang bei ihren Schlafzimmern trafen, materialisierte sich plötzlich wie ein Kobold Lottie und trug eine Geschichte vor oder ein Gedicht, das sie gerade geschrieben hatte. Und er brachte es immer fertig, Laura genau in dem Moment allein beim Tee am Küchentisch anzutreffen, in dem George polternd durch die Tür trat, mit einem Arm voll Feuerholz und einem fröhlichen Pfeifen auf den Lippen, für das ihn Nicholas hätte erwürgen können.

Wenn das so weiter ging, würde er bald damit zufrieden

sein, hinter seiner Verlobten herzufegen, um eines Haares habhaft zu werden.

Seit dem Tag, als sie mit Dower im Stall verschwunden war, hatte sich nichts getan, das sein Misstrauen erweckt hätte. Nachdem er aus vernünftigen Gründen sicher war, dass sie ihm mit dem grauen, alten Mann keine Hörner aufsetzte, hatte Nicholas sich fast dazu durchgerungen, von sich zu glauben, dass er einfach eine misstrauische und eifersüchtige Natur hatte und gut daran täte, diese zu zügeln.

Woran er genau bis Donnerstagnachmittag arbeitete, als er sie mit einem mysteriösen Bündel, das sie unter ihrem Mantel versteckt hielt, die Auffahrt hinunterlaufen sah. Nicholas beobachtete sie durch die Spitzen des Salonvorhangs, hin und hergerissen zwischen Instinkt und Anstand.

Dower war bei Tagesanbruch mit seinen Herden aufgebrochen, und Cookie klapperte vor sich hinsummend in der Küche. Lottie und George saßen im Arbeitszimmer und zankten sich lautstark über ein Mikadospiel.

Während George Lottie vorwarf, sie puste seine Stäbchen in eine unmögliche Lage, wenn er einen Moment nicht hinsah, schlüpfte Nicholas aus der Vordertür und folgte Laura, gerade schnell genug, um die schlanke Gestalt mit Hut im Auge zu behalten, ohne sie einzuholen. Es wehte ein kühler Nordwind, und in der Luft lag ein erster Anflug von Herbst.

Laura schlug ein scharfes Tempo an, was ihn nicht überraschte. In den letzten paar Tagen hatte er gelernt, dass seine Verlobte kein bezauberndes Pflänzchen Weiblichkeit war, zufrieden mit ein bisschen Strickzeug und Wasserfarbe. Man konnte sie ebenso selbstverständlich auf einer klapprigen Leiter sitzen sehen und Staub wischen wie am Klavier ein neues Stück einüben. Während Cookie mit einem mehligen Nudelholz als Zepter über die Küche regierte, kümmerte sich Laura mit einer solchen Begeisterung um die Blumen und den Kräutergarten, dass man ihren Wangen die Anstrengung ansah und auf ihrer Nasenspitze einen entzückenden schwarzen Schmutzfleck entdeckte.

Sie hatte fast das Ortsende erreicht, als sie einen scharfen Knick zur Kirche machte.

Nicholas blieb zurück und beobachtete ihre Bewegungen hinter dem Stamm einer mächtigen alten Eiche. Obwohl er sich vorkam wie der übelste Schurke, konnte er sich einfach nicht abwenden. Nicht, wenn er vielleicht herausfinden konnte, welches Geheimnis den Schatten der Angst in ihre funkelnden braunen Augen brachte.

Er konnte nur hoffen, dass er nicht auf dem besten Weg war, seine größte Befürchtung wahr werden zu sehen. Hatte ein anderer Mann ihn aus Lauras Herzen verdrängt? Und falls ja, würde sie tatsächlich so dreist sein, diesen Mann in der Dorfkirche zu treffen?

Doch sie beachtete die steinernen Stufen der Kirche gar nicht und schritt stattdessen durch das Tor mit seinem kleinen Giebeldach, das in den Friedhof führte. Nicholas folgte ihr, doch vor dem Tor zögerte er. Trotz Lauras Versicherungen, seine Gläubigkeit betreffend, fühlte er sich auf geweihtem Grund nicht wirklich willkommen.

Als Laura hinter einer grünen Kuppe verschwand, betrat er den Friedhof. Ein Luftstoß trieb totes Laub umher, knisternd wirbelte es um die Grabsteine. Manche von ihnen waren so alt, dass sie in schrägen Winkeln im Boden steckten, ihre Inschriften halb begraben oder völlig weggewaschen von Wind, Regen und Zeit.

Er fand Laura im hinteren Teil des Friedhofs, wo sie zwischen zwei verwitterten Grabsteinen kniete. Er hielt an und beobachtete atemlos, wie sie das mysteriöse Bündel aus ihrem Mantel schälte.

Es war ein großer Blumenstrauß – Rittersporn, Chrysanthemen, Ringelblumen, Lilien und Iris: alle mit eigener Hand von ihr im Garten geschnitten.

Als sie am Fuß jedes Steins einen farbenfrohen Strauß aufstellte, die einzelnen Blumen liebevoll arrangierend, brach Nicholas über einem zerbröckelnden Grab zusammen und fühlte sich wie der gemeinste Halunke. Laura war an diesen Ort gekommen, um ihre Eltern zu ehren, und er hatte sie verfolgt, als wäre sie irgendeine Verbrecherin. Wenn er nur eine Spur Anstand in seiner Seele hätte, würde er sich zurückschleichen zum Friedhofstor und sie in ihrem Kummer in Ruhe lassen.

Doch seine Gier nach ihrer Nähe war größer als seine Scham. Also blieb er und sah zu, wie sie sich vom Grab ihrer Eltern erhob und die übrigen Blumen zu ein paar Steinen in der Nähe trug. Für die erste Inschrift hatte sie kaum einen Blick, doch neben das zweite Grab kniete sie sich andächtig hin. Der Stein war neu, ohne auch nur eine Spur von Bewuchs, die seine rau behauene Oberfläche beschädigt hätte. Auch wenn das Sommergras noch keine Zeit gehabt hatte, die blanke Erde zu bedecken, hielt bereits ein kleiner Alabaster-Engel Wache am Grab, die runden kleinen Hände zum Gebet gefaltet.

Seltsamerweise war es nicht das fremde Grab, sondern dieser Engel, der Nicholas' Seele erschauern ließ.

Er ertappte sich dabei, wie er voranschritt, ohne es recht zu merken, unwiderstehlich angezogen von dem einsamen Wächter.

Laura hatte die Handschuhe ausgezogen und begann, in den Ecken des Grabs Unkraut zu jäten. Sie war so konzentriert auf ihre Aufgabe, dass sie ihn gar nicht kommen hörte.

Er blieb erst stehen, als er nahe genug war, um die in den Stein gemeißelte Inschrift lesen zu können – eine Inschrift, die in ihrer Schlichtheit so rein wie elegant war.

Eleanor Harlow, Geliebte Mutter.

»Wer war sie?«

Laura ließ die Hand voll Unkraut sinken, wandte den Kopf und war überrascht, Nicholas vor sich zu sehen, sein schönes Gesicht ruhig und zurückhaltend.

Sie presste die Hand auf ihr klopfendes Herz und achtete nicht weiter auf das schlechte Gewissen, das sie so nervös machte. »Sie haben mir schreckliche Angst eingejagt! Ich dachte, Sie wären ein Geist.«

»Haben Sie einen erwartet?«, fragte er und lehnte sich an das Grab.

Laura brauchte eine Sekunde, um seine Frage zu verstehen, dann schüttelte sie den Kopf. »Ich kann mir niemanden vorstellen, zu dem es weniger passen würde, andere zu quälen, als Lady Eleanor.«

Nicholas bückte sich und half ihr auf. Ihre Beine waren vom Knien steif geworden, und sie lehnte sich für einen Moment an ihn, was jeden Zweifel ausräumte, dass er kein Geist war, sondern Fleisch und Blut. Heißes Blut unter warmem, männlichem Fleisch.

»Wer war sie?«, wiederholte er und schaute in ihre Augen.

Laura löste Hand und Blick von ihm und bückte sich nach den übrigen Blumen. »Die meisten Leute würden sie unsere Beschützerin nennen, während ich sagen würde, sie war unser Schutzengel. Sie war diejenige, die meinem Vater das Leben als Pfarrer von Arden ermöglichte.« Mit einem wehmütigen Lächeln legte Laura eine weiße Lilie auf den Stein. »Als unsere Eltern starben, nahm sie uns auf und gab den Kindern und mir ein Zuhause.«

Nicholas bückte sich und fuhr mit dem Finger über die Schrift, die in den Granit gemeißelt war. »14. Oktober 1768 – 2. Februar 1815«, las er, dann warf er Laura einen finsteren Blick zu. »Die Sachen in meinem Zimmer, die haben ihr gehört, oder? Das Nähzeug? Die Bibel? Die Haarbürste?« Er wollte noch was sagen, verstummte aber, die Lippen fest aneinander gepresst.

Laura legte ihm eine Hand auf die Schulter. »Hoffentlich sind Sie nicht abergläubisch. Ich habe Sie in ihrem Schlafzimmer untergebracht, weil ich Ihnen die besten Umstände für Ihre Genesung bieten wollte. Sie brauchen sich keine Gedanken machen über irgendwelches nächtliche Gejammer oder Kettengerassel. Lady Eleanor könnte es gar nicht ertragen, Ihren Schlaf zu stören oder Ihren Seelenfrieden.«

»Ich glaube nicht an Geister,« sagte er und blickte auf den verwitterten Stein, der ein Zwilling von Lady Eleanors hätte sein können, wäre dies Grab nicht so vernachlässigt gewesen und vom Unkraut überwuchert. Da war keine Spur von Blumen auf diesem Grab, weder von frischen noch verwelkten.

»Lady Eleanors Mann«, sagte Laura trocken, seine ungestellte Frage beantwortend. »Sie sagte immer, er hätte auf ungeweihtem Grund beerdigt werden sollen.«

»Ein Selbstmörder?«

»In gewisser Weise. Er hat sich zu Tode getrunken. Aber nicht, ohne vorher das Herz seiner Frau zu brechen«, sagte Laura leise.

Nicholas runzelte die Stirn. »Kannte ich sie?«

Laura nutzte die Zeit, um die Blumen neu zu ordnen – zarte Nelkenzweige zwischen die festen Ringelblumen und die Chrysanthemen. Wie Cookie sie erinnert hatte, war es einer von Lady Eleanors liebsten Träumen, Laura mit einem freundlichen und gut aussehenden Mann verheiratet zu sehen. Sie warf einen heimlichen Blick auf Nicholas' kantiges, klares Profil. Sie hatte sich zwar dazu entschlossen, nicht mehr als nötig zu lügen, aber wie es schien, richtete sie keinen größeren Schaden an, wenn sie die Vergangenheit etwas ausmalte.

»Natürlich kannten Sie sie«, sagte Laura bestimmt. »Sie

hielt viel von Ihnen und freute sich sehr über Ihre Besuche. Sie sagte oft, Sie wären wie ein Sohn für sie.«

Zu ihrem Schrecken hellte sich Nicholas' Miene nicht auf. »Der Stein sagt ›Geliebte Mutter‹«, insistierte er. »Was ist mit ihren eigenen Kindern? Warum sind die nicht hier und bringen ihr Blumen ans Grab?«

Laura spürte, wie ihr Lächeln erfror. Sie fürchtete, mehr zu verraten, als ihr lieb war, kniete sich neben ihn und begann, resolut die Blumen rund um die Bodenplatte des Grabs herauszurupfen. »Sie hatte nur einen Sohn, fürchte ich – ein widerliches Ekel von einem Mann, der sich um nichts schert außer um sich selbst.«

Sein scharfer Blick fiel auf ihr Gesicht. »Warum, Miss Fairleigh, sind Sie so leidenschaftlich in Ihrer Abneigung gegen ihn, das sind Sie doch?«

Ihre Finger strafften sich und rissen eine Blüte glatt vom Stängel. »Im Gegenteil. Das ist keine Abneigung. Ich hasse ihn.«

Nicholas rettete eine Hand voll zarter Lilien aus ihrem mörderischen Griff, bevor sie sie alle köpfen konnte. »Also erzählen Sie mir, was dieser unglückliche Kerl getan hat, um sich die Feindschaft einer so freundlichen Seele zuzuziehen? Ein Kätzchen getreten? Es sich zur Gewohnheit gemacht, sonntags die Kirche zu schwänzen? Damit gedroht, Lottie die Prügel zu verabreichen, die sie so gut verdient hätte?«

»Oh, wir haben einander nie gesehen. Was auch besser so ist. Denn wenn wir uns getroffen hätten, hätte er meine spitze Zunge zu spüren bekommen, dass er es nie mehr vergessen hätte.«

»Der Himmel steh ihm bei!«, murmelte Nicholas, seinen Blick auf ihre Lippen gerichtet.

Sie war zu zornig, um seinen Blick zu bemerken. »Es ist nicht bloß wegen seiner schlechten Angewohnheiten, dass ich ihn so verabscheue, sondern wegen der totalen Gleichgültigkeit gegenüber der Frau, die ihm das Leben geschenkt hat. Lady Eleanor schrieb ihm Jahre lang treu jede Woche, und nicht einmal fand er es nötig, ihr auch bloß mit ein paar flüchtigen Zeilen zu antworten. Sie musste seine Heldentaten in den Klatschspalten nachlesen, wie wir auch.« Laura rupfte diesmal ein dickes Büschel Unkraut heraus und warf es auf die Seite. »Wie ich es sehe, ist er ein herzloser, gemeiner, rachsüchtiger, scheußlicher Schuft.«

»Heißt das, Sie wollen ihn nicht mal zu unserer Hochzeit einladen?«

»Aber sicher nicht! Da könnten wir genau so gut Beelzebub höchstpersönlich einladen!«

Als sie das Grübchen auf seiner Wange sah, fiel aller Druck von ihr ab. »Sie sollten mich nicht so ärgern«, tadelte sie mit einem selbstvergessenen Lächeln. »Das ist ziemlich rücksichtslos.«

Er schauderte gespielt. »Ich würde mir sicher nicht wünschen, Ihre Wut herauszufordern. Ich fange an zu glauben, dass dieser Kerl eher mein Mitleid als meine Verachtung verdient. Es ist sicher Qual genug für jeden Mann, Ihre Gnade verloren zu haben.«

Als er nach einer seidigen Haarsträhne hinter ihrem Ohr griff, konnte Laura nicht mehr sagen, ob er nur spielte. Sie konnte sich nicht mal genau erinnern, wie sie beide hier auf dem Boden angelangt waren, auf den Knien und so nah, dass, wenn er sie küssen wollte, er nur seinen Kopf unter ihre Hutkrempe stecken brauchte und seine wunderbar geschickten Lippen auf ihre drücken.

Die letzte Blüte wegwerfend, erhob sie sich. »Wenn Sie mich entschuldigen würden, Mr Radcliffe, ich muss mit Pfarrer Tilsbury über eine Sache von großer Bedeutung sprechen. Sagen Sie bitte Cookie Bescheid, dass ich bis zum Tee zurück sein werde.« Sie hob ihre Handschuhe auf und peilte das Tor an.

»Wenn Sie nicht an Geister glauben«, rief er ihr nach und erhob sich, »wovor haben Sie dann solche Angst?«

Vor Ihnen.

Fast fürchtete Laura, es laut ausgesprochen zu haben, und hastete über den Friedhof, einen Nicholas hinterlassend, der zwischen den zerfallenden Grabsteinen stand mit dem Alabaster-Engel, der an Eleanor Harlows Grab Wache hielt, als einzigem Gefährten.

Als die Glocken ihre melodiöse Sonntagmorgen-Einladung läuteten, hielt Nicholas sich nicht damit auf, den Kopf in die Kissen zu graben. Er rollte sich einfach aus dem Bett, ignorierte das empörte Miauen der kleinen gelben Katze, die aus seinem Kissen ein Nest gebaut hatte, und spritzte sich ordentlich kaltes Wassers ins Gesicht.

Wenig später, als er George und Laura zur Familienbank in St. Michael begleitete und sich – gefolgt von Lottie – neben sie schob, war er nur noch wenig resigniert ob des Kirchgangs. Er hoffte schlicht, sich durch die Predigt und die zweite Lesung des Aufgebots schlummern zu können, zumal ihn diese Woche wohl keine unliebsamen Überraschungen aus seinem Nickerchen reißen würden.

»Heute«, setzte der weißhaarige Mann an, während er seine Augengläser hochschob, »werden wir uns der Sprüche König Salomons annehmen und seinem 19. Kapitel: ›Es ist besser, arm zu sein als ein Lügner‹.«

Georges Fuß schlug aus und traf kräftig auf Lauras Schienbein.

Sie stieß ein kurzes Jaulen aus, das sie schnell mit dem Handschuh erstickte, doch schon drehten sich etliche Gläubige missbilligend um. Stirnrunzelnd wandte sich Nicholas zu George und fragte sich, welcher Teufel ihn da geritten habe.

Ehe er Laura nach ihrem Befinden fragen konnte, landete Lotties Handtasche auf seinem Schoß und verknitterte die Seiten seines Gebetbuchs.

»Verzeihung«, murmelte sie, und griff mit einem Engelsgesicht nach dem seidenen Beutel.

Nicholas streckte die Beine aus und stützte die Wangen in die Hände. Er fühlte, wie seine Augenlider schwerer wurden mit jedem geleierten Wort des Pfarrers. Während das Sonnenlicht durch die hohen Kirchenfenster fiel und das muffige Kirchenschiff wärmte, machte der kleine Mann weiter und weiter mit irgendwelchem Unsinn über Lügner, die in die Hände des Teufels fallen würden.

Nicholas dämmerte in einem Traum dahin, in dem er jede Sommersprosse auf Lauras weicher Haut küsste, als er den Mann sagen hörte. »Sobald Ihr neuer Pfarrer ordiniert ist, werde ich Sie verlassen.«

Gut, dachte Nicholas unnachsichtig, ohne die Augen zu öffnen. Ein Pech, dass Tilsbury sie nicht sofort verlassen konnte.

»Wie Sie alle wissen, habe ich meine Zeit zwischen drei Pfarreien aufgeteilt, seit Reverend Fairleigh vor sieben Jahren in den Himmel heimgerufen wurde. Obwohl ich Arden und Sie alle mittlerweile sehr lieb gewonnen habe, muss ich zugeben, dass es eine Erleichterung für mich sein wird, meine Pflichten und Verantwortlichkeiten in ein paar Monaten zu übergeben. Ich hoffe, Sie tun es mir gleich und heißen den Mann willkommen, der bald der Pfarrer unserer Gemeinde sein wird – Mr Nicholas Radcliffe!«

Nicholas war schlagartig wach und fragte sich, ob er noch immer träumte. Doch die einzige Konstante zwischen seiner wunderbaren Phantasie und diesem Albtraum war die Gegenwart der Frau, die neben ihm saß.

Sie starrte stur geradeaus, ihr Profil so zerbrechlich wie ein Stück edles Porzellan. Wenn sich ihre Brust nicht unregelmäßig gehoben und gesenkt hätte, hätte er geschworen, sie atme nicht einmal.

Er starrte sie an, bis sie gar nicht mehr anders konnte, als sich ihm zuzuwenden und seinen düsteren Blick zu erwidern.

Als sie ihre behandschuhte Hand in seine legte, erschien ein zitterndes Lächeln auf ihren Lippen. »Willkommen in unserer Pfarrgemeinde, Mr Radcliffe.«

KAPITEL 11

Ich liebe die beiden Kleinen, doch es ist das große Mädchen, das mein Herz gestohlen hat.

»Sie haben ihren ersten Streit, den haben sie. Vielleicht reicht das, um einer alten Frau das Herz zu brechen!«, flüsterte Cookie und wischte sich mit der Schürze über die Augen.

»Wenn er sie zum Weinen bringt, bricht sie vielleicht mit ihm«, sagte Lottie hoffnungsvoll.

»Wenn er sie zum Weinen bringt, breche ich ihm den Hals«, knurrte George.

Dower schaute noch finsterer. »Wenn se streiten, wie kommt's dann, dass man kein Schimpfen und kein Fluchen hört? Das is kein guter Streit mit nich 'nem bisschen Geschirr, was rumfliegt.«

Gut, dass sie dank ihrer unterschiedlichen Größen und Lotties Gleichgültigkeit gegenüber den Knien ihrer Sonntagsstrümpfe alle vier gleichzeitig die Ohren an die Salontür drücken konnten.

»Versuch's am Schlüsselloch«, schlug Dower vor.

Zwischen Georges Beinen spähte Lottie durch den Messingbeschlag. »Alles, was ich sehen kann, ist der Schlüssel. Ich glaube, er hat sie gefangen genommen.«

Dower fing an, die Ärmel aufzukrempeln. »Das war's dann. Brech die Tür auf, George, ich hol die Heugabel.«

»Werd nicht albern, alter Mann«, schimpfte Cookie und boxte ihm den Arm. »Junge Liebespaare muss man in Ruhe lassen, dass sie ihre eigenen Streits ausfechten. Wahrscheinlich weißt du nicht mehr, was wir für einen üblen Streit hatten wegen der Fleet-Street-Hure, als du mir den Hof gemacht hast. Aber ich wette, du kannst dich an die zärtliche Versöhnung danach erinnern.«

»Klar kann ich. Warum denkst du, dass ich meine Heugabel hol?«

»Psst«, zischte Lottie und drückte ihr Ohr fest an die Tür. »Ich glaub, ich höre was.«

Lottie täuschte sich, denn drinnen im Salon saß Laura absolut still auf der Ottomane und dachte, dass sie niemals einen Mann erlebt hatte, der zu wütend war, um zu reden. Ihr Vater war eine zarte Seele gewesen, der Gefühlsausbrüche vulgär und ungehörig gefunden hatte. Sie hatte ihn einmal beobachtet, als ihm eine riesige Bibel auf den Fuß fiel und ihm zwei Zehen brach. Da rollte er lediglich die Augen himmelwärts und bat Gott, ihm zu verzeihen, dass er so ungeschickt gewesen war. Nicht ein einziges Mal hatte er Mutter oder einem der Kinder gegenüber die Stimme erhoben und erst recht nicht die Hand.

Laura schaute fasziniert Nicholas zu, wie er im Salon hin und her lief, wie ein hungriger Löwe im Königlichen Zoo. Nur dass sie im Königlichen Zoo sicher außerhalb der Gitterstäbe gestanden hätte, statt mit dem Löwen im Käfig zu stecken. Die gelbe Katze auf dem Kaminsims beobachtete seine Bewegungen mit der gleichen Anteilnahme, als wollte sie herausfinden, wen von ihnen er zuerst auffressen würde.

Er hatte seinen Kirchenstaat gegen die heidnische Bequemlichkeit seines Leinenhemds und der Lederhose getauscht. Alle paar Schritte drehte er sich zu ihr um, öffnete den Mund, als ob er etwas sagen wollte, dann klappte er ihn wieder zu und nahm seine Wanderung wieder auf. Nachdem er dieses Ritual etliche Male wiederholt hatte, beschränkte er sich darauf, den Kopf zu schütteln und sich die Haare zu raufen, bis er genauso wild und gefährlich aussah, wie Dower ihn immer noch einschätzte.

Endlich blieb er mit dem Rücken zu ihr stehen, presste die geballten Fäuste an den Kamin und sagte ganz sanft: »Ich würde nicht sagen, dass ich allzu oft fluche, oder?«

Laura schüttelte den Kopf. »Nur in extremen Notsituationen.«

Er schwang herum, um sie anzusehen. »Und was würden Sie als extreme Notsituation bezeichnen? Nackt aufwachen in einem fremden Bett ohne jede Erinnerung, wer du bist? Plötzlich entdecken, dass du dabei bist, der Ehemann einer Frau zu werden, die Stein und Bein schwört, dass du noch nicht mal Verstand genug hattest, sie zu küssen? Oder zusammen mit der ganzen Pfarrgemeinde von Arden herauszufinden, dass du der neue Dorfpfarrer bist?« Seine Stimme erhob sich. »Finden Sie nicht, Sie hätten diese kleine Neuigkeit mit mir besprechen sollen, bevor Sie es diesen Marktschreier herausposaunen ließen.«

»Ich habe Ihnen gesagt, dass ich mit Pfarrer Tilsbury etwas sehr Wichtiges zu besprechen hätte. Und was könnte wichtiger sein als unsere gemeinsame Zukunft?« Laura faltete steif die Hände im Schoß. »Ich dachte, Sie wären froh, dass ich Ihnen ein Auskommen besorgt habe. Arden ist eine kleine Gemeinde, doch wenn man das Einkommen, das Sie von den Gemeindemitgliedern bekommen werden, mit dem zusammenlegt, was das Gut mit seinen Herden erwirtschaftet, müssten wir es ganz gut schaffen. Wir werden nicht reich sein, aber auch nicht mittellos.«

Nicholas seufzte. »Ich bin dankbar für Ihr praktisches Wesen, aber was ist, wenn ich kein Kirchenmann sein möchte? Ist Ihnen dieser Gedanke nie gekommen?«

»Und warum sollten Sie nicht? Da ist wirklich nichts dabei – nur verheiraten, beerdigen und mal eine Taufe. Mein Vater hat zu Hause monatelang studiert, doch als er seine Prüfung ablegte, war er enttäuscht, wie leicht das Ganze war. Der

Bischof fragte ihn bloß, ob er wirklich *der* Edmund Fairleigh wäre, der Sohn des alten Aurelius Fairleigh aus Flamstead, klopfte ihm dann auf die Schulter und nahm ihn mit zu einer Art frevelhaftem Spiel.«

»Vielleicht habe ich da etwas, worauf ich mich freuen kann«, murrte Nicholas und raufte sich erneut das Haar.

»Ich kann Ihnen beim Lernen helfen, wissen Sie«, sagte Laura ernsthaft. »Ich kann fließend Hebräisch und Griechisch.«

»Wie motivierend. Vielleicht sollten *Sie* Ardens neuer Pfarrer werden.«

Er hatte einen harten Zug um den Mund, riss die Tür des Sekretärs auf und schob die ledernen Haushaltsbücher und Zeitungsausschnitte zur Seite. Eine gläserne Karaffe, die Laura nie zuvor gesehen hatte, tauchte aus dem Dunkel auf.

Als er die Karaffe aus ihrem Versteck fischte, setzte sich Laura auf und dachte darüber nach, dass er genau gewusst hatte, wo er suchen musste. Von dem Staub auf der Flasche her zu schließen, dürfte der Brandy ein gutes Alter haben.

Während er die Karaffe zum Teewagen trug und sich ein sauberes Glas nahm, räusperte sich Laura auf eine, wie sie hoffte, feine Art.

Nicholas riss den Pfropfen von der Karaffe.

»Ich zögere, es zu sagen ...«, begann sie probeweise.

Er goss einen Schluck Brandy ins Glas.

»Besonders zu einem so falschen Zeitpunkt ...«

Er hob das Glas an die Lippen, während das grimmige Leuchten seiner Augen sie aufforderte fortzufahren.

»... aber Sie hatten nie mit geistigen Getränken zu tun!«

»Verdammt und zugenäht!« Nicholas pfefferte das Glas auf den Wagen, dass die Hälfte des Brandys überschwappte.

Sein Fluch hing wie ein warnendes Donnergrollen zwischen ihnen in der Luft. Laura wusste nicht, sollte sie sich bücken oder zur Tür rennen. Aber dann erschien eine Spur von einem

Lächeln auf seinem Gesicht. Ein so zartes Lächeln, dass sich Lauras Zehen im engen Gefängnis ihrer Schuhe kräuselten.

»Das fühlte sich wunderbar an«, verkündete er. »*Verdammt* wunderbar!«

Seine Augen weiteten sich, als er das Glas hob und hinunterstürzte, was von dem Brandy übrig war. Seine Zunge umkreiste die Lippen und fing jeden Tropfen auf, als sei er der kostbarste Nektar, während er mit dem Ausdruck reinsten Entzückens die Augen schloss. Als er sie wieder öffnete, glänzten sie vor Entschlossenheit. Er füllte das Glas wieder, prostete ihr trotzig zu und schüttete das Zeug hinunter.

Dann füllte er das Glas ein drittes Mal und durchquerte das Zimmer, um es Laura zu geben. »Hier. Das könnten Sie gebrauchen.«

»Aber ich habe nie ...«

Er hob warnend eine Augenbraue. Sie senkte den Kopf und nahm gehorsam einen Schluck. Das Zeug brannte eine prickelnde Spur ihren Hals hinunter, irritierend, aber nicht unangenehm.

Nicholas holte noch ein Glas und goss sich erneut ein. Er legte einen Arm auf den Kaminsims, das Glas zwischen die langen, eleganten Finger geklemmt. »Mir ist aufgefallen, Miss Fairleigh, dass Sie mir die letzte Woche über ständig gesagt haben, was mir gefällt und was nicht. ›Nehmen Sie noch einen von Cookies Sauerteigfladen‹«, äffte er sie nach. »›Sie haben Cookies Sauerteigfladen immer geliebt.‹ ›Hören Sie sich das Gedicht von Lottie an. Ihre Sonette haben Sie stets erfreut.‹ ›Warum spielen Sie und George nicht noch eine Runde Karten, Lieber. Er genießt Ihre Gegenwart so sehr.‹«

Er wurde mit jedem Wort lauter. »Das schockiert vielleicht Ihre zarte Seele, meine Liebe, doch Ihr Bruder hält es kaum im selben Raum mit mir aus, Lottie ist ein verdorbenes Ding, die nicht mal einen anständigen Reim zusammenbrächte, wenn

Shakespeare selbst aus dem Grab stiege, um ihr zu helfen, und Cookies Fladen sind trocken genug, um ein Kamel damit zu ersticken.«

Lauras entsetzter Aufschrei wurde fast übertönt von dem schreienden Trio draußen vor der Salontür.

Nicholas ließ das Glas auf dem Sims stehen, stapfte durch den Salon und riss die Tür auf. Das Foyer war leer, aber das Echo der sich entfernenden Schritte hallte durchs Haus. Mit einem anklagenden Blick auf Laura schloss er mit übertriebenem Bedacht die Tür und drehte den Schlüssel im Schloss.

Sie nahm noch einen Schluck Brandy, der viel größer ausfiel als der letzte.

Er lehnte sich an die Tür, verschränkte die Arme und machte weiter, als seien sie nicht unterbrochen worden. »Ich hasse es, das Heiligenbild zu zerstören, das Sie sich offenbar in den letzten beiden Jahren in Ihrem Herzen bewahrt haben, doch meine Nachmittage damit zu verbringen, mit Lottie Wasserfarben zu malen, langweilt mich zu Tode, und ich kann die blöden Kartenspiele nicht ausstehen, die George anscheinend so liebt.«

Laura öffnete den Mund in der Hoffnung, ihn zu unterbrechen, ehe er beichtete, dass er auch sie nicht ausstehen konnte.

Er hob die Hand, um sie zu beschwichtigen. »Als vernunftbegabter Mensch kann ich aber bestätigen, dass eine Menschenseele einen Vorteil ziehen kann aus einer geistigen Lektion am Sonntagmorgen.« Er entspannte sich und sah auf den Kaminsims, wo sich die Katze graziös ihre Schnurrhaare pflegte. »Vielleicht bin ich sogar überzeugt, dass manche Exemplare der Katzengattung, obgleich eigentlich Quälgeister, einen Charme besitzen können, dem man nur schwer widerstehen kann.«

Er trat heran und kniete sich neben die Couch, um sich auf Augenhöhe mit ihr zu bringen. »Aber ich kann und werde mir nicht einreden lassen, dass ich nicht der Mann bin, die Tugend meiner Braut aufs Spiel zu setzen. Denn ich kann Ihnen versichern, dass ich an nicht viel anderes gedacht habe seit dem Moment, als ich Sie zum ersten Mal sah.«

Völlig gelähmt schüttete Laura den Rest des Brandys hinunter. Nicholas nahm ihr liebevoll das Glas aus der Hand und stellte es auf den Teppich.

»Aber Sie haben immer …«, fing sie an.

Er drückte ihr zwei Finger auf die weichen Lippen und brachte sie wirksam zum Schweigen. »Sie haben die letzte Woche damit verbracht, mir zu sagen, was ich wollen *sollte*. Jetzt ist es an mir, Ihnen zu zeigen, was ich *wirklich* will.«

Als er ihr Gesicht in seine großen, starken Hände nahm, erwartete sie einen Kuss auf den Mund. Sie erwartete nicht, dass er ihre Augenlider küssen würde, ihre Schläfen, ihren sommersprossigen Nasenrücken. Sein Atem strich über ihr Gesicht, so heiß und berauschend wie die verbotene Süße des Brandys. Doch als er seine Lippen auf ihre senkte, hatte das Fieber, das durch ihre Adern tobte, nichts zu tun mit dem Brandy, aber sehr viel mit der feuchten Hitze seiner Zunge, die ihren Mund sanft verwöhnte.

Ehe Laura das begriff, packte sie seine Hemdenbrust und begegnete jedem der sich steigernden Stöße seiner Zunge mit dem hungrigen Sturm ihrer eigenen. Sie kannte die wilde kleine Kreatur kaum wieder, die mit einer solchen Begierde an ihm hing. Es war, als sei die steife und anständige Pfarrerstochter verschwunden und hätte an ihrer statt eine schamlose Dirne hinterlassen.

Vielleicht war das die eskalierende Natur der Sünde, vor der Papa sie immer gewarnt hatte. Wenn du deine Morgenpsalmen versäumst, führt das zur Lüge, und Lüge führt zur Entführung fremder Männer, und fremde Männer entführen führt zu Küssen, und Küssen führt zur Lust, und Lust führt … Nun ja, sie war sich nicht ganz sicher, wohin Lust führte, doch wenn Nicholas nicht aufhören würde, ihr Ohr auf diese aufreizende Art zu liebkosen, würde sie es sicher herausfinden.

Das verführerische Reibeisen seiner Stimme riss sie aus ihrer träumerischen Benommenheit. »Gehen Sie fort mit mir, Laura.«

»Was haben Sie eben gesagt?« Sie lehnte sich ein Stück zurück, um ihm ins Gesicht sehen zu können, klammerte sich aber immer noch an seinem Hemd fest.

Er hielt ihre Oberarme in einem wilden Griff, seine Augen so heiß wie seine Hände. »Gehen Sie fort mit mir! Sofort! Warum sollten wir bis nächste Woche warten, um zu heiraten, wenn wir uns schon heute Nachmittag auf den Weg nach Gretna Green machen können und ein Bett teilen, ehe die Woche vorüber ist?«

Seine Worte schickten einen zauberhaften Schauer ihren Rücken hinunter, halb Entsetzen, halb Vorfreude. Sie lachte unsicher. »Sie haben die Stelle ausgelassen, wo Sie mich zu Ihrer Frau machen.«

»Ein bloßes Versehen, das versichere ich Ihnen.« Er schaute ihr in die Augen mit einer seltsamen Mischung aus Zärtlichkeit und Raserei. »Lassen Sie mich nicht noch länger warten, ehe Sie mir ganz gehören. Wir haben schon so viel Zeit verschwendet.«

»Du kennst ja nicht mal die halbe Wahrheit«, murmelte Laura und grub ihr Gesicht in seine Schulter.

Das war eine Versuchung, mit der sie nicht gerechnet hatte. Wenn sie ihm in der Hitze des Moments erlauben würde, sie nach Schottland zu schaffen, damit sie wie zwei Durchgebrannte heirateten, die sich nicht an die Regeln eines englischen Gerichts halten mussten, bräuchte man auch keine Sorgen mehr zu haben wegen des Eintrags eines falschen Namens ins Heiratsregister. Keine schlaflosen Nächte mehr bei dem

Gedanken, seine Erinnerung könnte zurückkehren, ehe sie sich das Jawort gegeben hätten.

Aber da wäre auch keine Zeit mehr, Dower nach London zu schicken. Keine Zeit mehr, um sicherzugehen, dass das Herz ihres Bräutigams nicht bereits einer anderen Frau versprochen war, bevor sie es für sich beanspruchte.

Doch es hatte etwas Verführerisches an sich. Den Mann in ihren Armen und die Gelegenheit beim Schopf zu packen, um als namenlose Brautleute nach Gretna Green zu fliehen.

Sie könnten ein Bett teilen, ehe die Woche vorüber wäre.

Lauras Atem ging schneller, als sie sich ein herrliches Zimmer in einem Landgasthof vorstellte. In Gretna Green gäbe es für ein solches Zimmer nur ein Ziel und nur dieses – Verführung. Es gäbe Wein und Käse auf dem Tisch, ein knisterndes Feuer im Kamin, um die Kälte der feuchten schottischen Luft abzuhalten, eine voller Erwartung zurückgeschlagene Daunendecke auf der frisch bezogenen Bettstatt. Und es gäbe Nicholas, gierig darauf, die ersten Freuden ihrer Liebe zu genießen.

Doch er liebte sie nicht. Er glaubte es nur, weil sie ihn ausgetrickst hatte. Es war diese Erkenntnis, mehr als alles andere, die ihr die Kraft gab, sich aus seinen Armen zu befreien. Sie stand auf, stellte sich mit dem Rücken zu ihm und wehrte sich gegen einen Anflug von Scham.

Nicholas trat heran und nahm sie zärtlich von hinten an den Schultern. »Ich wollte, dass Sie *mit* mir fliehen«, sagte er zärtlich, »nicht *vor* mir.«

»Ich will weder das eine noch das andere«, antwortete sie, dankbar, dass er ihr Gesicht nicht sehen konnte. »In dem Moment, in dem wir zusammen nach Schottland verschwinden würden, wäre mein Ruf ruiniert.«

»Das ist mir egal«, murmelte er, während seine Lippen ihren Nacken mit prickelnder Zärtlichkeit verwöhnten. »Solange ich es bin, der das Ruinieren besorgt.«

»Doch es gibt nicht bloß uns, an die wir denken müssen.«

Seine Hände lösten sich langsam von ihren Schultern. »Das ist genau das, was ich befürchtet habe.«

Erschreckt von seinem plötzlichen Rückzug, drehte sie sich um. »Sehen Sie das denn nicht ein? Wenn wir durchbrennen, wird das allen das Herz brechen. Cookie hat Tag und Nacht an meinem Kleid gearbeitet und daran, die perfekte Mandelcreme für die Hochzeitstorte aufzuschlagen. Dower hat seit seiner eigenen Hochzeit keinen Fuß mehr in eine Kirche gesetzt, trotzdem hat er mir versprochen, mich durchs Kirchenschiff zu begleiten. Lottie hat ihr kleines Herz daran gesetzt, mir den Brautstrauß zu tragen. Und George« – sie zwang sich zu einem Lächeln – »nun, wenn Sie mit seiner Schwester durchbrennen, sähe George sich gezwungen, Sie zu fordern, und ich kann es einfach nicht zulassen, dass Sie meinen einzigen Bruder erschießen.«

Nicholas' Lippen lächelten beruhigend, seine Augen nicht. »Ich fürchte, Sie haben Recht. Sie haben zwei Jahre geduldig auf mich gewartet. Sicher kann ich Ihnen zwei Wochen lang die gleiche Gefälligkeit erweisen. Es war gemein von mir, Sie um die Hochzeit betrügen zu wollen, von der jede Frau träumt.« Er drückte sie an sich und versteckte sein Gesicht vor ihr, während er ihr zärtlich durchs Haar strich. »Wenn Sie mir eine Chance geben, das wieder gutzumachen, verspreche ich Ihnen, dass ich dafür sorgen werde, dass Sie alles bekommen, was Sie verdienen.«

Laura stand erfroren in der Wärme seiner Arme und konnte ihm nicht sagen, dass es genau das war, was sie am meisten fürchtete.

Den nächsten Morgen verbrachte Nicholas damit, die Hügel um Arden Manor zu durchstreifen. Die Sonne strahlte von einem frischen blauen Himmel und wärmte seinen Kopf und seine Schultern. Eine lebhafte Brise fuhr ihm durchs Haar. Er musste sich nicht mal über Dowers Grabesmiene ärgern, die eine Gewitterwolke über den Tag legen konnte. Laura hatte ihn schon vor dem Morgengrauen nach London auf den Viehmarkt geschickt, um erneut nach einem neuen Schafbock zu schauen.

Es war die Art Morgen, an dem ein Mann sich nicht um die Vergangenheit oder Zukunft scheren sollte, nur die Gegenwart genießen. Aber Nicholas grübelte noch über den gestrigen Tag nach, als Laura sich aus seinen Armen befreit und zitternd von ihm entfernt hatte.

Er hatte die halbe Nacht damit zugebracht, sich einzureden, dass er ganz allein daran schuld war. Er konnte ihr kaum vorwerfen, dass sie nicht mit ihm allein sein wollte, wenn er jedes Mal, wenn sie allein waren, wie ein wild gewordener Pirat über sie herfiel. Und er konnte sie auch nicht beschuldigen, dass sie sich nicht auf eine so dämliche, romantische Idee einließ, nach Schottland abzuhauen, nur damit er sie ein paar Tage früher ins Bett bekam als geplant.

Sie hatte sich zwar geweigert, mit ihm durchzubrennen, aber das bedeutete nicht zwangsläufig, dass es da etwas – oder jemanden – gab, von dem sie sich nur schwer trennen konnte.

Nicholas versuchte, den hässlichen Gedanken abzuschütteln. Laura konnte ihm vielleicht Zuneigung vorspielen, aber nicht die süßen Seufzer, die sich ihr jedes Mal entrangen, wenn er sie in die Arme nahm, oder die schmelzende Zartheit ihres Mundes unter seinem. Schon der bloße Gedanke erregte ihn.

Verzweifelt versuchte Nicholas, sich von diesen lasterhaften Gedanken abzulenken und zog ein in Kalbsleder gebundenes Griechisches Testament mit dem Evangelium des Markus aus der Tasche seiner Jacke und begann zu lesen, während er weiter spazierte. Er hatte das Buch ohne Lauras Wissen aus der Bibliothek von Manor geschmuggelt und stellte erstaunt fest, dass er Griechisch ebenso fließend beherrschte wie Englisch.

Er hatte ihrer verrückten Idee, einen Landpfarrer aus ihm zu machen, zwar noch nicht zugestimmt, aber er hatte es auch nicht völlig abgelehnt. Schließlich würde er einen Weg finden müssen, um seiner Frau und ihrer Familie den Lebensunterhalt zu verdienen. Er hatte wohl seine Erinnerung verloren, aber nicht seinen Stolz.

Er war so vertieft in das kleine Büchlein, dass er nicht mal bemerkte, dass da eben etwas an seiner Nase vorbeigeschwirrt war, ehe es sich mit einem lauten Plong in die Erle gebohrt hatte, an der er eben vorbeigehen wollte.

Er blieb stehen, drehte langsam den Kopf herum und entdeckte einen Pfeil in dem weichen Holz, der noch immer vibrierte. Während er ihn verblüfft aus dem Baum zog, schaute er sich auf der Wiese um. Abgesehen von einer Lerche, die von einem der Zweige eines Weißdorns in der Nähe ihre Arie sang, schien die Wiese verlassen.

Dachte er, bis er im Augenwinkel den Anflug einer Bewegung erfasste.

Da schaute etwas aus einer kleinen Erhebung hervor. Etwas, das deutlich wie seitlich zusammengefasste blonde Locken aussah.

Das Buch in die Tasche zurücksteckend, ging er geradewegs über die Wiese. Er stellte den Fuß auf den Erdhügel und beugte sich vor, um in die enge Höhle hineinzuschauen.

»Könnte das vielleicht dir gehören?«, fragte er die Bewohnerin und streckte ihr den Pfeil hin.

Lottie tauchte langsam aus ihrem Versteck auf, Klee im Haar und einen Bogen in der Hand. »Kann sein. Ich habe mit dem Bogenschießen angefangen, wissen Sie.« Sie schenkte ihm ein kühles Lächeln. »Ich finde es so viel befriedigender als die Poesie.«

Nicholas' Lippen zuckten, während sie den Pfeil zurücksteckte. »Aber weitaus gefährlicher für deine Mitmenschen.«

»Ich habe mit dem Sport eben erst angefangen«, protestierte sie. »Noch bin ich keine sehr gute Schützin.«

»Wo ist deine Zielscheibe?«

»Da drüben.« Sie zeigte recht ungefähr auf eine weit entfernte Baumgruppe in der gegenüberliegenden Richtung, aus der er gekommen war.

Nicholas hob eine Augenbraue. »Oh, du bist wirklich eine schlechte Schützin.« Er nahm ihr den Bogen erstaunt, wie vertraut er sich in seinen Händen anfühlte. »Hast du eine Kreide?«

Auch wenn ihr rundes kleines Gesicht nichts von ihrem Eigensinn verlor, fing sie an, in den Taschen ihrer Schürze zu graben. Er wartete geduldig, während sie ein Dutzend Haarbänder ausfindig machte, eine Sammlung von Steinen und Zweigen, zwei alte Kekse und eine kleine braune Kröte, ehe sie endlich einen abgenutzten Kreidestumpf entdeckte.

Sie beobachtete, während sie versuchte, ihre Neugier zu verbergen, wie er zur Erle zurückging und vier konzentrische Kreise auf den Stamm malte. Er kehrte zu Lottie zurück, kniete sich neben sie und rückte ihr vorsichtig den Bogen in die richtige Stellung.

»Ruhig«, murmelte er und zeigte ihr die Bewegungen des Auflegens des Pfeils und des Zielens.

Der Pfeil zischte los und segelte über die Wiese, um die Erle lautstark mitten im innersten Kreis zu treffen.

Im Aufstehen zerzauste Nicholas ihre Locken und schenkte ihr ein Lächeln. »Wähle etwas, worauf du auch zielen willst, Goldlöckchen, und du triffst deine Zielscheibe jedes Mal.«

Er zog das Buch aus der Tasche, setzte seinen Weg fort und merkte nicht, dass Lottie dasaß und das erste Mal in ihrem jungen Leben sprachlos war.

Als George am nächsten Tag die Küche betrat und sich den Regen des Nachmittagsschauers aus den Haaren schüttelte, war Cookie nirgends zu sehen. Statt ihrer fand er Lottie, die auf einem Schemel neben dem Tisch stand und ganz konzentriert eine Mandelcreme schlug. Mehl verschmierte ihre rundlichen Wangen, und eine puschelige graue Katze hockte neben der irdenen Schüssel und tat recht unbeteiligt.

Er sah ihr zu, wie sie die unglücklichen Zutaten zu einem festen Schaum schlug und hob eine Augenbraue: »Keine Ahnung, warum du Pfeil und Bogen genommen hast, wenn du jemanden schon mit diesem Löffel zu Tode prügeln kannst.«

Er wartete, bis sie sich wegdrehte, um eine Prise Zimt aus einer Porzellanschale zu fummeln, ehe er mit seinem Finger am Rand der Schüssel entlangfuhr.

Er hatte ihn halb im Mund, als sich Lottie umdrehte und schrie: »Nein, George!«

George erstarrte. Er schaute sie an, dann auf die Schüssel und merkte, wie die Farbe aus seinem Gesicht wich. Er griff nach dem Lappen, den sie ihm reichte und wischte sich jede Spur der Creme von der Haut.

Mit einem gehetzten Blick auf die Tür des Esszimmers flüsterte er: »Was zum Teufel glaubst du eigentlich, was du hier treibst? Ich dachte, du würdest ihn nicht töten bis *nach* der Hochzeit.«

»Ich habe nicht vor, ihn zu töten«, flüsterte sie zurück. »Ich möchte ihn bloß leicht krank machen. Das ist der einzige Weg, die richtige Dosierung auszuprobieren.«

»Aber wenn er krank wird, nachdem er das gegessen hat, wird er dann nicht annehmen, dass du ihn vergiftet hast?«

»Natürlich nicht. Er kann sich nicht vorstellen, dass wir ihm was zu Leide tun wollen. Er denkt bloß, ich bin eine schaurige Köchin.« Ihr Gesicht spannte sich vor Entschlossenheit, als sie noch eine Spur von dem Zeug in die Schüssel gab, von dem George gedacht hatte, es sei Zimt. »Der Zucker und die Mandeln sollten zusammen die Bitterkeit des Giftpilzes überdecken.«

George schluckte und fing an, sich selbst leicht krank zu fühlen. »Bist du sicher, dass du das tun willst?«

Lottie warf den Löffel hin und schmiss die Katze vom Tisch. »Er lässt mir keine andere Wahl! Merkst du nicht, was er alles anstellt, um so zu tun, als sei er gut und nett, statt gemein und voller Hass? Wie könnte man von irgendeinem Mädchen annehmen, dass sie seinen sanften Worten und seinem gewinnenden Lächeln widerstehen könnte?«

George fröstelte, überrumpelt von ihrer Heftigkeit. »Da reden wir von Laura, oder?«

Lottie stieß den Löffel wieder in die Schüssel zurück und nahm ihren Kampf mit der Creme wieder auf. »Natürlich reden wir von Laura. Möchtest du, dass die Dinge wieder so werden, wie sie waren, bevor er auftauchte, oder willst du, dass er sie uns auf dieselbe Art stiehlt, wie er meine Katze gestohlen hat? Denn wenn wir ihn das tun lassen, verspreche ich dir, werden wir sie nie zurückbekommen.«

Vielleicht hätte George weiter gestritten, hätte er nicht die einzelne Träne gesehen, die über Lotties kleines Gesicht lief und in die Schüssel tropfte. Die Mandeln mochten den Geschmack des Gifts verstecken, doch kein Zucker war stark genug, um die Bitterkeit der Tränen seiner Schwester zu maskieren.

Lottie stand zögernd unter der Tür des Salons, um ihr Opfer zu studieren. Nicholas fläzte in einem ledernen Sessel, die bestrumpften Beine auf dem Sofa. Ein Feuer krachte und knisterte im Kamin in einem behaglichen Gegensatz zum Rhythmus des Regens, der an die Fensterscheiben prasselte. Die Flammen warfen einen rosigen Schleier über die klassische Schönheit seines Profils.

Er las wieder. Einer der ledergebundenen Atlanten ihres Vaters vom Heiligen Land lag offen auf seinem Schoß. Sein Studium wurde nur gestört von dem gelben Kätzchen, das darauf bestand, jedes Mal vom Boden auf seinen Schoß zu springen, wenn er eine Seite umblätterte, fest entschlossen, den Eindringling zu vertreiben, der ihren Thron eingenommen hatte. Lottie sah ihm zu, wie er zum dritten Mal das Kätzchen unter dem Bauch hochhob und es sanft auf den Teppich zurückverwies.

Sie fürchtete, in ihrem Entschluss schwach zu werden und betrat das Zimmer, den Miniatur-Hochzeitskuchen auf einem Silbertablett vor sich hertragend wie eine Opfergabe.

Nicholas schaute von seinem Buch auf und spielte den Entsetzten. »O nein. Bitte sag mir, dass es nicht schon wieder Sauerteigfladen gibt. Immer, wenn ich meinen Mund aufmache, steckt Cookie einen hinein. Wenn ich ihn dann runterschlucken will, zwickt sie mich in die Backe und sagt: ›Ich habe nur für Sie einen frischen Fladen gebacken, Mr Nick. Ich weiß, wie sehr Sie sie lieben, und ich fürchtete, das letzte Dutzend war nicht genug, um sie satt zu machen.‹«

Ein spöttisches Lächeln verzog Lotties Lippen. »Kein Sauerteigfladen, fürchte ich. Cookie ist zum Markt gegangen, also habe ich mich daran versucht, einen Hochzeitskuchen zu backen.«

Nicholas nahm das Tablett, das sie ihm hinhielt und beobachtete die schief liegende Masse mit zweifelhaftem Blick. »Du weißt, es wäre sicherer für uns alle, wenn du einfach wieder zum Schreiben von Gedichten zurückkehren würdest.«

»Da könnten Sie, Mr Radcliffe«, antworte Lottie, während ihr Lächeln verschwand, »einmal Recht haben.«

Sie hinterließ ihn mit ihrer Spende und drehte sich einen Moment zu früh weg, um das Kätzchen auf seinen Schoß springen zu sehen.

Lottie trödelte mit George in der Küche herum, solange sie die Spannung aushielt. Dann lief sie zurück, um in den Salon zu spähen. Sie schloss kurz die Augen, ehe sie um den Türstock herumlugte und versuchte, sich innerlich darauf vorzubereiten, was sie vielleicht vorfinden würde.

Nicholas saß noch immer im Sessel, die Wange in die Hand gestützt, während er auf die nächste Seite des Buches sah. Lottie untersuchte sein Gesicht auf irgendein Zeichen des Unwohlseins. Seine Augen waren frisch und klar. Seine Haut hatte nichts von ihrem goldenen Schimmer verloren.

Vielleicht hatte er den Kuchen noch nicht gegessen, dachte sie, verblüfft von seiner guten Gesundheit. Doch dann entdeckte sie das leere Tablett auf dem Boden neben seinem Stuhl.

Und den pelzigen kleinen Körper, der ausgestreckt am Kamin lag.

Lottie stülpte sich eine Hand vor den Mund, doch es war zu spät, den Schrei zu ersticken.

Nicholas' Kopf flog hoch. Als ihr die Tränen aus den Augen liefen, stieß er das Buch zur Seite und sprang auf die Füße. »Lottie, was ist los? In Gottes Namen – was ist passiert?«

Sie zeigte mit zitternder Hand hinter ihn. »Die Katze. Sie haben den Kuchen nicht der Katze gegeben, oder?«

»Nein«, kam eine dünne Stimme von dem Fensterplatz. »Er hat ihn mir gegeben.«

Das Kätzchen hob seinen Kopf, als Laura von ihrem Fensterplatz aufstand, schwankend wie eine Weide im Wind. Alle Farbe war aus ihrem Gesicht gewichen, was ihre Sommersprossen stark hervortreten ließ. Nicholas durchquerte mit drei großen Schritten das Zimmer und fing sie auf, bevor sie auf den Boden fallen konnte.

KAPITEL 12

Sie ist vom allersanftesten Wesen,
doch sie neigt zum Träumen.

Als Cookie kurze Zeit später vom Markt zurückkam, herrschte im Haus völliges Chaos. Lottie hatte sich auf der Treppe zusammengekauert und heulte sich das Herz aus dem Leib, während im oberen Stockwerk Männerstimmen herumbrüllten.

»Was zum Teufel ist hier los?«, murmelte Cookie und stellte den Korb ab. Sie legte das feuchte Cape ab und löste die Hutbänder. »Was ist denn, Kind? Warum in aller Welt führen sich alle derart auf?«

Lottie hob das tränenverschmierte Gesicht aus der Armbeuge. »Das hab ich nicht gewollt. Ich schwör es! *Er* ist an allem schuld. Ich hab sie nur vor ihm beschützen wollen.« Sie schluchzte wieder los, drückte sich an Cookie vorbei, riss die Vordertür auf und verschwand auf den regendurchweichten Hof.

Zutiefst beunruhigt griff Cookie ans Treppengeländer und bewegte sich mit einer Geschwindigkeit, die sie seit zwanzig Jahren nicht mehr an den Tag gelegt hatte, ins obere Stockwerk.

Nicholas und George standen vor Lady Eleanors offener Schlafzimmertür. Nicholas hatte den Jungen bei den Schultern gepackt. »Du sagst mir jetzt die Wahrheit!«, brüllte er. »Was hat Lottie in den Kuchen getan? Ich weiß, du willst deine kleine Schwester beschützen, aber wenn du es nicht sagst, muss Laura vielleicht sterben.«

George schüttelte den Kopf. Seine Unterlippe zitterte zwar, aber er schrie Nicholas ebenso vehement an, wie der ihn. »Lottie würde Laura nie etwas antun! Ich weiß nicht, was Sie meinen!«

In diesem Moment entdeckte Cookie ihre junge Mistress, die hinter den beiden auf dem Bett lag, bleich und reglos wie der Tod.

»Was ist mit Laura passiert?«, wollte Cookie wissen, eilte ans Bett und legte die Hand auf Lauras nasskalte Stirn. »Was ist mit meinem Lämmchen passiert?«

Nicholas und George folgten ihr mit finsteren Mienen. »Ich bin nicht ganz sicher«, sagte Nicholas und warf George einen bösen Blick zu. »Ich vermute, dass sie einem boshaften Streich zum Opfer gefallen ist, der eigentlich mir gegolten hat.«

Cookie fiel Lotties tränenreiches Geständnis wieder ein. Sie schoss zu George herum und giftete: »Lauf in die Küche, Bürschchen, und hol mir einen Kessel kochendes Wasser und ein paar von den getrockneten, schwarzen Wurzeln aus meinem Kräuterkorb. Und beeil dich.«

Der Junge machte sich offensichtlich erleichtert davon.

Während Cookie durch die Kammer rauschte, um Handtücher und Waschschüssel zu holen, sank Nicholas auf der Bettkante zusammen. Er drückte sich Lauras kraftlose Hand an die Lippen, ohne auch nur eine Sekunde ihr bleiches Gesicht aus den Augen zu lassen. »Ich kriege sie nicht wach. Sollen wir nach einem Doktor in London schicken?«

»Machen Sie sich keine Sorgen, Mr Nick«, sagte Cookie. »Gibt gar keinen Grund, irgendwelche feinen Bauchaufschneider herzuholen, die nichts anderes machen, als ihr ein paar Blutegel auf die hübschen Arme zu setzen. Ich hab mich schon um Laura gekümmert, da war sie noch ein schmächtiges Mädchen. Hab sie gepflegt, als sie bösen Scharlach hatte, hab ich gemacht. Kurz nachdem ihre Eltern gestorben sind.« Sie wischte Laura mit einem feuchten Tuch die Stirn ab und schüttelte den Kopf. »Schon als junges Ding hat sie nie auf sich selber geschaut. Hat sich immer nur um ihre Schwester gesorgt und ihren Bruder.« Sie schnürte mit anzüglichem Blick in Nicholas' Richtung Lauras Mieder auf. »Männer sind selten zu was nutze in einem Krankenzimmer. Wenn Sie wollen, können Sie ruhig unten warten.«

»Nein«, sagte er und begegnete hilflos ihrem gefassten Blick. »Das kann ich nicht.«

Cookie hatte allen Grund, dankbar zu sein, dass er geblieben war. Als Lauras Magen gegen den Brechtee rebellierte, den Cookie ihr in den Schlund löffelte, war es Nicholas, der Lauras Kopf über der Waschschüssel festhielt. Als sie zitternd und entkräftet in die Laken fiel, war er es, der ihr die schweißnassen Strähnen aus dem Gesicht schob und sie in die Chintzdecke mummelte. Und als sie, lange nachdem es dunkel geworden war, aus ihrem erschöpften Dämmerschlaf erwachte, war er es, der auf einem Stuhl neben ihr am Bett saß.

Laura brauchte eine Zeit lang, bis sie begriff, dass sie nicht in ihrem eigenen Schlafzimmer war. Sie starrte den anmutigen Betthimmel über sich an und atmete den maskulinen Moschusduft, der sie ganz zu umgeben schien. Dann drehte sie langsam den Kopf zur Seite und sah Nicholas im Stuhl schlafen.

Sogar mit den wirr ins Gesicht hängenden Strähnen und den müden Schatten unter den Augen war er noch jeder Zoll der Märchenprinz. Sofern überhaupt möglich erschien er ihr jetzt fast noch verführerischer als an jenem Tag, da sie ihn im Wald gefunden hatte. Damals war er lediglich ein schöner, fremder Mann gewesen. Doch inzwischen bewunderte Laura längst nicht nur sein Aussehen, sondern ebenso seine Intelligenz, seine Schlagfertigkeit und jene verlockende Mischung aus Zärtlichkeit und hitzigem Temperament, die er mitunter an den Tag legte.

Als hätte er ihren gedankenverlorenen Blick gespürt, schlug er die Augen auf.

»Was war mit mir los?«, fragte sie und staunte, wie heiser ihre Stimme war.

Er setzte sich auf, lehnte sich zu ihr und drückte ihre Hand. »Ich will es einmal so ausdrücken, die Kochkünste Ihrer Schwester lassen etwas zu wünschen übrig.«

»Das hätte ich Ihnen vielleicht sagen sollen«, krächzte Laura. »Habe ich Ihnen je erzählt, wie sie aus Schlamm und einem Dutzend Würmern einen Kuchen gebacken und ihn Reverend Tilsbury zum Tee serviert hat?«

»Nein«, antwortete er mit einem schiefen Lächeln. »Sonst hätte ich den Verlobungskuchen, den sie mir gebacken hat, nämlich abgelehnt.«

Laura ächzte, als die Erinnerung zurückkehrte. »Oh, und wie ich erst wünschte, *ich* hätte es getan!«

»Ich ebenfalls. Wenn Sie das nächste Mal nach meinen Süßigkeiten trachten, muss ich die Kraft finden, sie Ihnen zu verwehren.« Er strich ihr mit ernsthaftem Blick die zerzausten Haare aus dem Gesicht. »Auch wenn ich nicht sicher bin, ob ich Ihnen überhaupt irgendetwas verwehren könnte.«

Laura legte die Hand an seine Wange und fragte sich, wie sein Gesicht ihr in so kurzer Zeit so lieb hatte werden können. Er schenkte ihr eine ganze Welt, während sie ihm sein fundamentalstes Recht verweigerte – seine eigene Identität.

In jenem Moment wusste sie, was sie zu tun hatte. Sie musste ihm alles erzählen, auch wenn sie damit ihre eigenen Lügen zugab. Aber dann würde er sie nie mehr mit jener betörenden Mischung aus Amüsiertheit und Zärtlichkeit ansehen. Sie nie wieder in seine Arme ziehen und ihren Mund mit Küssen überhäufen.

Laura drückte das Gesicht ins Kissen und versteckte die Tränen, die ihr in die Augen stiegen.

Nicholas hielt ihren Kummer für Erschöpfung, blies die Kerze aus und gab ihr einen zärtlichen Kuss auf die Stirn. »Schlafen Sie gut, Liebste. Ich gehe und sage den anderen, dass Sie auf dem Weg der Besserung sind.«

»Wenn ich das nur wäre«, flüsterte Laura in die Dunkelheit, nachdem er gegangen war.

Nicholas dachte zuerst, es sei niemand in der Scheune. Dann hörte er oben auf dem Heuboden ein verstohlenes Rascheln, als wühle ein kleines, verängstigtes Tierchen sich tiefer in sein Nest.

Er stieg die Leiter hinauf und stierte in die modrige Dunkelheit, bis er beim Dachgesims schließlich etwas Goldenes blitzen sah. Lottie kauerte im Heu, die Arme um die Knie geschlungen, die Haare in nassen Strähnen im Gesicht. Sie schaute geradeaus, und sah ihn nicht an, die Tränen streifig auf dem Gesicht getrocknet.

»Laura ist tot, oder?«, fragte sie, bevor Nicholas etwas sagen konnte. »Deshalb sind Sie doch gekommen, um mir zu sagen, dass sie tot ist.«

Nicholas lehnte sich an einen abgesplitterten Holzträger. »Ich bin gekommen, um dir zu sagen, dass deine Schwester wach ist.«

Lotties schaute ihn ungläubig an.

Er nickte. »Sie kommt wieder in Ordnung. Morgen früh ist sie wieder auf den Beinen.«

Lotties Augen füllten sich erneut mit Tränen. Doch bevor sie ihr noch das Elend aus dem Gesicht wuschen, hatte sie sie fortgewischt. »Wie soll ich ihr bloß ins Gesicht sehen? Sie wird mir nie vergeben, was ich getan hab. Wie auch?«

»Sie weiß gar nicht, dass sie etwas zu vergeben hat, mal abgesehen von deinen miserablen Kochkünsten. Ich habe ihr nichts gesagt.«

Lottie hörte so abrupt zu weinen auf, wie sie angefangen hatte. »Wieso? Wieso machen Sie so was?«

Er zuckte die Achseln. »Ich kann mich zwar nicht mehr daran erinnern, aber ich vermute, ich war auch einmal zehn. Aber mach jetzt ja keinen Fehler. Du hast mir da einen schlimmen Streich spielen wollen, und ich rate dir, es nicht noch einmal zu versuchen.«

Lottie stand verdrossen schniefend auf. »Der Kuchen hätte einem riesigen Scheusal wie Ihnen nicht so viel zu Leide getan.«

Sie wollte sich an Nicholas vorbei zur Leiter schlängeln, aber er packte sie fest am Arm und zwang sie, sich umzudrehen und ihn anzusehen. »Ich weiß, dass du mich nicht magst, Lottie, und ich glaube, ich weiß, warum.«

Er spürte, wie ihr kleiner Körper ein wenig zitterte. »Ach, ja?«

Er nickte und lockerte seinen Griff und seinen Tonfall. »Was auch immer du von mir denkst, ich habe nicht die Absicht, dir deinen Platz im Herzen deiner Schwester streitig zu machen. Und für George und dich wird in unserem Heim immer ein Platz sein.«

Eine Minute lang schien sie unschlüssig zu sein, als hätte sie ihn am liebsten umarmt. Doch dann entwand sie sich seinem Griff und kletterte, ohne noch ein Wort zu sagen, die Leiter hinunter.

Um George zu finden, musste Nicholas weit auf die Felder hinauslaufen. Bis er die ausgebrannte Ruine am Rande des Guts erreichte, hatte es ganz zu regnen aufgehört, und dünne Nebelschwaden trieben wie Rauchfahnen übers Land. Er duckte sich unter einem geborstenen Balken durch und fand George genau dort, wo Cookie gesagt hatte – auf den Resten eines eingestürzten Kamins, wo einst vermutlich das Wohnzimmer des bescheidenen Pfarrhauses gewesen war. Der Junge schaute durch ein klaffendes Loch im ehemaligen Dach zum Himmel empor.

Nicholas wartete nicht ab, bis George das Schlimmste vermutete und sagte: »Deine Schwester ist wach und wird wieder gesund.«

»Ich weiß.« George schaute ihn kühl und geringschätzig an. »Ich hätte sie nicht mit Ihnen allein gelassen, wenn ich nicht dieser Ansicht gewesen wäre.« Nicholas ging näher heran und wäre mit dem Fuß beinahe in einer verrotteten Bodendiele stecken geblieben. »Dieser Ort ist gefährlich. Es überrascht mich, dass man die Ruine nicht schon längst eingerissen hat.«

»Lady Eleanor und Laura wollten sie abreißen, aber ich wollte nichts davon hören. Jedes Mal, wenn sie das Thema aufgebracht haben, habe ich einen Koller bekommen, der Lottie wie den reinsten Engel aussehen ließ.« George suchte wieder den Himmel ab, als hoffe er, wenigstens einen Stern durch die Wolken strahlen zu sehen. »Ich war es, der in jener Nacht die Lampe hat brennen lassen, wissen Sie. All die Jahre hat Laura mir kein einziges Mal Vorwürfe gemacht deswegen.«

Nicholas runzelte die Stirn. »Du warst noch ein Kind. Es war ein Unfall. Eine schreckliche Tragödie.«

George hob ein Stück verkohltes Holz auf und warf es hoch. »Ich kann mich an sie erinnern. An meine Eltern.«

»Dann hast du Glück«, sagte Nicholas sanft und spürte plötzlich die Leere in seiner eigenen Brust.

George schüttelte den Kopf. »Manchmal bin ich mir da nicht so sicher.« Er wischte sich die Hände ab, stand auf und ließ die schmalen Schultern hängen. »Wenn Sie mich abholen, um mich durchzuprügeln, ich komme mit.«

Nicholas hob beschwichtigend die Hand. »Ich weiß nicht, ob du mit Lotties Unfug etwas zu tun hast oder nicht. Und ich muss es auch gar nicht wissen. Deshalb bin ich jedenfalls nicht hier.«

»Und warum sind Sie *dann* hier?«, wollte George wissen und machte aus seiner Streitsucht keinen Hehl mehr.

»So wie es aussieht, wird deine Schwester lange genug leben, um nächsten Mittwoch meine Frau zu werden. Ich benötige einen Trauzeugen. Ich hatte gehofft, du würdest in Betracht ziehen, mir die Ehre zu erweisen.«

Vor Überraschung klappte George der Unterkiefer herunter. »Ich kann nicht Trauzeuge sein. Haben Sie es noch nicht gehört? Ich bin noch kein Mann.«

Nicholas schüttelte den Kopf. »Der Maßstab, nach dem sich bemisst, was einen Mann ausmacht, sind nicht die Jahre, sondern allein, wie er für diejenigen sorgt, die auf ihn angewiesen sind. Ich habe gesehen, wie viel du hier leistest – du hackst Holz, du hilfst Dower beim Schafehüten, du kümmerst dich um deine Schwestern. Und Laura hat mir erklärt, dass ein Trauzeuge nur zweier Qualitäten bedarf – er muss ledig sein und ein Freund.« Nicholas streckte die Hand aus. »Ich denke du bist in beiderlei Hinsicht qualifiziert.«

George starrte Nicholas' ausgestreckte Hand an, als habe er nie zuvor eine gesehen. Sein Blick war zwar argwöhnisch, aber schließlich packte er sie mit festem Griff, die Schultern zurückgenommen und hoch erhobenen Hauptes. »Wenn Sie jemanden brauchen, der Ihnen bei der Hochzeit zur Seite steht, dann bin ich Ihr Mann.«

Als sie sich ihren Weg durch den Schutt bahnten, legte Nicholas dem Jungen leicht den Arm um die Schultern. »Du hast noch nicht zu Abend gegessen, nicht wahr? Ich bin am Verhungern. Vielleicht kriegen wir Lottie dazu, uns etwas Süßes zu machen.«

Es bedurfte zwar sichtbarer Anstrengung, aber George schaffte es, keine Miene zu verziehen. »Das wird nicht nötig sein, Sir. Ich glaube, Cookie hat extra für Sie frische Sauerteigbrötchen gebacken.«

Die Tage vergingen und noch immer kein Wort von Dower. Laura wurde immer nervöser. Der alte Mann hatte zwar niemals schreiben gelernt, aber Laura hatte ihn mit einer Börse voller Münzen losgeschickt und ihn angewiesen, jemanden fürs Schreiben zu bezahlen, falls er etwas über einen vermissten Gentleman herausfand, dem man weiter nachgehen musste. In einem schamlosen Winkel ihres Herzens hoffte sie, dass Dower nicht vor der Hochzeit zurückkehrte. Dass er fortbleiben würde, bis Nicholas auf ewig an sie gebunden war – oder zumindest, bis der Tod sie beide schied.

Die Hochzeitsvorbereitungen gingen in rasendem Tempo voran, so unablässig wie die Standuhr, die im Foyer tickte. Jedes Mal, wenn Laura sich umdrehte, stand Cookie schon da und wartete darauf, ihr ein Stück Spitze über die Schulter zu drapieren oder eine weitere Nadel in ihre Hüfte zu pieksen. Obwohl die alte Frau pausenlos fröhlich vor sich hinplapperte, insbesondere wenn Nicholas in der Nähe war, wusste Laura doch, dass Cookie über Dowers Verbleib ebenso besorgt war wie sie selbst. Sogar Lottie schien ihren Überschwang verloren zu haben und hatte sich teilnahmslos dem Hausputz verschrieben, wenn sie nicht wieder stundenlang verschwunden war.

Am Sonntagmorgen wurde zum dritten und letzten Mal das Aufgebot verlesen. Als Reverend Tilsbury fragte, ob irgendwer einen Grund oder ein gerechtfertigtes Hindernis kenne, warum diese beiden nicht im heiligen Bund der Ehe vereint werden könnten, saß Laura stocksteif an Nicholas' Seite und fürchtete, sie selbst könne aufspringen und schreien, die Braut sei eine Lügnerin und eine Betrügerin. Das Einzige, was sie davon abhielt, war die angewiderte Miene, die Nicholas dann aufsetzen würde – einen Gesichtsausdruck, den sie jede Nacht in ihren qualvollen Träumen ertragen musste.

Sie hatten sich zum Abendessen alle um den Esstisch versammelt, als ein Geklingel wie von einem Pferdegeschirr die Stille zerriss. Laura ließ den Löffel in die Suppe fallen, sprang auf und rannte ans Fenster. Sie suchte die dunkle Einfahrt nach irgendeinem Anzeichen von Bewegung ab, als George sich vernehmlich räusperte.

Sie drehte sich langsam um und sah ein schwarz-weiß-geflecktes Kätzchen ein scharlachrotes Band über den Boden ziehen. Laura sank mit mutlosem Seufzer auf den Stuhl zurück, während Lottie das fröhliche Bimmeln zum Schweigen brachte und die Katze samt Glocke hinausbeförderte.

Als Cookie mit dem nächsten Gang aus der Küche auftauchte, schaute Nicholas sich in der trübsinnigen Runde um. »Ich weiß, dass ihr alle es zu verbergen sucht, aber ich sehe ganz genau, dass ihr euch um Dower sorgt. Soll ich nach London reiten und nach ihm suchen?«

»Nein!«, schrien alle vier unisono.

Nicholas lehnte sich völlig verblüfft in seinem Stuhl zurück.

Laura tupfte sich mit der Serviette den Mund und hoffte, er werde ihre zitternden Hände nicht bemerken. »Ich weiß Ihr Angebot zu schätzen, Lieber. Aber meine Nerven würden dieser Belastung nicht standhalten. Es sind nur noch drei Tage bis zur Hochzeit. Und ich kann zwar ohne Dower heiraten, nicht aber ohne einen Bräutigam.«

»Machen Sie sich um uns keine Sorgen, Mr Nick«, sagte Cookie, wobei sie Nicholas auf die Schulter klopfte, aber Laura ansah. »Der alte Halunke ist wahrscheinlich in irgendeiner Taverne hängen geblieben. Die Nacht vor der Hochzeit schleppt er sich dann her, riecht nach Schnaps und bittet mich um Vergebung. Sie werden schon sehen.«

Jeremiah Dower saß an einem schmutzigen Tisch in einer finsteren Ecke des Boar's Snout und kippte sich den dritten Gin an diesem Abend hinter die Binde. Die Taverne war eine der schäbigsten am Hafen. Nach einer Nacht voller zweifelhafter Vergnügungen war mehr als einer von hier aus als Leiche die Themse hinuntergetrieben. Man erzählte sich, dass einen der billige Gin umbrachte, wenn nicht gleich die Wirtsleute selber. Man konnte auch mit einer der Dirnen, die an den Docks herumhingen, die Treppe hinaufstolpern und einen eitrigen, langsamen Tod an Syphilis sterben. Schon mancher junge Herr, der aus Neugier die Slums aufgesucht hatte, hatte zwischen den plumpen, willigen Schenkeln seine Unschuld, seine Börse und unter Umständen sein Leben eingebüßt.

Dowers Mutter war eine dieser Dirnen gewesen. Jeremiah hatte seine Kindheit damit verbracht, in einer Taverne wie dieser Kautabak-Flecken wegzuschrubben und Spucknäpfe zu leeren. Nachdem seine Mutter von einem ihrer eigenen Kunden erwürgt worden war, war er geradezu erpicht gewesen, die ekelhaften Rauchwolken und das besoffene Geplärr gegen die klare Luft Hertfordshires und Cookies Lächeln zu tauschen.

Und dieses Lächeln war es auch, wonach er sich sehnte, während er auf seinen Stuhl sackte und die buntgewürfelte Menge betrachtete. Er hatte die letzte Woche damit verbracht, sich auf den Straßen und Docks nach einem verschwundenen Gentleman umzuhören. Er war sogar in Newgate und Bedlam gewesen, um festzustellen, ob kürzlich ein Ausbruch stattgefunden hatte. Aber bis jetzt hatte die Suche nichts gebracht, und die Zeit ging ihm aus.

Wenn er nicht bis Dienstagnacht in Arden zurück war und beweisen konnte, dass Miss Lauras mysteriöser Gentleman anderweitig gebunden war, würde sie die Hochzeit über die Bühne bringen. Das junge Fräuleinchen hatte ein sanftes Gemüt, aber wenn sie sich etwas in den Kopf gesetzt hatte, stand man ihr besser nicht im Weg. Und den hübschen, jungen Burschen hatte sie sich in den Kopf gesetzt.

Dower machte ein finsteres Gesicht. Der Mann war vielleicht nicht vorm Arm des Gesetzes geflohen oder aus einer Irrenanstalt ausgebrochen, aber das machte ihn nicht ungefährlicher für ein unschuldiges Mädchen.

Er wollte gerade bezahlen und gehen, da kam ein Bursche mit rotem Schopf und einem ganzen Mund voller schiefer, gelber Zähne auf ihn zu. Er lehnte sich über Dowers Tisch und wies mit dem Daumen nach hinten zum Ausgang. »Is ein Kerl draußen auf der Straße, sagt, er will mit dir reden. Sagt, er hat vielleicht was, was du hören willst.«

Dower nickte und schickte den Jungen mit einer von den Münzen, die Miss Laura ihm gegeben hatte, weg. Er wollte nicht übereifrig erscheinen, nahm sich die Zeit, seinen Gin auszutrinken und wischte sich anschließend mit dem Handrücken den Mund. Als er sich erhob, schob er sorgsam die Ärmel seines Hemds hoch und freute sich, dass die Hure am Tisch nebenan, die rittlings auf dem Schoß eines bärtigen Mannes saß, große Augen machte. Er wusste aus Erfahrung, dass jeder Straßenräuber, der meinte, einen gebrechlichen, alten Mann berauben zu können, sich die Sache noch mal überlegte, wenn er die dicken Muskeln an seinen Armen sah.

Mit der Nacht war der Nebel hereingerollt. Als hinter ihm die Tür zufiel und das trunkene Getöse aus der Taverne dämpfte, löste sich ein Mann aus den Schatten. Dower hatte einen redseligen Bettler erwartet, der sich schnell ein paar Münzen verdienen wollte, doch es war offensichtlich, dass dieser Mann keines Kleingelds bedurfte.

Er trug einen hohen Filzhut und balancierte einen Gehstock mit Marmorknauf in den behandschuhten Händen. Er hatte die Art von rundem, nichts sagendem Gesicht, das man mit hundert anderen verwechselte. »Ich hoffe, Sie verzeihen mir die Störung Ihrer abendlichen Zecherei, Mr …?«

Dower verschränkte die Arme vor der Brust. »Dower. Und ich bin kein Mister.«

»Nun gut, Dower. Ich hätte Sie nicht belästigt, doch man hat mir zugetragen, dass Sie hier am Hafen in einer gewissen Sache inquirieren.«

»So was hab ich nicht gemacht«, protestierte Dower. »Ich hab nur ein paar Fragen gestellt.«

Der Mann hatte ein Krokodilslächeln. »Meinen Informanten zufolge, haben Sie sich nach einem großen Mann mit goldenem Haar erkundigt, gut gebaut und eloquent, der seit über zwei Wochen abgängig sein soll.«

Dowers Nacken prickelte vor böser Vorahnung. Er hatte Miss Laura aus den Fängen eines wildfremden Mannes befreien wollen. Dass man sie wegen Entführung einsperrte, war nicht in seinem Sinn. »Diese Insonanten da wissen vielleicht nicht so viel, wie sie meinen.«

»Oh, ich versichere Ihnen, sie waren sehr gründlich. Weshalb ich auch zu dem Schluss gekommen bin, dass Sie und ich möglicherweise nach demselben Mann suchen.«

Die Neugier brachte ihn fast um, aber irgendwas in den ausdruckslosen, braunen Augen des Mannes verdarb ihm die Angelegenheit. »Tut mir Leid, Freundchen«, sagte er. »Sie haben den Falschen erwischt. Ich such heut Abend bloß eine Flasche voll Gin und 'nen willigen Rockzipfel, der mir's Bett wärmt.«

Der feuchten Kälte zum Trotz, spürte Dower, wie ihm der Schweiß auf die Stirn trat. »Was macht den Burschen denn so wichtig, dass wer so heftig nach ihm sucht?«

Der Mann wechselte den Gehstock in die andere Hand. »Wenn Sie mit mir kommen wollen, ich zeige es Ihnen.«

Dower hatte etwas gegen Einschüchterungsversuche. Vor allem, wenn sie unter einem durchsichtigen Deckmantel aus kultivierter Sprache und geschliffenen Manieren daherkamen. Er fletschte die Zähne zu einem rostfarbenen Lächeln. »Werd wohl ablehnen müssen, fürcht ich. Ich hab 'ne bessere Einladung von 'nem kleinen rothaarigen Häschen am Tisch neben mir.«

Er drehte sich um und griff nach der Klinke der Tavernentür.

»Wirklich schade, *Mr* Dower, aber ich fürchte, ich muss darauf bestehen.«

Bevor Dower sich noch umdrehen konnte, krachte der Marmorknauf des Gehstocks auf seinen Hinterkopf und schickte ihn zu Boden. Er hatte keine Zeit mehr, die glänzenden, kostspieligen Lederstiefel zu bewundern, da traf ihn schon einer ins Gesicht und ließ ihn in einen Pfuhl aus Dunkelheit stürzen.

KAPITEL 13

Sie neigt ein wenig dazu, unüberlegt zu handeln, ohne die Konsequenzen zu bedenken.

Es hätte die glücklichste Nacht ihres Lebens sein sollen.

Morgen um zehn Uhr würde sie in St. Michael vorm Altar stehen. Sie würde ihr Leben und ihr Herz einem Mann versprechen, den sie schon gewollt hatte, bevor sie wusste, dass es ihn gab. Er würde zärtlich ihre Hand ergreifen, ihr tief in die Augen sehen und ihr schwören, dass sie ein Leben lang die Einzige für ihn sein sollte.

Sie hätte ins Bett gekuschelt sein sollen, die Arme ums Kissen geschlungen, vom morgigen Tag träumend. Stattdessen lief sie beinahe wahnsinnig vor Angst in ihrem Schlafzimmer auf und ab. Sie blieb neben Lotties eisernem Bettgestell stehen, strich ihrer Schwester eine verirrte Locke aus dem Gesicht und beneidete sie darum, den Schlaf der Gerechten schlafen zu können.

Was ein Luxus war, der Laura nicht mehr beschieden war, seit sie Nicholas im Wald gefunden hatte. Ein Luxus, den sie eventuell nie mehr genießen würde, falls es ihr nicht gelang, ihr schlechtes Gewissen zu beruhigen. Sie rechnete fast damit, dass Gott sie zum Handeln zwingen würde. Wartete darauf, dass Er Dower im Galopp die lange, gekurvte Auffahrt heraufschickte. Mit der Nachricht, dass in London Nicholas' Verlobte wartete.

Auch wenn Dower es nicht schaffte, bis zur Hochzeit zurück zu sein, war es noch nicht zu spät, ihren Fehler wieder gutzumachen. Sie brauchte nur den dunklen Korridor zu Lady

Eleanors Schlafzimmer hinunterzulaufen, alles zu gestehen und sich der Gnade eines Mannes zu überantworten, der dann plötzlich wieder ein Fremder war.

Aber dann würde es keinen sonnigen Hochzeitsmorgen geben, kein weißes Kleid aus Crêpe de Chine, besetzt mit Brüsseler Spitzen. Keine aufgetürmte Hochzeitstorte mit Mandelcreme. Keine strahlende Cookie, die ihr den Kranz aus Rosen auf dem Haar feststeckte. Keine Lottie, die am Altar ihren duftigen Brautstrauß hielt. Keinen George, der ihr zähneknirschend gratulieren und eingestehen musste, dass ihr Plan am Ende doch vernünftig gewesen war.

Und es würde keinen Nicholas geben, der sacht seine Lippen auf die ihren legte und ihre Gelübde mit einem Kuss besiegelte.

Laura fühlte, wie die Versuchung ihr Stränge um ihr Herz schlang, listig und geschmeidig wie die Schlange im Garten Eden. Sie versuchte, der Umklammerung zu entgehen, öffnete das Fenster und setzte sich auf das breite, hölzerne Fensterbrett. Die Nacht war windig und warm, erfüllt vom Duft des Jasmins. Eine dicke Scheibe Mond erhellte den Himmel und bot mit ihrem Glanz den jagenden Wolken die Stirn.

Es war die Art von Nacht, die von heidnischen Vergnügungen erzählte. Die Art von Nacht, die immer schon Lauras Herzschlag beschleunigt hatte und sie die Fesseln ihrer sicheren, braven Existenz abschütteln lassen wollte. Aber sie wusste inzwischen, welchen Preis man bezahlte, wenn man leichtsinnig dem Drängen dieser Nächte nachgab.

Hätte sie nur zu jenem Moment zurückkehren können, wo sie Nicholas im Wald gefunden hatte! Vielleicht hätte er sich ohnehin in sie verliebt. Sie würde es nie herausfinden, weil sie ihm nie die Chance dazu gegeben hatte.

Sie seufzte verzweifelt und lehnte den Kopf an den Fensterrahmen. Sich selbst zu belügen, war nicht weniger sündig, als ihn zu belügen. Ein Mann wie Nicholas hätte ein einfaches Mädchen vom Lande, wie sie es war, vermutlich keines Blickes gewürdigt. Ein Mädchen, dessen Wangen mit Sommersprossen gesprenkelt waren, weil es sich viel zu selten die Mühe machte, einen Hut aufzusetzen. Ein Mädchen, dessen Fingernägel nicht manikürt waren, sondern gerade abgeschnitten und abgesplittert von der Gartenarbeit. Seine Liebe zu gewinnen wäre unmöglich gewesen. Unmöglich wie die Vorstellung, Apoll steige vom Himmel herab und schenke einem sterblichen Mädchen seine Liebe. Einen Sommertag lang hätte er sie möglicherweise bezaubernd gefunden, aber nicht ein ganzes Leben.

Laura schaute über die wogenden Wiesen zum Wald hinüber – jenem Wald, der sich in Schatten hüllte und in Geheimnisse. Sie war so versessen darauf gewesen, in Nicholas die Antwort auf ihre Gebete zu sehen, dass sie sich nie um eine rationalere Erklärung für sein Auftauchen geschert hatte. Neben der alten Eiche waren keine Hufspuren zu sehen gewesen, aber es war absolut möglich, dass es ihn über die Schlucht geschleudert hatte. Eventuell war sein Pferd in Panik geraten, als es sich reiterlos in einem fremden Wald wiedergefunden hatte und war den Weg, den es gekommen war, zurückgelaufen.

Laura wusste, was sie zu tun hatte. Sie konnte nicht zu jenem Moment zurückkehren, da sie ihn gefunden hatte, aber sehr wohl an den Ort. Vielleicht gab es ja einen Hinweis auf seine Identität, der ihr entgangen war – eine gravierte Schnupftabakdose, eine Uhrentasche oder ein Schriftstück, das ihm aus der Tasche gefallen war. Ihr blieb nichts anderes übrig als nachzusehen. Wenigstens so viel schuldete sie ihm. Auch wenn, was sie dort fand, sie Nicholas für immer verlieren ließ.

Sie verschwendete keine Zeit mit Umziehen. Sie schlüpfte einfach in ein paar Schuhe und warf sich einen Umhang übers Nachthemd. Sie fürchtete, ihre Entschlossenheit wieder zu verlieren, wenn sie zu lange herumtändelte. Als sie aus dem Zimmer schlüpfte, schlug die Standuhr im Foyer gerade Mitternacht.

Es hätte die zweitglücklichste Nacht seines Lebens sein sollen.

Die glücklichste würde morgen kommen, wenn er – mit dem Segen der Kirche und der Krone – seine Braut mit ins Bett nahm. Dann hatte er jedes Recht, Laura die Nadeln aus der Frisur zu ziehen und ihr das Haar wie eine dunkle Wolke ums Gesicht fallen zu lassen. Jedes Recht, die Bänder am Kragen ihres Nachtgewands zu lösen und den glatten Satin über die cremeweißen Schultern gleiten zu lassen. Jedes Recht, ihren Rücken in die Federmatratze zu drücken und ihre weiche Haut mit seinem harten, hungrigen Körper zu bedecken.

Er hätte eigentlich schlafen sollen, seine Kräfte für die morgige Nacht sparen und nicht wie ein wildes Tier im Käfig auf und ab laufen. Dass seine Kopfschmerzen zurückgekehrt waren, machte es auch nicht besser. Dumpf pochten sie an seine Stirn wie ein Lied, das man einmal gehört, aber nicht mehr richtig in Erinnerung hatte. Er rieb sich mit der flachen Hand die Stirn und war versucht, in den Salon hinunterzugehen und sich die Karaffe mit Branntwein zu holen.

Aber die Sinne zu betäuben hieß auch die Instinkte zu betäuben. Was nicht so furchtbar gewesen wäre, dachte er freudlos lachend. Vielleicht gelang es ihm dann, sich einzureden, dass seine Braut kein gefährliches Geheimnis vor ihm verbarg, das sie stottern und erröten ließ, wann immer er einen Raum betrat.

Er stützte die Hände auf den Toilettentisch und studierte sein Spiegelbild. Er konnte Laura nicht zum Vorwurf machen, dass sie ihn fürchtete. Seine Haare lockten sich wild, das Kinn war hart. Sein Mund war zum rigiden Strich gezogen, der das Grübchen auf seiner Wange verschwinden ließ. Er sah nicht aus wie ein Mann, der in ein paar Stunden die Frau, die er liebte, zum Altar führte. Er sah aus wie ein Mann, dem der Sinn nach Mord stand.

Irgendwo im Haus schlug eine Uhr Mitternacht. Jedes traurige *Bong* brachte ihn dem Moment näher, wo er den Gang zu Lauras Schlafzimmer entlanglaufen würde, um die Tür aufzustoßen und ihren schönen, verlogenen Lippen die Wahrheit zu entreißen.

Nicholas schlug unerträglich frustriert mit der Hand auf den Toilettentisch. Der Duftflakon am Rand der Tischplatte fiel auf den Teppich und überflutete jeden seiner Atemzüge mit dem Duft von Orangenblüten. Ein stechender Schmerz schoss ihm durch die Kopfhaut. Er stolperte fluchend zum Fenster und stieß die Flügel auf.

Der warme Nachtwind wehte den parfümierten Hauch durchs Zimmer, verführerisch wie der Duft zarter Frauenhaut. Er lehnte sich an den Fensterstock, machte die Augen zu und ließ die sanften Fingerspitzen des Windes sein Haar zerzausen, seine schmerzende Stirn liebkosen, seinen quälenden Argwohn besänftigen.

Als er die Augen wieder aufschlug, sah er eine schlanke Gestalt mit wehendem Umhang und flatterndem dunklen Haar über den Rasen laufen.

Nicholas war wie betäubt, sein Blut wurde kalt. Er konnte sich nur einen Grund vorstellen, warum eine Frau am Abend vor der Hochzeitsnacht ihr warmes Bett verlassen und sich den Gefahren der Nacht aussetzen sollte. Er sah sie in die Schatten des Waldes verschwinden und war dankbar für die Benommenheit, die seinen Kopfschmerz ebenso betäubte wie sein wehes Herz.

Die alten Bäume ragten in die Dunkelheit wie das Tor in eine andere Zeit. Ihre verschlungenen Äste schaukelten im Wind und winkten Nicholas mit der Anmut einer Geliebten zu sich heran. Er stand am Waldrand, wo er gerade seine Verlobte hatte verschwinden sehen. Sie hatte ihm keine andere Wahl gelassen, als ihr zu folgen.

Das Mondlicht tauchte die Äste über ihm in Silber, erhellte aber kaum den bemoosten, schmalen Pfad. Je tiefer er in den Wald gelangte, desto finsterer wurden die Schatten, bis sie ihn zu verschlucken drohten. Nur der unheimliche Schrei einer kleinen, hilflosen Kreatur, die wohl das Verderben ereilt hatte, brach das Flüstern des Windes. Der Schrei ließ Nicholas erschaudern, doch sein Schritt blieb sicher und schnell. Tief im Herzen wusste er, dass er nichts zu fürchten hatte.

In dieser Nacht, in diesem Wald, war er selbst das gefährlichste Raubtier.

Laura hatte sich nie zuvor bei Nacht in den Wald gewagt.

Sie suchte sich ihren Weg durchs Labyrinth der Bäume. Es ängstigte sie, ihr sonnendurchflutetes Königreich in eine Festung der Düsternis verwandelt zu sehen. Sie hätte geschworen, jeden schartigen Felsbrocken und jede moosige Senke zu kennen, doch das chaotische Netz aus Schatten und Mondlicht ließ auch den vertrautesten Orientierungspunkt fremd und bedrohlich erscheinen.

Der Wald schien Laura nicht länger die Heimat flirrender Feen und kichernder Elfen zu sein, sondern ungeschlachten Kobolden zu gehören, die auf der Jagd nach einer jungfräulichen Braut für ihren Herrscher waren.

Laura lief weiter und versuchte, ihre Kinderphantasien nicht die Oberhand gewinnen zu lassen. Ohne den sonnigen, blauen Himmel hatte die Gefahr ihren Reiz verloren.

Sie kam dreimal an ein und derselben geisterhaften Birke vorbei, bis sie begriff, dass sie im Kreis lief. Sie lehnte sich an den Stamm des Baumes und kämpfte sowohl um Atem als auch um Haltung. Ihre Mission erschien ihr langsam wie eine Narretei. Vielleicht fand sie keinen einzigen Hinweis auf Nicholas' wahre Identität. Doch morgen, wenn sie mit ihm am Altar stand, würde sie wenigstens wissen, dass sie es versucht hatte.

Sie zog sich einen Zweig aus dem Haar und eilte mit entschlossenem Schritt in Richtung der alten Eiche, wo sie ihn gefunden hatte. Sie wollte gerade über ein kleines Bächlein springen, als irgendetwas hinter ihr einen Schrei ausstieß, den ein mächtigerer Kiefer schnell erstickte. Sie stolperte mit einem Fuß ins eiskalte Wasser, drehte sich um und wurde das Gefühl nicht los, dass irgendetwas, das ebenso hungrig war, auch sie verfolgte.

Ein leises, aber unmissverständliches Knacken drang aus dem Unterholz an ihr Ohr. Laura fing zu laufen an, duckte sich unter hängenden Zweigen durch und wich verschlungenem Wurzelwerk aus, das mit knochigen Fingern nach dem Saum ihres Umhangs griff. Sie wäre endlos so weitergerannt, hätte sie nicht plötzlich genau jene Lichtung erreicht, die sie gesucht hatte.

Die alte Eiche bewachte den Rand der Schlucht und lud mit ihren riesigen Ästen jeden erschöpften Reisenden zur Rast ein. Das Mondlicht fiel durch eine Lücke im Blattwerk und erzählte von einem Zauber, der älter war als die Zeit. Genau wie das Sonnenlicht es getan hatte an dem Tag, als sie Nicholas gefunden hatte.

Laura zwinkerte. Es konnte nur eine Erklärung geben für den Anblick, der sich ihren Augen hier bot. Sie musste am offenen Fenster ihrer Schlafkammer eingedöst sein, sie musste diese wilde Jagd durch den Wald geträumt haben.

Denn unter den schützenden Ästen der Eiche stand, einen Fuß auf einer knorrigen Wurzel, Nicholas. Das Mondlicht vergoldete sein Haar und warf hohle Schatten auf seine Wangen.

Sie ließ sich willenlos auf ihn zutreiben. Er zog sie genauso unwiderstehlich an wie schon an jenem dunstigen Sommernachmittag.

»Bemühen Sie sich nicht, Ihre Enttäuschung zu verbergen, meine Liebe«, sagte er in einem Tonfall, der zärtlich war und spöttisch zugleich. »Ich bin mir darüber im Klaren, dass Sie jemand anderen erwartet haben.«

Die Worte holten sie mit einem Schlag aus ihrem Delirium. Plötzlich wurde ihr bewusst, dass ihre durchweichten Schuhe bei jedem Schritt unangenehm glucksten, dass auf ihren Armen Kratzer brannten und der taugetränkte Saum ihres Umhangs ihr am Boden hinterher schleifte.

»Ich verstehe nicht, was Sie meinen«, sagte sie und wäre vor Erstaunen fast mit der Wahrheit herausgeplatzt. »Es ist mitten in der Nacht, und ich habe hier mit überhaupt niemandem gerechnet.«

Seine Gesichtszüge verhärteten sich und ließen ihn mehr als je zuvor wie einen Fremden aussehen. »Sie sollten mir weitere Lügen ersparen, Laura. Ich weiß alles.«

KAPITEL 14

Ich fürchte, ihr ungestümes Wesen
wird ihr noch Unglück einbringen …

Das war kein Traum. Das war ein Albtraum.

»Alles? Sie wissen alles?« Die Frage endete mit einem schrillen Kiekser, der Laura zusammenzucken ließ.

»Alles«, wiederholte er und kam einen einzigen, sorgsam bemessenen Schritt auf sie zu. »Sie haben doch sicher nicht geglaubt, mich auf ewig hinters Licht führen zu können?«

Laura wich einen Schritt zurück. »Nun, ich hatte gehofft …«

»Ich muss zugeben, Sie waren sehr überzeugend. Ganz die kleine Schauspielerin. Haben Sie je erwogen, zum Theater zu gehen?«

»Oh, nein.« Sie schüttelte vehement den Kopf. »Lottie ist diejenige in der Familie, die die dramatische Begabung mitbekommen hat. Lady Eleanor hat zwar nie ein Wort über mein Talent verloren, respektive den Mangel an eben jenem, aber beim Krippenspiel hat sie mir nie eine Sprechrolle gegeben beziehungsweise mich gleich als Hinterende des Esels besetzt.« Laura seufzte. »Wenn ich jetzt so darüber nachdenke … *fühle* ich mich eigentlich genau wie das hintere Ende eines Esels.«

»Sie fragen sich möglicherweise, wie ich es erraten konnte. Es wird Sie vielleicht überraschen, aber ich hatte schon die ganze Zeit über einen Verdacht.«

Laura war von den Socken. »Und Sie haben nie ein einziges Wort gesagt?«

Er kam nahe genug heran, um sie berühren zu können,

unterließ es aber. »Ich hoffte, mich geirrt zu haben.« Er lachte bitter. »Es gibt keinen Grund, sich Vorwürfe zu machen, meine Liebe. Letztendlich bin allein ich dafür verantwortlich.«

»Wie … wie kommen Sie darauf?«

»Weil ich der verfluchte Idiot war, der Sie allein gelassen hat. Es war nicht fair, einer Frau Ihres Feuers und Ihrer Leidenschaft abzuverlangen, dass sie so lange auf mich wartet. Ich hätte Sie schon heiraten sollen, als ich Sie zum ersten Mal sah.« Die Worte waren nicht weniger verwirrend als die zärtlichen Finger auf ihrer Wange oder der heisere, reumütige Tonfall. »Wollen Sie mir eine einzige Frage beantworten? Ich denke, das zumindest schulden Sie mir.«

»Jede«, flüsterte sie, gebannt vom Schatten des Schmerzes, der seine Augen zu Bernsteinbraun verdunkelte.

»Sind Sie heut Nacht hierher gekommen, um Ihrem Geliebten Lebewohl zu sagen, oder hatten Sie vor, sich nach unserer Heirat weiterhin mit ihm zu treffen?«

Laura starrte ihn an und mühte sich ab, die Bedeutung seiner Worte zu verstehen. »Nun, ich … ich …«

Nicholas beendete ihr Gestammel, indem er mit dem Daumen leicht über ihre zitternde Unterlippe fuhr. »Zu schade, dass die Wahrheit nicht so leicht über Ihre lieblichen Lippen geht, wie die Lüge es tut. Vielleicht hätte ich fragen sollen, ob Sie an ihn gedacht haben, während Sie in meinen Armen lagen.« Er legte ihr den Arm um die Taille und zog sie an sich. »War es sein Gesicht, das Sie sahen, wenn Sie die Augen geschlossen haben?« Lauras Lider flatterten zu, als Nicholas seine Lippen über ihre Wimpern streifte. Die Lippen folgten der Kontur ihrer Wange bis zum Mundwinkel. »Macht er Sie vor Begehren zittern und seufzen, wenn er Sie küsst?«

Es war kein Seufzer, was Laura hören ließ, als Nicholas sich ihres Mundes bemächtigte, sondern lautes Gestöhn. Sie zitterte auch nicht, sie bebte. Hätte er nicht den Arm um ihre Taille gehabt und sie fest an seinen kraftvollen Körper gepresst, sie wäre in Ohnmacht gefallen. So küsste kein Verehrer, der eine Braut umwarb. So küsste ein Freibeuter. Dieser Kuss gab kein Pardon und machte keine Gefangenen. Dieser Kuss war bereit zu rauben, was man ihm nicht aus freien Stücken gab. Seine Zunge plünderte ihren Mund, drang immer tiefer und brachte Laura mit seidiger Hitze zum Schmelzen. Sie dachte nicht länger nach, sie fühlte nur noch den Heißhunger, den sein Kuss entzündete, legte ihm die Hand in den Nacken und zog ihn noch tiefer.

»Verfluchtes Weib«, flüsterte er und grub seinen Mund in ihr Haar. Seine Wortwahl mochte derb sein, doch seine Arme zogen sie näher an sein hämmerndes Herz. »Wie kann sie mich so küssen, wenn ihr Herz einem anderen gehört?«, murmelte er.

Irgendwann erreichten die Worte Lauras berauschten Verstand. In warmen Wogen überflutete sie die Erleichterung. Sie drückte sich von seiner Brust ab, stolperte einen Schritt zurück und legte die Hand an den Mund – doch es war zu spät, das Gelächter zu ersticken.

Nicholas schaute sie finster an. »Erst verhöhnen Sie meine Gefühle für Sie, und dann verspotten Sie mich auch noch. Meine Hochachtung, Miss Fairleigh, Sie sind noch herzloser, als ich vermutet hatte.«

Sie konnte machen, was sie wollte. Laura bekam das schiefe Grinsen nicht aus dem Gesicht und den amüsierten Blick auch nicht. »Ach, Sie dummer Mann! Ist es das, was Sie glauben? Dass ich hergekommen bin, um meinen Geliebten zu treffen?«

»Etwa nicht?«, wollte er wissen und schaffte es, im Mondlicht irgendwie gleichermaßen gefährlich wie verletzlich auszusehen.

Laura schüttelte hilflos den Kopf, ging einen Schritt auf ihn zu und noch einen. »Natürlich nicht. Sie hätten doch wissen müssen, wie unmöglich mir so etwas wäre.«

»Und weshalb?«

Er hielt sich stocksteif, als sie seine Wange berührte und mit den Fingerspitzen die Stelle umschmeichelte, wo sein Grübchen hätte sein sollen.

»Weil Sie der einzige Mann sind, den ich je wollte.«

Sie stellte sich auf die Zehenspitzen und küsste ihn auf den Mund. Sie küsste ihn, wie sie es an jenem Tag im Wald nie gewagt hätte, leckte seinen Mund mit einer unschuldigen Hingabe, die seinen letzten Rest von Widerstand zum Schmelzen brachte. Seine Arme legten sich wie von selbst mit wütender Kraft um sie.

Er griff ihr ins Haar und legte ihr den Kopf in den Nacken, um ihr tief in die leuchtenden Augen zu schauen.

»Wenn Sie nicht hergekommen sind, einen Liebhaber zu treffen, warum sind Sie dann hier?«, fragte er heiser.

»Deswegen«, flüsterte sie. Sie wollte den Augenblick nicht mit einer Lüge entweihen. »Deshalb bin ich hier.« Bevor er noch weiter fragen konnte, packte sie ihn am Hemd, zog seine Lippen wieder auf die ihren hinab und gab ihm die einzige Antwort, derer er bedurfte.

In diesem Augenblick wusste sie, dass er noch närrischer war als sie selbst. Es war nicht der Wald, es war nicht das Mondlicht, das sie verzauberte. Es war dieser Mann. Sie war seinem Zauber verfallen, als sie zum ersten Mal seine Lippen berührt hatte. Er verhexte sie mit seinem Mund, und auch seine Hände entfalteten eine ganz eigene Magie. Sie öffneten den Verschluss ihres Umhangs und schoben den Stoff auseinander.

Er trat einen Schritt zurück und starrte an ihr hinunter. Was immer er unter dem Umhang erwartet hatte, ihr Nachtgewand war es nicht gewesen.

»Was für ein dummes Kind«, murmelte er, doch der Tadel klang wie Koseworte. »Haben Sie vor, sich in der Kälte den Tod zu holen?«

»Diese Gefahr besteht wohl kaum«, versicherte Laura und zitterte unter seinem besitzergreifenden, hitzigen Blick. »Ganz im Gegenteil, ich habe mir längst ein berauschendes Fieber zugezogen.«

Seine warmen Lippen weideten sich am Pulsschlag unter der zarten Haut ihres Halses. »Dann sollten Sie sich vielleicht hinlegen.«

Wären sie im Salon Arden Manors gewesen, hätte Laura vermutlich halbherzig protestiert. Aber hier, in dieser heidnischen Wildnis, erschien es ihr ganz natürlich, dass ihr der Umhang von den Schultern glitt und auf die Bettstatt aus Laub fiel. Und fast noch natürlicher, dass Nicholas sie nun auf des Umhangs einladende Falten bettete. Als er sich auf sie legte und der große, starke Körper den Mond verdeckte, begriff Laura, dass sie längst nicht mehr flirtete mit der Gefahr, sondern sie mit offenen Armen willkommen hieß. Märchenprinz oder König der Kobolde, sie würde ihm folgen, wo immer er sie hinzubringen trachtete.

Er sank mit ihr hinab in jenes süße, dunkle Labyrinth aus Lust, wo er das einzige Licht war. Sein Gewicht erdrückte sie nicht, sondern ließ Laura sich geliebt fühlen, während seine Küsse immer süßer und wagemutiger wurden. Seine Finger wanderten die üppige Kurve ihrer Hüfte auf und ab, bis es ihr nur noch angemessen schien, dass er die Hand auf dem weichen Leinen ihres Nachtkleids um ihre Brust schloss und mit dem Daumen ihre harte Brustwarze streichelte.

Laura schnappte nach Luft und fühlte tausend Sinne in sich erwachen, von deren Existenz sie nichts geahnt hatte. Als er die pochende Knospe zwischen Daumen und Zeigefinger reizte, durchfuhren sie Schauer der Lust, die sich in ihrem Schoß zu sammeln schien. Als Laura die Oberschenkel zusammenpressen wollte, war da sein Knie und drängte ihr das prickelnde Gefühl tief in den Unterleib.

Sie wühlte die Finger in sein Haar und bog sich ihm entgegen, wollte sich von jenem Druck befreien, der in ihr pochte. Er fasste das als Einladung auf, seine Lenden gegen ihre Hüften zu pressen. Er war hitzig, hart und schwer. Er sprengte schon fast das dünne Wildleder seiner Reithose und wiegte sich in jenem instinktiven Rhythmus gegen sie, der älter war als die uralte Eiche, die sie beide beschützte. Er schenkte ihrem gierigen Mund seine Küsse, und er trank ihr Stöhnen, als sei es der honigsüßeste Nektar.

Zwischen zwei Küssen explodierte Lauras Welt. Ihr Schrei hallte durch den Wald wider – ein gebrochener Schrei, der nicht enden wollte, genauso wenig wie die Verzückung, die in bebenden Wellen ihren Körper durchströmte.

Nicholas warf den Kopf zurück und ergötzte sich an seiner Musik. Auch wenn sein Gedächtnis ihn im Stich gelassen hatte, er hätte sein Leben verwettet, niemals etwas so Wundervolles gesehen zu haben wie Laura in jenem Moment. In ihren Wimpern schienen Tautropfen zu hängen, ihre Wangen waren gerötet, die Lippen geöffnet und feucht, der Rock ihres Nachtgewands zusammengeschoben zwischen den bebenden Schenkeln. Instinktiv, nicht wohl überlegt, schob er ihr eine Hand unter den Stoff. Seine Finger glitten durch die feuchten, seidigen Locken zur schmelzenden Süße, die darunter verborgen lag, und er stöhnte in einer Mischung aus Freude und Agonie. Sie öffnete sich seiner Hand wie eine Blüte, verführte ihn, seinen Mittelfinger tief in sie zu schieben.

Laura riss die Augen auf. Auch wenn sie beide noch benommen waren vor Staunen, ihr verstörtes Japsen war unmissverständlich, genau wie die Schockwellen, die ihren Körper erfassten. Sie war, was sie behauptet hatte zu sein. Sie war unberührt. Sie gehörte ihm.

Jedenfalls in ein paar Stunden, wenn ein Diener des Herrn ihre Verbindung segnen und ihre Körper einander überantworten würde. Doch Nicholas wollte diesen Segen nicht abwarten. Er wollte sie jetzt.

Und sie wollte ihn. In ihren Augen leuchtete Angst, aber auch Vertrauen, ein vollkommen zärtliches Vertrauen. Sie würde ihn nicht aufhalten, wenn er sich dazu entschied, dieses Vertrauen zu hintergehen.

Zu seinem eigenen Erstaunen musste Nicholas auf einmal lachen. Gelächter schüttelte ihn durch, lauthals und reinigend. Er legte beide Arme um Laura und rollte mit ihr herum, bis schließlich sie diejenige war, die auf ihm saß.

Sie verschränkte die Arme vor der Brust und schaute ihn mit unmissverständlich verärgerter Miene an. »Wie schön, dass meine Unerfahrenheit Sie amüsiert.«

»Ich lache nicht über dich, Engel. Ich lache über mich selbst.« Er strich ihr mit einer Hand, die noch immer vor Verzückung zitterte, die Haare aus dem Gesicht. »Mir scheint, du hast die ganze Zeit Recht gehabt, was mich angeht. Ich bin nicht so ein Mann, der die Tugendhaftigkeit seiner Verlobten aufs Spiel setzt. Zumindest nicht in der Nacht vor der Hochzeit.«

Laura dachte einen Moment lang über sein Bekenntnis nach. »Und was ist mit der Nacht *nach* der Hochzeit?«

Nicholas grinste. »Da lasse ich dich mit Freuden *meine* Tugendhaftigkeit verspielen.«

Die Kutsche schaukelte durch Londons nebelverhangene Straßen. Der Kutscher trug einen wollenen Schal und einen hohen, schwarzen Hut. Angetrunkene Nachtschwärmer und Frauen mit trüben Augen bevölkerten die engen Gassen und betrachteten neugierig das Gefährt mit den zugezogenen burgunderroten Vorhängen und den schweren Türen, die kein Wappen trugen, das Auskunft über die Fahrgäste hätte geben können.

Wäre Diana gesehen worden, wie sie mit dem berühmt-berüchtigten Marquess of Gillingham in einer geschlossenen

Kutsche durch die Nacht fuhr, ihr guter Ruf hätte irreparablen Schaden genommen. Eine Vorstellung, die ihr allerdings eine perverse Freude bereitete: Die Lästermäuler, die sie ständig mit mitleidigen Blicken bedacht hatten, plötzlich schockiert zu sehen. Sollten sie hinter ihren Fächern ruhig zur Abwechslung einmal über Diana tratschen!

Sie strich sich das Haar glatt und schaute den Mann, der ihr gegenüber auf den Samtpolstern saß, verärgert an. Seiner lässigen Haltung zum Trotz war er wie üblich untadelig gekleidet. Nichts deutete darauf hin, dass man ihn – genau wie auch Diana – mitten in der Nacht aus seinem anheimelnden Zuhause gezerrt hatte. Der schwere Duft von Piment-Rum lag in der Luft und berauschte Diana ein wenig.

»Sie haben meinen Bediensteten einen ganz schönen Schrecken eingejagt, so heftig wie Sie an die Tür gepocht haben«, sagte sie. »Ich kann nur hoffen, dass Ihre Entdeckung es wert ist, mich aus dem Bett geholt zu haben.«

Thane kreuzte die langen Beine an den Knöcheln. Obwohl er im geräumigen Fußraum der Kutsche nicht Gefahr lief, Diana zu berühren, zog sie dennoch unterm Rock die Beine an. »Meine untertänigste Entschuldigung, Mylady, Sie in Ihrer Ruhe gestört zu haben«, sagte er gedehnt. »Als der Detektiv, den Sie engagiert haben, mir Nachricht gegeben hat, lag ich ebenfalls im Bett, habe aber noch nicht geschlafen.«

»Weshalb überrascht mich das nicht?«, murmelte sie, behielt aber den kühlen Gesichtsausdruck bei.

Thane zog die grünen Augen zusammen. »Ich war ebenfalls allein.«

Diana spürte, wie sie errötete. Sie wandte den Blick ab, zog ihre Handschuhe an und zurrte die seidenen Bänder am Halsverschluss ihres langen Mantels fest. »Was meinen Sie, hat dieser Watkins diesmal eine ernst zu nehmende Spur?«

»Bei Gott, ich hoffe es. Falls nicht, dann bleibt uns nur noch die Erklärung, die wir schon vor zwei Wochen hatten – dass Ihr Cousin sich mitsamt seines Pferds in Luft aufgelöst hat.«

Die Kutsche machte eine scharfe Kurve, worauf sie beide verstummten. Diana schob den Vorhang zur Seite. Sie fuhren an einer Reihe leer stehender Speicherhäuser vorbei, eines verwahrloster als das andere. Schließlich hielt der Wagen vor einem abschreckenden Gebäude mit verrammelten Fenstern, die wie tote Augen in die Nacht starrten.

Der Kutscher stieg vom Bock und riss den Schlag auf. Diana stellte schnell fest, dass sie nicht weit vom Hafen entfernt sein konnten. Der Gestank von verdorbenem Fisch war überwältigend.

»Warten Sie hier auf uns«, befahl Thane dem Kutscher, als sie aus dem Wagen stiegen.

»Sind Sie sicher, dass das klug ist, Sir?«, fragte der Mann und schaute nervös die verlassene Straße hinunter.

»Absolut nicht«, antwortete Thane. »Aber so lauteten die Anweisungen, die man uns gegeben hat.«

Als der Schatten des riesenhaften Gebäudes sie verschluckte, ließ Diana sich gegen Thane sinken, ohne es überhaupt zu bemerken und dachte nicht einmal daran, zu protestieren, als seine behandschuhte Hand ihren Ellenbogen umschloss. Thane ließ den Haupteingang links liegen und geleitete sie stattdessen zu einem schmalen Durchgang zwischen zwei zerbröckelnden Ziegelmauern.

Eine unscheinbare Holztür tauchte aus der Dunkelheit auf. Thane klopfte schroff an. Nichts passierte.

»Ist das vielleicht die falsche Adresse?«, fragte Diana hoffnungsvoll, während sie über seine Schulter lugte.

Bevor Thane antworten konnte, knarrten die verrosteten Türangeln auf. Ein Bär von einem Mann mit spitzen Zähnen und schmierigem Backenbart türmte sich vor ihnen auf, einen großen Knochen mit Fleischresten in der fleischigen Faust.

Diana fragte sich unwillkürlich, ob es sich wohl um den Oberschenkelknochen eines Besuchers handelte, der es gewagt hatte, den Bärtigen beim Essen zu stören.

Zu Thanes Ehre musste gesagt werden, dass er mit keiner Wimper zuckte. »Ich bin hergekommen, um Watkins zu treffen. Er hat nach mir geschickt.«

»Da entlang.« Als der Kerl abrupt mit dem Knochen hinter sich zeigte, spritzte das Fett nur so durch die Gegend.

Sie traten aus dem engen Gang in einen höhlenartigen Raum, in dem jedes Geraschel ein beunruhigendes Echo produzierte. Diana warf den letzten Rest von Stolz über Bord und klammerte sich an Thanes Rockzipfeln fest. Er fühlte, wie verängstigt Diana an ihm hing, und verschränkte seine warmen Finger mit ihren.

Auf einem Paar verrotteter Lattenkisten standen zwei Laternen, die den Raum wie eine schlecht beleuchtete Bühne wirken ließen. Vor einer der beiden Kisten war, mit auf dem Rücken gefesselten Händen, ein Mann zusammengesackt. Hätte er auf ihren Schreckensschrei hin nicht den Kopf gehoben, Diana hätte ihn für tot gehalten.

Er starrte sie beide mit dem einen glänzenden Knopfauge an, das nicht zugeschwollen war. Abgesehen von dem Blut, das aus dem Winkel seines geknebelten Mundes tröpfelte und den leuchtenden Kratzern auf seiner Wange, hatte der Mann nichts Geschlagenes an sich.

»Lord Gillingham«, sagte eine angenehme Stimme hinter ihnen. »Danke, dass Sie meiner Aufforderung so prompt nachgekommen sind.« Mr Theophilus Watkins tauchte aus dem Dunkel auf, die elegante Aufmachung von getrockneten Blutflecken auf dem vormals weißen Hemd verunstaltet.

Thane schoss herum. »Was soll das, Watkins? Die Dame hat Sie engagiert, ihren Cousin zu finden und nicht, damit Sie einen gebrechlichen alten Mann zusammenschlagen.«

Der gebrechliche alte Mann knurrte kehlig, was ihm einen verschreckten Blick seitens Dianas einbrachte.

Watkins' Lächeln bekam einen höhnischen Einschlag. »Vergeben Sie mir, Mylord, wenn ich Ihr feines Empfinden beleidigt habe, aber der Bursche weiß, wo der Cousin der Dame sich aufhält. Er will nur nicht reden.«

»Ich wüsste auch nicht, wie ihm das mit diesem ekelhaften Knebel im Mund möglich sein sollte«, erwiderte Thane.

Watkins warf seinem Gefangenen einen bösartigen Blick zu. »Er hat die unglückliche Neigung zu reden, wenn er nicht gefragt wird. Ich dachte, Sie als Gentleman könnten ihn vielleicht zur Einsicht kommen lassen. Ich habe ihm von der Belohnung erzählt, aber das scheint ihn nicht zu beeindrucken.«

Nach kurzer Überlegung schnappte Thane: »Binden Sie ihn los!«

»Aber, Mylord, ich glaube nicht, dass das sehr –«

»Losbinden«, wiederholte Thane. »Auf der Stelle!«

Watkins nickte widerwillig seinem ungeschlachten Handlanger zu. Der Mann zog ein gemein aussehendes Messer und ging hinter dem Gefangenen in die Knie.

Als Knebel und Fesseln zu Boden fielen, sagte Thane: »Mr Watkins hat Sie nicht belogen, Sir. Für die Information, nach der wir suchen, wurde eine beachtliche Belohnung ausgesetzt.«

Der alte Mann rieb sich die geschundenen Handgelenke und schaute Thane spöttisch an. »Und was für 'ne Belohnung sollt das wohl sein? Dreißig Silberlinge?«

Bevor Thane oder Diana noch reagieren konnten, hatte Watkins dem Mann mit bestiefeltem Bein in die Rippen getreten. »Es wird dir doch wohl nicht wehtun, dem Herrn und seiner Dame Respekt zu erweisen«, knurrte er. »Aber wenn du's nicht tust, wird es wehtun.«

Angewidert von der Brutalität des Detektivs drängte Diana

sich vorbei und ging neben dem alten Mann in die Knie. Sie stützte seinen Oberkörper, während er nach Luft rang und nahm ihn bei der schmutzigen Hand, ohne sich um ihre teuren weißen Handschuhe zu scheren. Sie war überrascht, ihre Augen nass werden zu spüren, und noch überraschter über Thanes beruhigende Hand auf ihrer Schulter.

»Bitte, Sir«, sagte sie. »Mein Cousin ist mittlerweile seit fast einem Monat abgängig, und ich bin verzweifelt vor Sorge. Wenn Sie irgendetwas über seinen Aufenthaltsort wissen, bitte, sagen Sie es uns.«

Der alte Mann sah ihr erschöpft dabei zu, wie sie tief in ihrer Damentasche herumwühlte und schließlich eine Miniatur zu Tage förderte, die zu Sterlings achtzehntem Geburtstag angefertigt worden war. Sie hielt ihm mit zitternden Fingern das Bildchen hin. »Er ist mittlerweile zehn Jahre älter, aber es ähnelt ihm doch sehr.«

Sein versteinerter Blick wanderte von der Miniatur zu ihrem Gesicht hinauf. »Und wer soll dieser Vetter von Ihnen sein, Miss?«

»Wissen Sie das denn nicht?« Diana schaute verblüfft zu einem mürrischen Watkins hinüber. »Haben Sie ihm das nicht gesagt?«

Der Detektiv räusperte sich verlegen. »In Fällen wie diesem, versuchen wir die Identität unserer Klienten erst preiszugeben, wenn es sich überhaupt nicht mehr vermeiden lässt.«

»Damit auch keiner von meinen Kumpels weiß, wer mich reingeschmissen hat, wenn meine aufgedunsene Leiche die Themse runterschwimmt«, sagte der alte Mann bissig.

Jetzt war es an Watkins zu knurren. Doch Diana schenkte ihm keine Beachtung und sagte sanftmütig: »Bei dem Mann, den wir suchen – dem Mann, der zuletzt am Donnerstag, den zwölften Juli in London gesehen worden ist – handelt es sich um Sterling Harlow, den siebten Duke of Devonbrooke.«

Alle Farbe wich aus dem ausgemergelten Gesicht des alten Mannes, was die Kratzer nur umso deutlicher hervortreten ließ. Sein Mund klappte auf, doch die Hand drückte so fest zu, dass es Diana wehtat.

»Thane!«, schrie Diana erschrocken.

Thane ging neben ihr in die Knie und legte dem Alten den Arm um die Schultern.

»Gütiger Himmel«, flüsterte der und hielt Dianas Hand fest, als sei sie seine letzte Hoffnung. »Sie müssen mir helfen. Wir müssen Miss Laura aufhalten, bevor sie ihre Seele dem Teufel verkauft.«

KAPITEL 15

Ich wünschte nur, sie hätte einen Mann,
wie Du einer bist, der über sie wacht …

Nicholas erwachte zur Musik aus Vogelgezwitscher und Glockenklang. Er sprang aus dem Bett und riss die Fensterflügel weit auf. Ein Fleckenteppich aus wogenden grünen Wiesen, mit dicken wolligen Schafen getupft, schimmerte unter dem blendend blauen Himmelsgewölbe. Die fröhlich bimmelnden Kirchenglocken schienen seinen Namen zu rufen und luden ihn ein, an einem wundersamen Fest teilzuhaben. Er stützte die Hände auf den Fenstersims, lehnte sich in die warme Sommerbrise hinaus und sprach ein leises Dankgebet.

Es war der perfekte Sommertag.

Es war der Tag seiner Hochzeit.

Er grinste, streckte sich und lockerte die steifen Muskeln. Es hatte fast schon gedämmert, als Laura und er ins Haus geschlichen waren und sich abgemüht hatten, ihre Schritte und ihr Lachen zu dämpfen. Doch er war kein bisschen müde. Sie hatte schließlich zugegeben, warum sie zu solch unchristlicher Stunde im Wald unterwegs war. Sie hatte wilde Rosenblätter gesucht, um damit die geschichtete Cremespeise zu dekorieren, mit der Cookie ihn an seinem Hochzeitstag überraschen wollte. Er schüttelte den Kopf und staunte über die verwickelten, verblüffenden Wege, die der weibliche Verstand manchmal ging.

Er ließ das Fenster offen, tapste zum Stuhl und schlüpfte in die Hosen, ohne den Spiegel eines Blickes zu würdigen. Wie dumm von ihm zu glauben, er könne sich in der kalten, polierten Oberfläche selber finden. Wenn er nur halb der Mann sein konnte, den Lauras liebende Augen widerspiegelten, war er zufrieden. Es spielte keine Rolle mehr, wer er gewesen war, bevor er das Gedächtnis verloren hatte. Allein was er von heute an sein würde, zählte – Lauras Ehemann und der Vater ihrer Kinder.

Er griff gerade nach seinem Hemd, als ein kleiner, pelziger Kopf sich an seinen Knöchel schmiegte. Das gelbe Kätzchen schlängelte sich um seine Beine herum, und das heisere Schnurren ließ es fast wie einen Miniatur-Tiger klingen.

Nicholas hob sie hoch und drückte sich zärtlich das flaumige Fell an die Brust. »Du weißt, dass ich dir nicht widerstehen kann, du unersättliches, kleines Füchslein. Aber ich warne dich, heute ist der letzte Morgen, an dem du mich für dich allein hast.«

Es klopfte laut an der Tür.

»Komm rein, Cookie«, rief er, »... ich bin nicht angezogen.«

Cookie steckte den Kopf herein und errötete unter ihrem Häubchen. »Sie sollten sich schämen, Mr Nick, eine alte Frau so hereinzulegen. Wenn ich hier reingestürmt wär und Sie nichts anderes angehabt hätten als dieses Grinsen auf Ihrem Gesicht – ich zweifle, dass mein armes altes Herz den Schreck ausgehalten hätt.«

»Ich wage zu behaupten, dein armes altes Herz ist stärker, als du zugibst. Und was ist das?« Er betrachtete die sorgsam zusammengefalteten Sachen, die sie vor sich hertrug. »Ich hatte mit einem Tablett voller Sauerteigbrötchen gerechnet.«

»Ich hab nicht die ganze Zeit mit Miss Lauras Kleid verbracht, wissen Sie.« Sie hielt ihm die Sachen hin und senkte verlegen den Kopf.

Er nahm ihr die Kleidungsstücke ab. Ein modischer Frack aus tief spanischblauem Wollstoff und ein Paar lederfarbene Hosen.

»Meine Güte, Cookie! Was hast du gemacht?«, murmelte er und fuhr mit der Hand über die feinen Nähte. »Ich glaube, ich habe noch nie einen schöneren Hochzeitsanzug gesehen.«

Sie wiegelte mit wedelnden Händen ab. »Nur ein alter Stoff, den ich auf dem Speicher gefunden hab. Ich wollt, dass Sie mein Mädchen stolz machen, wenn Sie heut vor all den neugierigen Dörflern mit ihr vorm Altar stehen.« Sie warf einen besorgten Blick auf seine Hüften. »Ich hoffe, die Hose passt. Ich hab die Größe schätzen müssen.«

Nicholas hob langsam den Kopf, schaute ihr in die Augen und zwinkerte sie unschuldig an.

Cookie wurde wieder rot, entfernte sich rückwärts zur Tür und drohte ihm mit dem Zeigefinger. »Jetzt aber genug, Sie schamloser Charmeur! Wenn Sie nich aufhören damit, renn ich direkt zu Miss Laura und sag ihr, sie könnt Sie nicht heiraten, weil Sie so verrückt nach der alten Cookie sind.«

Nicholas legte den Kopf in den Nacken und lachte lauthals. »Dann streitet sich Laura mit Dower um die Heugabel, und ich wäre genau wieder da, wo ich angefangen habe.« Ein Schatten glitt über Cookies Gesicht. »Sag, habt ihr etwas von ihm gehört?«, fragte er ernüchtert.

Sie lächelte tapfer. »Machen Sie sich bloß keine Sorgen um den alten, gottlosen Gauner. Der tut alles, damit er den Fuß nich in 'ne Kirche setzen muss. Sie werden schon sehen – sobald der den Hochzeitsschmaus riecht, kommt er über die Hügel getrottet.«

Laura neigte den Kopf und hielt den Atem an, als Lottie ihr den Kranz aus Rosenknospen aufsetzte. Dann richtete sie sich auf und schaute in den Standspiegel, den George vom Speicher heruntergeschleppt hatte. Sie hatte die Haare am Scheitel zwar zu einem lockeren Knoten geschlungen, aber einzelne, vorwitzige Löckchen rahmten das Gesicht. In Form gebracht von einer glühend heißen Lockenschere und ein paar ungeduldigen Tränen.

All die Nadelstiche, die sie die letzten Wochen hatte über sich ergehen lassen, waren es wert gewesen. Das Kleid passte perfekt. Die mit Brüsseler Spitze besetzten Ärmel schmiegten sich wunderbar an die schlanken Arme. An den Füßen trug sie ein Paar zarte Schuhe aus Glacéleder mit Bändern aus cremefarbenem Satin.

Laura fühlte sich nicht wie eine Braut. Sie fühlte sich wie eine Prinzessin.

»Zwick mir ein bisschen Farbe auf die Wangen, Lottie. Und sieh zu, dass du Hirschhornsalz mitnimmst und es griffbereit hast, falls ich während der Zeremonie in Ohnmacht falle.« Laura drückte die Hände auf den Bauch, und versuchte, den grummelnden Magen zur Ruhe zu bringen. »Ich hätte nie gedacht, dass man gleichzeitig so glücklich und so in Panik sein kann.«

»Du hast allen Grund, glücklich zu sein«, sagte Lottie und zwickte Laura fest in die rechte Wange. »In zwei Tagen wirst du einundzwanzig, und Arden Manor gehört für immer dir.«

Laura sah ihre kleine Schwester an, als sei der gerade ein zweiter Kopf gewachsen. Sie hatte nicht nur ihren Geburtstag ganz vergessen, sondern auch, weshalb sie Nicholas eigentlich nach Arden Manor gebracht hatte. Seit jenem Tag lag die Messlatte ein ganzes Stück höher. Denn Laura wusste, dass ein bröckelnder Haufen Ziegelsteine – egal, wie lieb sie ihn auch hatte – ohne Nicholas kein Zuhause sein würde.

Sie suchte noch nach den richtigen Worten, um Lottie das Ganze zu erklären, als George mit schmerzverzerrtem, scharlachrotem Kopf unter der Tür erschien. »Laura! Cookie hat meinen Kragen zu fest gestärkt, und jetzt piekst er mir in die Ohren!«

»Beweg ja nicht den Kopf, George«, warnte Laura. »Sonst stichst du dir noch ein Auge aus.« Sie drehte sich zu ihrer

Schwester um und umarmte sie kurz, aber fest. »Ich glaube, ich muss dir gar nicht erklären, warum ich so glücklich bin. Eines Tages wirst du es von selber begreifen.«

»Und *du* wirst es auch begreifen«, flüsterte Lottie und schaute mit leerem Blick zu, wie George eine lachende Laura aus dem Zimmer geleitete.

Ganz Arden war zu Lauras Hochzeit erschienen.

Betsy und Alice Bogworth tupften sich dezent die Augen, aber ein paar von Lauras abgewiesenen Verehrern schnaubten vernehmlich in ihre Taschentücher. Wenn man den Gerüchten glauben wollte, dann hatte Tom Dillmore sogar ein Bad genommen, andererseits drückte sich die ältliche Witwe neben ihm fest ein Taschentuch an die Nase. Als Wesley Trumble anmarschiert kam, schnappte die Kirchengemeinde nach Luft. Er war glatt rasiert bis auf die Haarbüschel, die ihm aus den Ohren wucherten. Obwohl es erst halb zehn am Morgen war, war Abel Grantham schon betrunken und erzählte jedem, der es hören wollte, wie er einst die kleine Laura gerettet hatte, als die beim Krippenspiel in die fragliche Krippe gefallen war. Sein Sohn Tooley hatte die Hände über dem massigen Bauch zusammengefaltet und schlief schon tief, bevor die Feier überhaupt angefangen hatte. Zweifelsohne wollte er seine Kräfte für das späte Frühstück, das nach der Hochzeit auf Arden Manor stattfinden sollte, schonen.

Cookie saß allein auf der familieneigenen Kirchenbank. Sie hatte ihren hübschen Hut mit ein paar Federn verziert, die morgens beim Hühnerrupfen angefallen waren. George stand kerzengerade und hoch gewachsen an Nicholas' Seite und sah mit seiner Frackschleife und dem gestärkten Kragen mindestens wie vierzehn aus. Lottie stand neben Laura und umklammerte den Strauß aus Rittersporn und Lilien so fest, dass ihre Fingerknöchel weiß waren.

Doch Laura hatte nur Augen für Nicholas. Sie standen zwar beide dem Altar zugewandt, doch unter gesenkten Wimpern erhaschte sie den einen oder anderen Blick und entdeckte Dinge, die ihr zuvor nie aufgefallen waren – die fast unmerklichen Furchen, die seinen Mund sogar dann umgaben, wenn er nicht lächelte; die Strähnen im Nacken, die sich ganz von selbst lockten; den kleinen Kratzer an der Kehle, wo er sich beim Rasieren geschnitten hatte. Letzte Nacht hatte sie ihren Mund an seinem Hals vergraben und seine geschmeidige Haut gekostet, während seine schönen, gewandten Finger sie an Stellen berührten, die sie selbst nie anzufassen gewagt hatte. Doch heute erschien er ihr mehr wie ein Fremder als je zuvor.

Reverend Tilsbury leierte endlos das anglikanische Gebetsbuch herunter, was Laura wegen des Summens in ihren Ohren aber kaum hörte.

Bis seine Stimme plötzlich tiefer wurde und jedes Wort wichtig war. »Ich verlange von euch beiden, so wie ihr es auch am schrecklichen Tag des Jüngsten Gerichts zu tun habt, wenn die dunkelsten Geheimnisse eurer Herzen enthüllt werden, dass ein jeder von euch, falls er einen Grund weiß, warum ihr beide nicht im heiligen Sakrament der Ehe verbunden werden solltet, diesen Grund jetzt eingesteht.«

Lottie holte hörbar Luft. George zupfte mit zwei Fingern an seinem Kragen herum.

Eine Glocke aus Schweigen schien sich über Laura zu stülpen und sog ihr die Luft aus den Lungen. Sie schaute in Panik zu Nicholas hinüber. Er zwinkerte und lächelte ihr ermutigend zu. Mit einem Mal bekam Laura wieder Luft.

Er war kein Fremder. Er war der Mann, den sie liebte. Und wenn sie eines Tages, nach einem ganzen Leben mit ihm, vor Gott stehen würde, um die Geheimnisse ihres Herzens zu enthüllen, dann würde sie es eben tun. Weil Nicholas das einzige Geheimnis war, das es wert war, für sich behalten zu werden.

Laura hielt den Mund, bis es an der Zeit war, Nicholas zu ihrem angetrauten Ehemann zu nehmen. Sie stockte nicht. Ihre Stimme klang klar durch das sonnendurchflutete Kirchenschiff, als sie ihm ihre Liebe schwor und dass sie ihm gehorchen werde, in guten wie in schlechten Tagen, in armen wie in reichen, in Gesundheit und Krankheit, bis dass der Tod sie scheiden würde. Der Reverend hielt ihnen das Gebetsbuch hin und räusperte sich erwartungsvoll. Laura fiel bestürzt ein, dass Nicholas gar keinen Ring für sie hatte. Jedenfalls dachte sie das, bis er einen schmalen Goldreif aus der Westentasche zog und ihn vorsichtig auf das Gebetbuch legte.

Der Reverend gab Nicholas den Ring zurück, und der steckte ihn Laura an den Finger. »Ich habe ihn in Lady Eleanors Schmuckschatulle gefunden«, flüsterte er. »Wenn sie so großzügig war, wie du sie mir beschrieben hast, dann wird es sie wohl nicht stören.«

Laura lächelte erst den funkelnden Granatstein an, der einst Lady Eleanors Großmutter gehört hatte, und dann aus tränennassen Augen Nicholas. »Ich glaube, das hätte ihr gut gefallen.«

Ein strahlender Reverend Tilsbury legte ihrer beiden rechten Hände ineinander und hielt sie hoch. Mit einer Stimme, die auch noch den letzten Winkel der Kirche erreichte, sagte er: »Was Gott zusammengefügt hat, darf der Mensch nicht scheiden.«

»Darauf ein lautes Amen!«, rief Cookie aus, als die Kirchengemeinde in donnernden Applaus ausbrach.

George kam mit Lottie im Schlepptau aus der Kirche. Während Laura und Nicholas ihre erste heilige Kommunion als Eheleute empfingen, gingen er und seine Schwester zu den anderen, die draußen auf dem Kirchhof warteten, damit sie dem Brautpaar gratulieren konnten.

George lief auf den Schatten einer Eiche zu und versetzte seinen Manschetten einen fachmännischen Kniff, wie er es seinen frisch gebackenen Schwager schon dutzende Male hatte tun sehen. »Weißt du, Lottie, ich hab mir gedacht, möglicherweise haben wir uns die ganze Zeit getäuscht, was Nicholas betrifft. Er ist vielleicht gar kein so übler Kerl.«

Lottie schwieg verdrossen.

George seufzte. »Ich weiß, dass ihr beide einen schlechten Start hattet. Aber wenn du einmal für fünf Minuten das Schmollen lässt, merkst du eventuell …« Er hob den Kopf und stellte fest, dass er der dünnen Luft gepredigt hatte. Seine Schwester war verschwunden.

»Lottie?« Er suchte mit den Augen die Menschenmenge auf dem Kirchhof ab, konnte aber nirgendwo die wippenden blonden Locken entdecken.

Nicholas und Laura erschienen unterm offenen Kirchentor und lächelten mit der strahlenden Morgensonne um die Wette. Sie schafften es nur bis zur ersten Stufe, dann waren sie schon von einer schnatternden Gratulantenschar umringt. George kämpfte sich durch, um schließlich mit zerzaustem Haar und zerdrückter Fliege an Lauras Seite aufzutauchen.

Er zupfte sie heftig am Ärmel. »Laura! Hast du Lottie gesehen?«

Laura hing immer noch an Nicholas' Arm. Vom Glück berauscht lächelte sie George an. »Hm? Lottie? Natürlich hab ich sie gesehen. Hat sie nicht entzückend ausgesehen in ihrem neuen rosa Kleid?«

Bevor George noch etwas erklären konnte, hatte sie sich schon weggedreht, um jemanden zu begrüßen. George musste einsehen, dass von dieser Seite keine Hilfe zu erwarten war, und rannte die Stufen wieder hinunter. Cookie stieg gerade mit ein paar Frauen aus dem Dorf, die sie als Küchenhilfen rekrutiert hatte, in einen Eselskarren, der zu Arden Manor gehörte.

George lief neben dem anfahrenden Wagen her. »Lottie ist weg, Cookie. Hast du sie gesehen?«

Cookie musste herzlich lachen. »Du glaubst doch nicht, dass du deine kleine Schwester irgendwo findest, wo es was zum Arbeiten gibt. Ich kenn doch meine Lottie, die kreuzt erst auf, wenn ihre liebsten Naschereien auf dem Tisch stehen.«

Sie zog kräftig an den Zügeln. George drehte sich um und starrte verzweifelt zum Kirchhof. Obwohl Lottie nirgendwo zu sehen war, hörte er ihre Stimme so deutlich, als flüstere sie ihm ins Ohr.

In Miss Radcliffes Romanen finden die Schurken immer ein frühes Ende. Bevor es ihnen gelingt, die Tugend der Heldin zu kompromittieren.

Nach dem Desaster mit dem Gift hatte George schlicht angenommen, dass seine Schwester ihren absurden Plan aufgegeben hatte. Aber was, wenn er sich irrte?

Er suchte mit den Augen die schattigen Eichen ab, als ihm hoch oben auf dem Glockenturm ein goldener Schimmer auffiel. Der steinerne Engel hockte mit ausgebreiteten Flügeln auf der vorspringenden Brüstung. Direkt darunter standen Nicholas und Laura auf den Stufen, wo die Menschenmenge sich endlich langsam auflöste.

Und was machst du, wenn diese Experimente den erhofften Erfolg haben?

Sie hatte zu dem Engel aufgeblickt und ihr kleines, geheimnisvolles Lächeln gelacht. *Dann schauen wir einfach zum Himmel und warten auf göttliche Inspiration.*

»Nein«, flüsterte George. Sein entsetzter Blick wanderte zum pausbäckigen Gesicht des Engels hinauf.

Niemand brauchte es je zu erfahren. Wenn er Lottie nur erreichte, bevor sie etwas Dummes machte, brauchte es niemand je zu erfahren.

George betete unablässig seine Litanei herunter, während er den alten Halford Tombob zur Seite schubste, um zur Tür des Glockenturms zu kommen.

Der alte Mann schüttelte ihm den Gehstock hinterher. »Zu meiner Zeit hatten jungen Kerle wie du noch so was wie Manieren.«

Er hatte keine Zeit, sich zu entschuldigen. Keine Zeit, die Augen an die Dunkelheit im Inneren des Turms zu gewöhnen. George stolperte durchs Labyrinth der Glockenseile und rannte mit rasendem Herzen die gewendelten Steinstufen hinauf. Bis er etwas sah, das ihm das Herz fast stehen bleiben ließ.

Lottie saß auf dem Sims hinter dem Engel und grub mit einem eisernen Meißel den Mörtel weg, der den Engel auf der Brüstung hielt.

George blieb wie angewurzelt stehen und wagte keinen Schritt mehr zu tun.

Lotties kleines Gesicht wirkte unnatürlich reglos. Sie sah nicht einmal von ihrer Arbeit auf. »Du brauchst gar nicht zu probieren, mich aufzuhalten. Ich habe viel zu schwer dafür gearbeitet. Ich war jeden Nachmittag hier oben und habe an diesem verfluchten Stein herumgekratzt. Während du vor dem Spiegel geübt hast, deine Frackschleife zu binden, damit du den gnädigen Herrn nicht in Verlegenheit bringst, wenn du neben ihm am Altar stehst. Wenn du was helfen willst, geh runter und sieh zu, dass du Laura von den Stufen wegbekommst.«

»Leg den Meißel weg, Lottie. Du willst das doch gar nicht tun.«

»Und warum nicht? Du musst zugeben, es ist ein brillanter Plan, der des grausigsten Schauerromans würdig wäre. Jeder wird glauben, dass es ein tragischer Unfall war. Laura kriegt Arden Manor. Wir können Laura behalten. Und alles wird genauso weitergehen, wie es vorher war, bevor *er* gekommen ist.«

George schüttelte den Kopf. »Nein, das wird es nicht. Nichts wird je wieder so sein, wie es war, weil du Laura nämlich das Herz brichst.«

»Sie wird es mir nach einer Weile schon verzeihen«, insistierte Lottie und schlug ein großes Stück Mörtel weg. »Sie hat mir nie länger böse sein können als eine Stunde. Erinnerst du dich, wie ich Miss Fuzzy erlaubt hab, ihre Jungen auf Lauras Lieblingsschal zur Welt zu bringen? Und wie Laura mich einen selbstsüchtigen, grässlichen Fratz geschimpft hat? Ich habe so laut geweint, dass ich keine Luft mehr gekriegt hab, und es hat nicht lange gedauert, dann hat Laura sich bei mir entschuldigt, weil ich wegen ihr blau angelaufen bin.«

»Diesmal bringt dein Geflenne nichts wieder in Ordnung.« George ging einen Schritt auf seine Schwester zu und sagte sanft: »Sie liebt ihn, Lottie.«

Lottie wurde ganz ruhig. Der Meißel klirrte aus der kraftlosen Hand zu Boden. Als sie endlich die blauen Augen hob, schwammen sie in Tränen. »Ich weiß. Ich nämlich auch.«

George erwischte sie gerade noch, bevor sie zusammensackte. Sie hing an seinem Hals und schluchzte – nicht wie die kultivierte Dame von Welt, die sie so gerne gewesen wäre, sondern wie das kleine Mädchen, das sie war. »Er hat Goldlöckchen zu mir gesagt! Er hat mir die Haare zerzaust und mich Goldlöckchen genannt, so wie Papa es immer gemacht hat!«

George tätschelte ihr ungelenk den Kopf. Aber seine tröstenden Worte wurden von einem ohrenbetäubenden *Bong* übertönt.

George vibrierte am ganzen Leib.

Die Glocken! Er biss die Zähne zusammen. Der Küster läutete die Glocken, um die freudige Nachricht von Lauras und Nicholas' Heirat übers Land klingen zu lassen. Doch auf dem Glockenturm hörten sich die himmlischen Klänge wie eine höllische Kakophonie an.

Lottie riss sich mit unhörbarem Schrei von ihm los und hielt sich die Ohren zu. Bevor er sie greifen konnte, stolperte sie schon rückwärts – genau gegen den steinernen Engel.

Die Figur geriet ins Wanken. Als das letzte bisschen Mörtel, das sie auf der Brüstung gehalten hatte, zu Staub gebröselt war, stürzte sie nach vorn. George versuchte noch, einen der Flügel zu packen, doch es war zu spät. Er und Lottie konnten nur noch entsetzt zusehen, wie der Engel zu fliegen begann, direkt auf die Kirchentreppe zu.

KAPITEL 16

Du bist nun alt genug, um zu wissen,
dass die Menschen manchmal die falschesten Dinge tun …

»Hörst du die Glocken?«, brüllte Nicholas, als der Turm über ihnen in ohrenbetäubenden Gesang ausbrach.

»Das sind keine Glocken, Liebster«, schrie Laura zurück. »Das sind die Engel, die immer, wenn ich deine Augen sehe, zu singen beginnen.«

Er zog eine Augenbraue hoch, die Miene eher diabolisch, als engelsgleich. Er drückte ihr den Mund ans Ohr und murmelte: »Heute Nacht, das verspreche ich dir, zeige ich dir ein Stück vom Himmel.«

»Warum bis heute Abend warten?«, formte Lauras Mund. Sie befeuchtete mit der Zungenspitze die Lippen und hob ihm einladend das Gesicht entgegen.

Er wollte die Einladung gerade annehmen, als ein Schatten aus dem Himmel gestürzt kam und jeden Sonnenstrahl verschluckte, der seinen Weg kreuzte. Laura stand immer noch mit geschlossenen Augen und leicht geöffneten, feuchten Lippen da, als Nicholas ihr einen gewaltigen Stoß versetzte, der sie rücklings die Kirchentreppe hinunterrutschen ließ.

Ein enormes Krachen ertönte, begleitet von einer Staubwolke, aufgeregtem Keuchen, lautem Schreien und Gehuste. Ein paar Minuten lang konnte Laura nur völlig fassungslos auf dem Rasen liegen. Nicholas' Küsse übten eine verblüffende Wirkung auf sie aus, das wusste sie, aber keiner hatte sie je eine Treppe hinuntergeschleudert.

Sie wedelte den Staub vor ihren wässrigen Augen weg und

rappelte sich auf. Das wundervolle Kleid, das Cookie mit solcher Liebe zusammengestichelt hatte, war voller Grasflecken und hatte ein halbes Dutzend Risse. Der Kranz aus Rosenknospen hing ihr schief über einem Auge. Sie war sich der Leute, die hinter ihr aufgeregt auf dem Kirchhof herumrannten, nur vage bewusst. Verschrecktes Geschrei mischte sich mit dem Klang der unerbittlichen Kirchenglocken. Doch Laura konnte an nichts anderes denken als an Nicholas.

Sie schwankte wie eine angetrunkene Waldelfe auf die Treppe zu. Die Stufen waren mit Mörtel und Steinbrocken bedeckt. Als sie gerade über ein besonders ausgezacktes Fragment stieg, hörte sie eine vertraute Stimme ihren Namen kreischen.

Sie drehte sich um und sah Lottie um die Ecke der Kirche stürmen, George hinterdrein. Lotties Gesicht begann wie eine Wunderkerze zu strahlen, als sie ihre Schwester sah, verfinsterte sich aber genauso schnell wieder. Die Kinder blieben stolpernd stehen und starrten etwas an, das sich direkt hinter Laura befinden musste.

Die Dörfler wurden mit einem Mal still. Die Glocken hörten zu läuten auf. Die Engel hörten zu singen auf. Die Zeit selbst schien still zu stehen, als Laura sich nach hinten umwandte. Die Staubwolke legte sich langsam und ließ einen Mann sehen, der wie eine zerbrochene Puppe an der Kirchentür lag.

»Nicholas?«, flüsterte Laura.

Sie fiel neben ihm auf die Knie. Bis auf das Blut, das aus einem kleinen Riss an der Augenbraue lief, sah er so friedlich aus, als schlafe er. Laura zwinkerte. Doch das mysteriöse Objekt, das neben ihm lag, war *tatsächlich* ein abgebrochener Engelsflügel. Sie wandte den Blick nach oben und begriff zum ersten Mal, was eigentlich passiert war.

Als die Engelsfigur von der Brüstung gestürzt war, hatte Nicholas sie aus des Engels unheilvoller Bahn gestoßen und deshalb das meiste selbst abbekommen.

Während die Dorfbewohner hinter ihr die Stufen hinaufschlichen, schob Laura die Hand unter seine Weste. Sein Herz schlug fest und regelmäßig gegen ihre Handfläche, genau wie damals im Wald.

Erleichterung überkam sie und endlich Freude, als seine Augen aufflatterten. Doch der verwirrte Ausdruck in seinem Blick versetzte ihr erneut einen Schreck. Wenn ein Schlag auf den Kopf ihm das Gedächtnis geraubt hatte, hatte ein zweiter Schlag es dann vielleicht zurückgebracht?

Sie packte ihn am Kragen des Fracks und schüttelte ihn sanft. »Erkennst du mich, Nicky? Weißt du, wer ich bin?«

Sie biss sich auf die Unterlippe, während er sich mühte, ihr Gesicht zu fokussieren. Sie spürte, wie die Dörfler mit ihr gemeinsam den Atem anhielten.

»Natürlich weiß ich, wer du bist.« Er schob ihr eine Rosenknospe vom Auge und auf seiner Wange wurde das Grübchen tiefer. »Du bist meine Frau.«

Laura warf sich in seine Arme und lachte unter Tränen. Die Dörfler brachen in Jubel aus. Mit Lauras Hilfe kam Nicholas auf die Beine und erntete erneutes Hurra.

Laura schlang die Arme um seine Hüften, als wolle sie ihn nie mehr fort lassen. »Du hast mir den Schreck meines Lebens eingejagt! Ich dachte, du seiest tot.«

»Red keinen Unsinn, Süße. Ein Mann, der sich einer Kanonenkugel in den Weg wirft, lässt sich nicht von einer Engelsfigur erschlagen.« Er rieb sich die Schläfen und zuckte zusammen, als seine Fingerspitzen die tiefe Schramme fanden. »Ich habe mich unter den Torbogen geduckt, aber der Flügel hat mir einen Schlag verpasst.« Er schaute besorgt zur leeren Brüstung hinauf. »Was glaubst du, hat den Sturz verursacht? Könnten es die Glocken gewesen sein?«

Bevor Laura antworten konnte, schoben die Dörfler die beiden die Treppe hinunter auf den Hof. Tooley Grantham klopfte Nicholas so heftig auf die Schulter, dass der ins Stolpern geriet. Tom Dillmore blinzelte Laura zu und sagte zu Nicholas: »Gut, dass Sie wieder auf den Beinen sind, Kumpel. Ich wollte der kleinen Witwe nämlich schon mein Beileid aussprechen.«

Der Rest von Lauras abgewiesenen Galanen tat es den beiden gleich und beglückwünschte Nicholas Radcliffe zu seinem Mut und seinen guten Reflexen. Im freudigen Chaos waren alle viel zu abgelenkt, um die glänzende, schwarze Stadtkutsche zu bemerken, die gerade vor den Toren des Kirchhofs vorfuhr.

Die Witwe Witherspoon stieß Laura den knochigen Ellenbogen in die Seite. »Aus dem Weg, Mädchen! Du hast den Bräutigam schon geküsst, jetzt bin ich dran.«

Was blieb ihr anderes übrig, als Platz zu machen, damit die gackernde Witwe ihre gespitzten Lippen auf Nicholas' Wange drücken konnte? Nicholas stutzte, als er die Kutsche entdeckte, doch Laura lachte nur. Zu erleichtert war sie, ihren Ehemann am Leben zu wissen, als dass die Kutsche sie sonderlich neugierig gemacht hätte. Auch dann noch nicht, als ein Lakai in goldener Livree vom Kutschbock stieg und den mit einem prächtigen Wappen bemalten Schlag öffnete.

Als zwei monströse Kreaturen aus dem dunklen Innenraum der Kutsche auftauchten, riss Laura allerdings weit die Augen auf. Sie waren zu groß, um Hunde zu sein. Es musste sich um Wölfe handeln.

»Schau, Mama!«, rief ein Kind. »Schau mal, die Bären!«

Alice Bogworth stieß einen schrillen Schrei aus. Die Dörfler stoben auseinander, als die Biester auf den Kirchhof stürmten und schnurgerade auf den Rasen vor den Stufen zuliefen. Laura war wie gelähmt vor Angst, unfähig wegzurennen, unfähig zu schreien. Aber die Untiere galoppierten an ihr vorbei und stürzten sich gemeinsam auf Nicholas. Sie sprangen an ihm hoch und stemmten ihm die Vorderbeine auf die Brust, dass er zu Boden ging.

Aber sie rissen ihm nicht die Kehle heraus, wie Laura befürchtet hatte, sondern leckten mit rosaroten Zungen sein Gesicht. Nicholas blieb einen Moment lang verwirrt auf dem Rasen liegen, dann zog er eine Grimasse und schob die beiden riesigen Schädel weg. »Großer Gott, hört ihr auf, mich abzuschlabbern: Ich habe heute schon ein Bad genommen. Herzlichen Dank.«

Er stand auf und griff sich an den Kopf. Doch die Hunde tollten um ihn herum und machten eine Flucht unmöglich.

Dann stieg einer der beiden ihm heftig auf den Fuß, worauf Nicholas losbrüllte: »Caliban! Cerberus! Sitz!«

Jeder auf dem Kirchhof, Laura eingeschlossen, zuckte zusammen. Die Hunde saßen da, harmlos wie ein Buchstützen.

Nicholas schaute Laura an. Sein Ausbruch schien ihn selbst ebenso verwirrt zu haben wie Laura. Doch es blieb keine Zeit, weiter darüber nachzudenken, denn der Kutsche war eine Dame entstiegen, die jetzt auf Nicholas zulief.

Sie brach in Tränen aus, warf ihm die Arme um den Hals und bedeckte sein Gesicht mit Küssen. »Oh, du lieber, verfluchter Kerl, du bist am Leben! Du bist wirklich am Leben! Ich hatte schon fast jede Hoffnung aufgegeben!«

Erst stand Nicholas nur starr da. Doch dann legte er langsam die Arme um sie. »Diana?« Seine Hand zitterte, als er ihr die glänzenden, dunklen Strähnen aus dem Gesicht strich. »Bist du das? Bist du das wirklich?«

Laura drehte sich um. Unmöglich, dem zärtlichen Wiedersehen noch länger zuzusehen. Von den kurzen, seidenen Stiefeletten bis zu den wirbelnden Straußenfedern auf ihrem Hut – diese Frau war all das, was Laura niemals sein würde: schön, elegant, weltgewandt und ganz offensichtlich geliebt von dem Mann, den sie in ihren Armen hielt.

Nicholas hatte ihr ein Stück vom Himmel versprochen. Wie es aussah, würde es bei einem sehr kleinen Stück bleiben.

Lottie nahm Laura bei der Hand. Ein feiner Herr mit Gehstock unterm Arm ging an ihnen beiden vorbei, ohne sie eines Blickes zu würdigen.

Nicholas schaute den Herrn ein paar Sekunden lang verständnislos an, dann dämmerte die Erkenntnis. »Thane? Thane? Was zur Hölle machst du hier?«

Der Herr klopfte ihm auf die Schulter und grinste breit. »Ich bin natürlich zu deiner Rettung geeilt. Genau wie du auf dem Schlachtfeld immer zu meiner Rettung eiltest. Du hast doch wohl nicht geglaubt, ich würde tatenlos zusehen, wenn du drauf und dran bist, dich an ein dummes Landei zu ketten.«

Nicholas blinzelte und schüttelte den Kopf, als erwache er aus einem langen, absurden Traum. »Ich verstehe das alles nicht.« Er stützte die Stirn in die Hand. »Wenn nur mein Kopf nicht so dröhnen würde ...«

Die Frau hängte sich besitzergreifend bei ihm unter. »Du brauchst dich nicht zu sorgen, Sterling. Alles wird wieder Sinn ergeben, wenn du erst wieder auf Devonbrooke Hall bist, wo du hingehörst.«

Laura hätte geschworen, dass sie den schrecklichsten Moment ihres Lebens bereits hinter sich gebracht hatte. Sie hatte sich geirrt.

Dieser Moment war erst da, als der Mann, den sie gerade eben geheiratet hatte, sich langsam zu ihr umdrehte und sie aus zusammengezogenen Augen ansah. Sie konnte die Wärme förmlich aus den goldenen Tiefen seiner Augen schwinden sehen; zurück blieb ein kalter, berechnender Blick wie aus vereistem Bernstein. Als Laura begriff, dass sie ihren Körper und ihre Seele an Sterling Harlow, den Teufel von Devonbrooke, verkauft hatte, tat sie das Einzige, was ihr in dieser Situation übrig blieb.

Sie fiel in Ohnmacht.

ZWEITER TEIL

Der Fürst der Finsternis
ist ein Gentleman.

William Shakespeare

KAPITEL 17

... und das aus den allerbesten Gründen.

Laura saß auf der Bettkante und hatte immer noch das zerschlissene Brautkleid an und den zerdrückten Blumenkranz auf dem Kopf. Sie war so damit befasst, ins Nichts zu starren, dass sie nicht einmal zwinkerte, als ein rosafarbener Strumpf und dann ein Paar Glacéleder-Schuhe an ihrer Nase vorbeiflogen.

Von Lottie war nur der kleine, rundliche Hintern zu sehen. Sie krabbelte auf Knien in Lauras Kleiderschrank herum. Alle paar Sekunden warf sie dem wartenden George wahllos irgendein Teil zu, damit der es fing und in die brokatene Reisetasche stopfte, die offen auf der anderen Seite des Bettes stand.

»Ich weiß nicht, was die ganze Mühe soll«, sagte Laura, die Stimme so ausdruckslos wie die Miene. »Sie lassen mich das Zeug doch eh nicht ins Gefängnis mitnehmen.«

»Du gehst nicht ins Gefängnis«, sagte Lottie grimmig und warf George ein verkrumpeltes Nachthemd zu. »Du läufst weg.«

Laura seufzte. »Ich weiß nicht, ob es euch aufgefallen ist, aber draußen vor der Tür hat ein recht Furcht einflößender Lakai Position bezogen. Sollte ich an dem vorbeikommen, was ich zweifelsohne *nicht* würde, dann bin ich mir sicher, dass Seine Gnaden nur zu erfreut wären, einen seiner geifernden Höllenhunde auf mich zu hetzen.«

George machte das Fenster auf, lehnte sich hinaus und begutachtete die steil abfallenden Dachschindeln. »Wir könnten ein paar Laken zusammenknoten und dich hinunterlassen.«

»*Das* nenne ich eine brillante Idee«, sagte Laura trocken. »Wenn ich mir den Hals breche, dann erspare ich ihm wenigstens die Mühe, es selbst zu machen.«

Lottie hockte sich auf die Fersen und schaute fix und fertig ihren Bruder an.

»Er kann uns nicht auf ewig hier einsperren, müsst ihr wissen«, stellte George fest.

»Und warum nicht? Er ist ein reicher, mächtiger Mann. Er kann mit mir tun, was immer er will.« Laura konnte ihr unwillkürliches Gezitter nicht ganz verbergen. »Selbst wenn es mir gelänge, ihm zu entwischen, wo sollte ich hingehen? Er würde mich überall finden.«

Lottie sank neben Laura aufs Bett und tätschelte deren eiskalte Hand. »Vielleicht ist es noch nicht zu spät, ihn um Gnade anzuflehen. Wenn du richtig hübsch heulst, vergibt er dir vielleicht.«

Laura wandte sich langsam ihrer Schwester zu. »Lady Eleanor hat mehr als sechs Jahre lang um seine Vergebung gefleht. Ich konnte gar nicht mehr zählen, wie oft ich sie seinetwegen habe weinen sehen. Aber er hat keinen Gedanken an sie verschwendet.« Sie fing wieder an, die verblassten Veilchen auf der Tapete zu studieren. »Ich weigere mich, einen Mann um Gnade zu bitten, der gar nicht weiß, was Gnade ist.«

»Du musst es von der positiven Seite sehen«, sagte Lottie und lehnte den Kopf an Lauras Schulter. »Vielleicht vergisst er jetzt ja alles, was ihm passiert ist, *seit* er das Gedächtnis verloren hat.«

Laura betrachtete den zarten Granatring, den Nicholas ihr vor weniger als einer Stunde an den Finger gesteckt hatte. »Ich glaube, davor habe ich die meiste Angst«, sagte sie und lehnte ihr dunkles Haupt auf Lotties goldenes.

Zum ersten Mal nach über zwanzig Jahren stand Sterling Harlow, der siebte Duke of Devonbrooke, wieder im Salon von Arden Manor. Er war nicht sicher, ob es die Erinnerung war oder die Zeit, die ihn trog. Er wusste nur, dass der Raum einst größer gewesen war und sonniger. Die gestickten Rosen auf den Kissen der Polsterbank waren rot gewesen, nicht rosa, und Mutters geliebtem Pianoforte hatte auch kein Bein gefehlt. Nicholas Radcliffe hatte von solchen Oberflächlichkeiten keine Notiz genommen, aber Sterling Harlow sprangen sie förmlich an, genau wie der hässliche Wasserfleck auf dem Stuckfries über der Tür.

Er riss die Türen des Sekretärs auf und schob die abgegriffenen Haushaltsbücher zur Seite. Die Karaffe mit Brandy stand noch genau da, wo sein Vater sie immer versteckt hatte. Seine Mutter hatte stets so getan, als wisse sie nichts davon. Sogar dann noch, wenn Vater nach einer langen Nacht »über den Büchern« richtiggehend taumelte, wenn er die Treppe hinaufstolperte. In den Kolumnen der Bücher gab es ohnehin keine Zahlen zu lesen, weil Vater sowohl sein kleines Erbe als auch Mutters Mitgift an einem der schäbigen Spieltische in Covent Garden verloren hatte.

»Möchtest du einen Brandy?«, fragte er Thane. »Ich weiß, es ist noch früh am Tag, aber ich glaube, an seinem Hochzeitstag hat ein Mann sich einen Trinkspruch verdient.«

»Soll mir recht sein«, antwortete Thane und nahm Sterling das Glas ab. Der junge Marquess of Gillingham hatte es sich auf der Bank am Fenster bequem gemacht und die gestiefelten Beine übereinander geschlagen.

»Er sollte ein gutes Alter haben. Er hat meinem Vater gehört«, informierte ihn Sterling. »Ein exquisiter Geschmack, was Alkohol angeht, war seine einzige herausragende Eigenschaft. Eigentlich hat er Port bevorzugt. Er war einer von den Drei-Flaschen-pro-Nacht-Männern.«

Thane nahm einen Schluck. »Kein Wunder, dass du immer ein gutes Gespür für Spirituosen hattest.«

Gib dich nie dem Alkohol hin.

Das Echo der sanften Stimme bohrte sich Sterling wie ein Messer ins Herz. Er umklammerte sein Glas fester, sonst hätte er es gegen die Wand schleudern müssen. Stattdessen hob er es an die Lippen und kippte den Brandy in einem Zug hinunter.

Diana räusperte sich dezent. Sterling verstand den Wink, schenkte ihr ein Glas ein und brachte es ihr an die Ottomane.

Thane zog offensichtlich amüsiert eine Augenbraue hoch. »Ich wusste gar nicht, dass Damen irgendetwas zu sich nehmen, das stärker als Sherry ist. Vielleicht sollten wir Ihnen etwas Schnupftabak anbieten?«

Sie lächelte ihn süß über den Rand des Glases an. »Nein, danke. Ich ziehe eine Pfeife vor.«

Während Sterling sich noch ein Glas Brandy einschenkte, hob Thane das seine und brachte einen Toast aus: »Auf die Freiheit.«

»Auf die Freiheit«, wiederholte Sterling grimmig.

»Freiheit«, murmelte Diana, schaute erschöpft ihren Cousin an und nippte vornehm an ihrem Brandy.

Sterling fegte achtlos eine abgegriffene Ausgabe des Neuen Testaments vom Polster und sank in den ledernen Ohrensessel. Es interessierte ihn nicht mehr, über Sühne und Vergebung zu lesen.

Thane las mit schief gelegtem Kopf den Titel. »Ich kann immer noch nicht fassen, dass dieser Fratz einen Pfaffen aus dir machen wollte. Warte mal ab, bis die Burschen bei White's hören, dass der Teufel von Devonbrooke fast seine Hörner gegen einen Heiligenschein eingetauscht hätte!«, schnaubte er.

»Und du bist ganz sicher, dass sie wirklich keine Ahnung hatte, wer du bist?«, fragte Diana.

»Nicht, dass ich wüsste«, antwortete Sterling steif.

Diana schwenkte mit gerunzelter Stirn ihr Brandyglas. »Was mich am meisten wundert, wenn sie weder deinen Reichtum noch deinen Titel in ihre gierigen kleinen Klauen kriegen wollte, warum hat sie diese umständliche Scharade dann aufgeführt?«

Thane lehnte sich auf der Fensterbank nach vorn. »Wenn man diesem Burschen, Dower, glaubt, dann hat Sterlings Mutter dem Mädchen gesagt, dass sie Arden Manor bekommt, wenn sie vor ihrem einundzwanzigsten Geburtstag, der schon übermorgen ist, heiratet.«

»Das ist unmöglich«, zischte Sterling. »Meine Mutter hatte gar nicht das Recht, Arden Manor weiterzugeben. Laut Gesetz sind zwei Drittel vom Eigentum meines Vaters schon in der Minute seines Todes auf mich übergegangen. Sie konnte das Haus nicht irgendeinem gierigen Findelkind versprechen.«

Thane zuckte die Achseln. »Du weißt, wie Frauen sind. Man braucht sie nur lange genug sich selbst zu überlassen, schon entwickeln sie dumme, romantische Vorstellungen.«

Diana räusperte sich erneut, diesmal aber vernehmlicher.

»*Manche* Frauen, wollte ich sagen«, setzte Thane hinzu und versuchte, sich das Lachen zu verkneifen. »Wir sind hier nicht in London, müsst ihr bedenken. Es war für deine Mutter vermutlich nicht weiter schwierig, irgendeinen unbedarften Schreiberling aufzutreiben, der ein offiziell aussehendes Dokument für sie verfasst und jeden Unsinn, für den sie bezahlt hat, hineingeschrieben hat. Vielleicht hat sie gedacht, es würde dich nicht kümmern. Dein Vater ist mittlerweile zehn Jahre tot, und du hast kein Interesse gezeigt, dein Erbe anzutreten. Bis jetzt jedenfalls nicht.«

Diana sah Sterling verblüfft an und schüttelte den Kopf. »Das erklärt aber noch nicht, weshalb das Mädchen sich dich ausgesucht hat. Noch dazu bei einem derart hohen Risiko für sich selbst.«

»Warum fragen wir sie nicht einfach?«, schlug Thane vor und sprang auf. »Ich sage mal, sie hatte jetzt genügend Zeit, sich von ihrem klug platzierten Ohnmachtsanfall zu erholen. Ich hole sie.«

»Nein!«, schrie Sterling und verblüffte sie damit beide.

Thane sank langsam auf die Bank zurück.

»Ich will sie nicht sehen«, ergänzte Sterling leise. »Nicht im Moment, jedenfalls.«

Thane und Diana wechselten besorgte Blicke. Sterling begab sich zum Nordfenster und schob den Vorhang beiseite, um den fragenden Mienen zu entgehen. Caliban und Cerberus galoppierten unter freudigem Gebell und von fliegenden Blüten begleitet kreuz und quer durch Lauras Blumengarten.

»Du solltest relativ einfach wieder aus dieser Situation herauskommen«, sagte Diana gelassen. »Die Heirat ist juristisch natürlich nicht bindend, da du im Heiratsregister mit falschem Namen unterschrieben hast.«

»Und sogar ein kleines Dorf wie dieses dürfte einen Wachtmeister haben«, führte Thane aus. »Falls nicht, nehmen wir die kleine Hexe nach London mit. Das Gericht sieht es nicht gerade gerne, wenn Mitglieder des Oberhauses entführt werden. Sie kann von Glück sagen, wenn man sie nicht hängt.«

Sterling sah weiter zum Fenster hinaus, reglos und schweigend.

»Wenn du möchtest, kann ich die notwendigen Vorbereitungen treffen.« Jetzt war es an Thane, sich zu räuspern. »Natürlich nur, falls es keine … mildernden Umstände gibt.«

»Er will wissen, ob du sie kompromittiert hast«, erläuterte Diana gut gelaunt, worauf Thane sich an seinem Brandy verschluckte.

Sie sind nicht der Typ Mann, der die Tugendhaftigkeit seiner Verlobten aufs Spiel setzt.

Sterling erinnerte sich daran, mit welch berückender Ernsthaftigkeit Laura jene Behauptung vorgetragen hatte und hätte am liebsten mit der Faust durchs Fensterglas geschlagen. Er wünschte, zur Hölle noch mal, er *hätte* ihre Tugendhaftigkeit riskiert! Er wünschte, er hätte ihr auf jener mondhellen Wiese das Nachtkleid über die Hüften hoch geschoben, um wie ein Satyr aus alten, heidnischen Zeiten über sie herzufallen. Wenn er geahnt hätte, dass er vielleicht nie mehr die Chance dazu hatte, er hätte genau das getan und mehr. Noch viel mehr.

»Ich glaube kaum, dass sich solche Themen für eine gemischte Gesellschaft eignen«, protestierte Thane, nachdem er mit Husten fertig war.

»Du meine Güte, Thane«, sagte Diana. »Sie sollten nicht so herablassend sein. Ich bin keine von den Klatschbasen, mit denen Sie sich so gerne abgeben. Im Gegensatz zu den meisten Ihrer Damenbekanntschaften bin ich sehr wohl in der Lage, selbst auf mich zu achten.«

»Es ehrt mich, dass Sie sich mit meinen Angewohnheiten auseinander gesetzt haben«, parierte Gillingham gedehnt. »Sagen Sie, haben Sie in jedem Londoner Salon, den ich frequentiere, Ihre Spione sitzen? Oder nur in den Schlafgemächern?«

»Ha!«, spottete Diana. »Wozu würde ich wohl eines Spions bedürfen, wenn Ihre romantischen Eskapaden doch in allen Skandalblättern breitgetreten werden und hinter jedem Fächer jemand über Sie flüstert?«

»Vergeben Sie mir, Mylady«, sagte Thane ruhig. »Ich hatte vergessen, dass Sie dem Klatsch schon immer mehr vertraut haben als mir.«

Es folgte eine angespannte Pause, dann wandte Diana sich wieder Sterling zu. »Auch wenn du sie tatsächlich kompromittiert haben solltest, ich wüsste nicht, was das ändern sollte.«

»Zumindest in diesem Punkt stimmen wir überein«, merkte Thane an. »Dieses dumme Mädchen sollte die Schuld allein bei sich selbst suchen und auch die Konsequenzen ihrer Betrügerei zu spüren bekommen. Du wirst eventuell sogar feststellen müssen, dass du nicht der erste Adelige bist, den sie zur Heirat verführen wollte.«

Sterling schien sie nicht zu hören.

»Oh, Sterling!«, rief Diana. »Du bist doch sonst immer so umsichtig. Du wirst ihr doch wohl kein Kind angehängt haben, oder?«

Sie haben immer gesagt, Sie wünschten sich nur zwei Kinder – einen Jungen und ein Mädchen.

Sterling machte die Augen zu. Er konnte zwar den wunderbaren Sommertag ignorieren, doch Lauras liebliche Stimme bekam er nicht aus dem Kopf. Und auch nicht das Bild des sommersprossigen Jungen mit den braunen Augen und des goldgelockten Mädchens, die sie niemals haben würden.

Er drehte sich langsam um, jede Bewegung ein Meisterwerk an Disziplin. »So sehr ich eure Anteilnahme auch schätze, ich denke, wir sollten die Angelegenheit nicht vor morgen weiter besprechen.«

Thane wollte protestieren, doch Diana erhob sich ergeben und strich sich den Rock glatt. »Diesen Wunsch respektieren wir selbstverständlich.«

Thane folgte ihrem Beispiel, stand auf und schaute betreten zum Fenster hinaus. »Ich frage mich, wie wohl die Chancen stehen, in diesem unzivilisierten Kaff etwas Ordentliches zu essen aufzutreiben.«

Zum ersten Mal, seit er sein Gedächtnis zurück hatte, lächelte Sterling wieder. »Ihr könnt die Köchin um ein paar Sauerteigfladen bitten. Aber von der Hochzeitstorte würde ich an eurer Stelle die Finger lassen. Sie hat einen bitteren Nachgeschmack.«

Nicholas Radcliffe hatte Laura einmal erzählt, dass er nicht an Geister glaubte. Weshalb es für Sterling Harlow auch ein solcher Schock war, dass sich aus den Schatten des späten Nachmittags, die den Salon verdunkelten, Gespenster lösten und ihn umringten.

Sein Vater kreuzte als Erster auf, in der einen Hand eine Flasche, in der anderen einen Zylinder. »Bin auf dem Weg nach London, Junge. Wenn du einen von diesen dummen Drachen bauen willst, geh und such deine Mutter. Ich hab für solchen Unsinn keine Zeit.«

Aber seine Mutter kniete neben der Tür, und die Tränen strömten ihr übers Gesicht. Als der Geist des kleinen Jungen, der Sterling einst gewesen war, mit gestrafften Schultern an ihren ausgestreckten Armen vorbeimarschierte, löste sie sich auf.

»Mama«, flüsterte Sterling, doch es war zu spät. Sie war schon fort.

Er drehte sich um und sah den alten Granville Harlow am Kamin stehen, ein verächtliches Lächeln auf den dünnen Lippen. »Ich halte nichts davon, Kinder zu verhätscheln. Ich mache in null Komma nichts einen Mann aus ihm«, sagte der Herzog und schlug sich mit dem Gehstock rhythmisch in die Handfläche.

Sterling schleuderte sein halb volles Brandyglas gegen den Kamin und schickte den alten Mann in die Hölle zurück, wo er hingehörte.

Aber den Schatten, die noch folgen sollten, entging Sterling nicht. Da waren Laura und der Mann, den sie Nicholas Radcliffe genannt hatte. Nicholas Radcliffe lehnte am Kaminsims und grinste genau wie der Idiot, zu dem Laura ihn gemacht hatte. Dann saßen die beiden in zärtlicher und dennoch leidenschaftlicher Umarmung auf der Polsterbank am Fenster. Oder Nicholas kniete vor der Ottomane und hielt ihr wunderhübsches Gesicht in Händen, bevor er seine Lippen auf die ihren legte. Oder sie sank zusammen, und er war da, sie aufzufangen und sie sich ans Herz zu drücken.

Sterling ließ sich in einen Sessel fallen und presste sich die Handballen auf die Augen. Es war nicht Arden Manor, das von Geistern heimgesucht wurde. Er war es.

Tiefes Geschnurr brach die Stille. Etwas Plüschiges, Warmes rieb sich an seinem Knöchel.

»Nellie.« Ihm brach die Stimme, als er blindlings hinunter tastete und seine Finger durch ihr himmlisch weiches Fell gleiten ließ. »Oh, lieber Gott, Nellie. Wo warst du denn die ganze Zeit?«

Doch als er die Augen aufschlug, war es nicht Nellie, die aufmerksam zu ihm aufsah, sondern das gelbe Kätzchen, das Nellie so auffallend ähnelte. Er schaute zur Tür hinüber, die gerade so weit aufgegangen war, die Kleine hereinzulassen.

Sterling zog langsam die Hand weg. Wie alles auf Arden Manor war auch das Kätzchen nur eine Illusion. Ein höhnischer Hinweis auf das Leben, das er niemals führen würde.

»Fort mit dir«, kommandierte er heiser und stupste die Katze mit der Fußspitze. »Ich habe für solchen Unsinn keine Zeit.«

Die kleine Katze rührte sich nicht vom Fleck, sondern ließ sich einfach maunzend aufs Hinterteil fallen und bettelte darum, auf seinen Schoß und in den Genuss seiner Gunst zu kommen.

Sterling sprang auf und ließ den letzten Rest an Selbstbeherrschung fahren. »Ich habe dir doch gesagt, ich kann Katzen nicht ausstehen!«, brüllte er die Kleine an. »Also warum zur Hölle lässt du mich nicht in Ruhe!«

Das Kätzchen stob zur Tür hinaus, und Sterling wusste instinktiv, dass sie nicht zurückkommen würde.

Er ballte die Hände zur Faust, schlug auf den Kaminsims

ein und rechnete halb damit, seinen Großonkel spöttisch lachen zu hören. Doch wie es schien, waren auch die Geister davongestoben, und Sterling war einsamer als er es je zuvor gewesen war.

Laura lag im flackernden Kerzenschein da und schaute das leere Bett ihrer Schwester an. Der allmächtige Herzog schien verfügt zu haben, dass Lottie ihrer großen Schwester in Gefangenschaft keine Gesellschaft leisten durfte. Kurz nach Mittag hatte der stoische Lakai ihre Schwester und ihren Bruder aus dem Zimmer gewiesen, und Laura wartete allein auf eine Vorladung, die nie kam.

Sie hatte zum Abendessen mit Brot und Wasser gerechnet, aber Cookie war mit einem Tablett voll saftigem Fleisch und verführerischen Leckerbissen erschienen. Doch Laura hatte keinen Bissen von dem, was ihr Hochzeitsmahl hätte sein sollen, hinuntergebracht und das Essen nur umarrangiert, damit Cookie sich nicht sorgte, wenn sie das Tablett abholte.

Darüber, was die Dörfler von dem morgendlichen Debakel hielten, konnte sie nur spekulieren. Vermutlich hatten sie es aufregender gefunden als alle Krippenspiele, die Lady Eleanor jemals auf die Bühne gebracht hatte. Sogar aufregender als jenes, wo Georges Turban Feuer gefangen hatte und die Schafe durch die Dorfkirche Amok gelaufen waren.

Als es dunkel wurde, hatte Laura ihr Nachthemd angezogen und war ins Bett gegangen, als sei dies nur eine von tausend anderen Nächten. Als hätte sie die Nacht zuvor nicht in den Armen des Mannes gelegen, den sie liebte. Als hätten sie einander nicht geküsst, nicht miteinander gelacht und Pläne für die Zukunft gemacht. Als hätte sie nicht von jenen verführerischen Freuden gekostet, die doch nur ein Vorgeschmack auf die heutige Nacht hätten sein sollen.

Es schmerzte so sehr, dass sie die Augen schließen musste.

Die einzigen Arme, die sich heute Nacht um sie legten, würden ihre eigenen sein. Sie wollte weinen, doch ihre Tränen schienen zu einem Eisklumpen gefroren zu sein, der tief in ihrer Brust steckte. Das Atmen tat so weh, dass sie am liebsten damit aufgehört hätte.

Den ganzen Tag über hatte eine unheimliche Stille über dem Haus gelegen. Als sei jemand gestorben, und niemand wagte es, auch nur zu flüstern. Was das plötzliche Hufgeklapper auf dem Kopfsteinpflaster der Auffahrt nur noch verblüffender machte.

Laura warf die Decke zurück, hetzte ans Fenster und zog die Vorhänge auf. Die elegante Stadtkutsche, aus der sich das Unglück über ihre Hochzeit ergossen hatte, fuhr eilig in Richtung des Dorfs davon.

Oder nach London.

Lauras Wunsch erfüllte sich. Sie bekam wieder Luft.

Vielleicht hatte Sterling Harlow sie nicht herbeizitiert, weil er zu dem Schluss gekommen war, dass Laura Fairleigh unter seiner Würde und auch unterhalb seiner Augenhöhe war. Vielleicht hatte er sich schlicht dazu entschlossen, in sein glamouröses Londoner Leben zurückzukehren und so zu tun, als hätten die letzten drei Wochen niemals stattgefunden. Nur einen Atemzug zuvor hätte Laura nicht sagen können, wie der schrecklichste Moment ihres Lebens aussehen würde – Sterling heute Nacht gegenüberzutreten oder ihn nie wieder zu sehen. Doch als die Kutsche in die Dunkelheit davon schaukelte, wusste sie es.

Sie hatte sich gerade wieder ihren federgefüllten Quilt über die Schultern gezogen, als die Tür aufflog. Laura setzte sich auf und schnappte nach Luft. Doch es war nicht der Lakai, der ihre Intimsphäre störte. Es war der Duke of Devonbrooke.

Er knallte die Tür hinter sich zu, lehnte sich dagegen und

betrachtete mit vor der Brust verschränkten Armen Lauras zerwühltes Bett. »Du brauchst mich nicht so erstaunt anzusehen, Liebes. Oder hast du vergessen, dass wir heute unsere Hochzeitsnacht haben?«

KAPITEL 18

Ich schwöre,
ich wollte Dir niemals wehtun …

Papa hatte versucht, sie zu warnen. Wenn man seine Seele dem Teufel verkaufte, war es nur eine Frage der Zeit, bis er sie einforderte. Aber Papa hatte ihr nie erzählt, dass der Teufel so schön war, dass man ihm diese Seele kampflos auslieferte.

Mit diesem spöttischen Lächeln auf den Lippen und der blonden Mähne ums Gesicht war Sterling Harlow jeder Zoll der gefallene Engel. Er hatte die Manschetten über die muskulösen Unterarme mit den Goldstaub-Härchen hochgeschoben. Dass er keine Schuhe trug, das Halstuch lose herumbaumelte und sein Hemd halb aufgeknöpft war, verstärkte seine anrüchige Aura noch zusätzlich.

»Schrei ruhig, wenn dir danach ist«, schlug er vergnügt vor. »Meine Cousine Diana betet mich zwar an, aber das heißt noch lange nicht, dass sie mich eine unglückselige junge Dame im Schlafzimmer überfallen lässt. Und wenn du laut genug schreist, dann kommt Dower vielleicht sogar aus der Scheune gerannt, mit der Heugabel im Anschlag.«

Laura hatte nicht die Absicht zu schreien. Diesen Tanz konnten nur sie beide tanzen. »Es war schon entwürdigend genug, im Angesicht der Bogworth-Schwestern in Ohnmacht zu fallen. Ich habe nicht vor, das ganze Haus aufzuwecken und die Kinder zu ängstigen, indem ich zu plärren anfange wie die weinerlichen Jungfern in Lotties Schauerromanen.«

Er zuckte die Achseln. »Ganz wie es dir beliebt. Aber vergiss es nicht, du hattest deine Chance.«

Sein Blick glitt langsam an ihr herunter. Als Laura sich so hastig aufgesetzt hatte, waren sowohl der Quilt als auch das Nachthemd nach unten gerutscht und hatten eine cremeweiße Schulter entblößt. Laura mühte sich, möglichst gelassen zu wirken und griff nach dem Schultertuch am Fußende des Betts. Sterling erwischte es im selben Moment wie sie.

»Gib dich doch nicht mit diesem dummen alten Fetzen ab«, empfahl er und nahm ihr sachte das Tuch weg, um es auf Lotties Bett zu werfen. »Wir haben unsere besten Gespräche ohnehin immer dann geführt, wenn du im Nachtkleid warst.« Seine Stimme klang kühl und forsch, doch in seinen Augen leuchtete ein ungewohntes Feuer.

»Du hast getrunken«, stellte Laura fest, rutschte nach hinten in die Kissen und zog sich den Quilt über dem Schoß zurecht.

»Seit heute Vormittag, ja«, gab er zu. »Obwohl ich vor einer Weile gezwungen war, eine kleine Pause einzulegen, weil mir der Brandy meines Vaters ausgegangen ist. Hast du gewusst, dass er noch eine Flasche im Pianoforte versteckt hatte?« Sterling schüttelte den Kopf. »Er hatte nicht gerade ein Ohr für Musik, aber findig war er, das muss man ihm lassen.«

»Wie ich gehört habe, gab es sonst kaum etwas, das man an ihm hätte bewundern können.«

»Hat Lady Eleanor dir das erzählt?«, fragte Sterling leichthin. »Ah, ja! Die gute, fromme Lady Eleanor! Ich war fast wie ein Sohn für sie, das sagtest du doch?«

Laura senkte unwillkürlich den Blick und schämte sich ihrer eigenen monströsen Grausamkeit. Sie hätte sich die Zunge abgebissen, um ihre achtlosen Worte ungeschehen zu machen.

Sterling schaute sie finster an. »Du enttäuschst mich, meine Liebe. Ich hatte eigentlich gehofft, du würdest dich mir zu Füßen werfen und dekorativ um Vergebung bitten.«

»Würde das helfen?« Sie sah ihn unter gesenkten Wimpern heraus an und hoffte halb, dass er ja sagte.

»Nein«, sagte er. »Aber es wäre sehr unterhaltsam gewesen.« Er lehnte eine Schulter an den Bettpfosten. »Abgesehen von meiner Trinkerei habe ich heute auch einiges gelesen. Hast du gewusst, dass – gemäß des Lord Hartwick's Act von 1753 – die Verfälschung eines Eintrags im Heiratsregister mit böser Absicht ein Kapitalverbrechen ist?«

»Wenn du mich exekutieren lassen willst, dann möchte ich, dass du den Henker auf der Stelle herholst«, schnappte Laura, fuchsteufelswild vor Enttäuschung. »Er hat sicher bessere Laune als du.«

»Dich umbringen zu lassen, ist nicht *ganz* das, was ich im Sinne hatte. Aber ich sollte wirklich nicht so streng mit dir sein. Schließlich war dein Schock fast so groß wie meiner. Es muss ziemlich qualvoll für dich sein, ausgerechnet dieses ›widerliche Ekel von einem Mann, der sich um nichts schert, außer um sich selbst‹ geheiratet zu haben – diesen ›herzlosen, gemeinen, rachsüchtigen Schuft‹.«

»Du hast ›scheußlich‹ vergessen«, erinnerte sie ihn grimmig.

»Ist das alles nicht ziemlich ironisch, wenn man bedenkt, dass du mich nicht zu deiner Hochzeit einladen wolltest und nun den Beelzebub sogar höchstpersönlich geheiratet hast.«

Laura kniff kurz die Augen zu, als ihr ihre eigenen Worte wieder in den Sinn kamen. »Ich kann dir nicht zum Vorwurf machen, dass du mich hasst.«

»Gut«, sagte er kalt.

»Du wirst mir vermutlich nicht glauben, aber ich hab es getan, um die Kinder zu schützen. Als du uns geschrieben hast, dass du Arden Manor für dich selbst beanspruchen wolltest, hatte ich kaum eine andere Wahl.«

»Hast du wirklich gedacht, ich würde unschuldige Kinder auf die Straße setzen?«

»Nein, ich dachte, du würdest sie ins Arbeitshaus stecken.«

»Noch nicht einmal ich bin so teuflisch. Ich hatte wirklich

die Absicht, einen achtbaren Haushalt für Lottie und George zu finden.«

Sie schaute ihm geradewegs in die Augen. »Und ich? Was hätte aus mir werden sollen?«

»Soweit ich mich entsinnen kann, wollte ich dich mit irgendeinem Idioten verheiraten.« Sterling lachte ein leises, bitteres Lachen. »Und das ist mir auch geglückt, wie es scheint.« Er kam ums Bett herum, die Schritte so wohl gesetzt wie die Worte. »Ich kann dir nicht einmal übel nehmen, dass du mich für einen Teufel gehalten hast. Du wusstest, mit welch kolossaler Gleichgültigkeit ich die Frau behandelt habe, die mir das Leben geschenkt hat. Meine Zügellosigkeit ...« Er verstummte und ließ das gefährliche Wort einfach so zwischen ihnen beiden stehen.

Sie roch die berauschende Süße des Brandys in seinem Atem, bevor er sie berührte. Bevor er aufs Bett sank, sein Gewicht auf ein Knie stützte und eine Hand unter ihr Haar grub. Sie blickte nur geradeaus, reagierte nicht auf die warmen Finger in ihrem Nacken, entzog sich ihnen aber auch nicht.

Er legte den Mund an ihr Ohr und flüsterte: »Weißt du noch, was du mir geben wolltest, wenn ich dir jemals von Angesicht zu Angesicht gegenüberstünde?«

»Einen von Cookies Sauerteigfladen?«, riet Laura.

Seine Lippen wanderten zu ihrem Mundwinkel.

»Du wolltest mich deine spitze Zunge spüren lassen, dass ich es nie mehr vergesse.«

Wenn er grob gewesen wäre, wenn er sich ihren Mund mit strafender Gewalt genommen hätte, Laura hätte ihm vielleicht widerstanden. Aber dazu war er bei weitem zu diabolisch. Stattdessen neckte er ihre Lippen mit der Zungenspitze, bis sie sich öffneten, und nahm sie zärtlich in Besitz. Er mochte Beelzebub höchstpersönlich sein, doch er küsste unverändert wie ein Engel. Unfähig, seiner hinreißenden Süße zu widerstehen, ließ sie ihre Lippen mit den seinen verschmelzen und löste mit spitzer Zunge ihr Versprechen ein. Er ächzte, und sein tiefer, heftiger Kuss gab ihr einen Vorgeschmack auf den Hunger und den Schmerz, die unter seiner eisernen Selbstkontrolle lauerten. Bevor Laura noch begriff, was sie tat, war sie ihm schon entgegengekommen und hatte sich an seinen harten, sehnigen Körper gepresst.

Er stieß ihren Mund von sich. Er atmete schwer, als er die Hand in ihre Haare grub, ihren Kopf in den Nacken legte und sie zwang, ihn anzusehen. »Verflucht, Laura. Ich will die Wahrheit wissen! Das schuldest du mir. Warum? Warum hast du mich genommen? Wenn du nicht wusstest, wer ich war, dann konnte es doch nicht wegen des Geldes sein und auch nicht wegen des Titels. Es hat dir nicht an Verehrern gemangelt. Wenn du dem geglaubt hast, was meine Mutter dir gesagt hat, dann hast du gewusst, dass du jeden Mann in Arden haben konntest und das verfluchte Haus dazu.«

Ihr Kuss streichelte den Anflug von Spott aus seinem Gesicht und ließ es rau und zornig zurück. »*Warum ausgerechnet ich?*«

Sie blickte zu ihm auf, die Augen trotzig und vor Tränen nass. »Weil ich dich haben wollte. Weil ich dich an jenem Tag im Wald gesehen hatte und dich für mich haben wollte!«

Er war ganz ruhig und schien fast nicht mehr zu atmen. Dann schüttelte er den Kopf, und Lauras ureigenstes Unglück spiegelte sich in seinen Augen wider. »Niemand konnte mir je vorwerfen, dass ich den Damen nicht gegeben hätte, wonach es sie verlangte.«

Diesmal senkte er sich mit seinem ganzen Gewicht auf sie hinab, als er sie küsste. Sie fielen zusammen ins Bett zurück, die Lippen in heißem Genuss miteinander vereint. Als Sterling den Quilt wegzog, der ihre Körper voneinander trennte, klammerte sich Laura an Sterling und ließ ihrem Hunger freien Lauf. Er war vielleicht nicht ihr Nicholas, aber er war auch kein Fremder. Er war ihr Ehemann. Er hatte jedes Recht, in ihr Bett zu kommen, genau wie sie jedes Recht hatte, ihn in ihrem Bett willkommen zu heißen. Sogar wenn das bedeutete, durch einen dunklen und gefährlichen Wald zu wandern, wo die Freuden ihrer Seele gefährlicher werden konnten als die Schmerzen.

Laura hätte geschworen, sie habe das letzte bisschen seiner Geduld aufgebraucht. Und dass er ihr nichts anderes mehr schuldete als eine raue, hastige Vereinigung. Doch nicht einmal seine fiebrige Lust ließ ihn unachtsam umgehen mit ihr. Während er den Saum ihres Nachtkleides hochschob, badete er ihren zarten Hals in heißen, feuchten Küssen. Sie konnte kaum noch Luft holen, da lag sie schon nackt in seinen Armen. Sie hätte nicht zu sagen vermocht, was aus ihrem Nachtgewand geworden war und auch nicht, wo sein Hemd hingeraten war. Sie wusste nur noch, dass sie endlich ihre geöffneten Lippen auf seine nackte Brust legen durfte, dass ihre Zunge endlich die Härchen kosten durfte, die seine geschmeidigen Muskeln bedeckten. Seine goldene Haut schmeckte so köstlich, wie sie aussah, vielleicht sogar noch köstlicher.

Die Kerze zischte, bevor sie verlöschte und sie beide in einen Kokon aus Dunkelheit stürzte, wo nur noch das Gefühl seiner samtigen Hände auf ihrer Haut etwas zählte. Als er ihre Lippen erneut mit den seinen öffnete, ließ ein wilder, süßer Wahn sie ihren Körper durchbiegen, ihm entgegen. Sie wollte nur noch seine Hände mit ihren schmerzenden, vollen Brüsten füllen.

Er verwöhnte ihren Mund mit tiefen, berauschenden Küssen und strich mit den Daumen über ihre Brustwarzen, bis sie prickelten und anschwollen. Gerade als sie glaubte, diese hinreißende Qual keine Sekunde länger mehr ertragen zu können, wanderten seine Küsse von ihrem Mund auf ihre rechte Brust hinab, verwöhnten die harte Knospe erst mit der Zungenspitze, um sie schließlich tief in seinen nassen, heißen Mund zu nehmen und hart an ihr zu saugen. Laura presste ihre zitternden Oberschenkel zusammen, fassungslos ob der Gefühlswogen in ihrem Schritt. Ihr war, als berührte er sie tief in ihrem Schoß.

Und dann tat er es.

Sie rang nach Luft, als ein langer, schlanker Finger durch die kurzen Locken ihres Schamhaars glitt. Es bedurfte nicht erst seines Knies, ihr die Schenkel zu spreizen. Es bedurfte nur einer geschickten Hand, die jene Perle verwöhnte, die tief in ihrem Schoß verborgen lag. Als ihre Beine kraftlos wurden, rollte er sich ein wenig zur Seite und klemmte eines unter seinem eigenen Bein fest. Sie hätte sich ihm nicht mehr verschließen können, auch wenn sie es noch so sehr gewollt hätte.

Was aber definitiv nicht der Fall war.

Er drückte ihr Bein fest, während seine Hand ihr verruchtes Spiel mit ihr spielte, sie verzärtelte und massierte, bis sie blind war vor Begehren.

Sterling hatte die meiste Zeit seines Lebens damit verbracht, sich Vergnügen bereiten zu lassen, nicht es selbst zu bereiten. Sicher, er hatte seinen Ruf, ein guter Liebhaber zu sein, durchaus verdient. Doch er hatte jeden Kuss und jede Zärtlichkeit stets im Hinblick darauf gewährt, was er für seine Bemühungen zurückbekommen würde. Doch bei Laura genügte es ihm, im Schatten zu liegen und die Wellen der Lust über ihren feingliedrigen Körper tanzen zu sehen. Er war zufrieden damit, die cremeweiße Haut ihrer Brüste mit Küssen zu bedecken und jeden Seufzer, der über ihre köstlichen Lippen kam, in sich aufzunehmen.

»Bitte«, flüsterte sie mit brüchiger Stimme und wusste nicht einmal genau, worum sie ihn eigentlich bat. »Oh, bitte …«

Aber Sterling wusste es. Und er war nur allzu willens, ihrem Wunsch zu entsprechen.

Er griff nach unten und befreite sich aus der quälenden Enge seiner Hose. Er hatte seine Größe nie zuvor bedauert, doch als er sich auf Laura hinab senkte, überkam ihn einen Moment lang aufrichtige Angst.

Er stützte sich auf den Ellenbogen ab und umfing ihr Gesicht mit den Händen. »Es wird wehtun«, sagte er heiser. »Aber ich schwöre dir, ich tue es nicht, um dich zu bestrafen. Wenn du mir das nicht glauben kannst, dann hören wir augenblicklich auf.«

Sie sann eine Minute lang über seine Worte nach. »Wird es dir noch weher tun als mir?«

Verblüfft wie er war, lachte er hilflos. »Ich fürchte, das wird es nicht. Aber ich verspreche dir, ich werde alles tun, es dir so leicht wie möglich zu machen.«

Sie nickte langsam und feuchtete mit der Zunge ihre Lippen an.

Laura glaubte ihm, aber dennoch war es ein Schock für sie, als er sich langsam in den feuchten Nektar schob, den seine kundigen Liebkosungen ihrem Körper abgewonnen hatten. Er war heiß und glatt und vollkommen unbeugsam, das perfekte Gegenstück zu ihrer schmelzenden Weichheit. Er glitt zwischen ihren taugetränkten Blütenblättern auf und ab, ließ sie sich langsam immer weiter öffnen, bis sie sich jammernd unter ihm krümmte und am Rande der Raserei angelangt war.

Er brauchte sie nur noch über jenen Rand zu bringen. Sie hing an ihm, trieb auf einer bebenden Woge der Lust dahin. Die Wellen trugen sie immer noch, als er erneut seine Lenden anhob, um sich tiefer in sie hineinzustoßen.

Laura grub ihre Fingernägel in seinen Rücken und verschluckte einen Schrei.

»Du hast es fast geschafft, meine Süße. Komm, nimm mich ganz«, drängte er und küsste ihr die Tränen von den Wangen. »Nimm mich ganz in dir auf, meine Liebste.«

Es tat so weh, doch Laura konnte seinem zärtlichen Drängen nicht widerstehen. Sie schlang ihm die Beine um die Hüften, grub ihr Gesicht an seinen Hals und bog sich ihm entgegen. Und er stieß sich ganz in sie, bis er sie völlig erfüllte.

Sterlings Gedächtnis ließ ihn wieder einmal im Stich. Er konnte machen, was er wollte, er konnte sich nicht an die Gesichter der Frauen erinnern, mit denen er geschlafen hatte. An kein einziges. Es gab nur noch Laura – wie sie unter ihm lag, ihn umschloss, ihn in der bebenden Anmut ihres jungen Körpers badete.

Er glitt in tiefen, langsamen, sinnlichen Stößen immer wieder in sie hinein. Als hätte er die ganze Nacht, um diesen einen heiligen Akt zu begehen. Er nahm sie, bis er sich auf keine Zeit mehr besinnen konnte, in der sie nicht ein Teil von ihm gewesen war. Bis unkontrollierbare Schauer der Lust ihren Körper erbeben ließen. Bis sie die Fersen in seinen Rücken grub und »Oh, Nicky« in sein Ohr stöhnte.

Sterling hielt inne. Laura schlug die Augen auf.

Er blickte auf sie hinab, der kraftvolle Körper erschöpft von der Anstrengung, seine Lust im Zaum zu halten. »Ich wünschte, du hättest mich nicht so genannt.«

Sie schaute zu ihm auf, ihr Atem ging in keuchenden, kleinen Stößen. »Wie möchtest du denn genannt werden? Euer Gnaden?«

Ein paar Sekunden fürchtete Sterling, er werde tatsächlich lächeln. »Unter diesen Umständen wird, meine ich, ›Mylord‹ genügen.«

Er presste ihr einen Kuss auf die Lippen und erstickte damit ihre mögliche Antwort. Seine Lenden fingen wieder an zuzustoßen und schlugen einen Rhythmus an, der sie beide ihre Namen vergessen machen sollte.

Als Laura begriff, dass sie einen Fehler gemacht hatte, war es zu spät. Sie klammerte sich an ihn, und immer noch brachten die Kontraktionen sie zum Beben. Ihr Atem ging in brüchigen Schluchzern. »Oh ... oh, nein ...« Die Worte, die in ihrem Herzen widerhallten, kamen ihr über die Lippen, ohne dass sie ihnen hätte Einhalt gebieten können. »Es tut mir so Leid! Ich hätte dich niemals belügen dürfen! Ich hätte dir von Anfang an die Wahrheit sagen sollen! Es war nicht so, dass ich dich einfach nur gewollt hätte. Ich habe dich gelie ...«

Er presste ihr zwei Finger auf die Lippen und schüttelte den Kopf. »Keine Lügen mehr, Laura. Nicht hier. Und nicht heute Nacht.«

Sie wollte protestieren, aber etwas in seinem Gesicht ließ sie innehalten. Stattdessen grub sie die Hände in sein Haar, zog seine Lippen auf die ihren herab und redete sich ein, dass ihr genug Zeit bleiben würde, ihn von der Wahrheit zu überzeugen.

Ein ganzes Leben lang.

Am nächsten Morgen riss ein heftiges Klopfen an der Tür Laura aus ihrem erschöpften Schlaf. Sie steckte den Kopf unter dem Quilt heraus und versuchte, sich zu entsinnen, wie ihr Kopf ans Fußende des Betts gekommen war und die Füße aufs Kopfkissen.

Als es ihr einfiel, musste sie ihren Kopf gleich wieder unter den Quilt stecken, um ein ungezogenes Kichern zu ersticken. Wäre da nicht dieses zärtliche Gefühl zwischen ihren Schenkeln gewesen und dieses Moschusaroma, das in den Laken hing, Laura hätte die ganze Nacht für einen wilden, exotischen Traum gehalten, wie er nur der überreizten Phantasie einer einsamen Pfarrerstochter entstammen konnte.

Wieder dieses Klopfen, energisch vor lauter Ungeduld. Lauras Herzschlag beschleunigte sich in einer Mischung aus Scheu und Vorfreude. Es musste Sterling sein, der ein Tablett von Cookies bestem Frühstück geholt hatte. Ihr Magen grummelte und erinnerte sie daran, dass sie ihm am Tag zuvor sowohl das Mittagessen als auch das Abendmahl vorenthalten hatte.

Sie wühlte sich ans Kopfende des Betts, arrangierte das Laken kunstvoll über dem Busen und flötete: »Komm rein!«

Es war nicht Sterling Harlow, der durch die Tür rauschte, sondern seine Cousine. Lady Diana Harlow blieb am Fußende des Betts stehen und rümpfte ihre Patriziernase, als sei Laura eine ganz besonders ekelhafte Wanze, die es zu zerquetschen galt. »Vergeben Sie mir die Störung, aber Seine Gnaden wünscht Ihre Anwesenheit im Arbeitszimmer.«

»Oh, wünscht er das?«, erwiderte Laura argwöhnisch, während sie sich die Decke bis ans Kinn hochzog. Sie war sich der Differenz zwischen ihrem eigenen Nachtgewand und der untadeligen Eleganz dieser Dame durchaus bewusst. Sogar Dianas Gesicht, der fest geschlungene Haarknoten sowie der strenge Haaransatz sahen aus wie frisch gestärkt.

Diana marschierte zum Fenster und zog die Vorhänge auf. Sonnenlicht strömte herein und zwang Laura dazu, die verschlafenen Augen mit der Hand zu schützen. »Vielleicht ist man es hier auf dem Lande ja gewohnt, den halben Tag im Bett herumzuliegen, wir in London ziehen es allerdings vor –«

Diana brach unvermittelt ab und zog die Augen zusammen. Laura sah sich beinahe selbst mit Dianas Augen – die Lippen von Sterlings Küssen gerötet, das wirre Haar den nackten Rücken herunterhängend, den zarten Hals von Bartstoppeln zerkratzt. Sie hatte keinen Zweifel, dass sie genau wie die Frau aussah, die sie auch war – eine Frau, die die ganze Nacht über von einem Mann geliebt worden war, der die Liebeskunst meisterhaft beherrschte.

Laura umklammerte die Laken, richtete sich auf und begegnete Dianas Blick, ohne mit der Wimper zu zucken. Da waren viele Sünden, für die sie geradezustehen hatte, doch die letzte

Nacht war keine davon. »Kein Grund, so entsetzt dreinzuschauen, Mylady. Es war unsere *Hochzeitsnacht*.«

Diana lachte Eisklumpen. »Es ist mir durchaus verhasst, Ihnen sagen zu müssen, dass Ihnen eine Hochzeitsnacht nicht zustand. Sie haben meinen Cousin dazu gebracht, sich unter falschem Namen ins Heiratsregister einzutragen. Er ist Ihnen gegenüber zu absolut nichts verpflichtet, und er hat nicht die Absicht, diese klägliche Farce von einer Eheschließung zu legitimieren.«

»Sie lügen«, sagte Laura noch, obwohl ihr schon die Kälte ans Herz griff.

»Im Gegensatz zu Ihnen, *Miss* Fairleigh, zählt Lügen nicht zu meinen Gepflogenheiten. Ich weiß, wie charmant und einnehmend mein Cousin sein kann, aber Sie haben allein sich selbst die Schuld zu geben, wenn Sie dumm genug waren, ihn wieder in Ihr Bett zu lassen, nachdem …«

Bevor Laura der ungerechten Anschuldigung begegnen und klarstellen konnte, dass Sterling und sie einander liebten, hatte Diana den Faden verloren und starrte fassungslos auf das Bett. Der Quilt war halb zu Boden gerutscht und ließ das Laken mit den getrockneten rostroten Flecken sehen.

Dianas ungläubiger Blick wanderte langsam zu Lauras Gesicht zurück. Lady Harlows eiskalte Verachtung hatte Laura nicht erröten lassen, doch ihr mitfühlender Tonfall trieb ihr glühende Hitzewellen auf die Wangen.

»Gott steh Ihnen beiden bei«, sagte sie leise und schüttelte den Kopf. »Ich weiß nicht, wer von Ihnen beiden der größere Dummkopf ist.«

Hätte sie nicht auf dem Absatz kehrt gemacht und fluchtartig das Zimmer verlassen, Laura hätte es ihr sagen können.

Laura ging die Stufen hinunter, als sei sie auf dem Weg zum Galgen.

Sie trug ein taubengraues Hauskleid ohne jegliche Bänder oder Schleifen und hatte sich den letzten Rest von Sterlings Duft von der Haut geschrubbt. Ihr Haar war zu einem festen Knoten geschlungen, der Lady Dianas Chignon Konkurrenz machte. Keiner einzigen meuternden Strähne war die Flucht geglückt. Sie hatte sich sogar den zarten Granatring vom Finger gezogen. Dass sie ihn auf eine Silberkette gefädelt und tief in ihrem Mieder hatte verschwinden lassen, brauchte keiner zu wissen.

Es überraschte sie, die Eingangshalle verlassen vorzufinden. Sie hatte eigentlich damit gerechnet, dass Sterling die Familie unten versammelt hatte, damit sie Zeugen ihrer Schmach wurden. Sie war ihm zutiefst dankbar, dass er es nicht getan hatte. Lottie und George brauchten nicht zu wissen, dass man ihre geliebte Schwester aufs Kreuz gelegt hatte.

In mehr als einer Hinsicht.

Sterling hatte zweifelsohne nur eine angemessene Rache im Sinn gehabt. Sie hatte ihm eine Scheinhochzeit beschert, er ihr eine Scheinhochzeitsnacht. Nun stand es ihm frei, sie den zuständigen Behörden zu übergeben – im vollen Bewusstsein dessen, dass die Erinnerung an letzte Nacht sie ihr Leben lang verfolgen würde. Was natürlich nicht besonders lang sein würde, falls er vorhatte, sie hängen zu lassen. Ihre Schritte gerieten vor Selbstabscheu für einen kurzen Moment ins Wanken. Kein Wunder, dass er ihre zärtliche Liebeserklärung nicht hatte hören wollen.

Sie klopfte mit geballter Faust an die Tür des Arbeitszimmers.

»Herein.« Sogar jetzt, da sie wusste, wie trügerisch die tiefe sonore Stimme sein konnte, ließ sie sie noch erschaudern. Zu leicht erinnerte sie sich der verführerischen Worte, die Sterling vor ein paar Stunden noch geflüstert hatte, seines kehligen Stöhnens, seines atemlosen Schreis.

Laura versuchte, sich gegen die Macht der Stimme zu wappnen und stieß die Tür auf. Kätzchen waren nirgendwo in Sicht, zweifelsohne weil die Höllenhunde vorm Kamin lagen, die massigen Schädel auf den ebenso massigen Pranken. Als Laura ins Zimmer schlüpfte, hob einer von ihnen den Kopf, fletschte die Zähne und knurrte. Er sah aus, als könne man ihn mit einer ganzen Schinkenkeule durchaus beschwichtigen – oder mit einem von ihren Armen.

Des Herzogs hingebungsvolle Cousine und sein Gentleman-Kumpan hockten auf einem Paar schäbiger Ohrensessel am Fenster und wirkten nicht einladender als die Hunde. Es hätte Laura nicht verwundert, wenn Diana gleichfalls die Zähne gefletscht und geknurrt hätte, doch die Frau vermied es seltsamerweise, Laura anzusehen.

Der Duke of Devonbrooke selbst saß hinter einem Tisch aus Walnussholz und schrieb etwas auf einen Briefbogen. Seine Cousine schien ihm aus London Kleidung mitgebracht zu haben, denn er trug einen bordeauxroten Gehrock aus feinstem Cashmere. Die Rüschen seines gestärkten weißen Hemds tauchten aus dem tiefen V-Ausschnitt einer silberdurchwirkten, grauen Seidenweste auf. Am Ringfinger der rechten Hand trug er einen protzigen Siegelring mit einem blutroten Rubin. Sein goldenes Haar war verwegen zerwühlt, wie es die Mode war, und schien alles Sonnenlicht im Raum zu absorbieren, dass nichts davon für die anderen Anwesenden übrig blieb. Laura hätte es nicht für möglich gehalten, doch das Herz sank ihr noch tiefer. Dieser aristokratische Fremdling hatte nichts mit dem glutäugigen, leidenschaftlichen Mann gemein, der letzte Nacht in ihr Schlafzimmer und ihr Bett gekommen war.

Sie konnte sich denken, warum er das selten genutzte Arbeitszimmer dem gemütlichen Salon vorgezogen hatte. Er konnte den Tisch als Barriere benutzen. Sie überquerte den abgetretenen türkischen Teppich, stellte sich an den Tisch und erwartete ihr Urteil.

»Guten Morgen, Miss Fairleigh.« Sterling schaute die Sonnenstrahlen an, die durch die Läden fielen. »Oder genau genommen ›Guten Nachmittag‹.«

Miss Fairleigh. Die gleichgültige Begrüßung bestätigte Lauras schlimmste Befürchtungen. Sie war keine verheiratete Frau. Sie war eine Dirne. Zum ersten Mal seit dem Feuer war sie fast froh, dass ihre Eltern tot waren. Die Scham über ihren tiefen Fall hätte sie ohnehin umgebracht.

»Guten Tag, Euer Gnaden«, sagte sie kühl. »Oder ziehen Sie ›Mylord‹ vor?«

Sie schien sich das leichte Zucken auf seiner Wange lediglich eingebildet zu haben, denn er fuhr mit Schreiben fort und nickte nur einmal kurz in Richtung des hochlehnigen Stuhls, den man aus der Ecke des Zimmers vor den Tisch geschoben hatte. »Setzen Sie sich. Ich bin gleich für Sie da.«

Sie gehorchte. Welch Kontrast zu den schmeichelnden Befehlen, die er ihr letzte Nacht erteilt hatte – *Dreh dich auf den Bauch, na komm, meine Süße. Weiter, mein Engel. Du brauchst keine Scheu zu haben. Komm, Liebes. Nimm das Bein ein wenig höher … oh, Gott im Himmel, so ist es perfekt …*

»Wie es scheint, befinden wir uns in einer peinlichen Lage.«

Laura schrak hoch und errötete tief über seine Worte. Konnte er ihre Gedanken lesen? Aber die Idee erschien ihr dann doch allzu lachhaft. Er mochte allmächtig sein, allwissend war er nicht.

Jetzt jedenfalls lehnte er sich im Stuhl zurück und betrachtete sie mit forschendem Blick. »Sowohl meine Cousine als auch mein geschätzter Freund und Berater, der Marquess of Gillingham, sind der Ansicht, dass ich Ihr Schicksal in die Hände der Behörden legen sollte.«

»Dann sollten Sie das vielleicht tun. Nach allem, was ich

weiß, sind diese Hände möglicherweise gerechter und gnädiger, als die Ihren es sind.«

Thane und Diana wechselten amüsierte Blicke und waren offensichtlich beeindruckt von Lauras Mut, nur Sterling zuckte mit keiner Wimper. »So sehr ich den Rat der beiden schätze, glaube ich doch, dass ich zu einer … hm, sagen wir einmal … *befriedigenderen* Lösung des Dilemmas gelangt bin. Wie Sie nur zu gut wissen, bin ich der siebte Duke of Devonbrooke. Mit dem Titel gehen auch eine Reihe anderer Bürden und Verpflichtungen einher, von denen es nicht die Geringste ist, einen Erben zu haben, um die Linie fortzuführen.«

Oh, nein!, dachte Laura mit einem Knoten im Magen. Er bot ihr eine Stelle als Kindermädchen seiner zukünftigen Kinder an. Er war schlimmer als ein Teufel. Er war Beelzebub persönlich.

Er lehnte sich vor und fixierte sie mit ernstem Gesicht. »Unglücklicherweise kommt man nur zu einem Erben, wenn man sich zuvor eine Ehefrau genommen hat, weswegen ich hoffe, dass Sie mir die Ehre erweisen, die meine zu werden.«

KAPITEL 19

Ich wollte immer nur das Beste für Dich …

Sterling wollte sie nicht an den Galgen bringen. Er wollte sie heiraten.

Während Thane und Diana aufgeregt um den Tisch herumliefen, blieb Laura in glückseliger Benommenheit sitzen und versuchte zu verstehen, was da zu ihr durchgedrungen war. Sie und Sterling würden heiraten. Sie würden zusammen jenes Leben leben, das sie sich für Nicholas und sich erträumt hatte. Sie würden bei Sonnenuntergang lange Spaziergänge machen und morgens im Bett heiße Schokolade trinken. Thane schlug mit der flachen Hand auf den Tisch. »Bist du wahnsinnig, Sterling? Warum solltest du diese Betrügerin auch noch belohnen, indem du sie zur Herzogin machst?«

Sterling lehnte sich zurück. Ein Lächeln spielte um seine Lippen. »Du überschätzt möglicherweise meinen Charme. Es gibt durchaus ein paar Leute, die mich nicht als Belohnung bezeichnen würden. Mit mir verheiratet zu sein, ist eventuell genau die Strafe, die sie verdient.«

Diana schüttelte so vehement den Kopf, dass sich eine Haarsträhne aus dem Chignon löste. »Ich verstehe das nicht. Du heiratest nicht aus Liebe, sondern aus Rache?«

»Wer hat etwas von Rache gesagt? Ich bin schlicht genauso praktisch veranlagt wie unsere gute Miss Fairleigh.« Sterling warf Laura einen kalten Blick zu. »Ich benötige einen Erben. Und sie kann mir einen verschaffen. Bevor ich Devonbrooke Hall verlassen habe, habe ich dir gesagt, dass ich mir eine Braut suche. Auf diese Art erspare ich mir wenigstens, eine umwerben zu müssen.«

Diana flüsterte zwar ganz leise, aber Laura verstand, was sie sagte. »Falls es dir darum geht, die kleine Indiskretion von letzter Nacht wieder gutzumachen … da gibt es andere, vernünftigere Möglichkeiten.«

»Welche Indiskretion?«, polterte Thane lauthals. »Verflucht, habe ich da etwas verpasst?«

»Du könntest dem Mädchen eine hübsch gefüllte Börse dalassen«, zischte Diana und stieß Thane den Ellenbogen in die Rippen. »Oder eine monatliche Apanage, falls das dein Gewissen beruhigt.«

Sterling schaute sie tadelnd an. »Aber, Di! Du weißt doch, dass ich kein Gewissen habe, das man beruhigen müsste.«

»Das möchtest du die Welt gerne glauben lassen, aber ich weiß es besser. Du hast letzte Nacht einen dummen Fehler gemacht, aber das heißt nicht, dass du den Rest deines Lebens dafür büßen müsstest. Wenn du jede Frau, die du verführt hast, auch geheiratet hättest, würde Devonbrooke Hall nur so wimmeln von deinen Ehefrauen.«

»Ich gebe es nur ungern zu, aber deine Cousine hat Recht«, sagte Thane. »Und wenn du wirklich auf Brautschau bist – du kannst jede Schönheit Londons haben. Du musst keine kleine, verlogene –«

»Thane.« Sterlings Blick reichte aus, seinen Freund zum Schweigen zu bringen. »So wie ich das sehe, schulde ich es dem Mädchen, ihr meinen Namen zu geben. Wenn nicht sogar mehr.«

»Nein, danke.« Lauras Stimme tönte wie ein Glockenschlag durch die Stille. Diana und Thane traten einen Schritt zurück, als Laura sich hoch erhobenen Hauptes und mit gestrafften Schultern erhob. »Ich fürchte, ich muss Ihr großzügiges Angebot ablehnen, Euer Gnaden. Ich möchte Ihren Namen nicht tragen. Und ich möchte Ihren Erben nicht austragen. Ich will auch nichts von Ihrem Geld. Und *Sie* will ich ganz bestimmt nicht haben. In Anbetracht Ihrer kolossalen Arroganz würde ich mich genau genommen lieber hängen lassen, als Ihre Frau zu werden.«

Diana und Thane schnappten nach Luft. Es war ihnen offensichtlich nie in den Sinn gekommen, dass ein Mädchen vom Lande die Kühnheit besitzen konnte, eines Herzogs großzügiges Angebot auszuschlagen. Sterling selbst zog lediglich eine Augenbraue hoch.

Obwohl sein Blick auf Laura gerichtet blieb, sagte er: »Vielleicht solltet ihr beiden uns lieber allein lassen.«

»Ich glaube nicht …«, hob Diana an.

»… dass das besonders klug wäre«, machte Thane weiter.

Sterling spielte mit einem Brieföffner, ließ die Klinge zwischen seinen langen, aristokratischen Fingern hindurchgleiten. »Ihr könnt ja draußen vor der Tür warten, dann könnt ihr sie schreien hören. Oder mich.«

Thane und Diana bewegten sich hinaus, nicht ohne sich noch einmal besorgt über die Schulter umzusehen und ließen Laura an dem riesigen, verstaubten Tisch mit ihm allein.

Sterling wies mit dem Brieföffner auf einen Stuhl. »Bitte, Miss Fairleigh, nehmen Sie Platz.«

Laura fühlte sich ein bisschen wie einer seiner Hunde, sank auf den Stuhl und ächzte unüberhörbar.

»Alles in Ordnung?« Er betrachtete sie mit einem Gesichtsausdruck, den man ohne weiteres für echte Anteilnahme hätte halten können. »Ich fürchte, ich war ein wenig … überenergisch … was meine Zuwendungen von letzter Nacht angeht. Es war gedankenlos von mir. Ich gehe mit Branntwein üblicherweise vernünftiger um.«

Es war schon schlimm genug, dass ihre Hochzeitsnacht zu einem »dummen Fehler« respektive einer »kleinen Indiskretion« klein geredet wurde. Fehlte nur noch, dass er behauptete, sich nicht mehr erinnern zu können, dass er ihr Schlafzimmer betreten hatte. Und dass jeder zärtliche, süße Moment, den sie miteinander verbracht hatten, im Dunst des Brandys versunken war.

»*Gedankenlos* ist es, jemandes Geburtstag zu vergessen«, sagte sie förmlich. »Aber nicht, wenn man sich ins Bett einer Frau legt und so tut, als sei man ihr Ehemann, wenn man doch genau weiß, dass man es nicht ist.«

»Hätten Sie mich fortgeschickt, wenn Sie gewusst hätten, dass unsere Eheschließung ungültig ist?«

Laura senkte den Blick. Die Frage war nicht fair, das wussten sie beide.

»Ich gebe Ihnen keine Schuld. Ein Mann in meiner gesellschaftlichen Position sollte seine Emotionen besser im Griff haben. Ich versichere Ihnen, es wird nicht noch einmal geschehen.« Laura empfand keine Erleichterung, nur Verlust. Sterling warf den Brieföffner fort. »Auf meine Bitte hin hat einer der Lakaien letzte Nacht einen kleinen Ausflug zur Dorfkirche unternommen.«

Der abrupte Themenwechsel ließ Laura verwundert die Stirn runzeln. Sie entsann sich, dass, kurz bevor Sterling in ihr Schlafzimmer gestürmt war, eine Kutsche Arden Manor verlassen hatte. »Und zu welchem Zweck?«

»Die Ankunft meiner Cousine hat mich in derart helle Aufregung versetzt, dass ich den Engel ganz vergessen habe, der nur Minuten, nachdem wir unsere Gelübde abgelegt haben, auf uns heruntergestürzt kam.«

Laura schüttelte den Kopf. Sie würde niemals den entsetzlichen Augenblick vergessen, als sie sich umgewandt und ihn unter der Kirchentür hatte liegen sehen. »Ein tragischer Unfall.«

»Ich wäre ebenfalls geneigt gewesen, an einen Unfall zu

glauben. Bis mein Lakai das hier auf dem Glockenturm gefunden hat.« Er griff in eine der Schubladen und holte einen Gegenstand aus Eisen hervor. Zuerst dachte Laura, es handle sich um einen weiteren Brieföffner. Dann begriff sie, dass es ein Meißel war, dessen schwarze Spitze noch dick mit Mörtel bedeckt war. »Wie es scheint, war es gar kein Unfall, sondern ein stümperhafter Mordversuch. Sagen Sie mir doch, Miss Fairleigh ...« Sterlings goldener Blick streichelte ihr Gesicht, als er sich im Stuhl zurücklehnte. »Wollten Sie mich? Oder wollten Sie meine Leiche?«

Obwohl es ihr wie eine Ewigkeit schien, dass sie in den Armen ihres liebenden Bräutigams auf jenen Stufen gestanden hatte, kehrte die Erinnerung minuziös zurück. Sie erinnerte sich, wie sie sich nach dem Einschlag der Statue hochgerappelt hatte und die Stufen hinaufgestolpert war; wie eine schrille Stimme ihren Namen gerufen hatte; wie Lottie und George um den Kirchturm herum gelaufen kamen. Sie sah immer noch den Ausdruck, der in jenem Moment Lotties Gesicht verzerrt hatte – schuldbewusstes Entsetzen gemischt mit Erleichterung. Die Zeit lief rückwärts bis zu jenem Augenblick im Salon, als sie und die Kinder erfahren hatten, dass Sterling Harlow ihr Heim in Besitz zu nehmen gedachte.

Wir könnten ihn umbringen. Lotties fröhliches Geplapper hallte in ihrem Gedächtnis wider, sowie ihre eigene, achtlose Antwort. *Dazu wird es vermutlich einer silbernen Gewehrkugel oder eines Pflocks durchs Herz bedürfen.*

Doch es war ihr eigenes Herz, das durchbohrt worden war. Nicht von einem Pflock, sondern von dem Meißel, den Sterling in der Hand hielt.

Sie konnte ihn von ihrer Unschuld überzeugen. So viel Macht hatte sie noch über ihn, das wusste sie. Schließlich wäre sie diejenige gewesen, die der Engel erschlagen hätte, hätte Sterling sie nicht aus dessen Unglücksbahn gestoßen. Doch sich selbst zu verteidigen hieß Lottie und George zu verurteilen. Und sie bezweifelte, dass ein Mordversuch an einem Angehörigen des Oberhauses einen milden Richter finden würde. Sogar wenn das Gericht den Tätern freundlich gesinnt war und in Betracht zog, dass die beiden kaum den Windeln entwachsen waren. Was sollte sie nur machen? Freudig Sterlings Herzogin werden, während ihr Bruder und ihre Schwester am Galgen baumelten oder in Newgate verrotteten?

Laura wusste, dass sie jede Hoffnung auf eine glückliche Zukunft fahren lassen konnte, starrte Sterling mit toten Augen an und sagte kalt: »Ich wollte Arden Manor. Und ich war bereit, alles dafür zu tun. Sogar, mir einen lästigen Bräutigam vom Hals zu schaffen.«

Er sagte kein Wort. Er schaute sie nur mit regloser Miene an.

Sie wusste zwar, dass es ohne goldene Lockenmähne nicht halb so effektiv war, doch sie warf ihren Kopf zurück, wie sie es Lottie hunderte Male hatte tun sehen. Wie ihre Schwester zu argumentieren, war ihre einzige Hoffnung. »Lady Eleanors Testament legt fest, dass ich einen Bräutigam *finde*. Davon, ihn zu *behalten*, hat sie nichts geschrieben. Wenn Sie aus dem Weg gewesen wären, hätte ich Arden Manor führen können, wie es mir beliebte, ohne dass sich ein Fremder in meine Angelegenheiten gemischt hätte. Ich hätte mich schließlich schlecht scheiden lassen können. Der Skandal hätte nur unseren guten Namen befleckt. Also habe ich beschlossen, dass es das kleinere Übel sei, Sie umzubringen.«

Sterling strich sich übers Kinn und achtete streng darauf, dabei seinen Mund zu verbergen. »Indem Sie mir einen Engel auf den Kopf fallen ließen.«

Laura setzte ein gekünsteltes, hochmütiges Lächeln auf. »Es war der einzige Weg, beides zu bekommen – das Haus und meine Freiheit. Abgesehen davon, aber das weiß ja jeder, haben Witwen mehr Rechte als Ehefrauen.«

Sterling stand wortlos auf und ging zur Tür. Er stieß die Tür auf und bellte hinaus: »Carlotta!« Dann kehrte er ruhig zu seinem Stuhl hinterm Tisch zurück.

Laura plapperte schon los, bevor Lottie noch unter der Tür erschien. »Ich hab Lottie dazu gezwungen, mir zu helfen. Ich hab ihr gedroht ... gedroht ...« Sie mühte sich ab, sich eine möglichst abscheuliche Drohung einfallen zu lassen, »all ihre Kätzchen im Brunnen zu ersäufen, wenn sie mir nicht hilft. Sie hat mich angefleht, Ihnen kein Leid anzutun. Aber ich hab ihr keine Wahl gelassen. Ich ...« Laura verlor den Faden, als sie ihre Schwester sah.

Lotties weißes Schürzchen war sauber und gestärkt. Die Taschen beulten sich nicht wie üblich von kleinen Katzen oder irgendwelcher süßen Schmuggelware aus, sogar die rosarote Schleife, die den Scheitelknoten aus goldenen Locken hielt, saß absolut ordentlich.

Sie marschierte auf den Tisch zu, machte einen niedlichen Knicks und sagte: »Ja bitte, Sir?«

Laura schlug die Hand an den Mund. »Oh, mein Gott, was haben Sie Schreckliches mit ihr gemacht?«

Sterling beachtete Laura gar nicht und nahm stattdessen ihre Schwester ins Visier seines umwerfenden Lächelns. »Lottie, Liebes, würdest du bitte für Laura genau das wiederholen, was du mir heute Morgen gebeichtet hast?«

Lottie drehte sich schlurfend zu Laura herum, die großen blauen Augen gesenkt. »Es war meine Schuld, dass der Engel beinah euch beide umgebracht hat. Ich war die, die ihn so ins Wackeln gebracht hat, dass er runtergefallen ist, als die Glocken zu läuten angefangen haben und ich in ihn reingestolpert bin. Ich wollte ihn auf Nicholas drauf fallen lassen ...« Sie schluckte schwer und schaute unglücklich zu Sterling hinüber.

»Schon gut«, sagte er ruhig. »Erzähle weiter.«

»Auf den Kopf Seiner Gnaden, wollte ich sagen. Aber dann

konnte ich es nicht. Vor allem, nachdem George mir gesagt hat, wie lieb du ihn –«

»Danke, Lottie«, sagte Sterling knapp. »Ich weiß deine Aufrichtigkeit außerordentlich zu schätzen. Du kannst gehen.«

Laura wartete, bis ihre Schwester aus dem Salon geschlichen war, bevor sie ihre brennenden Augen hob und Sterling fixierte. »Sie haben mich hereingelegt!«

»Kein besonders angenehmes Gefühl, nicht wahr?« Er erhob sich und ging ans Fenster. Er drehte ihr, das lohfarbene Haar vom Sonnenlicht durchflutet, den Rücken zu. »Die Liebe zur Wahrheit ist Ihnen nicht gegeben, Laura. Was das angeht, sind Sie nicht anders als alle anderen Frauen. Nicht anders als …«

»Ihre Mutter?«, fragte sie leise. »Meiner Meinung nach hat Ihr Vater Lady Eleanor ebenso wenig eine andere Wahl gelassen wie Sie mir.«

Sterling sah sie mit einem spöttischen Zug um den Mund an. »Sie haben völlig Recht. Man *sollte* Ihnen eine Wahl lassen. Also … wollen Sie meine Frau werden oder meine Mätresse? Als meiner Mätresse stünde Ihnen ein Haus zu, eine großzügige Apanage – mehr als genug, um für Lottie und George zu sorgen – schöne Garderobe, Juwelen und ein gewisser, wenn auch zweifelhafter gesellschaftlicher Status. Im Gegenzug erwarte ich von Ihnen, dass Sie mich in Ihrem Bett willkommen heißen, wann immer mir danach ist. Sollte ich mich verheiraten, wäre ich natürlich auf Ihre Diskretion angewiesen. Aber wir wissen ja bereits, dass Sie in der Lage sind, ein Geheimnis für sich zu behalten, nicht wahr? Sie haben die Wahl, Laura. Allerdings würde ich es begrüßen, wenn Sie sich möglichst rasch entscheiden.« Er schaute sich mit angewidertem Blick im Zimmer um. »Ich habe in dieser provinzlerischen Hölle von einem Haus schon mehr als genug Zeit verschwendet.«

Laura blieb vor Wut die Spucke weg. Sie stand auf und ging

zur Tür. Sie hatte schon den Türknauf in der Hand, da sagte er: »Bevor Sie mein Heiratsangebot zurückweisen, sollten Sie bedenken, dass Sie möglicherweise bereits mein Kind tragen.«

Laura stockte der Atem. Sie legte sich die Hand auf den Bauch. Ein seltsames Gefühl überkam sie – halb Zorn und halb Sehnsucht.

Sie drehte sich langsam zu ihm um und schüttelte fassungslos den Kopf. »Sie schrecken vor nichts zurück, wenn Sie etwas wollen, nicht wahr?«

Sterling zuckte lässig eine Schulter. »Haben Sie von einem Teufel wie mir etwas anderes erwartet?«

KAPITEL 20

Ich bete jeden Tag, Du mögest eine Frau finden,
die ihr Leben mit dir teilt ...

Lauras zweite Hochzeit hatte mit der ersten nichts gemein.

Kurz nachdem sie London erreicht hatten, setzte ein kühler Regen ein, der die mondlose Nacht nur noch dunkler machte. An Stelle eines strahlenden Reverend Tilsbury sollte sie ein missmutiger Erzbischof trauen, den man aus dem Bett geholt hatte, um ihm eine Sondererlaubnis zur Eheschließung unter die Nase zu halten, die auf Wunsch des Herzogs ausgestellt worden war. Laura und Sterling heirateten im Großen Salon des Bischofspalais mit Sterlings Cousine und einem blöde grinsenden Marquess of Gillingham als Trauzeugen. Obwohl Diana sich genötigt sah, sich mit dem Taschentuch eine Träne aus dem Augenwinkel zu tupfen, wusste Laura doch genau, dass Diana keine Freudentränen vergoss, sondern vor Bestürzung weinte.

Keine Lottie hielt Lauras Brautstrauß, kein George stand hoch gewachsen und stolz an der Seite des Bräutigams, und keine Cookie würde begeistert »Amen!« rufen, nachdem der Erzbischof sie zu Mann und Frau erklärt hatte.

Laura hatte ein letztes Mal ihren Stolz überwunden und Sterling gebeten, die Kinder mit nach London reisen zu lassen, doch er hatte abgelehnt und erklärt: »Ich kann nicht ständig über die Schulter nach hinten schauen, weil ich nur darauf warte, dass mich irgendwer kopfüber die Treppen meines eigenen Hauses hinunterstürzt.«

Man hatte sie gezwungen, sich auf der geschwungenen Auffahrt Arden Manors von ihrer Familie zu verabschieden, während ein stattlicher Sterling Harlow die ganze Szene mit undurchdringlicher Miene beobachtete.

Dower hatte seinen verkrumpelten Hut in den Händen gedreht, das zerklüftete Gesicht in unglückselige Falten gelegt. »Is alles bloß meine Schuld, Miss Laura. Ich hab die Hochzeit doch aufhalten woll'n und nich Sie auf immer an den Deibel ketten.«

Laura hatte mit den Fingerspitzen seine zerkratzten Wangen gestreichelt. Dass Dower ihretwegen so viel hatte erdulden müssen, setzte ihr immer noch zu. »Es ist nicht deine Schuld, Dower. Ich selber bin an allem schuld.«

Cookie hatte in ihrer mehlbefleckten Schürze, die nach Zimt und Muskat roch, darauf gewartet, Laura in die Arme zu schließen. »Nicht den Mut verlieren, Lämmchen«, hatte sie geflüstert. »Ein Mann, der ein halbes Dutzend trockener Sauerteigfladen runterwürgt, nur damit er 'ne alte Frau nicht beleidigt, kann nicht so schlimm sein, wie alle sagen.«

Laura hatte sich umgedreht, um Lottie und George am geöffneten Schlag der Stadtkutsche stehen zu sehen. Obwohl Lotties Unterlippe bebte, hatte sie ein zittriges Lächeln hinbekommen. »Jeder weiß, dass ich in unserer Familie die unvergleichliche Schönheit bin. Wer hätte gedacht, dass du diejenige bist, die sich einen reichen Ehemann schnappt?«

»Ich kann ihm nur raten, dich gut zu behandeln«, sagte George und warf Sterling einen Blick zu, der eher waidwund als bedrohlich wirkte. »Anderenfalls bekommt er es mit mir zu tun.«

Laura unterdrückte einen Schluchzer, ging in die Knie und breitete die Arme aus. Es gab nichts mehr zu sagen. Dank Lady Eleanors Großzügigkeit waren die drei nie voneinander getrennt worden, nicht eine einzige Nacht. Laura hätte sich nie vorstellen können, dass es eine Zeit geben würde, wo sie Lottie nicht über die Locken streichen konnte oder George einen Schmutzfleck von der sommersprossigen Nase reiben. Sie hatten einander fest umarmt, bis Laura sich schließlich erhoben und unter Tränen tapfer gelächelt hatte.

Sterlings Gesichtsausdruck hatte sich die ganze Zeit über nicht verändert, nicht als er ihr in die weichen Samtpolster der Kutsche half, nicht als sie am Friedhof, wo seine Mutter begraben lag, vorbeifuhren.

»Wenn einer von euch einen Grund oder ein gerechtfertigtes Hindernis kennt, warum diese beiden nicht im heiligen Bund der Ehe vereint werden können, dann spreche er jetzt.« Das nasale Gewinsel des Erzbischofs holte Laura in den frostigen Salon des erzbischöflichen Palais zurück.

Sterlings warmer Atem streifte ihr Haar, als er sich zu ihr hinabbeugte und fragte: »Gibt es irgendetwas, das Sie uns mitteilen möchten?«

Laura schüttelte den Kopf und presste fest die Lippen zusammen.

Als der Erzbischof ihm das Gebetbuch hinhielt, zog Sterling sich seinen Siegelring vom Finger. Der Pfarrer gab ihm den Ring zurück, und Sterling steckte ihn Laura an den Finger. Doch diesmal sah er sie nicht liebevoll an, wie er es im sonnenhellen Kirchenschiff von St. Michael getan hatte, sondern argwöhnisch. Sie musste die Hand zur Faust ballen, um den Ring am Finger zu behalten. Der Rubin allein hätte ausgereicht, einen König aus Geiselhaft freizukaufen. Doch der Ring wog so schwer, dass er Laura wie eine eiserne Fessel erschien. Sterling wusste nicht, dass der Granatring seiner Mutter an einem billigen Silberkettchen zwischen ihren Brüsten hing.

Bevor Laura noch richtig begriffen hatte, dass sie gerade zum zweiten Mal innerhalb zweier Tage geheiratet hatte, bugsierte man sie schon in die Kutsche zurück und machte sich auf nach

Devonbrooke Hall. Laura duckte sich rasch durch den Regen zur Eingangstür des Anwesens und konnte sich deshalb nur ein vages Bild machen von dem enormen Steingebäude mit den hohen Bogenfenstern, das einen ganzen Block in einer der vornehmsten Gegenden des Londoner West Ends einnahm.

Jemand hatte Bescheid gegeben, dass der Herzog und seine Braut eintreffen würden, denn im düsteren Foyer erwartete sie bereits ein Kammerdiener mit dünnem Haar und leichtem Buckel, einen flackernden Kandelaber in der behandschuhten Hand. Doch das Kerzenlicht ließ das Dunkel nur noch augenfälliger werden. Und Laura fühlte förmlich, wie ihr die Kälte des Marmorbodens durch die Schuhsohlen kroch.

Während aus den Schatten ein Lakai auftauchte, um ihr Hut und Mantel abzunehmen, sprach der Kammerdiener: »Guten Abend, Euer Gnaden.«

Als Laura nichts sagte, versetzte Diana ihr einen Stoß. »Er hat Sie gemeint, Laura«, flüsterte sie.

Laura schaute sich um und musste feststellen, dass Sterling irgendwo in den Tiefen des Hauses verschwunden war, mitsamt den Hunden und dem Marquess of Gillingham. »Oh!«, rief sie aus. »Auch Ihnen einen guten Abend, Sir!« Sie machte einen ungelenken, ruckartigen Knicks. Dann fiel ihr ein, dass Herzoginnen mutmaßlich nicht vor der Dienerschaft knicksten.

Glücklicherweise war der Kammerdiener entweder zu höflich oder zu routiniert, sich etwas anmerken zu lassen. »Wenn Sie so freundlich wären, mir zu folgen, Euer Gnaden, dann zeige ich Ihnen die Herzoginnen-Suite. Die Dienerschaft hat den ganzen Nachmittag darauf verwendet, Ihre Gemächer bequem herzurichten.«

»Wie überaus freundlich«, antwortete Laura. »Aber die Dienerschaft hätte meinetwegen nicht solche Umstände machen sollen.«

Diana seufzte und nahm dem Kammerdiener den Kandelaber ab. »Sie dürfen sich entfernen, Addison. Ich selbst werde die Herzogin zu ihren Räumlichkeiten geleiten.«

»Wie Sie wünschen, Mylady.« Er verbeugte sich zwar vor Diana, aber Laura hätte geschworen, dass seine braunen Augen allein ihretwegen leuchteten.

Diana lief mit so hurtigen Schritten die geschwungene Treppe hinauf, dass Laura sich zu leichtem Trab genötigt sah. »Sie brauchen den Bediensteten nicht dafür zu danken, dass sie Sie bedienen. Schließlich werden sie genau dafür bezahlt. Wenn sie ihre Pflichten nicht in zufriedenstellender Weise erfüllen, werden sie –«

»Ausgepeitscht?«, warf Laura ein. »Gevierteilt?«

»Entlassen«, entgegnete Diana und warf Laura über die Schulter einen vernichtenden Blick zu, während sie endlose, mit dunklem, wuchtigen Mahagoni vertäfelte Gänge entlangliefen. »Ich bin nicht ganz das Scheusal, für das Sie mich halten.«

»Und ich nicht die ränkeschmiedende Glücksritterin. Sie haben Ihren Cousin heute Morgen selbst gehört. Er hat mich quasi zur Heirat gezwungen.«

Diana schoss derartig schnell herum, dass Laura ein Stück nach hinten hopsen musste, damit ihr Haar nicht in Flammen aufging. »Und hat er Sie auch dazu gezwungen, mit ihm zu schlafen?« Diana nahm mit sichtbarer Genugtuung zur Kenntnis, dass Laura errötete. »Ich kann mir das jedenfalls nicht vorstellen. Sterling mag jede Menge Eigenheiten haben. Aber ich wüsste nicht, dass er je eine Frau gegen deren erklärten Willen verführt hätte.«

Diana eilte weiter voran. Laura blieb nichts anderes übrig, als ihr nachzulaufen, wenn sie nicht auf alle Zeiten in dem verwirrenden Labyrinth aus Treppen, Fluren und Galerien verloren gehen wollte.

Die Suite der Herzogin – ein Schlafgemach, ein Salon und ein Ankleidezimmer – waren mit dem gleichen Mahagoni vertäfelt und mit demselben erdrückenden Luxus ausgestattet wie der Rest des Anwesens. Ein Himmelbett mit Behängen aus karmesinrotem Samt beherrschte das Schlafgemach. Es war mindestens dreimal so groß wie Lady Eleanors anmutiges Himmelbett.

Laura schaute sich um und suchte nach einer Verbindungstür. »Und wo finde ich die Suite des Herzogs?«

»Im Westflügel.«

Laura stutzte einen Moment lang. »Und welcher Flügel ist das hier?«

»Der Ostflügel.«

»Oh.« Laura hatte schlicht angenommen, dass Sterling und sie ein gemeinsames Schlafzimmer haben würden. Wie ihre Eltern eines gehabt hatten. Sie konnte sich noch daran erinnern, wie sie zur Musik aus Mutters leisem Gemurmel und Vaters heiserem Lachen eingeschlafen war.

Diana stellte den Kandelaber auf einem Postament ab und zog für sich selbst eine Kerze heraus. »Und wo schlafen Sie, Diana?«, fragte Laura versuchsweise.

»Im Nordflügel.«

So viele Flügel – Laura war geradezu überrascht, dass das Haus nicht davonflog. Ihr Gesicht schien verraten zu haben, wie bestürzt sie war, denn Diana seufzte entnervt. »Ich werde morgen mit Sterling reden, damit er Ihnen eine Kammerzofe besorgt, die in Ihrem Ankleidezimmer schläft. Bis dahin kann ich Ihnen einstweilen die meine ausborgen.« Sie streckte die Hand aus und schob Laura eine lose Strähne aus der Stirn. »Sie hat ein Faible fürs Frisieren.«

»Das wird nicht nötig sein«, sagte Laura und nahm ihren letzten Rest von Stolz zusammen. »Ich bin es durchaus gewohnt, selbst für mich zu sorgen.«

Da war er wieder, dieser unangenehme Anflug von Mitleid in Dianas Augen. »Da Sie ja nun mit meinem Cousin verheiratet sind, ist das vermutlich gar nicht schlecht.«

Diana zog hinter sich die Tür zu, und Laura hörte, wie sie sich mit zackigem Schritt entfernte.

Sterling hatte erwartet, dass seine ureigensten Gespenster ihn durch Devonbrooke Hall verfolgen würden, doch er hatte nicht mit Thane gerechnet. Der Marquess blieb ihm beharrlich auf den Fersen, den ganzen breiten Marmorkorridor hinunter bis hin zur Bibliothek. Als Sterling ein Kind gewesen war, war die Bibliothek mit ihren hoch aufragenden Bücherregalen und finster dreinblickenden Gipsbüsten seine einzige Zuflucht gewesen. Zwischen den muffigen Seiten der Artus-Sage oder eines Daniel-Defoe-Romans war er den verletzenden Beschimpfungen und dem Jähzorn seines Onkels entkommen – und wenn es nur für ein paar Stunden gewesen war. Vor seinem wohlmeinenden Freund schien es hingegen kein Entkommen zu geben.

»So sehr ich es auch schätze, dass du mir so kurzfristig als Trauzeuge zur Seite gestanden hast, in der Hochzeitsnacht werde ich deiner Dienste nicht bedürfen«, informierte ihn Sterling.

Im Kamin prasselte fröhlich ein Feuer, was zweifelsohne einem allzeit aufmerksamen Addison zu verdanken war. Während die Hunde hinübertrotteten, um sich vor der Feuerstelle auszustrecken, ließ Thane sich in einen plumpen Lehnensessel fallen. »Bist du dir da so sicher? Deine letzte Hochzeitsnacht hast du, wie mir scheint, nicht gerade mit gewohnter Finesse über die Bühne gebracht.«

Sterlings Lachen hörte sich nicht amüsiert an. »Was solltest du auch anders mutmaßen. Wenn man bedenkt, wie Laura auf meinen Heiratsantrag reagiert hat.«

Thane schüttelte mit widerwilliger Bewunderung den Kopf. »Ich hätte nie gedacht, dass ich einmal einer Frau begegnen könnte, die verwegen genug ist, deinem Werben zu widerstehen. Und so dramatisch zudem! ›Ich würde mich lieber hängen lassen, als Ihre Frau zu werden!‹ Ich habe fast damit gerechnet, dass sie mit ihrem kleinen Fuß aufstampft und nach einem Seil ruft. Falls diese Ehe nicht funktionieren sollte, sieht sie jedenfalls einer großen Zukunft als Schauspielerin entgegen. Ich habe immer schon ein Faible für Aktricen gehabt, wie du ja weißt.«

Sterling nahm ein dünnes Zigarillo aus einer polierten Holzschatulle und zündete es an.

Er lehnte an der Kamineinfassung, sog sich einen Willkommensgruß in die Lungen und sagte: »Ich versichere dir, sie hat nicht gespielt. Dieser Auftritt war völlig ungekünstelt!«

Thane zog eine Augenbraue hoch. »Möglicherweise sogar ungekünstelter als deiner?«

Sterling wollte nicht antworten und blies stattdessen einen makellosen Ring aus Rauch. Jetzt, da sein Gedächtnis zurückgekehrt war, wusste er auch wieder, wie gut Thane ihn kannte.

»Da hast du dich in einen schönen Schlamassel manövriert, Dev«, sagte Thane gutmütig, doch der alte Spitzname ließ seine Worte nur noch resignierter klingen.

Sterling zuckte die Achseln. »Du weißt doch, was die alten Klatschmäuler immer gesagt haben. Komm dem Teufel von Devonbrooke in die Quere, und du musst als Wegzoll in der Hölle schmoren.«

»Und was für einen Wegzoll musst du selbst entrichten?«

Sterling schnippte wütend den Rest seines Zigarillos ins Feuer. »Es steht dir, denke ich, nicht zu, mich zu belehren – was den Preis angeht, den Stolz einen kostet.«

Einen Moment lang fürchtete Sterling, zu weit gegangen zu sein. Doch Thane schüttelte nur den Kopf und lächelte wehmütig. »Wir sind vielleicht ein schönes Paar, was? Der eine zu dickköpfig, bei seiner Frau zu bleiben. Der andere zu dickköpfig, sie gehen zu lassen.« Er erhob sich und ging zur Tür. »Falls du dich entschließt, morgen schon wieder zu heiraten, du weißt, wo du mich findest.«

Fort war er. Und Sterling blieb allein zurück mit seinen Gespenstern und seinem Stolz.

Irgendwer hatte dafür gesorgt, dass es der Frau des Herzogs an nichts mangelte. Im Kamin ihres Schlafgemachs brannte ein Feuer. Der mächtige, reich verzierte Kaminsims aus purem, weißem Marmor ließ die lodernden Flammen fast klein erscheinen. Im angrenzenden Salon stand ein silbernes Tablett. Laura linste unter die Wärmehaube über dem Teller und entdeckte ein unidentifizierbares Stück Fleisch, das mit einer schweren Sahnesoße überhäuft war. Sie drückte die Haube schnell wieder zu und wünschte sich verzweifelt eines von Cookies frisch gebackenen Ingwerbroten.

Sie ging ins Schlafzimmer zurück. Sie musste all ihre Courage zusammennehmen, um die schweren Bettvorhänge zurückzuziehen. Sie fürchtete fast, dahinter die bleichen Gebeine der letzten Herzogin vorzufinden. Doch sie fand ordentlich zurückgeschlagene Laken vor, eine seidene Tagesdecke, ein Nest aus Daunenkissen und ein durchsichtiges Nachtkleid mit passendem Morgenmantel, beides aus schimmernder weißer Seide. Laura hielt das Nachtgewand vorm Feuer hoch, schockiert von seiner Transparenz. Weil ihre eigenen Sachen erst morgen aus Arden eintreffen würden, blieb ihr aber wohl nichts anderes über, als das Nachthemd anzuziehen.

Sie hatte eh nichts Besseres zu tun, also zog sie sich aus und schüttete etwas von dem lavendelduftenden Wasser aus dem Porzellankrug in die Waschschüssel. Nachdem sie sich gewaschen, die Zähne geputzt und die Haarnadeln aus der Frisur gefingert hatte, zog sie das Nachtgewand an. Das glatte Gewebe streichelte die Haut, wärmte aber nicht. Trotz des Feuers war der Raum unangenehm feuchtkalt, was der an die hohen Bogenfenster prasselnde Regen nur noch unterstrich. Im Winter würde der hohe Raum vermutlich kalt wie ein Grab sein. Laura schob zitternd die Bettvorhänge auf und schlüpfte unter die Decke.

Sie sank in die Federmatratze und kam sich verloren vor im Meer des Bettzeugs. Sie wünschte, Lottie wäre da gewesen, um sich mit ins Bett zu wühlen, sich an sie zu kuscheln und über all den extravaganten Firlefanz zu kichern.

Aber es war nicht Lottie, die ihr heute Nacht Gesellschaft leisten würde, sondern ihr Ehemann.

Laura setzte sich abrupt auf und schlang die Arme um die Knie. Dies war ihre Hochzeitsnacht, und sie hatte schon wieder keine Ahnung, wo ihr Bräutigam war. Hatte er sich irgendwo unten im Erdgeschoss verbarrikadiert und trank sich Mut an, um ihren Anblick ertragen zu können?

Sie zog den Granatring unterm Nachtkleid hervor, hielt ihn ins Licht des Feuers und erinnerte sich daran, wie zärtlich er sie angesehen hatte, als er ihr den Ring angesteckt hatte. Ein Gesichtsausdruck, den sie vermutlich nie wieder sehen würde. Sie nahm die silberne Kette ab und schob den Ring zur Sicherheit unter das Kopfkissen. Sie dachte kurz nach, zog den Siegelring des Herzogs ab und warf ihn in Richtung des nächstbesten Tischs, wo er mit einem zufriedenstellenden *Klong!* landete.

Dann sank sie in die Kissen zurück, machte die Augen zu und atmete mit wehmütigem Seufzer aus. Als sie die Augen wieder aufschlug, fühlte sie sich missmutig und bleiern. Sie musste eingeschlafen sein. Irgendwo im Haus fing eine Uhr zu schlagen an. Laura zählte die klagenden Töne mit. Zwölf. Die Uhr verstummte und ließ ein so unheimliches Schweigen zurück, als sei Laura die einzig lebende Seele im Haus. Oder auf der ganzen Welt.

Ihr Bräutigam tauchte nicht auf. Und die Stille sagte ihr deutlicher die Wahrheit, als jeder Schrei es vermocht hätte.

Laura warf sich zur Seite. Sie hätte erleichtert sein sollen. Sie würde Sterlings trügerische Zärtlichkeit nicht erdulden müssen. Würde sich nicht fragen müssen, ob seine geflüsterten Koseworte, seine schmelzenden Küsse sie nur verhöhnten.

Doch während sie so dalag, steif wie ein Stock, spürte sie sich zorniger und zorniger werden. Sie erinnerte sich daran, wie er all die Jahre die Briefe seiner Mutter ignoriert hatte und wie Lady Eleanor sich jeden Morgen, wenn wieder keine Antwort von ihm in der Post gewesen war, ein tapferes Lächeln abgerungen hatte. So sehr sie ihre Beschützerin auch geliebt und bewundert hatte, Laura verfügte nicht über die Duldsamkeit dieser Frau. Sie hatte schnell herausgefunden, dass sie Sterlings Verachtung ertragen konnte, nicht aber seine Gleichgültigkeit. Es war ihr lieber, er brüllte sie an oder schüttelte sie durch, solange er sie nicht links liegen ließ.

Laura setzte sich auf und warf die Decke zurück. Es würde Seine Allerhöchsten Gnaden vielleicht schockieren, aber Laura hatte nicht die Absicht, sich den Rest ihres Lebens von seiner boshaften Cousine beleidigen zu lassen oder im Bett dahinzuschmachten und sich zu fragen, ob er jemals zu ihr kommen würde. Wenn er in ihrer Hochzeitsnacht nicht zu ihr kam, dann würde sie eben zu ihm gehen.

Sie kämpfte sich durch die schweren Bettbehänge, zog den Morgenmantel an und knotete die Schärpe zu. Dann rammte sie eine der Kerzen aus dem Kandelaber in einen silbernen Kerzenleuchter, stürmte aus dem Zimmer und hoffte, dass die Tür nicht zu schwerfällig war, um ordentlich zuzuknallen.

Bereits nach fünf Minuten hatte Laura sich derart verlaufen, dass sie glaubte, die Suite der Herzogin niemals wieder zu finden, geschweige denn die des Herzogs. Sie hatte angenommen, dass sie zwangsläufig den Westflügel erreichte, wenn sie nur immer in dieselbe Richtung lief. Doch das Haus war ein Labyrinth aus endlosen Korridoren, einer länger und verwirrender als der andere. Laura marschierte endlos dahin, ohne irgendein Anzeichen von Leben zu entdecken. Sogar eine Maus wäre jetzt eine Erleichterung gewesen.

Sie hatte nicht gefragt, auf welchem Stockwerk sich die Gemächer des Herzogs befanden. Sie konnte nur hoffen, dass die Schlafgemächer im gleichen Geschoss untergebracht waren. Doch ihre Hoffnung erstarb, als der Flur, den sie gerade entlanglief, abrupt in einer Treppenflucht endete.

Sie versuchte, den Weg, den sie gekommen war, zurückzugehen, fand sich schließlich aber auf einem völlig fremden Balkon über einem düsteren Ballsaal wieder. Der Saal war groß genug, ganz Arden Manor – inklusive der Gärten – hineinzupacken. Sie seufzte und fragte sich, was Lottie in solch einer misslichen Lage wohl getan hätte. Vermutlich sich mitten auf den Fußboden gesetzt und geheult, so laut sie konnte, bis irgendwer angelaufen kam. Laura war schon versucht, es genauso zu machen, aber sie fürchtete, dass niemand angelaufen kommen würde – weil keiner sie hörte oder es ohnehin allen egal war.

Ein türkischer Teppich, rot wie Blut, bedeckte den ganzen Balkon und dämpfte ihre Schritte zu einem Flüstern. In den Ecken des hohen Saals hatten sich riesenhafte Schatten zusammengefunden, die ihr Kerzlein wie einen Zwerg erscheinen ließen. Ein schelmischer Luftzug spielte mit der Flamme. Laura schützte das Licht mit der hohlen Hand und wankte davon.

Hinter der nächsten Ecke tat sich in all ihrer grimmigen

Pracht eine Gemäldegalerie auf, die tagsüber vielleicht gespenstisch anmuten mochte. Bei Nacht war sie Grauen erregend.

»Stell dich nicht so an, Laura. Du brauchst vor einer Hand voll toter Leute keine Angst zu haben«, schalt sie sich mit klappernden Zähnen selbst. Sie bereute die unglückliche Wortwahl augenblicklich, zwang sich aber weiterzugehen. Laura war peinlichst darauf bedacht, die reich geschnitzte Doppeltür am Ende der Galerie zu fixieren, dennoch spürte sie die argwöhnischen Blicke der Harlow'schen Vorfahren jeden ihrer Schritte verfolgen.

Sie war so erleichtert, endlich die Tür erreicht zu haben, dass sie das lebensgroße Porträt darüber fast übersah. Als das Kerzenlicht die Wand hinaufwanderte, prallte sie zurück und schnappte nach Luft.

Ein Mann mit langer, spitzer Nase blickte höhnisch auf sie herab, mit eisblauen Augen, die vor Verachtung blitzten. Als Laura die Inschrift auf dem Messingschild unter dem Bild entzifferte, begriff sie, in wessen eingesunkenes Gesicht sie hinaufstarrte. Es war der alte Granville Harlow selbst, ganz in Schwarz gekleidet, einen silbernen Gehstock in der bleichen Hand.

Kaum zu glauben, dass ein Mann wie er ein kleines Mädchen gezeugt haben sollte. Laura wusste nicht, wen sie mehr bemitleiden sollte – Diana oder Dianas Mutter. Lady Eleanor hatte kaum je von dem Herzog gesprochen, der ihren Sohn adoptiert hatte. Jetzt verstand Laura, warum.

Sie fragte sich zum ersten Mal, was Sterling in seiner ersten Nacht in diesem zugigen Mausoleum von einem Haus wohl empfunden hatte. Vom Vater betrogen, der geliebten Mutter entrissen – hatte er sich unter die Decke gekauert, in einem fremden Bett gezittert? Oder war er verloren und allein genau diese Gänge entlanggelaufen, wohl wissend, dass niemand sein Weinen hören würde?

Ein gescheckter Mastiff, der gut der Großvater von Sterlings Hunden hätte sein können, saß neben dem Herzog. Falls der Künstler beabsichtigt hatte, den Porträtierten freundlicher wirken zu lassen, indem er ihm einen Hund zur Seite stellte, war er kläglich gescheitert. Der Alte krallte die Spinnenfinger um das Halsband des Mastiffs, als könne er es gar nicht erwarten, dem nächstbesten vorlauten Burschen seinen Hund auf den Hals zu hetzen.

Aus der Dunkelheit hinter ihr drang ein tiefes Knurren, das ihr jedes einzelne Nackenhaar zu Berge stehen ließ. Sie hatte Sterlings Höllenhunde ganz vergessen – bis eben jetzt. Sie hätte wissen müssen, dass Sterling ihnen erlaubte, bei Nacht durchs Haus zu stromern. Wie sonst sollten sie einem Eindringling die Kehle herausreißen? Oder einer glücklosen Braut, die dumm genug war, ihr schützendes Bett zu verlassen?

Es knurrte wieder gefährlich. Laura japste, ließ die Kerze fallen und die Galerie in absolute Dunkelheit stürzen. Sie drehte sich langsam um und drückte sich gegen die Tür. Nur das böse, rote Glühen zweier Augenpaare war noch zu sehen.

»Brave Hundchen«, flüsterte sie und mühte sich ab, den Frosch im Hals hinunterzuschlucken. »Gute Hundchen. Ihr habt auch gar keinen Hunger, nicht wahr? Ich hab ja eh kaum Fleisch auf den Knochen. Cookie hat all die Jahre versucht, mir was anzumästen, aber es hat nicht funktioniert.«

Die Hunde trotteten näher heran. So nah, dass Laura ihren heißen Moschus-Atem spürte. Sie winselte und drehte den Kopf zur Seite.

Später würde sie sich einreden, dass sie niemals geschrien hätte und sich mit einem gewissen Maß an Würde in ihr Schicksal gefügt hätte. Doch dann rammte eines der Biester seine große, feuchte Schnauze geradewegs gegen ihren Schoß.

Laura stieß einen ohrenbetäubenden Schrei aus. Die Tür hinter ihr wurde aufgerissen. Sie purzelte rückwärts in das

Zimmer, und ihr Schrei erstarb mit einem verblüfften Kiekser. Sie schlug die Augen auf und sah ihren Ehemann, die Hände in die Seiten gestemmt, über sich stehen.

»Ach herrje«, sagte er und zog eine Braue hoch. »Nun seht euch an, was die Hunde da wieder angeschleppt haben.«

KAPITEL 21

... eine Frau, die Dich liebt,
wie ich Dich immer geliebt habe.

Laura hob langsam den Kopf. Die wilden Bestien, die kurz davor gewesen waren, ihr die Eingeweide herauszureißen, saßen mit hängender Zunge auf ihren Hinterteilen wie zwei zu groß geratene Welpen, die nur ein Lebensziel kannten – ihrem Herrchen eine Freude zu machen. Einem Herrchen, das im Augenblick allerdings nicht allzu erfreut wirkte.

Sterling streckte ihr widerstrebend die Hand hin. Laura ergriff die Hand, ließ sich auf die Beine helfen und tat so, als bemerke sie nicht, wie schnell Sterling die Hand wieder wegzog. Sie klopfte sich eine unsichtbare Staubflocke vom Morgenmantel, während sie ihre angekratzte Würde kurierte. »Du kannst von Glück sagen, dass du morgen auf dem Weg zum Frühstück nicht über meine ausgeweidete Leiche stolperst. Aber natürlich hättest du, wenn man deinem Freund Gillingham glaubt, kein Problem, eine neue Braut zu finden.«

»Aber wo sollte ich eine herbekommen, die so ungeheuer durchtrieben ist wie du?«

Sterling schien es darauf anzulegen, die Barriere zwischen ihnen beiden aufrechtzuerhalten, und wenn es nur die muskulösen Arme waren, die er vor der nackten Brust verschränkte. Laura entsann sich des salzig-süßen Geschmacks seiner Haut und spürte ihren Mund trocken werden. Sie senkte den Blick und wünschte sofort, sie hätte es nicht getan. Die oberen beiden Knöpfe seiner Hosen standen offen und ließen ein dreieckiges Stück Haut sehen, das einen Ton heller war als seine Brust.

Er folgte ihrem Blick und drehte sich abrupt weg, um den Mastiffs zwei dicke Scheiben Fleisch von seinem eigenen unberührten Essen zu holen. Er gab jedem eine und kraulte die beiden liebevoll hinter den Ohren. Als die Hunde mit ihrer Belohnung in die düstere Gemäldegalerie zurücktrotteten, blieb Sterling nur noch, die Tür zu schließen.

»Und was hätten sie bekommen, wenn sie eine meiner Rippen apportiert hätten?«, fragte Laura. »Ein ganzes Lamm?«

Sterling lehnte sich an die Tür. »Sie sehen vielleicht nicht so aus, aber sie haben keine Spur von Boshaftigkeit an sich. Sie hätten dich eher zu Tode *geleckt*.« Trotz des provokanten Wortes, das Laura einen Schauer über den Rücken jagte, blieb sein Gesichtsausdruck unverändert mürrisch.

Um eben dieser Miene zu entgehen, drehte Laura sich um und betrachtete den Raum. Die Herzogs-Suite war noch prunkvoller als ihre eigene. Das riesige Bett war doppelt so groß wie ihres, mit mitternachtsblauen Behängen, die an den Pfosten von goldenen Kordeln gehalten wurden. Sterlings Haar war zerzaust, seine Lider waren schwer, aber das Bett war unberührt.

»Das ist also deine Suite«, murmelte sie und blickte ins Feuer, das unter einer Kamineinfassung aus schwarzem Marmor prasselte. Das kuppelförmige Oberlicht war aus buntem Glas, die freistehenden Säulen waren aus Jaspis geschnitzt, und der Standspiegel am Fußende des Betts hatte einen Goldrahmen.

»Das ist die Suite meines Onkels!«, verneinte Sterling kategorisch. Weil Laura ihn so verblüfft anschaute, setzte er hinzu: »Diana hat die letzten sechs Jahre allein in Devonbrooke Hall gewohnt. Ich war über ein Jahrzehnt beim Militär und habe es vorgezogen, bei Thane zu logieren, wann immer ich in London war.«

Laura wagte ein verlegenes Lächeln. »Ich nehme an, bei der Infanterie warst du nicht, oder etwa doch?«

»Ich war Offizier«, informierte er sie freundlich.

Laura hätte am liebsten salutiert. »Wahrscheinlich bist du es deshalb so gewohnt, dass alle deinem Befehl gehorchen.«

»Alle, bis auf dich, natürlich.« Er schlenderte zu einem Tisch und goss sich irgendetwas Bernsteinfarbenes in ein Glas.

Was seinen Alkoholkonsum anging, hatte Laura sich geirrt. Sterling schien bis jetzt noch nichts getrunken zu haben. Vielleicht bedurfte er nur dann einer Stärkung, wenn sie in Sichtweite war.

Er schwang das Bein über einen zierlichen Chippendale-Stuhl, setzte sich rittlings und prostete ihr zu. »Würdest du mir eventuell erklären, weshalb du mitten in der Nacht durch dieses modrige, alte Mausoleum läufst?«

Laura sank auf die Chaiselongue, deren Polster noch warm war, als habe jemand darauf geschlafen. »Ich habe mich verlaufen.«

»Mein aufrichtiges Mitgefühl.« Er nahm einen Schluck. »Als Kind habe ich mich ständig in diesem Haus verlaufen. Einmal bin ich mitten in der Nacht in den Wintergarten geraten, wo ich dann eine Efeuranke niedergekämpft habe. Am nächsten Morgen hat Diana mich mit der Ranke um meinen Hals schlafend auf dem Boden gefunden.«

Obwohl kein Selbstmitleid in seinen Worten gelegen hatte, schmerzte Laura das Herz. »Wenn dein Onkel noch am Leben wäre, hätte ich mich nie aus dem Zimmer gewagt.« Sie erschauderte. »Die Hunde haben mir längst nicht solche Angst gemacht wie sein Portrait.«

»Wobei das Gemälde ihm wirklich schmeichelt. Ich habe immer gesagt, er hätte dem Maler noch etwas zuzahlen sollen, weil er die Hörner und den Schwanz weggelassen hat und Onkel mit einem Gehstock abgebildet hat, anstelle des Dreizacks.«

»Ihr scheint einander nicht gerade nahe gestanden zu haben.«

»So nah, wie zwei menschliche Wesen, die in einen Kampf auf Leben und Tod verwickelt sind, einander eben stehen.«

»Aber er ist jetzt fort. Und du bist noch da. Du hast den Kampf gewonnen.«

Die Augen in die Ferne gerichtet, schwenkte Sterling den Brandy im Glas. »Manchmal bin ich mir da nicht so sicher.« Er sah sie an. »Du hast meine Frage immer noch nicht beantwortet. Wie bist du zu meinem Schlafzimmer geraten?«

Was sollte sie ihm antworten? Dass sie Heimweh hatte? Einsam war? Wütend war, weil er sie in der Hochzeitsnacht allein gelassen hatte?

Er legte den Kopf schief. »Komm schon, Liebes. Ich kann ja richtig sehen, wie dein kluger, kleiner Kopf sich irgendein hübsches Märchen ausdenkt. Warum versuchst du es nicht mit der Wahrheit? Ich bin sicher, mit etwas Übung tut es nicht mehr weh.«

Sie setzte sich auf und sah ihn an. »Also gut. Ich wollte nicht länger warten, dass du zu mir ins Bett kommst, also habe ich mich auf die Suche nach deinem gemacht.«

Sterling hatte gerade an seinem Glas genippt, was Laura die Genugtuung verschaffte, ihn sich verschlucken zu sehen. Er stellte das Glas auf den Teppich und wischte sich die Augen. »Sprich ruhig weiter, deine Aufrichtigkeit ist wirklich erfrischend.«

»Nun, traditionellerweise ist es natürlich der Bräutigam, der seiner Braut in der Hochzeitsnacht einen Besuch abstattet. Mir ist auch bewusst, dass ich mich durchaus nicht untadelig benehme. Aber in Anbetracht der unkonventionellen Umstände unserer … äh, *Bekanntschaft* habe ich wohl auch nicht das Recht, eine konventionelle Ehe zu erwarten.«

»Oh! Sie sollte dir aber konventionell erscheinen, gerade im Hinblick auf die gesellschaftlichen Kreise, in denen wir uns bewegen.«

Laura schaute ihn stirnrunzelnd an. »Wie das?«

Er zuckte die Achseln. »Es liegt doch in der Natur einer Ehe, dass sie am besten funktioniert, wenn sie sich auf Bedürfnisse gründet.«

Lauras Miene hellte sich auf. Endlich kamen sie voran! Sie jedenfalls hatte im Augenblick das *Bedürfnis*, von ihm in die Arme genommen zu werden.

Sterling verschränkte die in Frage stehenden Arme auf der Rücklehne des Stuhls. »Der adelige Herr, dessen Taugenichts von Vater das Familienvermögen verprasst hat, heiratet die Tochter eines reichen Kaufmanns, um seine Börse zu füllen. Die junge Dame mit der Leidenschaft fürs Kartenspiel sucht sich einen begüterten Gentleman, damit sie weiter ihren Neigungen frönen kann. Der zweite oder dritte Sohn umwirbt eine junge Dame aus gutem Haus, die eine großzügige Mitgift bekommen wird.«

Lauras Lächeln schwand. »Und was ist mit Zuneigung? Hingabe? Begehren?« Sie verkniff sich das eine Wort, das sie so gerne gesagt hätte.

Sterling schüttelte den Kopf. Seine Miene war freundlich, fast schon mitfühlend. »Die Damen und Herren in meiner Umgebung ziehen es zumeist vor, sich diese Freuden außerhalb der ehelichen Grenzen zu suchen.«

Laura saß einen Moment schweigend da, dann erhob sie sich und ging zum Kamin. Sie starrte in die hypnotisierenden Flammen und wog sorgsam ihre Worte ab. »Du hast mich also nur deshalb geheiratet, weil du eines Erben bedarfst und ich in der Lage bin, dir einen zu schenken. Und nun, da du deine Pflicht erfüllt hast, müssen wir feststellen, ob ich der meinen nachgekommen bin?«

»So könnte man es ausdrücken.«

Laura knüpfte die Schärpe ihres Morgenmantels auf und drehte sich langsam um. Als sie ihm von Angesicht zu Angesicht gegenüberstand, glitt die Seide von ihren Schultern auf den warmen Marmorboden vorm Kamin.

Sterling erstarrte mit leuchtendem Blick. Laura glaubte fast, sich im Spiegel seiner Augen sehen zu können. Sah beinahe, wie das Licht des Kaminfeuers ihr Nachtgewand zu einem schimmernden Schleier schmelzen ließ, der ihre langen, schlanken Beine betonte, die rosigen Spitzen ihrer Brüste und den zarten Schatten an ihrem Schritt.

Sie glitt auf ihn zu. Sie hatte kaum Erfahrung damit, die Verführerin zu spielen, aber sie spielte ja auch nicht. Es war ihr todernst. »Zumal du ja noch gar nicht weißt, ob deine Bemühungen erfolgreich waren, könnte durchaus der Vorwurf laut werden – sogar aus den gesellschaftlichen Kreisen, in denen *du* dich bewegst –, dass du deine Pflichten vernachlässigt hast.«

Als sie näher kam, sprang Sterling auf. Seine Vorsicht war die einzige Barriere, die sie jetzt noch trennte. »Laura, was glaubst du, tust du da?«

»Meine Pflicht«, flüsterte sie, legte die Hand an seinen Hals und lockte seine Lippen zu sich herunter.

Ihrer beider Atem mischte sich ein paar Sekunden lang. Sterling ächzte heiser. Dann gab es auf einmal keine Barrieren mehr. Nur noch seine Zunge, die ihren süßen Mund plünderte. Seine Arme, die sich fest um sie legten. Seinen Körper, der sich um jede Wölbung und in jede Senke ihres Leibes schmiegte, als habe er sein Leben lang nichts anderes getan. Als Laura ihn sich an ihr reiben fühlte, begriff sie, warum er Abstand gehalten hatte. Sie begriff, warum er sie in eine Suite am anderen Ende der Welt gesteckt hatte. Sein Herz würde ihr vielleicht niemals verzeihen, doch sein Körper gierte danach, ihr Vergebung zu gewähren.

Und alles andere, das sie begehrte.

Obwohl es an ihr gelegen hätte, Buße zu tun, war es Sterling, der auf die Knie fiel. Laura legte den Kopf zurück, als sein sengend heißer Mund die Seide ihre Nachtgewands auf ihrer Brustwarze schmolz. Er leckte die sensible Knospe, blies sacht in den seidigen Stoff, der auf ihrer Haut klebte. Als er seine köstlichen Aufmerksamkeiten ihrer anderen Brust schenkte, pulsierte die Lust wie flüssiger Samt an ihren Nervenenden und ließ ihr die Knie weich werden. Doch er war da, sie aufzufangen, ihren zarten Oberkörper in seine starken Hände zu nehmen. Er senkte erneut seinen Mund, um sie zu küssen. Doch diesmal presste er die Lippen auf jenes dunkle Dreieck, das tief unter der Seide verborgen lag und gab ihr einen Kuss, der gleichermaßen schockierend wie unwiderstehlich war. Seine Zunge schmeckte sie durch den feuchten Stoff hindurch, und Laura hörte sich mit einer Stimme, die sie kaum als ihre eigene erkannte, seinen Namen rufen.

Sie klammerte sich an seinen Schultern fest, als er sie hochhob und zum Bett trug. Sie dachte, er werde sich auf sie legen, doch seine Hände glitten unter ihr Nachtkleid, legten sich um ihre Hüften und zogen sie an die Bettkante. Langsam schob er die Seide hoch, zwang sie, sich ihm zu zeigen, entblößt und verletzlich. Doch Laura war nicht verlegen oder ängstlich, sie war glücklich. Er war ihr Ehemann. Nichts von dem, was er tat, war sündig oder verboten.

Wie er zwischen ihren gespreizten Beinen im Schein des Feuers stand, sah er nicht aus wie ein Teufel, sondern wie eine heidnische Gottheit, der vor Begierde die Augen leuchteten. Laura war nur allzu willig, sich ihm auf dem Altar seiner Lust zu opfern. Doch als er wieder auf die Knie fiel und seinen schönen Mund in die zarten Härchen ihrer entblößten Scham drückte, begriff sie vor Freude erbebend, dass sie selbst dieser Altar war und dass es ihre Lust war, die er zu befriedigen suchte. Und er wusste genau, wo er suchen musste.

Laura bog ihren Körper weiter und weiter durch, je höher die Flammen der Leidenschaft ihn leckten. Und wenn er auch ein Teufel war, sein kundiger Mund schenkte ihr ein Stück vom Himmel. Sie krümmte sich, jammerte, zerrte an seinem Haar. Dann schickte ein diabolischer Streich seiner Zunge sie in ein Paradies der Lust. Sie versuchte erst gar nicht, ihren Schrei zu ersticken. Und er ließ sie schreien, brachte sie mit den langen, aristokratischen Fingern, die er tief in sie hineinschob, dazu, immer weiter zu schreien.

Als er schließlich aufstand, blieb Laura nur, ihn anzustaunen. Kraftlos, befriedigt und dennoch verrückt vor Lust, vor ihm zu liegen. Laura versetzte sie beide in Erstaunen, als sie diejenige war, die die letzten paar Knöpfe seiner Hose öffnete. Und sie staunte erneut, als sein hartes Glied sich aus dem tuchernen Gefängnis befreite.

»Ich weiß, es war dunkel letzte Nacht. Aber du kannst doch nicht wirklich …?« Sie schüttelte den Kopf und zwinkerte ungläubig. »Es kann nicht sein, dass ich das … Das ist unmöglich …«

»Doch, das hast du. Und überaus gekonnt, muss ich sagen.« Er holte zischend zwischen zusammengebissenen Zähnen Luft und ließ seine Hand die ganze Länge entlanggleiten. »Und wenn du es nicht glaubst, gibt es nur eine einzige Möglichkeit, es dir zu beweisen.«

Was er tat. Er legte ihr die Hände unter die Pobacken, hob sie hoch und ließ sie sehen, wie jeder Zentimeter seines Glieds in ihr versank. Laura schnappte nach Luft. Er erfüllte sie völlig. Und sie, von letzter Nacht immer noch gereizt, spürte die kleinste seiner Bewegungen. Und sie fühlte, wie ihr Herzschlag in den urzeitlichen Rhythmus seiner Lenden einfiel. Sie hätte vor Scham die Augen schließen sollen, aber sie konnte den Blick nicht lösen von dem schönen Gesicht über ihr, mit seiner hungrigen Begierde und dem Glanz von Schweiß.

Sein kraftvoller Körper bebte vor Gier, doch er hielt sich zurück und schaute ihr tief in die Augen. »Wer bin ich?«

»Mein Ehemann«, flüsterte sie hilflos und streichelte seine Brust.

Er glitt ganz aus ihr heraus und wieder in sie hinein, so tief, dass sie wusste, er würde immer ein Teil von ihr sein.

»Wer bin ich, Laura? Wer ist der Mann, dem du dich hingibst? Der Mann, der dir solche Lust bereitet?« Eine wütende Wissbegierde lag in seinem Blick, als hänge alles, was er war, alles, was er jemals sein würde, von ihrer Antwort ab.

»Sterling«, schluchzte sie und nannte ihn zum ersten Mal, seit sie ihn kannte, bei seinem wirklichen Namen. Sie wandte den Kopf zur Seite, und die Tränen strömten über ihr Gesicht. »Du bist Sterling ...«

Sie krallte die Fingernägel in die seidene Überdecke, als er sich hart und tief, zärtlich und wild, in sie hineinstieß und sie an jenen Ort brachte, an den nur er allein sie bringen konnte. Als sie am Ziel ihrer Reise angelangten, waren sie beide verrückt vor Lust. Und als die pulsierenden, süßen Wellen Laura schließlich erfassten und alles fortspülten, was ihnen im Wege war, da warf auch Sterling seinen Kopf zurück und ließ einen Schrei hören, während er den Nektar seiner Lust tief in den Blütenkelch ihres Körpers ergoss.

Sterling lag auf seiner Seite des Betts, hatte den Kopf in die Hand gestützt und sah seiner Frau beim Schlafen zu. Wie schaffte diese Frau es nur, so unschuldig und gleichzeitig so wollüstig auszusehen? Laura lag bäuchlings auf den zerwühlten Laken, die Wange ins Kissen gedrückt, die halb zur Faust geballten Hände neben dem Kopf. Er hatte sie mit der Tagesdecke zugedeckt, um sie vor der Kälte zu schützen, doch der glatte Stoff war hinuntergeglitten und ließ ihn die anmutige Biegung ihres Rücken sehen und den sanften Hügel einer sahneweißen Pobacke.

Er konnte ihr kaum vorwerfen, dass sie vor Erschöpfung

eingeschlafen war. Sie war die letzten beiden Nächte kaum zur Ruhe gekommen. Dafür hatte er gesorgt.

Er schüttelte den Kopf und staunte nach wie vor darüber, dass sie so kühn gewesen war, nach ihm zu suchen. Sie mochte außerhalb des Betts eine gerissene, kleine Lügnerin sein – *im* Bett war sie es nicht. Und anders als die erfahrenen Frauen, mit denen er es zu tun gehabt hatte, machte sie keinen Hehl daraus, dass ihre Leidenschaft allein ihm gehörte.

Wer auch immer er war.

Sterling rollte sich aus dem Bett und schlüpfte in seine Hosen. Er genehmigte sich ein großes Glas Brandy, doch nicht einmal die Hitze des Alkohols konnte Lauras Aroma wegbrennen.

Seit jenem Moment vor einundzwanzig Jahren, als er zum ersten Mal den Fuß in dieses Haus gesetzt hatte, hatte Sterling Harlow genau gewusst, wer er war und wer er sein würde. Bis Laura Fairleigh dahergekommen war, mit ihrem Potpourri aus Lügen und Halbwahrheiten und damit jede Illusion zerschmettert hatte, die er sich je über sich selbst gemacht hatte. Und nun fühlte er sich in seiner eigenen Haut fremder, als er sich ohne Gedächtnis auf Arden Manor gefühlt hatte.

Als er von Lauras Hinterlist erfahren hatte, hatte er noch geglaubt, er könne einfach wieder der Mann werden, der er gewesen war, bevor Laura die eisigen Mauern um sein Herz zum Schmelzen gebracht hatte. Aber dieser Mann wäre niemals so dumm gewesen, Laura Fairleigh wieder in seine Arme zu lassen. Oder in sein Bett.

Und er hätte sie auch nicht dazu gezwungen, bei ihm zu bleiben, weil er es einfach nicht ertrug, sie gehen zu lassen. Vielleicht hatte Diana aber auch Recht gehabt. Vielleicht hatte er nicht aus Eigennutz gehandelt, sondern aus einer verdrehten Rachsucht. Aber das erklärte nicht die Zärtlichkeit, mit der er sich übers Bett beugte und ihr eine Strähne aus dem Gesicht strich.

Nichts wünschte er sich mehr, als die Hand unter die Decke zu schieben und sie zu stöhnender Lust zu streicheln. Stattdessen hob er sie samt Decke hoch und marschierte mit ihr zur Tür.

»Hm ...«, machte sie und legte ihm die Arme um den Hals, ohne überhaupt die Augen zu öffnen. »Wo bringst du mich hin?«

»Ins Bett«, flüsterte er, die Lippen in ihr lavendelduftendes Haar vergraben.

Wogegen sie anscheinend nichts einzuwenden hatte, denn sie kuschelte sich tiefer in seine Arme und legte die Wange an seine Brust.

Laura erwachte, wie sie schon am Morgen zuvor erwacht war – allein in ihrem eigenen Bett und mit absolut keinem Fetzen Stoff am Leib.

Sie setzte sich auf, zog das Laken über den Busen und fragte sich, ob sie dabei war, den Verstand zu verlieren. Dann rappelte sie sich auf die Knie und steckte den Kopf zwischen den Bettbehängen hinaus. Zwar hatten sich ein paar Sonnenstrahlen durch die abweisenden Riesenfenster gewagt, doch die Herzoginnen-Suite war immer noch so ungemütlich wie während des Wolkenbruchs.

Sie ließ sich auf die Hacken sinken und zweifelte an ihren Sinnen. War die nächtliche Begegnung mit ihrem Ehemann nur ein langer, köstlicher Traum gewesen? Sie schloss die Augen und hatte sofort sich selbst und Sterling vor Augen, wie sie vor einem vergoldeten, drehbaren Standspiegel in einem Wust aus mitternachtsblauem Satin knieten. Er hatte von hinten die Arme um sie geschlungen und drängte sie, sich im Spiegel zu betrachten, damit sie sah, wie schön sie war. Dann legte er sanft eine Hand um ihre Brust und glitt mit der anderen ihren Bauch hinunter. Laura hatte im Spiegel seinen langen, eleganten Fingern zugesehen, wie sie in sie tauchten, und war wie hypnotisiert gewesen vom Kontrast zwischen seiner Stärke und ihrer eigenen, fügsamen Weichheit.

Sie war nicht schön. Zusammen waren sie schön.

Dann hatte er zart ihren Hals geküsst und war von hinten in sie eingedrungen ...

Laura schnappte nach Luft und riss die Augen auf. Ihre Phantasie war immer schon ausschweifend gewesen, aber nicht so ausschweifend.

Sie linste unter die Laken. Abgesehen vom auffallenden Fehlen des Nachtkleides hatte Sterling andere, subtilere Spuren hinterlassen – die köstliche Mattigkeit ihrer Muskeln, die rosig empfindsamen Nippel, die zarten Kratzspuren an der Innenseite ihrer Oberschenkel.

Laura seufzte, als ihr andere Bilder in den Sinn kamen, eines provokativer als das andere. Nach letzter Nacht konnte keiner dem Herzog mehr vorwerfen, seine Pflichten vernachlässigt zu haben. Falls sie seinen Erben noch nicht unterm Herzen trug, dann sicher nicht, weil er sich nicht genug bemüht hatte – oder sie. Beim Gedanken an ihre eigene Verwegenheit stieg ihr die Hitze in die Wangen.

Vielleicht sollte sie dankbar dafür sein, nicht in seinen Armen erwacht zu sein. Sie hätte möglicherweise gestottert, wäre rot angelaufen und hätte ihm alle möglichen unziemlichen Geständnisse gemacht. Auf diese Weise hatte sie wenigstens die Möglichkeit, sich so würdig zu verhüllen, wie es einer Herzogin geziemte.

Sie wickelte sich das Laken um, stieg aus dem Bett und verhedderte sich prompt mit einem Fuß in den Bettbehängen, was ihrer herzoglichen Haltung empfindlich schadete. Sie hüpfte gerade auf einem Fuß herum und mühte sich, den anderen frei zu bekommen, als es an der Tür klopfte.

Bevor Laura sich ins Bett zurückstürzen konnte, war die

Tür schon auf und herein kam ein energisches Zimmermädchen. »Guten Morgen, Euer Gnaden. Lady Diana schickt mich, Ihnen mitzuteilen, dass soeben Ihre Koffer aus Arden Manor eingetroffen sind.« Das Zimmermädchen erstarrte, als sie der Herzogin richtig gewahr wurde. Laura rechnete es der Frau hoch an, dass sie mit keiner Wimper zuckte, ihre neue Herrin mit nichts als einem Laken bekleidet auf einem Bein hüpfen zu sehen. »Und genau zur rechten Zeit, wie ich meinen möchte«, setzte das Zimmermädchen hinzu.

Nach einigen einander widersprechenden Wegbeschreibungen seitens der wohlmeinenden Zimmermädchen, dreimaligem falschem Abbiegen und einer zwanzigminütigen Wanderung durch ein Labyrinth aus Zimmerfluchten hatte Laura endlich das Speisezimmer gefunden. Ihr Ehemann saß an der Kopfseite einer endlos langen Tafel und hatte sich fest hinter einer Ausgabe der *Morning Post* verschanzt. Diana saß ungefähr auf halber Höhe der Längsseite und nippte an einer zierlichen Wedgewood-Tasse. Der einzige Platz, der sonst noch gedeckt war, befand sich am unteren Ende der Tafel. Laura zog schon ernsthaft in Erwägung, das Gedeck zu ignorieren und sich näher zu Sterling zu setzen, da rückte ein Lakai, der plötzlich aus dem Nichts aufgetaucht war, ihr den Stuhl zurecht.

Sie setzte sich und dankte ihm mit einem matten Lächeln. Während er an der Anrichte ihren Teller füllte, blickte Laura die Tiefen des polierten Mahagonis hinunter und kam sich ziemlich unsichtbar vor.

»Guten Morgen«, sagte sie laut, auch wenn sie am liebsten die Hände um den Mund gelegt und *Halloo!* gerufen hätte, wie George es sicher getan hätte.

Diana murmelte etwas Unverständliches.

Sterling blätterte die Zeitung um, ohne aufzusehen. »Guten Morgen, Laura. Ich hoffe, Sie haben wohl geruht.«

So stellten die beiden sich das also vor, aha! Laura lächelte süß. »Oh, ganz ausgezeichnet. Genau betrachtet wüsste ich nicht, wann ich zuletzt so zutiefst befriedigend geschlafen habe.«

Dem Lakai glitt der Teller aus der behandschuhten Hand und landete scheppernd vor Laura auf dem Tisch. Diana hatte sich an ihrem Tee verschluckt und tupfte sich mit der Serviette den Mund.

Während der Diener eiligst den Rückzug antrat, ließ Sterling langsam die Zeitung sinken und warf Laura einen Blick zu, der beinahe die bezaubernden Butter-Rosetten auf ihrem Teller zum Schmelzen brachte.

Er faltete die *Morning Post* ordentlich zusammen, klemmte sie unter den Arm und erhob sich. »Schön, dass die Räumlichkeiten zu Ihrer Zufriedenheit sind. Wenn die Damen so freundlich wären, mich zu entschuldigen ...«

»Reitest du mit Thane im Hyde Park aus?«, fragte Diana, wobei sie sich ganz darauf konzentrierte, ein Stück Toast mit Marmelade zu bestreichen.

Sterling schüttelte den Kopf. »Ich gedenke, den Tag im Studierzimmer zu verbringen und mich mit unseren Konten und Besitztümern zu befassen. Ich habe allzu lang meine Pflichten vernachlässigt.« Er tätschelte Diana die Schulter. »Nun, da ich endgültig hier bleiben werde, brauchst du dich nicht mehr mit diesen drögen Haushaltsbüchern und Zahlenkolonnen abzuplagen. Du könntest mit Laura doch zum Einkaufen gehen, um eine angemessene Aussteuer zu besorgen.«

Diana bot ihm zwar die Wange zum Kuss, doch es schien sie nicht gerade glücklich zu machen, ihrer Pflichten entbunden zu sein.

Laura wartete, bis er fast schon an der Tür war. »Haben Sie für Ihre Gemahlin keinen Kuss übrig?«

Einen harten Zug um den Mund, machte er auf dem Absatz

kehrt. Als er sich herunterbeugte, um ihre Wange zu küssen, sorgte Laura dafür, dass er ihren Mundwinkel erwischte.

Sie hörte ihn schniefen, sah seine lohfarbenen Wimpern die glänzenden Augen verbergen. Doch als er sich wieder gerade richtete, war er förmlich wie zuvor. »Guten Tag, Mylady.«

Als er fort war, stellte Diana die Teetasse ab. »Er mag es nicht, wenn man mit ihm spielt. Und Sie haben sich da auf ein besonders gefährliches Spiel eingelassen.«

Laura biss in ein warmes Stück Pflaumenkuchen und stellte erstaunt fest, was für einen Heißhunger sie hatte. »Ich bin mir dessen durchaus bewusst. Aber ich hoffe, der Gewinn übersteigt den Einsatz bei weitem.«

KAPITEL 22

Ich hoffe, Du verwöhnst sie so,
wie ich Dich gerne verwöhnt hätte …

Der Teufel von Devonbrooke hatte sich eine Braut geholt. Am frühen Nachmittag, als Diana und Laura ihre Runde durch die Läden der Oxford und der Bond Street machten, summte ganz London von der Neuigkeit. Schwer zu sagen, wer erschütterter war – die törichten, jungen Damen oder ihre ambitionierten Mütter, die ihren kleinen Lieblingen einen der reichsten und fähigsten Junggesellen der allerersten Gesellschaft hatten einfangen wollen.

Diana geleitete Laura in ein exklusives Stoffgeschäft mit einer verwirrenden Auswahl an Seiden und Musselinstoffen, das nur so vor Kundinnen schwirrte, die ihre Orders machen wollten. Als Diana und Laura hereinkamen, erstarb das Stimmengewirr zu dezidiertem Schweigen. Laura wurde mit anzüglichen Blicken bedacht, manche offen feindselig.

Eine der Verkäuferinnen kam angelaufen und beäugte bestürzt das blassgelbe Musselinkleid, das Laura völlig angemessen erschienen war. Bevor sie noch erklären konnte, dass sie kein Italienisch sprach, hatte die kleine, dunkelhaarige Frau sie schon in ein Abteil geschoben, um mit einer Dreistigkeit an ihr herumzuzerren und zu messen, die selbst Cookie beeindruckt hätte.

Sie ertrug minutenlang die Schmach, zwei Fremde in fließendem Italienisch die zweifelhaften Vorzüge ihres Busens diskutieren zu hören. Dann war sie sich selbst überlassen, weil die beiden frisches Papier holen gegangen waren und noch mehr Nadeln, mit denen man sie piesacken konnte. Laura stand auf einem niedrigen Schemel und zitterte in ihrem Unterkleidchen vor sich hin, als ihr bewusst wurde, dass sich auf der anderen Seite des Vorhangs zwei Frauen unterhielten. Und diese beiden *sprachen* unglückseligerweise Englisch.

Die erste Stimme war seidenweich, aber giftig. »Ist das denn zu fassen? Da heiratet er ein mittelloses Landei, das keine Mitgift hat und keinen Titel! Es heißt, sie sei ...« Laura musste sich näher an den Vorhang lehnen und den Kopf recken, um das zischelnde Geflüster der Frau zu verstehen.

»Nein! Das kann doch nicht Ihr Ernst sein! Eine Pfarrerstochter?« Und wenn Sterling eine Putzfrau geheiratet hätte, die andere Frau hätte nicht ungläubiger lachen können. »Besteht da vielleicht die Möglichkeit einer Liebesheirat?«

Die erste Frau schniefte. »In keinster Weise. Ich hörte, man hat die beiden in einer kompromittierenden Situation ertappt, und er wurde gezwungen, gegen seinen Willen zu heiraten.«

Laura machte die Augen zu. Die Frau hatte einen blank liegenden Nerv getroffen.

»Nach allem, was ich gehört habe, kann er nicht die Sorte Mann sein, die sich zu irgendetwas zwingen lässt.«

»Das mag in den meisten Fällen auch so sein. Aber wenn die Ehre eines Mannes auf dem Spiele steht, tut er alles Erdenkliche, sie zu verteidigen und heiratet sogar eine Frau, die unter seiner Würde ist.«

»Vielleicht muss man das Mädchen nur ein wenig aufpolieren.«

»Da kann er herumpolieren, so viel er will, er wird immer nur einen Klumpen Kohle haben und niemals einen Diamanten.« Die Stimme schnurrte kehlig weiter: »Sie hat nicht die geringste Hoffnung, ihm jemals zu genügen. Haben Sie etwa vergessen, dass ich ja aus erster Hand weiß, wie anspruchsvoll er im Bett sein kann? Er wird der dummen, kleinen Bürgerlichen schon bald überdrüssig sein … wenn er es nicht schon ist. Und wenn das passiert, dann werde ich da sein. Er hat ihr vielleicht seinen Namen geschenkt, aber sein Herz wird sie niemals gewinnen.«

Laura war nur noch einen wütenden Atemzug davon entfernt, aus der Kabine zu schießen und der hinterhältigen Hexe zu zeigen, wie ›bürgerlich‹ sie sein konnte, da raschelten im Abteil nebenan ein paar Röcke.

»Welch eine Freude! Lady Diana«, zirpte die Frau, die Lauras Ehemann in ihr Bett gezerrt hatte. »Ich wusste gar nicht, dass Sie hier im Laden Kundin sind. Was für eine Freude, Sie zu treffen. Ihr Cousin und ich sind die allerbesten Freunde.«

»Tatsächlich?« Laura brauchte sich Dianas eisigen Blick nicht erst groß vorzustellen. Sogar in ihrem Abteil schien die Temperatur so rapide gefallen zu sein, dass sie schon fast erwartete, ihren eigenen Atem zu sehen. »Sterling hat nie von Ihnen gesprochen. Ich erinnere mich allerdings, dass er Ihren Gatten recht freundlich erwähnt hat. Wie geht es Lord Hewitt dieser Tage? Im Vollbesitz seiner Kräfte, wie ich hoffe.«

Der schmeichlerische Ton schwand aus Lady Hewitts Stimme. Sie wurde frostig wie Diana. »Mein Bertram verbringt sehr viel Zeit auf unserem Landsitz.«

»Das kann man ihm wohl nicht übel nehmen.« Als die zweite Frau nach Luft schnappte, setzte Diana hinzu: »Diese Sommerhitze, aber das wissen Sie ja selbst. Wenn Sie jetzt so freundlich wären, mich zu entschuldigen. Ich bin auf der Suche nach der jungen Ehefrau meines Cousins. Sterling hat mich mitgeschickt, damit ich ihr bei der Auswahl einer angemessenen Aussteuer helfe. Der liebe Mann ist ganz beschämt, dass er sie zu einer solch überstürzten Hochzeit gedrängt hat. Doch er konnte es nicht ertragen, auch nur einen Tag von ihr getrennt zu sein. Er liebt sie abgöttisch, müssen Sie wissen. Er verwöhnt sie nach Kräften und will nicht, dass es ihr an irgendetwas mangelt.«

Tränen der Dankbarkeit und der Wehmut brannten in Lauras Augen. Einst, in einem anderen Leben, wären Dianas Worte wahr gewesen.

Als Laura kurze Zeit später das Abteil verließ, saß ihre Begleiterin kerzengerade auf einer Stuhlkante und betrachtete desinteressiert die neuesten Modebilder in *La Belle Assemblée*.

»Ich habe gehört, was Sie zu diesen Frauen gesagt haben«, flüsterte Laura. »Ich bin Ihnen zu Dank verpflichtet.«

Diana klappte das Journal zu und erhob sich mit trotzig gerecktem Kinn. »Das habe ich nicht für Sie getan. Sondern für mich. Hohlköpfige Schönheiten wie Elizabeth Hewitt blicken seit Jahren naserümpfend auf mich herunter, weil ich nicht das Unglück hatte, einen gichtkranken alten Säufer zu heiraten, der sich mehr für seine preisgekrönten Spaniel interessiert als für seine Frau.«

»Wenn Sie sich damit auf Lord Hewitt beziehen, muss man allerdings hinzufügen, dass seine Spaniel ihm gegenüber auch loyaler sind, als seine Frau es ist.«

Diana lächelte nicht direkt, aber ihre Augen leuchteten ein wenig. »Ich nehme an, da haben Sie Recht. Man kann den Mann kaum schelten, dass er die vierbeinigen Biester vorzieht.«

Der Rest des Nachmittags ging in wirbelndem Rausch vorbei. Während Diana und sie auf der breiten Oxford Street von einem Hutmacher, Schuhmacher oder Parfümeur zum anderen liefen, stellte Laura sich vor, wie sehr Lottie solch eine Unternehmung genossen hätte. Auch wenn Diana für sich selbst nur ein wertloses Schmuckstück kaufte, für Laura musste es von allem das Allerfeinste sein – eine ganze Phalanx von Hüten, dekoriert mit Früchten, Federn oder Blumen; von Hand bemalte Fächer; geschliffene Duftflakons; Schultertücher aus Cashmere; Handschuhe aus Ziegenleder und seidene Strümpfe; rüschenbesetzte Sonnenschirme; parfümierte Seifen; pastellfarbige Pantoffeln und nicht ein, sondern zwei Paar von den raffinierten, halbhohen Stiefeletten; silberne, filigran gearbeitete Kämme und Diademe; perlenbesetzte Haarbänder; sogar ein ziemlich schockierendes Paar langer Unterhosen, von denen eine enthusiastische Verkäuferin behauptete, sie würden in den Londoner Salons ganz große Mode werden. Alles sollte, so schnell es den Geschäftsleuten möglich war, nach Devonbrooke Hall geliefert werden.

Als sie einen bezaubernden kleinen Laden verließen, der ausschließlich Spitze führte, tat Laura der arme Kopf schon weh vom Versuch, den Überblick über all die Einkäufe zu behalten. Wenn ihre Kalkulationen korrekt waren, hatten sie an einem Tag mehr Geld ausgegeben, als Arden Manor in einem Jahr erwirtschaftete.

Als sie mit Tütchen voller heißer Pistazien, die sie aus einem Verkaufsautomaten gezogen hatten, zur Stadtkutsche zurückgingen, machten sich die Lampenanzünder gerade in die Dämmerung auf, die Straßenlaternen zu entzünden. Das sanfte Licht ließ die Auslagen der Geschäfte nur noch verführerischer erscheinen.

An einem bunt dekorierten Spielzeugladen hielt Laura abrupt inne und stieß einen kleinen Schrei aus.

Im Schaufenster saß eine in Rüschen und Spitzen aufgemachte Porzellanpuppe. Von den rundlichen, rosa Wangen bis zum goldgelockten Scheitelknoten, der Stupsnase und den kleinen Glacéleder-Schuhen: Die Puppe war das exakte Abbild Lotties.

Diana betrachtete die Auslage. »Was ist denn?«

»Ich dachte gerade, wie sehr meine kleine Schwester diese Puppe lieben würde«, erwiderte Laura und drückte die Finger ans Glas, ohne es überhaupt zu bemerken.

Diana zuckte die Achseln. »Dann kaufen Sie ihr die Puppe doch.«

Laura steckte die Hände in ihren nagelneuen, mit Schwanendaunen gepolsterten Muff. »Ich kann die Großzügigkeit des Herzogs nicht mehr strapazieren, als ich es schon getan habe. Er ist ohnehin bei weitem zu extravagant.«

Diana sah sie sonderbar an. »Sterling ist nicht im Geringsten geizig. Er missgönnt Ihnen vielleicht seine Vergebung, nicht aber seine Börse. Wenn Sie das eine nicht haben können, dann sollten Sie das andere nehmen.«

Auch Diana legte ihre Finger auf die Fensterscheibe, einen sonderbar versonnenen Ausdruck im Gesicht. »Eine der wenigen Lektionen, die ich von meinem Vater gelernt habe.«

Als Laura eine Stunde später den Spielzeugladen verließ, war sie mit Geschenken für ihre Geschwister beladen. Unter anderem einem Springseil für Lottie und drei Päckchen glänzender Spielkarten für George. Sie hatte es abgelehnt, sich ihre Schätze liefern zu lassen, weil sie sie niemand anderem anvertrauen wollte. Diana wartete geduldig, während sie in einem Herrengeschäft ein Paar weicher, lederner Reithandschuhe erstand, die Dower in den kalten Winternächten die schmerzenden Hände wärmen sollten. Dass sie Cookie einen Hut mit Straußenfedern schicken würde, den sie für sich selbst ausgesucht hatte, stand auch bereits fest.

Als sie endlich die Kutsche erreicht hatten, blieb Diana so abrupt stehen, dass Laura in sie hineinlief. Einer der Lakaien sprang vom Kutschbock, rettete die Päckchen, während Laura über Dianas Schulter hinweg den Marquess of Gillingham an eine Laterne gelehnt stehen sah, den Zylinder in der einen Hand, einen glänzenden Gehstock in der anderen.

Er richtete sich gerade und bedachte die Damen mit einer eleganten Verbeugung. »Euer Gnaden, Lady Diana. Ich habe Ihre Kutsche gesehen, als ich von meinem Schneider kam, und dachte, ich warte hier ein wenig, damit ich Ihnen einen guten Abend wünschen kann.«

»Ihnen gleichfalls einen guten Abend, Mylord.« Diana rauschte schneidig an ihm vorbei und ließ sich von dem Lakaien in die Kutsche helfen. »Jetzt, da mein Cousin wohlbehalten von seinem kleinen Abenteuer zurück ist, werden wir wohl kaum noch etwas von Ihnen zu sehen bekommen, wie ich annehme.«

»Ganz im Gegenteil«, sagte Thane gedehnt und drängelte sich an dem Lakaien vorbei, um Laura höchstpersönlich in die Kutsche zu helfen. »Da sich der Herzog jetzt endgültig in Devonbrooke Hall niedergelassen hat, gedenke ich Ihnen regelmäßig auf die Nerven zu fallen.«

»Was keine allzu große Herausforderung für Sie sein dürfte.« Diana schaute stur geradeaus, während der Lakai die Türen schloss. »Ich bin sicher, mein Cousin wird hoch erfreut sein, Sie begrüßen zu dürfen.«

Thane betrachtete Lady Dianas Profil und strich zwischen Daumen und Zeigefinger die Krempe des Zylinders glatt. »Und was ist mit Ihnen, Diana?«, fragte er sanft. »Wären Sie ebenfalls erfreut, mich zu sehen?«

Bevor sie ihm antworten konnte, setzte sich die Kutsche in Bewegung.

»Dieser unerträgliche Mann«, murmelte Diana, riss sich die Handschuhe herunter und knallte sie auf ihren Schoß.

Verblüfft über die hektischen Flecken auf Dianas Wangen und den ungewohnten Temperamentsausbruch, lehnte Laura sich zum Fenster hinaus und sah Thane mit dem Hut in der Hand der Kutsche hinterherschauen.

Zurück in Devonbrooke Hall, erwartete sie Addison bereits im Foyer. »Seine Gnaden wünscht Sie im Studierzimmer zu sprechen«, informierte er Laura und reichte Muff und Mantel an einen Diener weiter.

Lauras Herz tat einen Hüpfer. Vielleicht würde Sterling

endlich nicht mehr so tun, als hätte die letzte Nacht nicht stattgefunden. Vielleicht würde er eingestehen, dass kein Mann eine Frau so nehmen konnte, wie er sie genommen hatte, ohne selbst etwas dabei zu empfinden. Sie strich sich das Haar glatt, startete den nächstbesten Korridor hinunter und hoffte, dass ihre Mitleid erregende Ungeduld nicht allzu sehr auffiel.

Addison räusperte sich höflich. »Dort entlang, Euer Gnaden.« Er zeigte in die entgegengesetzte Richtung. »Die siebte Tür linker Hand, direkt nach dem marmornen Springbrunnen.«

Laura schoss herum und bedachte ihn mit einem dankbaren Lächeln.

Laura schlüpfte lautlos ins Studierzimmer und fand Sterling hinter einem Monster von einem Mahagoni-Schreibtisch vor, umgeben von Stapeln aus Dokumenten und Haushaltsbüchern. Die Hunde waren glücklicherweise nirgendwo zu sehen. Trotz seiner Zusicherung, die beiden seien sanfte Riesen, hatte Laura die zwei nach wie vor in Verdacht, dass sie ihr insgeheim ein Bein abnagen und es im Wintergarten vergraben wollten.

Sterling hatte achtlos seinen Gehrock über einen Stuhl geworfen und saß in zerknitterter Weste und mit aufgekrempelten Hemdsärmeln da. Sie studierte sein Gesicht und dachte bei sich, wie wenig sie von ihm wusste. Er war nicht ihr ureigenstes Geschöpf, sondern ein komplizierter Mann, den sowohl gute als auch grausame Erfahrungen geprägt hatten. Sie wünschte, das hätte ihn weniger begehrenswert gemacht, anstatt nur umso mehr.

Sie hätte geschworen, dass sie keinen Mucks gemacht hatte, doch er schaute unvermittelt auf und sah sie ihn beobachten. Die unverbindliche Maske, die sie langsam richtiggehend hasste, legte sich passgenau auf sein Gesicht.

»Sie sind von Ihrem Einkaufsbummel zurück? Ich hoffe, Sie haben alles bekommen, was Sie wollten?«

»Nicht alles«, sagte Laura kryptisch und setzte sich in den Ohrensessel vorm Schreibtisch.

»Nun, vielleicht mildert das hier die Enttäuschung.« Er lehnte sich über den Tisch und hielt ihr ein zusammengefaltetes Stück Pergament hin. »Herzlichen Glückwunsch zum Geburtstag.«

Laura blinzelte ihn völlig verständnislos an.

»Sie haben doch nicht gedacht, ich würde Ihren Geburtstag vergessen.«

»Ehrlich gesagt bin ich diejenige, die ihn vergessen hat. Dass Sie daran denken, hatte ich ganz bestimmt nicht erwartet.« Sie senkte schüchtern den Blick. »Oder dass Sie mir etwas schenken.«

»Los.« Er zeigte auf das Pergament. »Lesen Sie es.«

Laura faltete langsam das amtlich aussehende Schriftstück auf und überflog die elegante Handschrift. Sie war nicht sicher, was sie da in Händen hatte.

»Es ist die Eigentumsurkunde für Arden Manor«, erklärte Sterling. »Ich habe sie gestern Morgen entdeckt, als ich die Papiere im Studierzimmer meines Vaters durchgegangen bin. Ich habe einen Anwalt herbestellt, während Sie fort waren und habe Haus und Land auf Ihren Namen überschreiben lassen. Sie brauchen sich nie mehr zu sorgen, dass George und Lottie kein Dach über dem Kopf haben. Niemand wird Ihnen Arden Manor je wegnehmen können, nicht einmal meine Erben.«

Seine Erben. Laura starrte blind auf die Urkunde und weigerte sich aufzublicken, solange die Gefahr bestand, dass er sie weinen sah.

»Ich dachte, Sie wären erfreut«, sagte er sanft. »Hätten Sie ein Paar Smaragdohrringe vorgezogen? Oder ein diamantenes Halsband?«

Laura bohrte die Fingernägel in das Pergament. »Nein, natürlich nicht, Mylord. Sie sind unendlich großzügig.«

Er zuckte die Schultern. »Unsinn. Man könnte sogar sagen, Sie haben es sich verdient.«

Laura hob den Kopf. Sie schaute ihn ungläubig an. Bilder der letzten beiden Nächte schossen ihr durch den Kopf.

»Mit Hilfe Ihres Einfallsreichtums, natürlich«, setzte er hinzu. Das Funkeln seiner Augen sagte ihr, dass er genau wusste, woran sie gedacht hatte. »Sie haben ein enormes Risiko auf sich genommen, dieses heruntergekommenen Landhauses wegen.«

»Ein heruntergekommenes Landhaus, das Sie nur allzu gern für sich selbst beansprucht hätten. Und ganz bestimmt nicht, um Ihrer Mutter den letzten Respekt zu erweisen.«

Sterling lehnte sich zurück. Seine freundliche Maske zeigte erste Risse. »Meine Mutter sollte nicht Ihre Sorge sein.«

Laura erhob sich und zerknüllte die Urkunde in ihrer Faust. »*Ihre* Sorge war Sie jedenfalls sicherlich nicht. Wäre sie es gewesen, dann hätten Sie sie nicht ohne Ihre Vergebung sterben lassen. Aber da ich anscheinend Lady Eleanors Schicksal teilen werde, ist es nur gerecht, dass ich auch ihr Haus erbe. Auch wenn ich den Rest meines Lebens damit verbringen muss, es mir zu *verdienen.*« Sie ging zur Tür und drehte sich noch einmal auf dem Absatz nach ihm um. »Oh, ich bin heute einer lieben Freundin von Ihnen über den Weg gelaufen – einer Lady Hewitt. Sie hat klargestellt, dass sie nur zu erfreut wäre, wieder das Bett mit Ihnen zu teilen, sobald sie meiner überdrüssig sind.«

Obwohl sie alle Kraft aufbringen musste, zu der ihr zarter Körper fähig war, schaffte sie es, die schwere Tür dermaßen hinter sich zuzuknallen, dass die Kerzenleuchter schepperten.

»Was aber kaum je der Fall sein wird«, murmelte Sterling und schüttelte traurig den Kopf, während ihre wütenden Schritte sich entfernten.

Laura lag flach auf dem Rücken im Bett und starrte in den Betthimmel hinauf. Letzte Nacht war sie zornig gewesen, heute Nacht war sie fuchsteufelswild. Ihr Ehemann konnte den edlen Wohltäter spielen, so viel er wollte, sie wusste, was sein Geschenk in Wirklichkeit war – nichts als ein weiterer Vorwurf. Eine höhnische Erinnerung, dass kein alter, modriger Steinhaufen je wieder gutmachen konnte, was ihre Lügen sie beide gekostet hatten.

Irgendwo im Haus schlug eine Uhr und kündete vom Ende ihres Geburtstages.

Laura warf sich auf die Seite. Und wenn es dreizehn schlug, sie würde nicht zu ihm gehen. Ganz abgesehen davon, dass sie den Westflügel ohnehin nicht wieder finden würde. Sterling würde sowieso nur erleichtert sein, wenn sie eine Treppe hinunterstürzte und sich den Hals brach. Sie sah ihn schon an ihrem Grabe stehen, wie er mit gespielter Trauermiene Lady Hewitts Beileidsbekundungen entgegennahm.

Aber vielleicht würde er ihr frühes Ende gar nicht erst abwarten. Was, wenn sie zum Westflügel marschierte und sein Bett kalt und verlassen vorfand? Vielleicht war er längst wieder bei seiner ehemaligen Geliebten. Vielleicht hatten sie den Abend über Champagner getrunken und über das Missgeschick gelacht, das ihn zur Heirat mit einer mittellosen Pfarrerstochter gezwungen hatte, die nie darauf hoffen konnte, im Bett seinen Ansprüchen gerecht zu werden. Vielleicht hatte er sich genau in diesem Moment schon in das seidene Bettzeug dieser Dame verstrickt und verwöhnte ihren sinnlichen Körper mit all den verderbten Köstlichkeiten, die er letzte Nacht Laura hatte angedeihen lassen.

Laura zog sich ächzend die Decke über den Kopf, um diese verfluchte Vorstellung loszuwerden.

Was genau die Haltung war, in der Sterling sie vorfand, als er die schweren Bettbehänge aufzog und sich neben sie setzte.

KAPITEL 23

… und dass sie sich Deiner Liebe würdig erweist.

Laura setzte sich auf und schüttelte sich die zerzausten Haare aus den Augen. »Was machst *du* denn hier?«

Sterling stellte den Kerzenhalter aus Zinn auf eine schmale Ablage am Kopfende ihres Bettes und tauchte Laura in anheimelndes Licht. »Ich will mir nicht vorwerfen lassen, meine Pflichten als Ehemann vernachlässigt zu haben. Ich zweifle, dass meine angeschlagene Reputation einem weiteren Schlag standhalten würde.«

Sie schien eine Zeit lang über seine Worte nachzudenken, dann sank sie auf den Rücken zurück. »Wenn du bloß deinen Erben willst, dann können wir uns die Nettigkeiten sparen und gleich zur Sache kommen.«

»Die Nettigkeiten?«

»Du weißt schon – die Küsserei … die Anfasserei.« Sie winkte geringschätzig ab. »Der ganze dumme Kram.«

»Du willst mich also nicht küssen?«

»Ich wüsste nicht weshalb, du etwa?«

Sterling schaute möglichst unschuldig drein. »An überhaupt keiner Stelle?«

Er war nahe genug, sie schwer schlucken zu sehen. Sie warf das Bettzeug zurück und starrte in den Betthimmel hinauf. »Deck mich einfach wieder zu, wenn du fertig bist. Es ist ziemlich kühl.«

Das war es. Aber das hatte nichts mit dem zugigen alten Haus zu tun, sondern allein mit der mürrischen Miene seiner

Gemahlin und ihrer starren Körperhaltung. Sie sah aus, als warte sie auf den Apotheker, damit der ihr einen vereiterten Zahn zog. Sterling musste sich in die Wange beißen, um sich am Lächeln zu hindern.

»Ich muss dein Nachtkleid hochschieben«, warnte er sie vor. »Ich hoffe, das ist dir nicht allzu unangenehm.«

Sie seufzte und wandte das Gesicht ab. »Da komme ich wohl nicht drum herum.«

Ihre Augen flatterten zu, als er mit seiner warmen Hand ihre langen, seidigen Beine hinaufstrich und das Nachtkleid über die Hüften hochschob. Sie sah wie ein Engel aus in diesem Kerzenlicht.

»Vielleicht wird es einfacher, wenn ich dich kurz hier anfasse.«

Ihre Lippen öffneten sich in einem lautlosen Seufzer. Sterling verbiss sich seinen eigenen. Er zog seinen seidenen Morgenmantel aus und war froh, dass er sich nicht damit aufgehalten hatte, Hosen anzuziehen als er sich auf den langen, einsamen Marsch zu ihrem Zimmer gemacht hatte.

»Wenn es dir zu viele Umstände macht, die Arme um mich zu legen, dann machen wir es doch einfach so.« Er verschränkte sanft seine Finger mit den ihren und drückte ihre Hände rechts und links neben ihrem Gesicht in die Kissen.

Sie umklammerte seine Finger, als er sich mit einer einzigen, sachten Bewegung auf sie legte. Sterling machte die Augen zu und kämpfte gegen einen Anflug archaischer Emotionen. Er hatte nie zu hoffen gewagt, dass eine Frau so seidig-süß, so heiß, so eng sein konnte. Als er sich in ihr zu bewegen begann, umfing ihr Körper ihn, als sei er für ihn gemacht.

»Bist du sicher, dass du nicht geküsst werden willst?«, flüsterte er mit vor Lust bebender Stimme.

Sie feuchtete mit der Zunge ihre Lippen an. »Na ja, einmal vielleicht …«

Sterling gab ihr einen Kuss. Einen Kuss, der nicht enden wollte. Einen Kuss in eben jenem hypnotischen Rhythmus, den seine Lenden vorgaben und sein donnerndes Herz. Er wollte den Kuss nicht enden lassen, den Kuss nicht und den Liebesakt nicht. Aber er konnte seinen Körper nicht ewig im Zaum halten. Und er wollte Laura zeigen, was sein Körper ihr zu geben vermochte – sogar ohne die *Nettigkeiten*.

Er fühlte sie unter sich kommen und wusste, dass ihm nichts anderes übrig blieb, als ihr zu folgen. Als er auf ihr zusammensank und nach Luft schnappte, war dies das Letzte, das er zu hören erwartet hatte: »Du hast getan, weswegen du gekommen bist. Du kannst jetzt gehen.«

Er hob langsam den Kopf.

Laura fixierte einen Punkt oberhalb seiner Schulter und versuchte so zu tun, als bebe ihr lüsterner Körper längst nicht mehr vor Lust.

»Du schickst mich weg?«

»Nein, ich entschuldige dich. Du hast deine Arbeit erledigt.«

Ein Teil von ihm wünschte sich nichts so sehr, wie sie in den Armen zu halten, bis die Dämmerung ins Schlafzimmer gekrochen kam. Doch dieses Anrecht hatte er hingegeben, als er die Rahmenbedingungen ihrer leidenschaftslosen Ehe aufgestellt hatte. Er verfluchte sich leise für seine mangelnde Weitsicht, zupfte sacht ihr Nachtgewand zurecht und deckte sie gut zu.

Dann streifte er den Morgenmantel über, griff zur Kerze, stieg aus dem Bett und zog die Vorhänge zu. Er zählte langsam bis zehn, dann lugte er noch mal durch die Bettbehänge. Laura lag auf dem Rücken, die Augen geschlossen, die Arme zur Seite ausgestreckt. Ihre mürrische Miene war dem Ausdruck tiefster, atemloser Verzückung gewichen.

Sterling räusperte sich, worauf sie so schnell hochschoss,

dass sie sich den Kopf am Pfosten anschlug. Sie rieb sich den Schädel und schaute durch zerzaustes Haar zu ihm auf. »Ich dachte, du wärst weg.«

Er lehnte sich an den Bettpfosten. »Ich meine, wir sollten die Nettigkeiten vielleicht nicht so schnell abschaffen. Wenn man es nämlich genauer bedenkt, sind sie ziemlich … nett.«

Laura spielte mit dem Band am Halsausschnitt ihres Nachtkleides. »Wenn du glaubst, dass es dir deine Pflichten ein wenig erleichtert …«

»Ich denke, es würde uns beiden unsere Pflichten erleichtern. Ich sollte dir einmal zeigen, was ich damit meine.«

Laura riss weit die Augen auf, als er den Morgenmantel erneut auszog und wieder zu ihr ins Bett kletterte.

Sterling Harlow hatte das Gesicht eines Engels, doch nachts war er ein Teufel, der Lauras Seele stahl, auch wenn er ihr Herz verschmähte. Er hatte zwar einen gewissen Hang zu Nettigkeiten bekundet, doch was er mit Lauras jungem, lustvollem Körper anstellte, ließ sich kaum als nett bezeichnen, sondern eher als ungezogen köstlich. Und manches war schlichtweg verrucht.

Laura lag jeden Morgen bis zehn oder elf Uhr im Bett herum und versuchte, jenen Moment hinauszuzögern, wo sie dem abweisenden Fremden gegenübertreten musste, der nichts mit dem heißblütigen Mann gemein hatte, der ihr nur ein paar Stunden zuvor köstliche Schauer der Lust über den Körper gejagt hatte. Umso leidenschaftlicher ihre Liebesnächte wurden, desto kühler und distanzierter verhielt Sterling sich, bis er schließlich sogar seine Cousine mit seinem reservierten Benehmen und seinem unverständlichen Gemurmel verärgerte.

Nachdem er sich eines Abends vom Dinner entschuldigt hatte, um sich im Studierzimmer zu verbarrikadieren, schleuderte Diana wütend ihre Serviette auf den Teller. »Wie war er?«, wollte sie wissen und starrte Laura aufgebracht an.

»Wie war wer?«

»Dieser Nicholas. Wie war er? Was für eine Sorte Mann ist er gewesen?«

Laura ließ die Gabel sinken, und ein wehmütiges Lächeln trat auf ihre Lippen. »Freundlich und zärtlich, mit ziemlich trockenem Humor. Ein wenig argwöhnisch vielleicht. Aber das kann ich ihm wohl kaum zum Vorwurf machen.« Sie tupfte sich mit der Serviette die Lippen. »Er hatte eine Menge Temperament. Sie hätten ihn sehen sollen, als er herausbekommen hatte, dass ich diese Pfarrstelle für ihn besorgt hatte, ohne ihn zu konsultieren. Er brachte eine ganze Zeit lang kein Wort heraus. Er schüttelte nur den Kopf und raufte sich das Haar und wurde immer röter, bis ich dachte, er explodiert.«

Diana stand auf und setzte sich neben Laura. »Oh, erzählen Sie. Hatte er einen richtigen Wutanfall? Ich habe mir immer gewünscht, dass er einen bekommt, wenn mein Vater ihn verprügelt hat. Aber er war zu stolz. Er hat die Schläge bekommen, und ich habe geheult.«

Laura glaubte einen Moment lang, genau das auch tun zu müssen. Doch stattdessen drückte sie Dianas Hand. »Wenn Sie einen Wutausbruch hätten sehen wollen, hätten Sie ihn erleben müssen, als er das erste Mal mit meiner kleinen Schwester zusammengetroffen ist. Lottie hat ihre Kätzchen in sein Bett gelassen, und er dachte, es seien Ratten.«

»Das verwundert mich nicht. Ich habe meine Katze im Nordflügel eingeschlossen, nachdem er zurückgekehrt war. Sterling konnte Katzen nie ausstehen. In dieser Hinsicht ähnelt er meinem Vater.«

»Ha! Dann fragen Sie ihn einmal nach dem Kätzchen, das ihm überallhin nachgelaufen ist. Ich habe ihn sogar dabei erwischt, wie er die Kleine auf ihr rosa Schnäuzchen geküsst hat und sie in seiner Manteltasche mitgenommen hat, wenn er dachte, dass es keiner sieht. Und sie hätten die beiden zusammen schlafen sehen sollen …« Der Lakai hörte angelegentlich mit, Laura sprach im Flüsterton weiter und entlockte Diana lautes Gelächter.

Die endlosen Zahlenreihen verschwammen schon vor Sterlings erschöpften Augen, als er ein Geräusch vernahm, das nie zuvor im dicken Gemäuer Devonbrooke Halls erklungen war. Er stand langsam auf und klappte das Haushaltsbuch zu.

Der Klang war unwiderstehlich, wie Sirenengesang. Er folgte ihm bis zur Tür des Speisesaals. Seine Frau und seine Cousine saßen Hand in Hand beisammen, flüsterten und lachten, als seien sie seit Jahren schon Freundinnen.

Er betrachtete Lauras schönes Profil und fühlte einen stechenden Schmerz in der Brust. Er hatte sie nicht mehr lachen gehört, seit sie vor einer Ewigkeit an einem sonnigen Morgen auf den Stufen von St. Michael gestanden hatten.

Hätte sich nicht einer der Lakaien angelegentlich geräuspert, Sterling hätte ewig so dagestanden, um sie zu betrachten. Laura und Diana drehten sich zu ihm herüber, ihr Lachen schwand, und ihre Augen verloren ihren Glanz.

»Vergebt mir die Störung«, sagte er steif. »Ich habe hier irgendwo die *Times* liegen lassen.«

Ein paar Tage später, an einem kühlen, verregneten Nachmittag saß Sterling wieder im Studierzimmer und vernahm erneut ein ungewöhnliches Geräusch.

Völlige Stille.

Er drehte sich langsam um.

Keine Hunde da.

Caliban und Cerberus waren seine ständigen Begleiter gewesen, seit er aus Arden zurückgekehrt war. Sie warteten sogar jede Nacht vor Lauras Schlafzimmertür, bis ihr Herr in den frühen Morgenstunden mit geröteten Wangen wieder herauskam. Sie waren die Einzigen, die wussten, dass er nicht in sein eigenes, kaltes Schlafgemach zurückkehrte, sondern den Rest der Nacht im Wintergarten verbrachte und den Sonnenaufgang erwartete.

Sterling ließ ein leises Pfeifen hören, das die Hunde stets sofort an seine Seite eilen ließ. Nichts.

Er runzelte die Stirn. Vielleicht hatte Addison versäumt, ihm zu sagen, dass einer der Unterlakaien mit den Mastiffs im Park unterwegs war.

Als er sich der Bibliothek näherte, sah er die Tür einen Spalt breit aufstehen. Er linste hinein und betrachtete sprachlos den Anblick, der sich ihm bot.

Laura saß auf dem Teppich vorm Kamin, Cerberus neben ihr ausgestreckt. Caliban hatte den Kopf auf ihren Schoß gelegt, die braunen Augen von sklavischer Ergebenheit erfüllt. Laura kraulte ihn gedankenverloren hinter den Ohren und schien sich nicht im Geringsten darum zu scheren, dass er ihr blaues Seidenkleid einsabberte. Sterling wagte nicht, sich vorzustellen, was seine alten Feinde, die Franzosen, wohl gesagt hätten, wenn sie seine beiden Höllenhunde so gesehen hätten, gezähmt von den Händen einer zarten Frau. Doch er wusste ja selbst nur allzu gut, was diese Hände vermochten.

Erst seine Cousine. Und jetzt die Hunde. Würde sie ihm gar nichts mehr lassen?

Caliban hob den Kopf, sah ihn an der Tür stehen und schaute ihn fragend an. Sterling legte den Finger auf die Lippen und entfernte sich leise.

Er ging ins Studierzimmer zurück, schrieb einen langen Brief und läutete nach Addison.

»Sehen Sie zu, dass der Marquess of Gillingham sofort diese Nachricht erhält.«

»Selbstverständlich, Euer Gnaden. Sonst noch etwas?«

»Ja. Zahlen Sie den Bediensteten eine großzügige Gratifikation aus. Ich fürchte, sie werden sie sich verdienen müssen.«

Am Ende ihrer zweiten Woche auf Devonbrooke Hall war Laura so verzweifelt auf der Suche nach Gesellschaft, dass sie schon die Ahnengalerie im Westflügel abwanderte und in den Gesichtern nach Ähnlichkeiten mit Sterling suchte. Sie amüsierte sich damit, sich die Lebensgeschichten der Portraitierten auszumalen. Sogar der alte Granville Harlow hatte seinen Schrecken verloren. Und es wäre ihr fast lieber gewesen, dem Geist des ehemaligen Herzogs zu begegnen als seinem Nachfolger.

Sie betrachtete ein kleines Gemälde, das sie beinahe übersehen hätte. Ein gezwungen wirkender blonder Junge, nicht älter als elf oder zwölf Jahre. Er hatte sich kerzengerade aufgerichtet, und seine Augen betrachteten die Welt mit einem für ein Kind erschreckenden Zynismus.

Laura legte ihm die Fingerspitzen auf die Wange. Keine Spur von dem Grübchen, das sie so liebte. Seine Lebensgeschichte brauchte sie sich nicht auszudenken. Sie kannte sie. Die, die er am meisten geliebt hatte, hatten ihn verstoßen. Man hatte ihn den Klauen eines despotischen alten Mannes überlassen, der ihn nach seinem Vorbild zu formen trachtete. Und die Frau, der er sein Herz geschenkt hatte, hatte ihn verraten. Laura ließ langsam die Hand sinken. War es da ein Wunder, dass er nicht ans Glück glaubte?

Sie wandte sich mit gesenktem Kopf ab, als ein barbarisches Gebell die Stille zerriss. Das Gebell wurde von Stimmengewirr begleitet, zu dem auch ein schrilles Kreischen gehörte und ein nicht enden wollender Strom aus Flüchen, der sich dankenswerter Weise aber in einem so ausgeprägten Cockney-Akzent ergoss, dass man das meiste nicht verstand.

Laura hob den Kopf, raffte die Röcke, zweifelte an ihrem Verstand und rannte los.

Sie hatte bereits die Galerie erreicht, als Diana mit nur einseitig frisiertem Haar aus dem Nordflügel herbeistürzte. »Was ist das für eine furchtbare Kakophonie? Das klingt ja, als quäle da jemand eine Katze.«

Laura antwortete nicht und rauschte an ihr vorbei. Sie wartete nicht, bis der verblüffte Lakai ihr die Eingangstür öffnete, sondern zerrte sie selbst auf.

»Laura!«

Addison versuchte mit puterrotem Kopf, die Hunde in Schach zu halten, während ein goldgelocktes Püppchen sich in Lauras Arme warf. Das Körbchen an ihrem Arm hätte gänzlich unschuldig gewirkt, hätten da nicht ein paar pelzige Schwanzspitzen unter dem Stoff herausgelugt und die Hunde verrückt gemacht.

»Lottie! Oh, Lottie bist du das wirklich?« Addison reichte die Hunde an zwei Lakaien weiter, während Laura ihr Gesicht in das duftende Haar ihrer kleinen Schwester grub.

»Natürlich ist sie das«, sagte jemand hinter ihr. »Kennst du irgendjemanden, der so ein Geschrei veranstalten würde, nur weil zwei kleine Hundchen ihren Korb für einen *Picknick*korb gehalten haben?«

Ihr Bruder lehnte mit makellos geschlungenem Halstuch an der prächtigen Kutsche, die vor dem Anwesen Halt gemacht hatte. »George Fairleigh«, rief sie aus. »Du bist ein riesiges Stück gewachsen, seit ich dich zum letzten Mal gesehen habe!«

»Ein ganz kleines Stück«, berichtigte er. »Aber pass auf die Barthaare auf, wenn du mich umarmst, es sind zwar nur zwei, aber sie pieksen ganz ordentlich.«

»Was aber wirklich keiner zu tun braucht«, grummelte jemand hinter ihr. »Wir sollten unsern Hintern nach Arden zurückschaffen, weil nämlich deine Schwester jetzt 'ne feine Lady ist, wo wir gar nicht hinpassen.«

Laura wirbelte herum und sah Dower mit saurer Miene hinter sich stehen. »Komm her, du verschrobener alter Brummbär und gib der feinen Lady einen Kuss.«

Als er sie in die Wange zwickte, nahm sie ihn bei den knorrigen Händen und stellte erfreut fest, dass die Risse im Abheilen waren.

Der Marquess of Gillingham höchstpersönlich war gerade dabei, Cookie aus der Kutsche zu helfen. Die Straußenfedern auf ihrem neuen Hut wogten majestätisch in der Brise. Laura warf sich ihr an den Hals.

»Ist ja gut, mein Lämmchen«, surrte Cookie und strich ihr übers Haar. »Jetzt ist die alte Cookie da, und alles wird gut.«

»Ich verstehe nicht«, sagte Laura. »Warum seid ihr denn nicht in Arden? Was macht ihr hier in London?«

Cookie griente den Marquess an. »Dein Mann hat diesen hübschen jungen Gentleman geschickt, dass er uns holt.«

Thane drückte ihre Hand an seine Lippen. »Es war mir ein Vergnügen. Man hat nicht jeden Tag Gelegenheit, mit einer Dame zu reisen, die einem Huhn mit bloßen Händen den Hals umdrehen kann.«

Laura konnte es nicht fassen. »Sterling hat nach euch geschickt? Warum hat er mir denn nichts davon gesagt?«

»So ist er eben«, murmelte Diana

»Es sollte eine Überraschung sein«, sagte eine tiefe Stimme hinter ihr. Laura drehte sich um und sah Sterling unterm Porticus stehen. »Und nach deinem Gesichtsausdruck zu schließen, würde ich sagen, sie ist mir gelungen.«

»Danke, Euer Gnaden«, sagte sie leise. »Ich kann Ihnen gar nicht sagen, wie viel mir das bedeutet.«

KAPITEL 24

Im Traum sehe ich noch immer Dein Gesicht …

Seine Mutter rief nach ihm.

Sterling schoss aus dem Bett hoch und zitterte am ganzen Leib. Er warf die Decken zurück und schwang die Beine aus dem Bett. Der Boden unter seinen nackten Füßen fühlte sich wie Eis an. Er ging quer durch den Raum und riss die schwere Tür auf. Die Dunkelheit kam auf ihn zu, doch er wich nicht zurück, biss die Zähne zusammen und kämpfte gegen die Angstschauer an. Wieder ertönte die Stimme – traurig und süß – und ließ ihn Hoffnung schöpfen. Seine Mutter rief nicht einfach nur nach ihm. Sie rief ihn nach Hause.

Er trabte den langen Korridor hinunter, folgte der Musik ihrer Stimme. Während sich vor ihm der Flur erstreckte, wurde er sich eines anderen Geräuschs bewusst, das hinter ihm aus den Schatten drang. Er erstarrte und drückte sich gegen die Wand.

Zuerst hörte er nur seinen eigenen Atem rasseln. Aber dann war das Geräusch wieder da. Er hatte es schon tausende Male gehört, dieses Geräusch, das ihm die Kälte wie eine Spinne den Rücken hinunterlaufen ließ.

Das rhythmische Klopfen des Gehstocks seines Onkels.

Sterling drückte sich von der Wand ab und sprintete los. Doch wie schnell er auch rannte, das unerbittliche Klopfen hielt Schritt und wurde sogar lauter, bis es beinahe die Stimme seiner Mutter übertönte. Wären seine Beine nur länger gewesen, dann hätte er Mutter vielleicht erreicht, bevor sein Onkel ihn zu fassen bekam. Wäre der Korridor nur nicht mit jedem Schritt, den er tat, länger geworden. Wäre er nur …

Eine knochige Hand zischte hinter ihm aus der Dunkelheit und schloss sich um seine Kehle.

Sterling schoss von der Chaiselongue hoch und zitterte am ganzen Leib.

Das ganze Jahrzehnt beim Militär war er glücklicherweise von den Albträumen verschont geblieben, die ihn seine gesamte Jugend über geplagt hatten. Doch die Albträume hatten sich in den dunklen Ecken Devonbrooke Halls zusammengekauert und nur darauf gewartet, dass er zurückkam.

Er schwang die langen Beine auf den Boden und stützte den Kopf in die Hände. Es gelang ihm immer noch nicht, im Bett seines Onkels zu schlafen. Es fühlte sich zu sehr wie ein Grab an. Er fürchtete fast, dass er nicht mehr hochkommen würde, sobald er sich in die Federmatratze sinken ließ.

Er schaute auf die Uhr auf dem Kaminsims. Er hatte nur ein kurzes Nickerchen machen wollen, bevor er zu Laura ging, doch jetzt war es fast ein Uhr morgens. Er stand auf und knotete seinen Hausmantel zu. Falls Laura schon schlief – das schwor er sich, als er sich zu ihrem Schlafzimmer aufmachte –, dann wollte er einfach nur in ihr Bett schlüpfen, ihre Wärme spüren und sein Gesicht in ihrem süß duftenden Haar vergraben, bis der bittere Nachgeschmack des Albtraums vergangen war. Er würde nicht einmal die empfindsame Stelle hinter ihrem Ohr küssen oder seine Hände um ihre cremeweißen, weichen Brüste schließen. Er schüttelte hilflos den Kopf. Nein, zur Hölle, das würde er nicht.

Sterling öffnete Lauras Tür. Caliban und Cerberus lagen ausgestreckt auf dem Teppich vorm Fußende ihres Bettes wie zwei schnarchende Schutzengel.

»Ihr Verräter«, murmelte er und bückte sich, um den beiden die Köpfe zu tätscheln.

Die erschöpften Hunde hatten den ganzen Nachmittag lang Lotties Kätzchen durch die Eingangshalle gejagt, bis ein graues Fellbündel herumgeschossen war und Caliban eins auf die Nase gegeben hatte. Den Rest des Nachmittags hatten die beiden dann winselnd unter der Küchentreppe gekauert.

Sterlings Pulsschlag beschleunigte sich vor Vorfreude, während er die Vorhänge auseinander zog – und verlangsamte sich deutlich, als er neben Lauras brünettem Haupt einen blonden Lockenkopf entdeckte.

Seine Frau hatte offensichtlich auf ihn gewartet. Ihr Blick war klar, nicht umwölkt vom Schlaf. »Lottie hat schlecht geträumt«, flüsterte sie mit entschuldigender Miene. »Ich konnte sie schlecht fortschicken.«

Sterling blickte auf das Kind hinab, das sich in Lauras Arme gekuschelt hatte und das halbe Dutzend Kätzchen, die gemütlich zwischen den Laken dösten. Der Neid versetzte ihm einen heftigen Stich.

»Natürlich nicht«, murmelte er und streichelte Lottie übers Haar. Er stopfte die Fäuste in die Taschen seines Hausmantels, um sich daran zu hindern, Laura ebenfalls zu streicheln. »Sie ist in guten Händen. Ich bin sicher, du hältst ihr die Schreckgespenster vom Leib.«

Sterling machte sich zum Wintergarten auf, kramte eine Zigarre aus der Tasche und wünschte sich nur, sie hätte das Gleiche auch für ihn getan.

Devonbrooke Hall hallte vor Fröhlichkeit wider.

Wenn die Hunde einmal nicht damit beschäftigt waren, gutmütig den Katzen nachzujagen, dann rutschte bestimmt gerade Lottie irgendein Treppengeländer herunter und schrie sich die Lunge aus dem Leib, während George auf Strümpfen durchs Foyer schlitterte. Ein strahlender Addison stellte fest, dass sowohl die Mahagoni-Geländer als auch die Marmorböden so gut poliert waren wie nie zuvor und gab den Dienstmägden einen Tag frei.

Cookie fegte durch die Küche wie eine frische Brise aus Hertfordshire und schwang drohend das Nudelholz, als der französische Chefkoch sie von seinem Terrain verscheuchen wollte. Als sie eine seiner schweren Sahnesoßen an die Katzen verfütterte, quittierte der kleine Mann beleidigt den Dienst, stürmte durch den Speisesaal davon und sprudelte derart wüste gälische Schimpfworte heraus, dass sogar Dower beeindruckt war. Cookie legte einfach nur die Schürze beiseite, die er ihr an den Kopf geworfen hatte, und machte sich daran, Ingwerbrot zu backen.

Der einzige Mensch, der gegen das fröhliche Chaos immun zu sein schien, war der Hausherr selbst. Sterling tauchte nur selten aus dem vertäfelten Dunkel seines Studierzimmers auf und pflegte sogar dort zu speisen, seit Lauras Familie im Speisesaal Karten spielte und turbulente Fressgelage veranstaltete.

Er hatte bis spät in die Nacht im Schein einer einzigen Lampe am Schreibtisch gearbeitet, als seine Cousine hereinkam.

»Wie nachlässig von mir«, sagte er trocken. »Ich habe anscheinend dein Klopfen überhört.«

Diana nahm, wie gewöhnlich, kein Blatt vor den Mund. »Du bist jetzt seit fast einem Monat verheiratet und machst keine Anstalten, deine Ehefrau der Gesellschaft vorzustellen.«

Sterling wedelte vage mit dem Federhalter und schrieb an dem Brief weiter, der einem seiner Gutsverwalter in Lancashire galt. »Die meisten Familien sind an der See zur Sommerfrische oder auf ihren Landgütern. Im Herbst vielleicht, wenn sie wieder zurück sind –«

»Laura glaubt, du schämtest dich ihrer.«

Sterling hob den Kopf. »Mich ihrer schämen? Wie ist sie auf diese lachhafte Idee gekommen?«

»Es gab da einiges an *Gerüchten*, die ungewöhnlichen Umstände eurer Hochzeit betreffend, die du nicht aus der Welt geräumt hast.«

»Elizabeth …«, fauchte er. »Verflucht soll sie sein, diese Dame mit ihrer giftigen Zunge.«

»Unglücklicherweise musste Laura kurz nach ihrer Ankunft in London ein recht boshaftes Gespräch mit anhören, das sich um ihre verschiedenen Unzulänglichkeiten drehte.«

»Unzulänglichkeiten?« Sterling sprang auf. »Sie hat keine verfluchten Unzulänglichkeiten! Sie ist liebevoll und großzügig und loyal und witzig und gescheiter, als gut für mich ist. Jeder Mann, der so eine Frau sein Eigen nennen darf, kann sich glücklich schätzen!«

Diana zuckte mit einer schmalen Augenbraue.

Sterling sank in seinen Sessel zurück und vermied es, sie anzusehen. Elizabeth Hewitt war vermutlich nicht die Alleinschuldige, was Lauras falsche Vermutungen anging. Schließlich war er es, der sich jede Nacht in ihr Bett schlich und sie eher wie eine Mätresse behandelte, denn eine Ehefrau.

Er tippte mit der Feder auf die lederne Schreibunterlage. »Wie viel Zeit brauchst du, einen Ball vorzubereiten?«

»Wenn Addison mir hilft, eineinhalb Wochen«, sagte Diana, als hätte sie die Frage erwartet.

»Dann fängst du am besten gleich an.« Diana wandte sich zum Gehen. »Oh, und stell bitte sicher, dass Lady Hewitt eine Einladung erhält«, setzte Sterling noch hinzu.

Diana bedachte ihn mit einem katzenhaften Lächeln. »Mit dem allergrößten Vergnügen.«

Am Morgen des Balls war Sterling gerade dabei, Dianas Gästeliste durchzugehen, als Addison den Kopf ins Studierzimmer steckte und dabei die Nasenflügel anlegte, als sei er einem unangenehmen Geruch ausgesetzt gewesen. »Da ist ein Mann, der Sie sprechen möchte, Sir. Ein Mr Theophilus Watkins.«

Der Kammerdiener hatte all die Jahre über ein untrügliches Gespür für Menschen bewiesen. Einer der Gründe, warum Sterling ihm Diana anvertraut hatte, solange er selbst fort gewesen war.

»Also gut«, antwortete Sterling wachsam. »Schicken Sie ihn herein.«

Addison geleitete einen gut gekleideten Herrn ins Studierzimmer und bezog hinter Sterlings rechter Schulter Position, anstatt ihn, wie üblich, mit seinem Besucher allein zu lassen.

Der Fremde verneigte sich affektiert. »Theophilus Watkins, Euer Gnaden. Ergebenst zu Ihren Diensten.«

Seinen Worten zum Trotz zeugte nichts an seinem Benehmen oder seinem hungrigen Lächeln von Ergebenheit. Der Gehstock mit dem Marmorknauf erregte Sterlings Aufmerksamkeit. Watkins hielt den Stock wie eine Waffe, nicht wie ein modisches Accessoire.

»Und wie kann *ich* Ihnen zu Diensten sein, Mr Watkins?«

Watkins nahm unaufgefordert Platz. »Sie sind sich dessen vielleicht nicht bewusst, Euer Gnaden, aber ich bin Ihnen bereits zu Diensten gewesen. Es war meine erstklassige Ermittlungsarbeit, die Sie aus den Fängen jener gierigen Rüpel errettet hat. Wäre ich nicht gewesen, steckten Sie möglicherweise noch immer in deren Fängen.«

Sterling schaute ihn ein paar Sekunden lang unverwandt an. Wenn dieser Mann nicht gewesen wäre, Sterling wäre jetzt vielleicht glücklich verheiratet mit der Frau, die er liebte. Er würde auf Arden Manor leben und leichten Herzens seine tatsächliche Identität vergessen haben. Er würde keine langweiligen Bücher führen und nicht nach seinen Gütern sehen müssen. Er wäre vielleicht glücklich.

Plötzlich war Sterling so zornig, wie er es nicht mehr gewesen war, seit Laura ihn hinters Licht geführt hatte. Er wollte diesen Mann nur noch gegen die Wand schleudern, ihm den

Unterarm auf die Kehle drücken und zusehen, wie sein blasiertes Gesicht rot anlief.

Sterling räusperte sich und ordnete ein paar Papiere von einem Stapel auf den anderen. »Meine Cousine hatte mir den Eindruck vermittelt, dass Sie für Ihre Dienste bereits entlohnt worden sind.«

»Oh, aber selbstverständlich. Und durchaus angemessen, wie ich Ihnen versichern darf. Jedoch glaubte ich, Sie wünschten eventuell eine kleine Draufgabe zu machen, für meine Bemühungen.«

Sterling tippte sich gedankenverloren auf die Lippen. »Da Sie es erwähnen – ich glaube, ich hätte da genau das Richtige.«

Er winkte Addison herbei und flüsterte ihm etwas ins Ohr, das den Kammerdiener die Augen aufreißen ließ. Während Addison pflichtschuldigst den Raum verließ, lehnte Watkins sich zurück, stützte den Arm auf seinen Gehstock und grinste wie ein Krokodil. Er rechnete offensichtlich damit, dass Sterling ihm eine hübsch gefüllte Börse übergeben würde.

Die beiden Männer plauderten über das Wetter, bis Sterling draußen Schritte vernahm.

Er lehnte sich vor und lächelte verbindlich. »Ich bin mir Ihrer *erstklassigen Ermittlungsarbeit* nur allzu bewusst, Mr Watkins. Sie waren doch derjenige, der den Bediensteten meiner Gattin blutig geprügelt hat, nicht wahr? Oder haben Sie irgendeinen blutrünstigen Schläger für die Drecksarbeit engagiert?«

Watkins Grinsen schwand. Addison öffnete die Tür, und Dower kam hereingeschlendert.

»Dower, Mr Watkins hier möchte gehen«, sagte Sterling. »Ich hatte mich gefragt, ob Sie ihn vielleicht hinauseskortieren möchten.«

Dower schob die Hemdsärmel hoch und ließ die dicken Muskelpakete auf seinen Oberarmen sehen. »Is mir ein Vergnügen, Mylord.«

»Vielleicht möchten Sie ihn ja zum Hinterausgang bringen«, ordnete Sterling an. »Wir sollten die Damen nicht unnötig schrecken.«

Dower salutierte zackig und zerrte einen stotternden Watkins aus dem Stuhl, ohne dass der noch seinen Gehstock erwischt hätte.

»Zur Hölle mit Ihnen, Devonbrooke. Sie haben kein Recht, mich so zu behandeln. Sie halten sich wohl für so hoch gestellt und so mächtig! Aber ich weiß Bescheid über Ihre Frau«, knurrte Watkins und sein East-End-Akzent kam langsam durch. »Sie sind nicht der erste Bursche, den Ihre Frau ins Bett getrickst hat. Aber der Erste, der so blöd war, die kleine Hure zu heiraten.«

Sterling wusste nicht, was er tat, da raste seine Faust schon über den Schreibtisch hinweg, landete krachend in Watkins' Gesicht und schlug ihn sauber k.o.. Der Mann sank in Dowers Armen zusammen.

»Ah, zur Hölle aber auch«, jammerte Dower. »Was ham Se mir den Spaß verderben müssen?«

»Tut mir Leid.« Sterling rieb sich die schmerzenden Knöchel und bedauerte nichts. Er griff sich Watkins' Gehstock, brach ihn überm Knie durch und steckte dem Mann die beiden Teile vorne in die Manteltaschen. »Laden Sie ihn einfach auf der Straße ab, Dower.«

»Aber sicher, Chef.« Dower schleifte Watkins zur Tür und machte keine Anstalten, dessen wackelnden Kopf zu stützen, noch nicht einmal, als er gegen den Türstock knallte. »Auch wenn's ein zu nettes Schicksal is für jemand wie den.«

»Da muss ich Ihnen vollkommen Recht geben, Dower«, murmelte Sterling.

Doch die boshaften Worte des Mannes gingen ihm nicht aus dem Kopf und er fragte sich, ob es das Schicksal mit ihm wohl auch zu nett meinte.

KAPITEL 25

Und ich wünschte,
dieser Traum würde niemals enden …

»Lady Hewitt hatte Recht«, jammerte Laura. »Man kann an mir herumpolieren, so viel man will, ich werde nie etwas anderes sein als ein Klumpen Kohle!«

Sie drehte dem Spiegel den Rücken zu, ließ sich auf Dianas Bett fallen und warf dramatisch den Arm über die Stirn. Diana und ihre Kammerzofe schauten einander verärgert an.

»Rede keinen Unsinn, Laura«, schnappte Diana. »Du hast lediglich eine Nervenkrise. Du wirst die entzückendste Frau auf dem Ball sein.«

Laura setzte sich auf. »Wie? Ist außer mir denn niemand eingeladen?«

Sogar Diana hätte zugeben müssen, dass man die junge Herzogin auf den ersten Blick kaum für einen Diamanten halten konnte. Sie trug einen zerschlissenen Morgenmantel mit unzähligen Teeflecken. Ihr Haar war auf Lockenpapier gewickelt, das in alle Himmelsrichtungen abstand, und das Gesicht war mit einer dicken Schicht Gowland's Lotion zugeschmiert, jener Wundercreme, die unter Garantie sogar die entstellendsten Sommersprossen wegbleichte.

Diana rieb sacht einen besonders dicken Klecks von dem Zeug von Lauras Nasenspitze. »Du siehst jetzt vielleicht noch zum Fürchten aus, aber wenn Celeste mit dir fertig ist, wird ganz London einen Toast auf dich ausbringen.«

Lauras Miene hellte sich auf. »Apropos Toast. Ich bin so ausgehungert, dass ich einen ganzen Laib Toastbrot verschlingen könnte. Können wir nach Cookie läuten, damit sie uns welchen bringt?«

»Später vielleicht«, versprach Diana. »Im Augenblick müssen wir uns darauf konzentrieren, dich anzukleiden.«

»Wieso? Damit dein Cousin mich ganz London vorführen kann? Damit sämtliche Lords und Ladys über das mittellose Landei, das Sterling zur Heirat getrickst hat, die Nase rümpfen? Ich weiß, er wollte sich an mir rächen. Aber *das* wäre zu diabolisch, selbst für jemanden wie ihn. Ich hätte Wesley Trumble heiraten sollen oder Tom Dillmore. Die riechen vielleicht oder sind haarig, aber gemein sind sie nicht.« Sie sackte wieder auf das Bett zurück. »Dein Cousin ist ein Teufel. Ich hasse ihn!«

»Aber sicher«, zirpte Diana und gab Celeste aufgeregt Zeichen, die Seidenstrümpfe der Herzogin zu holen, solange selbige noch abgelenkt war.

Doch bevor die Zofe die Strümpfe über Lauras Knöchel hochrollen konnte, hatte die sich schon wieder aufgesetzt. Die finstere Miene war tiefstem Jammer gewichen. »Ich darf ihm nicht die Schuld geben. Wäre ich nicht so hinterhältig gewesen, würde Gott mich schließlich nicht bestrafen. Ich bin diejenige, die die Erfüllung ihrer eigenen Wünsche für eine himmlische Fügung gehalten hat. Ich bin die, die niederträchtig war, die gelogen hat, die …«

Die trübsinnige Auflistung all ihrer Sünden hätte vermutlich ganze Tage in Anspruch genommen, wäre nicht Lottie mit einem Teller voller Naschereien hereingestürzt.

Lauras Schwester hatte schnell herausgefunden, dass der Nordflügel Devonbrooke Halls bestgehütetes Geheimnis barg. Diana hatte sich hier eine anheimelnde Zuflucht eingerichtet; ganze Welten entfernt vom kalten Marmor und vom dunklen Mahagoni, die den Rest des Herrenhauses beherrschten. Die Wände waren mit Chintz bespannt, dessen Blumenmuster wunderbar zu den Teppichen passte. Der perfekte Rahmen für die flauschige, weiße Katze, die sich – wie eines Sultans Lieblingsfrau – auf der kissenbeladenen Ottomane vorm Kamin hingestreckt hatte.

Wie üblich war Lottie schon am Plappern, bevor sie noch richtig im Zimmer war. »Oh, Laura, du müsstest einmal die Leckereien sehen, die Cookie für heute Abend vorbereitet hat. Es gibt Bonbons und Ingwerkekse und verschiedene Sorten Eiscreme und eine geschichtete Cremespeise, die mit kandierten Veilchen dekoriert ist, und ganz bezaubernde, kleine, französische Küchlein in Herzform, die in Rum getränkt sind. Sie hat mir von allem zum Probieren mitgegeben, und Sterling hat gesagt, dass ich die ganze Nacht lang aufbleiben darf, wenn ich mag, obwohl ich noch gar nicht alt genug zum Tanzen bin.«

Laura stierte unverwandt Lotties Teller an. Ihre Zunge fuhr heraus und leckte die Lippen. »Ich bin kurz vorm Verhungern. Gib mir was!«

Lottie hatte sich den unpassendsten Moment zum Trotzigsein ausgesucht. »Nein, das gehört mir!« Sie drückte sich den Teller fest an die Brust. »Geh und hol dir deinen eigenen Teller!«

Laura stand auf und machte gefährliche Schlitzaugen. »Du gibst mir jetzt etwas ab, du gieriger kleiner Fratz, oder ich hau dir eine runter!«

Lotties Mund klappte auf. »Nein, das tust du nicht. Du hast mir nie eine runtergehauen. Nicht mal, wenn ich es verdient gehabt hätt.«

»Es gibt immer ein erstes Mal.« Laura schnappte Lottie den Teller weg.

Lotties Unterlippe fing zu zittern an. »Das sag ich Cookie! Und du bist eine böse, alte Herzogin, das bist du!« Sie stürmte hinaus und knallte die Tür hinter sich zu.

»Celeste, vielleicht siehst du einmal nach, ob die Wäscherin das Kleid Ihrer Gnaden fertig geplättet hat«, sagte Diana und schaute mit fasziniertem Entsetzen Laura zu, die sich ein Küchlein nach dem anderen in den Mund schob.

Als die Zofe verschwunden war, lief Diana im Kreis um Laura herum.

»Oh, Lottie hatte Recht!«, verkündete Laura und verdrehte hingerissen die Augen. »Diese französischen Küchlein sind ganz exquisit.« Sie verputzte den Rest, leckte sich die Krümel von den Lippen und zog eine Grimasse, weil sie auch etwas von der Bleichcreme erwischt hatte.

»Gütiger Himmel.« Diana sank auf der Ottomane zusammen und hätte sich beinahe auf ein entrüstet fauchendes weißes Fellknäuel gesetzt. »Du bekommst ein Kind, nicht wahr?«

Missmutig verkroch sich die Katze unter dem Bett, auf das Laura sich sinken ließ. Jetzt war es ihre Unterlippe, die zu zittern begann.

»Wie lange weißt du es schon?«, fragte Diana sanftmütig.

Eine einsame Träne trullerte ihre holprige Bahn durch Gowland's Lotion. »Ich hatte seit letzter Woche den Verdacht. Aber sicher weiß ich es erst, seit ich heute Morgen mein Frühstück in die Waschschüssel spucken musste und dem armen Addison völlig grundlos fast den Kopf abgerissen habe. Dieser liebenswerte Mann ist fast in Tränen ausgebrochen.«

»Ganz überraschend kann das aber nicht gewesen sein. Vor allem, wenn man die nächtlichen Besuche meines Cousins bedenkt.«

Laura schaute sie mit großen Augen an. »Woher weißt du das?«

»Es mag ein riesiges Haus sein, aber ich bin nicht blind. Und taub auch nicht.«

Die Bleichcreme hinderte Lauras Ohren nicht daran, rot zu werden. »Gib dich ja keinen romantischen Vorstellungen hin, Diana. Er kommt nur seinen ehelichen Pflichten nach.«

»Mit unermüdlichem Enthusiasmus, wie ich anmerken möchte«, sagte Diana trocken. »Hast du es ihm gesagt?«

Laura schüttelte den Kopf. »Warum auch? Wenn er seinen heiß ersehnten Erben hat, verfrachtet er mich auf eines seiner Güter, vorzugsweise nach Schottland oder Wales, und vergisst einfach, dass ich je existiert habe.«

»Was ihm schwerer fallen würde, als dir bewusst ist.«

Laura schaute müde zu, wie Diana sich neben sie aufs Bett setzte.

»Als mein Cousin auf Devonbrooke Hall ankam, hat mein Vater ihm alles gegeben, was er ihm versprochen hatte. Sterling hat vielleicht keine Liebe bekommen, aber an Luxus hat es ihm nie gefehlt.« Sogar jetzt spürte Diana noch den stichelnden alten Neid. »Es hat alle nur erdenklichen Spielsachen bekommen, ein Shetlandpony, die besten Lehrer. Aber jede Nacht habe ich ihn auf der Fensterbank seines Kinderzimmers sitzen sehen und in die Dunkelheit hinausstarren. Er hat es nie zugegeben. Aber er hat auf seine Mutter gewartet. Im tiefsten Winkel seines Herzens hat er immer noch geglaubt, dass sie ihn holen würde.«

Laura holte zittrig Luft. »Und wann hat er es aufgegeben?«

»Ich glaube, da liegt der Hase im Pfeffer. Ich bin nicht sicher, ob er es je aufgegeben hat.« Diana nahm Laura bei der Hand. »Du musst stärker sein, als sie es war, Laura. Du darfst ihn nicht aufgeben, ohne um ihn gekämpft zu haben.«

»Und was, wenn ich verliere?«, flüsterte Laura.

Diana drückte fest ihre Hand. »Dann wirst du die Splitter deines gebrochenen Herzens zusammenkehren und weitermachen. Genau wie ich.«

Als die Duchess of Devonbrooke oben an der Marmortreppe erschien, die von der Galerie hinunterführte, wurde im Ballsaal aufgeregtes Geflüster laut.

Die Crème de la Crème der Londoner Aristokratie hatte sich unter den glitzernden Kronleuchtern zusammengefunden, um dabei zu sein, wenn die Herzogin in exaltierter Gesellschaft debütierte. Als die Einladungen eintrafen, hatten viele der Geladenen beinahe fluchtartig ihre Landgüter verlassen und die engen Straßen Londons mit ihren Landauern und Kutschen verstopft. Seit die alte Herzogin gestorben war, hatte es auf Devonbrooke Hall keine große Festivität mehr gegeben, und man war auf das legendäre alte Haus fast ebenso gespannt wie auf die berüchtigte junge Braut des Teufels von Devonbrooke.

Wie sich zeigte, sollte keines von beiden sie enttäuschen.

Der Ballsaal war groß genug, ihnen die Enge und die Hitze zu ersparen, die auf derartigen Zusammenkünften allzu oft herrschte. Der Boden blitzte unter ihren Füßen, und der feine Duft gewachster Zeder mischte sich mit dem Parfüm der Damen. Eine Wandbeleuchtung aus roten Wachskerzen komplettierte den schimmernden Glanz der Kronleuchter.

Doch verglichen mit der strahlenden Frau, die oben an der Treppe stand, verblasste alles.

Das dichte braune Haar war am Scheitel elegant zusammengeschlungen und wurde von einem perlenbesetzten Diadem gehalten. Ein paar lockigen Strähnen hatte man gestattet, sich aus der Hochfrisur zu lösen, um die leuchtenden Augen und die perfekt geschwungenen dunklen Brauen zu akzentuieren. Sommersprossen schienen wie goldener Glimmer auf die Wangen gestäubt zu sein. Am Abend darauf würden die Stadtschönheiten und ihre Mütter sich alle Mühe geben, mit Hilfe von Goldpuder diesen Effekt zu kopieren.

Die hohe Taille des weißen Seidenkleids mit dem Überrock aus feinster Gaze unterstrich ihre schlanke Gestalt. Sowohl die Puffärmel als auch der Saum waren abwechselnd mit Bändern aus Satin und Spitze besetzt. Nur eine dünne, silberne Kette zierte den blassen Hals und verschwand im tiefen Dekolleté, was zu wilden Spekulationen führte, welch phantastischen, extravaganten Edelstein Laura wohl verbarg.

Sterling stand gerade an einer der Fenstertüren, nippte Champagner und unterhielt sich mit Thane, als das aufgeregte Getuschel einsetzte.

Er drehte sich um und sah oben an der Treppe seine Frau stehen.

Als er Laura Fairleigh zum ersten Mal gesehen hatte, hatte Sterling für sich entschieden, dass sie keine Schönheit sei. Er hatte sich geirrt. Sie war weit mehr als nur hübsch. Der Anflug von Trotz in ihrem unverwandten Blick und das hoch erhobene Kinn machten sie nur noch begehrenswerter.

Thane stieß ihn an. »Alles in Ordnung, Dev? Du siehst aus, als habe dich gerade jemand in den Magen geboxt.«

»Es ist nicht der Magen, um den ich mir Sorgen mache.« Er gab Thane sein Champagnerglas und bahnte sich einen Weg durch die Menge.

Eigentlich war es nicht notwendig, weil ohnehin schon alle Blicke auf Laura gerichtet waren, doch Addison trat trotzdem der Etikette entsprechend vor und kündigte sie an: »Ihre Gnaden, die Duchess of Devonbrooke.«

Als Laura unter den kritischen Augen der allerersten Gesellschaft die Stufen hinunterschritt, ging ihr nur ein einziger Gedanke durch den Kopf – sie war dankbar, dass Schleppen aus der Mode waren und sie wenigstens keine Angst haben musste, über die ihre zu stolpern und die restlichen Stufen hinunterzukullern.

Sie stockte nicht, jedenfalls nicht, bis sie unten am Treppenaufgang ihren Ehemann entdeckte, der sie erwartete. Sein honiggoldenes Haar kontrastierte atemberaubend mit dem schwarzen Frack und dem gestärkten weißen Hemdkragen. Sein Blick wirkte gelassen, aber dieses seltene Grübchen flirtete mit seiner Wange.

»Es ist Tradition, dass der Ball vom Ehrengast eröffnet wird«, flüsterte er und streckte ihr die Hand hin.

Laura reichte ihm die behandschuhte Hand und gestattete ihm, sie zur Mitte des Ballsaals zu geleiten. Wie aufs Stichwort setzten die Musiker ein und spielten ein glockenhelles Menuett.

Laura hatte das Menuett nie für einen besonders leidenschaftlichen Tanz gehalten, doch jedes Mal, wenn sie Sterling wieder gegenüberstand und sie sich an den Händen nahmen, schlug ihr Herz schneller. Sie tanzten, wie sie es am Tag ihrer Hochzeit hätten tun sollen, die maßvollen Bewegungen nicht weniger erotisch als der Tanz, den sie letzte Nacht in ihrem Bett absolviert hatten.

Als die letzte zarte Note verklang, war Laura so außer Atem, als hätte sie Polka getanzt.

Der herzliche Applaus war noch nicht verstummt, als eine Schönheit mit kastanienbraunem Haar, deren ausladender Busen aus dem tief ausgeschnittenen Mieder zu springen drohte, auf sie zugelaufen kam. »Euer Gnaden«, schnurrte sie und versank in einen tiefen Knicks, der die Gefahr nur noch vergrößerte.

»Lady Hewitt, wenn ich mich recht entsinne. Ich hoffe, der Gatte ist wohlauf.« Sterling warf einen Blick auf seine Gäste, von denen die meisten den Wortwechsel mit größtem Interesse verfolgten. Die Umstehenden liefen Gefahr, sich beim Versuch zu lauschen, gar die Hälse zu verrenken. »Begleitet Ihr Gemahl Sie heute Abend?«

»Ich fürchte, mein Bertie hat einen ganz widerwärtigen Anfall von Gicht.« Sie zog eine hübsche Schnute. »Das sind wohl die Risiken, wenn man einen *sehr* viel älteren Mann heiratet. Ich bin bei eigenen Bedürfnissen oft auf mich gestellt.«

»Wie bedauerlich. Ich hatte mich schon darauf gefreut, seine Bekanntschaft zu machen. Haben Sie meine Gattin schon kennen gelernt?«

Lady Hewitt nickte Laura unterkühlt zu. »Wie geht es Ihnen, Herzogin? Ich habe viel von Ihnen gehört. Ganz London zwitschert aufgeregt über diese *blitzartige Brautwerbung.*« Sie betonte ihre Worte so boshaft, wie es gerade noch ohne Beleidigungsklage ging.

»Das überrascht mich nicht.« Sterling zwinkerte der Dame diabolisch zu. »Ein echter Skandal, oder fällt Ihnen dazu etwas anderes ein?«

Das Eingeständnis schien Lady Hewitt zu verstören. Die blasse Hand flatterte nervös an den Hals. »Sie wissen ja, wie solches Gerede in Gang kommt. Zumal Sie nach Ihrer Rückkehr ja wie ein Einsiedler gelebt hatten.«

»Weil ich mich nicht von meiner Liebsten losreißen konnte.« Sterling legte Laura besitzergreifend den Arm um die Taille und lächelte sie fröhlich an, während seine Augen vor Übermut blitzten. »Als ich meine Laura hier gesehen habe, wusste ich, ich muss sie haben. Es war fast, als seien wir schon jahrelang verlobt, nicht wahr, meine Liebe?«

»Äh … öh …« Laura hatte vergessen, wie verheerend Sterlings Charme sein konnte, wenn er zur Hochform auflief. Sie hätte endlos so weiter gestammelt, wenn er ihr keinen ordentlichen Rempler verpasst hätte. »Oh! Ja, es war ganz extraordinär! Wir haben schon bei unserem ersten Treffen über unsere gemeinsame Zukunft gesprochen!«

»Wie haben Sie beide einander nur getroffen? In Anbetracht Ihrer so unterschiedlichen … *Lebenssituationen.*« Lady Hewitt blähte die Patriziernase. »Ich nehme an, es war der reine Zufall.«

Sterling kicherte. »Manche würden es Zufall nennen. Ich nenne es Schicksal, das ich einer störrischen Stute verdanke. Nachdem sie mich abgeworfen hatte, war Laura die Erste, die über mich gestolpert ist. Ich muss zugeben, ich war völlig ihrer Gnade ausgeliefert.«

Laura strahlte ihn zwar unverwandt an, trat ihm dabei aber fest auf den Fuß. »Und ich kann mich nicht erinnern, dass du dich je darüber beschwert hättest.«

»Ganz im Gegenteil. Als du zugestimmt hast, mich zu heiraten, war das der glücklichste Tag in meinem Leben.«

Laura klimperte ihn mit den Wimpern an. »Wie hätte ich einem so eloquenten, romantischen Antrag widerstehen können?«

Er zog fast unmerklich die Augen zusammen. »Kein Wunder, dass wir die Klatschmäuler auf Trab halten, nicht wahr, Liebling? Wer hätte gedacht, dass der heimtückische Teufel von Devonbrooke sein Herz am Ende einem solchen Engel schenken würde?« Er hob Lauras Hand an die Lippen und küsste sie zärtlich.

Die Damen, die das Gespräch belauschten, gaben sich keine Mühe, die neidischen Seufzer zu unterdrücken. Wenn einer der Ehemänner es wagte, die Augen zu verdrehen, gab ihm seine Frau einen Schlag mit dem Fächer auf den Arm.

Lady Hewitt schürzte die Lippen, als hätte sie etwas äußerst Bitteres gegessen. »Wenn Sie mich entschuldigen wollen, ich glaube, ich habe den nächsten Tanz dem Marquess of Gillingham versprochen.«

»Gott sei ihm gnädig«, flüsterte Sterling, als Lady Hewitt davonstürmte.

Laura konnte sich nicht länger das Lachen verkneifen. »Und Gott möge dir dein Geschwätz verzeihen. Das hätte gereicht, um selbst einen Lord Byron erröten zu lassen!«

»Im Gegenteil. Er stand die ganze Zeit links hinter dir und hat sich eiligst Notizen gemacht.«

»Nein! Lottie wird vor Neid eingehen.« Laura wirbelte herum und hoffte, einen Blick auf den eleganten Dichter zu erhaschen.

Sterling legte ihr die warme Hand auf die nackte Schulter

und kam mit dem Mund nah an ihr Ohr. »Ich versichere dir, bevor die Nacht vorüber ist, wird niemand in London – Lord Byron eingeschlossen – noch daran zweifeln, dass der Duke of Devonbrooke seine Frau anbetet.«

Seine kryptischen Worte ließen Laura vor Sehnsucht erschaudern. Doch bevor sie ihn noch fragen konnte, was er vorhatte, stimmte die Musik einen übermütigen schottischen Tanz an, der jede Unterhaltung unmöglich machte.

Thane schlängelte sich zwischen den Tanzenden durch und versuchte verzweifelt, der einen Frau zu entgehen und die andere zu finden. Lady Elizabeth Hewitt verfolgte ihn schon eine ganze Stunde lang unbarmherzig. Nachdem Sterling sie so rüde in die Schranken verwiesen hatte, war sie offensichtlich dazu entschlossen, im Bett seines besten Freundes Trost zu suchen. Noch vor ein paar Wochen hätte Thane es gar nicht so abwegig gefunden, mit einer von Sterlings Verflossenen ins Bett zu gehen. Doch nun machte Lady Hewitts unablässiges Posieren und ihr kehliges Gekicher ihn schaudern.

Er bevorzugte hoch gewachsene, gertenschlanke Frauen mit zeitloser Eleganz, die genügend Selbstbewusstsein hatten, nicht jeden modischen Firlefanz mitzumachen. Thane seufzte. Er hatte jeden Winkel des Ballsaals abgesucht, aber er hatte die Betreffende nicht gefunden.

Wer ihn allerdings gefunden hatte, war Lady Hewitt, die ihm mit vorstechendem Busen, der an den Bug eines Schlachtschiffs erinnerte, entgegenkam. Thane versteckte sich hinter einem Lakaien, der ein Tablett mit leeren Champagnergläsern trug. Er zog ernsthaft in Erwägung, durch eine der hohen Glastüren zu flüchten, als er oben auf der Galerie eine Bewegung registrierte.

Lady Diana Harlow hatte die Ellenbogen auf das Geländer der Galerie und das Kinn in die Hand gestützt. Thane schüttelte den Kopf. Diana verabscheute die hohle Fröhlichkeit solcher Festivitäten, doch er hätte wissen müssen, dass sie ihren Cousin und dessen Frau im Auge behalten wollte.

Ihre Blicke trafen einander über das Meer der Tanzenden hinweg. Sie richtete sich gerade auf, der wehmütige Gesichtsausdruck wich einem beunruhigten. Als sie flüchten wollte, lief Thane – immer zwei Stufen auf einmal – mit langen Beinen die Treppe hinauf.

Diana hatte gerade den Korridor erreicht, der zum Nordflügel führte, als Thane oben an der Galerie angelangt war. »Sie flüchten von einem Ballvergnügen? Ich dachte, das war Aschenbrödels Part?«

KAPITEL 26

Doch auch der schönste Traum
findet irgendwann ein Ende …

Diana blieb stehen, drehte sich langsam um und strich ihren tief burgunderroten Rock glatt. »Ich habe es nie besonders gerecht gefunden, dass die gute Fee nicht dieselben Privilegien bekam wie ihr Schützling.«

Thane kam auf sie zu. »Haben Sie denn nie genug davon wegzulaufen? Ich jedenfalls schon. Ich bin jetzt seit elf Jahren auf der Flucht und bin nie irgendwo angelangt, wo ich hätte bleiben wollen.«

Diana setzte ein spöttisches Lächeln auf. »Und wo wären Sie gerne angelangt, Mylord?«

»In Ihrem Herzen, Diana. In Ihren Armen.« Er kam noch einen Schritt näher. Von unten wehten temperamentvolle Walzerklänge herauf. »In Ihrem Bett.«

Diana drehte ihm den Rücken zu, doch er hatte bereits gesehen, dass ihre Unnachgiebigkeit bröckelte. »Wie können Sie es wagen, mich derart zu beleidigen? Ein Wort von mir zu Sterling, und er wird sich genötigt sehen, Sie zu fordern.«

»Dann lassen wir ihn doch«, sagte Thane grimmig. »Ich sterbe lieber morgen im Duell, als den Rest meines Lebens halb tot zu sein. Womit genau beschrieben wäre, wie ich mich ohne Sie fühle.«

Diana drehte sich mit einem wütenden Blinzeln wieder zu ihm um. »Das ist dann wohl schlicht Ihr grässliches Schicksal. Schließlich sind Sie derjenige, der unsere letzten elf Jahre sinnlos verschwendet hat, nicht etwa ich.«

»Das stimmt nicht, und das wissen Sie verdammt genau. Sie sind diejenige, die unsere Verlobung gelöst hat. Sie sind diejenige, die lieber einem hässlichen Gerücht geglaubt hat als dem Mann, den zu lieben sie behauptet hat.« Er schüttelte den Kopf. »Ich kann immer noch nicht fassen, dass Sie glauben konnten, ich würde Sie mit einem hirnlosen Huhn wie Cynthia Markham hintergehen.«

»Ich habe Sie aber gesehen!«, schrie Diana. »Ich habe Sie beide an jenem Abend auf Lady Oakleys Empfang gesehen! Wie Sie sie in den Armen gehalten haben! Wie Sie sie geküsst haben, genau wie Sie mich immer geküsst haben!«

Thane spürte, wie ihm die Farbe aus dem Gesicht wich. »O Gott«, flüsterte er. »Das wusste ich nicht.«

»Wollen Sie es etwa abstreiten? Wollen Sie mir jetzt erklären, dass *Cynthia Markham* es war, die *Sie* geküsst hat? Wer weiß? Vielleicht bin ich nach all den Jahren ja einsam und verzweifelt genug, Ihnen zu glauben!«

Thane schloss kurz die Augen. All die Jahre hatte die Scham ihn davon abgehalten, sich zu verteidigen. Ein ganzes Leben voller Versäumnisse lief vor seinem inneren Auge ab – die zärtlichen Momente, die sie hätten erleben können; die Kinder, die sie hätten haben können. Doch als er die Augen wieder aufschlug, wusste er, dass alles, was zählte, dieser Moment war.

»Ich habe nicht vor, Sie zu belügen. Ich habe Cynthia Markham geküsst.«

»Warum?«, flüsterte Diana, während die Tränen aus ihren schönen Augen liefen und ihm noch mehr das Herz brachen. »Warum haben Sie das getan?«

Thane zog ein Taschentuch aus seiner Brusttasche und reichte es ihr. »Weil ich jung war und dumm und mit einem hübschen jungen Ding in einem mondbeschienenen Garten allein. Sie hat mich angesehen, als hätte ich diesen Mond an den Himmel gehängt. Und weil ich in weniger als zwei Wochen heiraten sollte. Ich war verrückt vor Liebe zu Ihnen, doch ich hatte Angst vor meinen Gefühlen.« Er schüttelte hilflos den Kopf. »In dem Augenblick, als meine Lippen die ihren berührten, wusste ich, dass ich einen Fehler begangen hatte.«

Diana knüllte das Taschentuch in der Faust. »Georgiana und Blanche sind am nächsten Tag zu mir gekommen und haben mir erzählt, dass Sie vorhätten, Cynthia zu heiraten, nicht mich. Und natürlich habe ich den beiden geglaubt. Warum auch nicht? Ich hatte ja alles mit eigenen Augen angesehen. Sie haben mir keine andere Wahl gelassen, als die Verlobung zu lösen, bevor Sie es tun würden. Wie hätte ich mir sonst meinen Stolz bewahren sollen?«

Thane legte die Hände an Dianas Kinn und zwang sie, ihm in die Augen zu sehen. »Sie haben gesehen, wie ich Cynthia in jener Nacht im Garten geküsst habe, doch Sie sind nicht lange genug geblieben. Sonst hätten Sie gesehen, wie ich sie weggeschoben habe. Sie hätten gehört, wie ich ihr erklärt habe, dass mein Leben und meine Liebe einer anderen versprochen sind.« Er liebkoste mit dem Daumen ihre Unterlippe. »Ihnen.«

Sie packte ihn am Handgelenk und zeigte ihm damit nur, wie verzweifelt sie ihm glauben wollte. »Aber warum sind Sie nicht zu mir gekommen? Wenn Sie mir nur erklärt hätten ...«

»Der Himmel weiß, genau das hätte ich tun sollen. Ich hätte ganze Felsen an Ihr Fenster werfen sollen, die Tür einreißen. Ich hätte meine Liebe zu Ihnen von jedem Dach in ganz London hinunterschreien sollen, bis Ihnen nicht anderes übrig geblieben wäre, als mir zuzuhören. Aber ich war kaum mehr als ein junger Bursche, und Ihr Mangel an Vertrauen hat meinem Stolz einen schrecklichen Schlag versetzt.« Er senkte die Augen. »Und ich habe mich wohl geschämt, weil ich ja wusste, dass ein Körnchen Wahrheit in all den grausamen Gerüchten steckte.«

Diana betrachtete sein Gesicht, während ihr immer noch die

Tränen hinunterliefen. »Es scheint, unser Stolz und die Zeit haben uns beide zu Narren gemacht.«

Thane legte die Arme um sie und hielt sie, wie er es sich viele Jahre lang erträumt hatte. »Ich bin jetzt um vieles älter und weiser. Ich sage: Zur Hölle mit dem Stolz! Und was die Zeit angeht, habe ich nicht die Absicht, auch nur eine kostbare Sekunde zu verschwenden.«

Er besiegelte sein Versprechen mit einem zärtlichen Kuss auf ihren Mund und stellte klar, dass sie nie mehr Grund haben würde, an ihm zu zweifeln.

Es war weit nach Mitternacht, als der letzte Gast Devonbrooke Hall verließ. Sowohl der Ball als auch das förmliche Festbankett, das sich angeschlossen hatte, wurden zum grandiosen Erfolg erklärt. Für den Höhepunkt der Abendunterhaltung hatte Komtess Rockingham gesorgt, als sie unter die Servierhaube ihres Tellers gelinst hatte, um darunter ein schwarzes, molliges Kätzchen vorzufinden, das sich genüsslich das gebratene Huhn einverleibte. Die dralle, verwitwete Herzogin neben der Komtess hatte die Katze für eine riesige Ratte gehalten und war kreischend in Ohnmacht gefallen.

Der berüchtigte Gastgeber hatte, wie es seine Gewohnheit war, jedes Plappermaul in ganz London in Aufruhr versetzt. Doch diesmal waren es nicht des Herzogs Techtelmechtel, seine Leidenschaft fürs Spiel oder seine Duelle, die die Phantasie beflügelten, sondern die anrührende Hingabe, die er seiner jungen Frau angedeihen ließ.

Obwohl es weiß Gott nicht der Mode entsprach, mit der eigenen Gemahlin die Nacht durchzutanzen, hatte er sich geweigert, sich abklatschen zu lassen. Zwischen den Tänzen hatte er ihr jeden einzelnen Gast vorgestellt und seine hingerissene Zuhörerschaft mit der dramatischen Geschichte ihres ersten Treffens unterhalten. Beim Abendessen hatte er einen dermaßen liebevollen Toast auf sie ausgebracht, dass sogar Lord Byron – dem in dieser Hinsicht keiner etwas vormachte – dabei gesehen wurde, wie er sich mit der Serviette eine Träne aus dem Augenwinkel tupfte. Die arme Lady Hewitt jedenfalls war so überwältigt gewesen, dass sie kaum noch sprechen konnte.

Während die Musiker ihre Instrumente zusammenpackten und die Lakaien eine Kerze nach der anderen löschten, ging Laura durch den Ballsaal. Sie wünschte, der Ball hätte die ganze Nacht gedauert. Oder ewig. Und auch ewig war immer noch zu wenig Zeit, um sich an Sterlings liebevollem Blick zu ergötzen und seine hitzigen Berührungen zu spüren. Sie seufzte wehmütig. Ein paar kostbare Stunden war es fast so gewesen, als habe sie ihren Nicholas zurück.

Irgendwer räusperte sich hinter ihr. Laura drehte sich um und sah Sterling im Schatten stehen, eine schlafende Lottie auf den Armen. »Ich habe sie zusammengekuschelt und tief schlafend unter dem Dessertwagen gefunden«, sagte er leise.

Laura ging auf die beiden zu. Sie rückte Lotties seltsam abgewinkelten Arm zurecht und flüsterte: »Das arme Ding muss völlig erschöpft sein. Sie wollte unbedingt die ganze Nacht aufbleiben.«

»Ich glaube, sie hat sich mit all den Naschereien übernommen. George sagte, sie hätte über einen wehen Bauch geklagt. Morgen ist sie wieder wohlauf, da bin ich mir sicher.«

Als er sich zum Gehen wandte, Lotties Kopf sanft an seine Schulter gedrückt, überkam Laura ein fast unerträglich zärtliches Gefühl. Würde er ihre gemeinsamen Kinder genauso auf Händen tragen? Würde er sie zu Bett bringen und ihre rosigen Wangen küssen, bevor er sie ihren Träumen überließ?

Laura wusste es nicht. Doch sie würde ihm die Gelegenheit dazu geben. Sie strich mit der Hand über ihren Bauch. Nicht um seinetwillen, auch nicht ihretwegen, sondern ihres ungeborenen Kindes wegen.

»Sterling«, sagte sie und reckte das Kinn.

»Ja?« Er drehte sich unter der Tür um.

»Nachdem du Lottie ins Bett gebracht hast, würde ich dich gerne im Studierzimmer sprechen.«

Zum ersten Mal an diesem Abend verdunkelte Müdigkeit seine Augen, was Laura einen reuevollen Dämpfer versetzte. Doch sie konnte es sich nicht leisten, wankelmütig zu werden. Wenn sie wartete, bis er in ihr Schlafgemach kam, würden sie garantiert keine Worte mehr wechseln.

»Gut. Ich bin gleich zurück.«

Laura schlüpfte ins Studierzimmer. Seit jenem Abend, als sie über das Geburtstagsgeschenk gestritten hatten, hatte Laura Sterlings Zufluchtsstätte nicht mehr betreten. Der Kamin war dunkel und kalt, also entzündete sie die Lampe auf dem Schreibtisch. Sie sank in den Ohrensessel und tippte ungeduldig mit der Fußspitze auf den Boden.

Die Zeit schien zu schleichen. Laura stand schließlich wieder auf und lief unruhig durch den Raum. Die Lampe trug nur wenig dazu bei, die drückende Dunkelheit zu vertreiben.

»Vielleicht hat er irgendwo ein paar Kerzen«, murmelte sie vor sich hin.

Sie tastete auf den Bücherborden herum, förderte aber nur zwei Kerzenstummelchen und eine leere Zunderbüchse zu Tage. Ihr blieb nichts anderes übrig, als sich an den monströsen Schreibtisch heranzuwagen. Sie hatte sich eigentlich nur auf die äußerste Kante des Drehsessels setzen wollen, aber dann sank sie doch tief in Sterlings verführerischen, mit glattem Leder bezogenen Sessel.

So fühlt sich also ein Herzog, dachte sie und betrachtete das Zimmer aus einer völlig neuen Perspektive.

Vielleicht sollte sie *Sterling* auf der anderen Seite des Schreibtischs Platz nehmen lassen. Dann konnte sie sich zurücklehnen, sich eine Zigarre in den Mundwinkel klemmen und ihm erklären, dass sie genug hatte von seinen Launen und er ihr nun schlicht ihre Idiotie verzeihen musste.

Laura lachte leise über ihre eigene Torheit und fing an, die Schubläden abzusuchen. Schließlich blieb nur noch das linke, unterste Fach. Sie zog an dem Knauf aus Mahagoni, aber die Lade steckte fest, als sei sie lange nicht mehr geöffnet worden. Laura nahm die Lippen zwischen die Zähne und ruckelte mit aller Kraft.

Das Schubfach löste sich widerwillig und erfüllte den Raum mit dem unverkennbaren Duft von Orangenblüten.

KAPITEL 27

Ich bete dafür,
dass Dein Herz mir einst vergeben wird …

Als Sterling die Tür des Studierzimmers öffnete, stand Laura hinterm Schreibtisch und drückte sich eine ganz Hand voller Briefe an die Brust.

Tränen liefen ihr die Wangen hinunter. Sterling eilte besorgt auf sie zu. »Was ist denn, Laura? Hat jemand etwas Schlimmes zu dir gesagt heute Abend? Wenn ja, dann schwör ich dir, ich –«

Bevor er noch ganz bei ihr war, schlug sie ihn schon mit den Briefen auf die Brust. »Du hast sie nicht einmal aufgemacht«, klagte sie, die Stimme zornig und tief. »Du kennst keine einzige Zeile davon.«

Sterling blickte in ihre schmerzerfüllten Augen, eine tödliche Kälte schlich sich in sein Herz. Er brauchte die Briefe nicht anzusehen, um zu wissen, welche es waren. Er konnte es riechen.

Er entwand Laura sanft, aber bestimmt die Briefe seiner Mutter, warf sie in ihr Fach zurück und schob die Schublade mit dem Fuß zu. »Sie hätte mir nichts mitteilen können, das ich hätte lesen wollen.«

»Woher willst du das wissen, wenn du dich weigerst, ihre Briefe zu öffnen?« Bevor er sie daran hindern konnte, riss Laura die Schublade erneut auf und holte einige Briefe wieder heraus. Sie warf sie auf den Schreibtisch und machte weiter, bis sie sich so hoch stapelten, dass sie auf den Boden zu rutschen begannen. »In den letzten sechs Jahren ihres Lebens hatte diese Frau dir jede Woche ihr Herz ausgeschüttet. Das *Mindeste*, was du tun konntest, war, sie zu öffnen.«

Sterling fing an, wütend zu werden. »Ich wünsche diese Angelegenheit nicht mit dir zu diskutieren, Laura. Jetzt nicht und auch in Zukunft nicht.«

»Zu dumm aber auch. Ich bin nämlich kein unerwünschtes Sendschreiben, das man in der Schublade verstauen kann. *Mich* kannst du nicht verschwinden lassen, indem du mich ignorierst. Wenn ich es nur gekonnt hätte! Dann hätte ich mich in dem Moment, als wir dieses vermaledeite Haus betreten haben, in Luft aufgelöst.« Laura riss mit heftig zitternder Hand einen der Briefe auf. »Mein geliebter Junge«, fing sie zu lesen an.

»Hör auf damit, Laura. Du willst das doch gar nicht tun.«

Sie warf ihm einen trotzigen Blick zu. »Der Winter steht vor der Tür, und die Tage werden kürzer. Doch ich beginne und beende einen jeden im Gedanken an dich. Ich frage mich, wie du diese kühlen Herbsttage verbringst und ob du wohl glücklich bist.«

Sterling setzte sich auf die Kante des Schreibtischs und verschränkte die Arme vor der Brust. »Wenn mein Glück ihr so wichtig war, dann hätte sie nicht so gierig sein sollen, mich an den Meistbietenden zu verkaufen.«

Laura brach das Siegel eines anderen Briefs auf. »Mein liebster Sterling, letzte Nacht habe ich wieder von dir geträumt. Du warst nicht der kleine Junge, an den ich mich erinnere, sondern ein erwachsener Mann, dessen beeindruckende Haltung und feiner Charakter mein Herz mit Stolz erfüllten.«

Er schnaubte. »Ein Traum, fürwahr! Hätte sie die Wirklichkeit gekannt, sie wäre aufs Äußerste enttäuscht gewesen.«

Laura schenkte ihm keine Beachtung und faltete den nächsten Briefbogen auf. »Mein über alles geliebter Sohn«, las sie vor. »Bitte verzeih meine miserable Schrift. Das Laudanum, das ich einzunehmen habe, um die Schmerzen zu lindern, scheint Geist und Hand gleichermaßen zu benebeln.«

Sterling richtete sich gerade auf. »Tu das nicht, Laura«, sagte er leise. »Ich warne dich …«

Ihr liefen erneut Tränen übers Gesicht, doch ihre Stimme blieb ungerührt fest. »Verschwende kein Mitleid auf mich. Dass ich sterben muss, ist nicht so schrecklich. Nur dass ich sterben muss, ohne dein geliebtes Gesicht noch einmal gesehen zu haben.«

»Zur Hölle mit dir, Frau! Dazu hast du kein Recht!« Sterling riss ihr den Brief aus der Hand, knüllte ihn zusammen und warf ihn in den kalten Kamin. »Sie war nämlich nicht deine Mutter. Sie war meine!«

Laura zeigte mit zitterndem Finger auf die Feuerstelle. »Und das waren ihre letzten Worte an dich. Bist du sicher, dass du sie wegwerfen willst, als seien sie ein Stück Unrat?«

»Und warum nicht? Das hat sie mit mir doch auch gemacht, oder vielleicht nicht?«

»Und was ist mit deinem Vater? Ich habe nie verstanden, warum du ihr die Schuld gibst, nicht ihm.«

»Sie war diejenige, die mich hätte lieben müssen!«, brüllte Sterling.

Sie starrten einander einen Augenblick lang an, beide zitternd, beide schwer atmend. Dann marschierte Sterling ans Fenster und schaute in die Nacht hinaus. Dass er die Selbstbeherrschung verloren hatte, widerte ihn an.

Als er wieder zu sprechen begann, war seine Stimme kühl und klar. »Mein Vater hat meine Gesellschaft kaum ertragen. Er hätte mich für dreißig Silberstücke an eine Bande Zigeuner verscherbelt, wenn er sich davon eine Flasche Portwein oder eine Stunde am Spieltisch hätte erkaufen können.« Sterling drehte sich langsam zu Laura um. »Er war vielleicht derjenige, der mich verkauft hat. Aber *sie* war es, die es zugelassen hat.

Ich kann es einfach nicht begreifen. Und ich kann nicht vergeben, was ich nicht begreifen kann.«

Laura nahm eine Hand voll Briefe und streckte sie ihm mit flehentlichem Gesichtsausdruck hin. »Verstehst du denn nicht? Die hier werden dir helfen, alles zu begreifen. Wenn du sie liest, wird dir vielleicht klar werden, wie machtlos sie deinem Vater gegenüber war. Wie er sie davon überzeugt hat, dass dein Onkel dir eine Zukunft bieten konnte, wie sie es nie gekonnt hätten. Als die Tat getan war und sie begriffen hat, welch schrecklichen Fehler sie begangen hatte, hat dein Vater ihr jeden Kontakt zu dir verboten. Er hat ihre Briefe an dich zerrissen, bevor sie sie noch abschicken konnte. Er hatte sie davon überzeugt, dass du ohne sie besser dran seiest. Dass sie keinen Platz mehr hätte in deinem Leben. Sie hat Jahre gebraucht, den Mut zu finden, dir wieder zu schreiben.«

»Mein Vater ist nunmehr seit über zehn Jahren tot. Trotzdem hat sie in all der Zeit kein einziges Mal versucht, mich zu sehen.«

»Hättest du sie denn empfangen?«

»Ich weiß es nicht«, musste er zugeben.

»Und sie wusste es auch nicht. Und sie hätte es wohl nicht ertragen, wenn du sie abgewiesen hättest.« Laura kam ein Stück näher. »Und wenn sie versucht hätte, deinen Vater daran zu hindern, dich von Granville Harlow adoptieren zu lassen, welche Möglichkeiten hätte sie gehabt? Sie hatte weder die rechtlichen Mittel noch die gesellschaftliche Macht dazu. Sie war eine Frau, die in einer Männerwelt gefangen war – einer Welt, die von Männern wie dir und deinem Vater gemacht wird.«

»Ich bin aber nicht wie mein Vater«, schnaubte Sterling.

Laura holte tief Luft. »Da kannst du Recht haben. Wenn man Diana glaubt, dann wirst du von Tag zu Tag deinem Onkel ähnlicher.«

Sterling sank auf den Fenstersims und lachte bitter. »*Et tu, Brute?*«

»Deine Mutter hat einen furchtbaren Fehler gemacht, Sterling. Und sie hat ihr Leben lang dafür bezahlt.«

»Hat sie das? Oder bin es nicht ich gewesen, der bezahlt hat?« Er fuhr sich mit der Hand durchs Haar. »Ich habe es keiner Menschenseele je erzählt, doch es gibt eine ganz bestimmte Sache, die ich ihr niemals verzeihen werde.«

Laura schaute ihn fragend an.

»Als ich an jenem Tag begriffen hatte, was sie und mein Vater getan haben und mit meinem Onkel zur Tür gegangen bin, hat sie sich hingekniet und ihre Arme nach mir ausgestreckt. Ich wusste, es war das letzte Mal, dass ich sie sehen würde, aber ich bin ohne ein einziges Wort an ihr vorbeigegangen.« Laura stand jetzt nur noch eine Handbreit entfernt, doch Sterling starrte auf den Teppich hinunter und weigerte sich, sie anzusehen. »Tausend Mal habe ich diesen Augenblick in meinen Träumen durchlebt. Doch er nimmt jedes Mal das gleiche Ende. Ich gehe an ihren ausgebreiteten Armen vorbei und erwache in dem Moment, in dem ich sie weinen höre.« Er hob den Kopf und sah Laura mit hartem Blick an. »Das ist es, was ich ihr niemals vergeben werde. *Niemals*.«

»Aber wer ist es in Wirklichkeit, dem du nicht vergeben kannst, Sterling? Deiner Mutter?« Laura berührte seine Wange. »Oder dir selbst?«

Er nahm sie am Handgelenk und schob sie sacht fort. »Ich weiß nicht, was für einen Unterschied das machen soll.«

Er ließ sie stehen, ging zum Schreibtisch und fing an, die Briefe in das Schubfach zurückzuwerfen.

Laura beobachtete ihn mit bleichem, reglosem Gesicht. »Hast du dich je gefragt, warum du die Briefe deiner Mutter aufgehoben hast, wo du doch nie vorhattest, sie zu lesen?«

Sterling gab keine Antwort. Er raffte einfach die am Boden

liegenden Briefbögen zusammen und warf sie achtlos aufeinander.

»Der Teufel von Devonbrooke kann ihr vielleicht nicht vergeben«, sagte Laura. »Aber ich wage zu behaupten, Nicholas Radcliffe könnte es.«

»Einen Nicholas Radcliffe gibt es nicht. Er war ein Produkt deiner Phantasie, sonst nichts.«

»Bist du dir da so sicher? Vielleicht war er ja der Mann, zu dem du geworden wärst, wenn du auf Arden Manor aufgewachsen wärst und auf die Liebe deiner Mutter hättest vertrauen können. Vielleicht ist er der Mann, der du immer noch sein könntest, wenn du nur ein klein wenig Gnade in deinem Herzen finden könntest – für sie und für dich selbst.« Laura schluckte, frische Tränen ließen ihr die Augen nass werden. »Und vielleicht auch für mich.«

Sterling wusste instinktiv, dass Laura in diesem Moment zum letzten Mal ihren Stolz hinunterschluckte und ihn um Vergebung bat. Das letzte Mal, dass sie um ihn weinte. Er legte den letzten Brief in die Schublade und schob mit Nachdruck das Fach zu.

Laura schloss die Augen. Als sie sie wieder aufschlug, waren ihre Tränen getrocknet. »Du hast deiner Mutter das Herz gebrochen«, sagte sie leise. »Meines wirst du nicht brechen.«

Als sie gegangen war, schwang Sterling den Drehsessel herum. Er konnte die Tür, durch die Laura eben verschwunden war, nicht länger ansehen. Sein Blick fiel auf den einen Brief, den er übersehen hatte – den, der einsam und zerknüllt im Kamin lag.

Ein Feuer sollte er machen, dachte Sterling ungerührt. Den ganzen Berg von Briefen in den Kamin werfen und ihnen beim Verbrennen zusehen. Er verkniff sich einen Fluch, bückte sich und holte den Brief aus der kalten Asche.

Er rüttelte das Schubfach auf, entschlossen, das Schreiben

mit den anderen wegzuschließen. Aber irgendetwas hielt ihn zurück. Ein zarter Hauch von Orangenblütenduft vielleicht oder der Schock, die elegante, geschwungene Schrift seiner Mutter so unleserlich zu sehen.

Sterlings Hände zitterten, während er langsam das Papierknäuel auffaltete und es auf der Kladde, die vor ihm auf dem Schreibtisch lag, glatt strich. Der Brief war auf den 28. Januar 1815 datiert – nur fünf Tage, bevor seine Mutter gestorben war.

Mein über alles geliebter Sohn,
bitte verzeih meine miserable Schrift. Das Laudanum, das ich einzunehmen habe, um die Schmerzen zu lindern, scheint Geist und Hand gleichermaßen zu benebeln. Verschwende kein Mitleid auf mich. Dass ich sterben muss, ist nicht so schrecklich. Nur, dass ich sterben muss, ohne dein geliebtes Gesicht noch einmal gesehen zu haben.
Mein Schöpfer und ich haben schon vor langer Zeit Frieden miteinander gemacht, also brauche ich die Zukunft nicht zu fürchten. Ich betrachte mich als gesegnete Frau, weil ich das Glück hatte, deine Mutter sein zu dürfen, wenn auch nur für wenige, kurze Jahre.

Sterling vernahm die Stimme seiner Mutter so klar, als stünde sie hinter ihm. Er rieb sich die Nasenwurzel und war dankbar, dass sein Onkel ihm schon vor langer Zeit die Tränen ausgeprügelt hatte.

Wir haben einander niemals richtig Lebewohl gesagt, und ich habe auch nicht die Absicht, dies jetzt nachzuholen. Obwohl ich so viele Jahre lang nicht mit dir zusammen sein konnte, mein süßer Sohn, so

hoffe ich doch, vom Himmel aus über Dich wachen zu können. Um dir an einem kalten Wintertag einen Sonnenstrahl zu schicken und dir meine unsichtbare Hand auf die Stirn zu legen, wenn du müde bist und die Tage dir allzu lang erscheinen.
Wo auch immer dieses Leben dich hinführen wird, wisse, dass ich dir folgen werde. Und sollte mir das doch nicht möglich sein, will ich dir an meiner statt einen von Gottes Engeln schicken.

Sterling musste unwillkürlich lachen. »Das hast du doch schon, Mama, mir einen Engel geschickt. Einen Racheengel.«

So gut, wie es in meiner Macht steht, will ich dafür Sorge tragen, dass du nie allein sein musst. Nicht in diesem Leben und auch nicht im nächsten. Meine Hände mögen zittern, aber mein Herz ist standhaft. Und dieses Herz ist es auch, mit dem ich dir dieses letzte Versprechen gebe – ein Versprechen, das ich eine Ewigkeit lang zu halten mich mühen werde.
Für immer deine dich liebende Mutter
Eleanor Harlow

Sterling fuhr mit der Fingerspitze über die zittrige Unterschrift. Sie schien ihm ein klein wenig verschmiert, als sei eine Träne darauf gefallen und hastig mit Löschpapier weggetupft worden.

»Du hast versucht, dein Versprechen zu halten, nicht wahr?«, flüsterte er.

Laura hatte sich geirrt. Er hatte seiner Mutter nicht das Herz gebrochen. Am Ende war ihr Herz stark und wahrhaftig genug gewesen, all die grausamen Enttäuschungen zu überstehen, die das Leben ihr bereitete – sogar seine Gleichgültigkeit.

Er faltete den Briefbogen sorgsam zusammen, legte ihn zur Seite, bückte sich und öffnete langsam die Schublade. Er zögerte einen Augenblick lang, dann nahm er den obersten Brief vom Stapel, brach das wächserne Siegel, lehnte sich im Sessel zurück und fing an zu lesen.

Als der Duke of Devonbrooke am nächsten Morgen aus dem Studierzimmer stürmte, rannte er auf der Stelle ein sommersprossiges Dienstmädchen um. Das Mädchen fiel auf den Hintern, stieß einen schrillen Schrei aus und ließ ihren Mopp fallen. »Du meine Güte, Euer Gnaden, es tut mir ja so Leid. Ich wusste nicht, dass Sie da drin sind.«

Sie mühte sich vergeblich, auf die Füße zu kommen. Sterling nahm sie am Arm und zog sie hoch. »Kein Grund, sich zu entschuldigen, meine Liebe. Ich war der ungeschickte Tölpel, nicht du.« Er warf ihr den Mopp zu und hastete weiter. Als er kurz über die Schulter zurückblickte, sah er das Mädchen ihm fassungslos hinterherglotzen.

Sterling konnte es ihr nicht zum Vorwurf machen. Er trug zwar immer noch die förmlichen Sachen vom Abend zuvor, doch er war völlig derangiert. Sein Halstuch baumelte lose herum, des Fracks hatte er sich gänzlich entledigt. Er war sich unablässig mit den Fingern durchs Haar gefahren, was die widerspenstigen Locken nur noch mehr zerzaust hatte. Doch was einen wirklich aus der Fassung bringen konnte, war dieses Grinsen. Ein Grinsen, dem er einfach nicht Herr wurde, wie sehr er sich auch mühte. Wochenlang hatte er Trübsal geblasen, und ein finsteres Stirnrunzeln war sein einziges Mienenspiel gewesen. War es da verwunderlich, dass das arme Mädchen glauben musste, er habe den Verstand verloren?

Obwohl es schon mitten am Vormittag war, lag die Eingangshalle ruhig und verlassen da – genau wie damals, als sein Onkel noch gelebt hatte. Sterling war sich gar nicht bewusst gewesen, wie sehr er sich an das fröhliche Chaos gewöhnt hatte, das Lottie und Georges zu produzieren pflegten, wenn sie miteinander stritten. Dazu Dowers Gefluche und Cookie, die singend in der Küche herumfuhrwerkte. Sie schienen allesamt noch in den Betten zu stecken, um die Folgen des Balls auszukurieren.

Er war schon halb die Treppe hinauf, da hörte er Addisons zackige Schritte über den Marmorboden eilen. »Euer Gnaden!«, rief der Diener ihm mit ungewöhnlich dringlichem Tonfall nach. »Ich habe etwas mit Ihnen zu bereden.«

»Tut mir Leid, Addison. Ich habe keine Sekunde mehr zu verlieren. Ich habe ohnehin schon zu viel meiner kostbaren Zeit verloren.«

»Aber, Mylord, ich –«

»Später«, rief Sterling ihm fröhlich über die Schulter zu, während er oben am Treppenabsatz zum Ostflügel abbog.

Ein paar Zeilen aus einem von Mutters Briefen gingen ihm nicht mehr aus dem Sinn:

> *Meine kleine Laura wird von Tag zu Tag entzückender, und dennoch ertappe ich mich ständig dabei, wie ich mich um ihre Zukunft sorge. Ich fürchte, bloße Zuneigung wird sie nicht zufrieden stellen. Sie hungert nach jener alles verschlingenden Leidenschaft, die sich die meisten Frauen erträumen, aber niemals erleben.*

Sterling war erstaunt, die Hunde rastlos vor Lauras Zimmertür umherlaufen zu sehen. Als er näher kam, fing Caliban zu winseln an, und Cerberus kratzte mit seiner mächtigen Pranke an der Tür.

»Was ist denn los, Jungs?«, fragte er, von ihrem Verhalten verwirrt. »Ich könnte ja verstehen, wenn sie mich aussperrt, aber ihr beiden habt ein solches Schicksal nicht verdient.«

Sterling drehte den Türknauf und musste feststellen, dass gar nicht abgeschlossen war. Als er die Tür aufstieß, schossen die Hunde mit herein, liefen im Kreis durchs Zimmer und beschnüffelten alles, was ihnen vor die Nasen kam.

Sterling betrachtete ungläubig das leer geräumte Schlafgemach und hätte es den Mastiffs am liebsten gleichgetan. Ihr Duft war anscheinend das Einzige, was Laura zurückgelassen hatte. Alles andere, das ihr gehört hatte, war fort. Der Raum schien, als sei er niemals bewohnt gewesen.

Bis auf den zusammengefalteten Briefbogen, der mitten auf der seidenen Tagesdecke lag.

Sterling faltete ihn zögerlich auf und erinnerte sich, wie er zum ersten Mal die kühne Handschrift seiner Frau gesehen hatte. Damals hatte sie ihn über das Ableben seiner Mutter in Kenntnis gesetzt. Obwohl er es sich nie eingestanden hatte, war ihm ihre Art schon damals unwiderstehlich erschienen.

Lieber Sterling,
ich vermag nicht zu sagen, ob du diesen Brief jemals liest oder ihn einfach in die Schreibtischschublade einschließt, wo du auch dein Herz aufbewahrst.
Es lässt sich nicht leugnen, ich habe dich hintergangen. Auch wenn ich selbst vielleicht willens bin, den Rest meines Lebens für meine Sünden zu bezahlen, so glaube ich doch nicht, dass es gerecht wäre, unserem ungeborenen Kind die gleiche Buße aufzuerlegen.

Als das Gemach sich zu drehen begann, entschied Sterling, dass er sich besser hinsetzte. Doch er verfehlte die Bettkante und landete unsanft auf dem Fußboden. Er lehnte den Kopf ans Bett und holte tief Luft, bevor er weiterlas.

Wie es scheint, haben wir beide unsere Pflicht zu tun. Da deine Anwesenheit nicht länger vonnöten ist, habe ich mich dazu entschlossen, mich bis zur Niederkunft nach Arden Manor zurückzuziehen. In Anbetracht dessen, dass allein dein Wunsch nach einem Erben dich dazu veranlasst hat, mich zu heiraten, nehme ich an, dass eine Tochter kaum von Interesse ist für dich.

Eine Tochter, dachte er und fuhr sich benommen mit der Hand über den Mund. Ein dunkelhaariges, sommersprossiges Kind, das sich in seine Arme stürzte und ihre kleinen, pummeligen Arme um seinen Hals warf. Eine kleine Träumerin mit strahlenden Augen, die unschuldig genug war zu glauben, sie könne einen schlafenden Prinzen allein mit einem Kuss zum Leben erwecken.

Aber ich muss dich warnen. Sollte unser Kind ein Junge sein, dann werde ich nicht zulassen, dass er in diesem Mausoleum von einem Haus aufwächst, mit einem herzlosen Ungeheuer von Vater. Er wird hier auf Arden Manor groß werden, umgeben von Sonnenschein und kleinen Katzen. Er wird seine unwiderstehliche Tante Lottie um sich haben, die ihn über alles liebt und seinen Onkel George, der ihm beibringt, wie man beim Whist betrügt. Cookie wird ihn mit warmem, knusprigem Gebäck voll stopfen, und wenn er alt genug ist, wird Dower ihm beibringen, wie ein richtiger Mann zu fluchen.
Ich werde ihn Nicholas nennen und ihn zu dem Mann heranwachsen lassen, der du vielleicht geworden wärst, hätten die Welt und dein Onkel nicht deine Seele vergiftet.

Und niemand, nicht einmal du, wird ihn mir jemals wegnehmen.

»Das ist mein Mädchen«, murmelte Sterling und staunte über seine feuchten Wangen.

Bitte gib Diana oder den Dienstboten keine Schuld, dass sie dich nicht von unserer Abreise in Kenntnis gesetzt haben. Wie du ja weißt, kann Dower sehr findig sein, wenn es darauf ankommt. Unseren Meinungsverschiedenheiten zum Trotz verbleibe ich auch weiterhin …
… deine dich liebende Frau
Laura

Sterling drückte sich den Brief an die Lippen. »Wenn es nach mir ginge, dann bliebest du das wirklich.«

Er rappelte sich hoch, stürzte zur Tür hinaus und brüllte nach seiner Cousine.

KAPITEL 28

Auch wenn ich diesen Tag vielleicht niemals erlebe, sollst du doch wissen, dass ich dich immer lieben werde …

Sterling näherte sich gerade dem Nordflügel, da ließ ihn ein höchst bemerkenswertes Geräusch die langen, eiligen Schritte verlangsamen. Er drückte das Ohr an die Tür von Dianas Suite und fragte sich, ob der Schlafmangel ihm die Sinne verwirrt hatte. Aber nein, da war es wieder.

Diana kicherte. Seine gesetzte Cousine, deren Lächeln so selten war wie eine Rose, die im Winter erblühte, *kicherte*. Dann folgte ein noch schockierenderes Geräusch – das tiefe, heisere Murmeln einer Männerstimme.

Sterling war zu perplex, um noch groß nachzudenken. Er trat einfach mit dem Fuß die Tür ein.

Diana schoss aus den Kissen hoch und zerrte sich das Laken über die Brust hoch. Das braune Haar fiel ihr offen um die blassen Schultern. »Wie nachlässig von mir«, sagte sie säuerlich, aber höflich. »Ich habe anscheinend dein Klopfen überhört.«

Direkt neben dem Bett konnte ein wild dreinschauender Thane sich nicht recht entscheiden, ob er sich unter den Laken verstecken sollte oder lieber gleich zum Fenster hinausspringen. »Bist du bewaffnet?«, fragte er schließlich.

»Im Augenblick nicht«, knurrte Sterling. »Aber ich kann nach Addison läuten, damit er mir meine Pistolen bringt. Falls du das für erforderlich hältst.«

Thane hob beschwichtigend die Hand. »Immer mit der Ruhe. Es gibt keinen Grund, mich zu fordern. Ich kann dir versichern, meine Absichten, deine Cousine betreffend, sind zur Gänze ehrenhaft.«

Sterling betrachtete die kreuz und quer auf dem Boden verstreuten Kleider, die zerwühlten Laken und die beredte Röte auf den Wangen seiner Cousine. »Ja, das sehe ich.«

»Ich habe versucht, ihn dazu zu bringen, mit mir nach Gretna Green durchzubrennen«, gestand Diana und lehnte sich mit katzenhaftem Lächeln in die Kissen.

»Ich will nichts davon hören!« Thane war so außer sich, dass er Sterling ganz zu vergessen schien. »Nach all den Jahren, die du mich hast warten lassen, schuldest du mir eine richtige Hochzeit! Ich will, dass jedes Lästermaul und jede Klatschtante in ganz London erfährt, was für eine schöne Braut du abgibst!«

»Aber ich glaube nicht, dass ich noch einen Tag länger warten kann, deine Frau zu werden.«

Die beiden rieben die Nasenspitzen aneinander, es fehlte gerade noch, dass sie gurrten. Sterling verdrehte die Augen. »Laura ist weg. Sie hat mich verlassen.«

Thane und Diana sahen einander wissend an.

»Da kann man ihr kaum einen Vorwurf daraus machen«, erklärte Diana seelenruhig.

Thane zuckte gelangweilt die Schultern. »War nur eine Frage der Zeit, würde ich meinen.«

Sterling war über so viel Mangel an Anteilnahme schlicht erbost. »Sie trägt mein Kind unterm Herzen«, verkündete er fast vorwurfsvoll.

Diana legte den Kopf schief. »Willst du sie deshalb zurück?«

»Nein«, fauchte Sterling, das Herz so voll, dass er keine ausführlichere Antwort zu Wege brachte.

»Warum verschwendest du dann deine Zeit mit uns? Ihr nach! Nun geh schon!« Sie scheuchte ihn mit wedelnden Händen zur Tür.

Sterling zwinkerte ihr zu, bevor er sich mit finsterer Miene an seinen besten Freund wandte: »Ich schlage vor, ihr brennt durch, Thane. Denn wenn ihr nicht verheiratet seid, wenn ich zurück bin, sehe ich mich doch noch gezwungen, auf dich zu schießen.«

Das Letzte, was er sah, als er die nun schief in den Angeln hängende Tür hinter sich zuzog, war Dianas triumphierendes Feixen.

Sterling Harlow war auf dem Weg nach Hause.

Die Hecken und die Mauern flogen vorbei, die glänzenden Blätter und der verwitterte Stein vom Sonnenlicht vergoldet. Verbrämt von einem purpurroten Band, schmolz der blaue Himmel langsam in sämtlichen Rosa- und Goldschattierungen dahin.

Der Tag schwand, und es schien, als wolle der Sommer ihm folgen. Doch Sterling jagte sein Pferd so schnell durch die kühle Brise, dass er die Kälte kaum spürte. Er hatte keinen Grund, den Herbst zu fürchten. Er hatte vor, ihn im gemütlich-verschlissenen Salon Arden Manors zu verbringen, seine Beine auf der Ottomane auszustrecken, seinen Zehenspitzen zuzuprosten und den Bauch seiner schönen, jungen Frau wachsen zu sehen.

Falls sie ihn noch haben wollte.

Er musste noch einmal Halt machen, bevor er das herausfinden konnte.

Als Sterling den Kirchhof von St. Michael erreichte, senkten sich die Schatten der Dämmerung schon übers Land. Er hängte die Zügel seines Pferdes am Friedhofstor ein und bahnte sich einen Weg zwischen den schief stehenden Steinen hindurch zum Grab seiner Mutter.

Obwohl Laura nicht länger als ein paar Stunden zu Hause sein konnte, lagen schon frische Orangenblüten vorm Grabstein seiner Mutter. Sterling sank auf ein Knie, drückte sie sich an die Nase und atmete tief den vertrauten Duft.

Der Alabaster-Engel, der über das Grab wachte, betrachtete ihn mit wissendem Blick. Er schob die Blüten zur Seite und fuhr zärtlich mit den Fingerspitzen die Grabinschrift ab.

Eleanor Harlow, Geliebte Mutter.

Er neigte den Kopf und war endlich fähig zur Trauer. Nicht nur über die Jahre, die wegen seines Vaters Gier und Doppelzüngigkeit verloren waren, sondern auch über die Jahre, die sein eigener Stolz sie beide gekostet hatte. Er erinnerte sich daran, wie er neben Laura in der Kirche gekniet hatte und vorgegeben hatte, zu beten, obwohl er überzeugt gewesen war, dass niemand ihm zuhörte. Nun wusste er, dass jemand ihn hörte, doch er fand keine Worte für das, was er so verzweifelt zu sagen suchte. Als kniete er einfach nur da, die Gedanken im Aufruhr und hilflos das Herz.

Bis eine unsichtbare Hand ihm über die Stirn strich und sein Haar zerzauste, obwohl kein einziges Lüftchen wehte.

Sterling schnappte nach Luft, als eine Welle des Friedens ihn überrollte und jeden leeren Winkel seines Herzens erfüllte. Als er den Kopf wieder hob, sah erLaura in einiger Entfernung im Schatten einer alten Eiche stehen.

Langsam rappelte er sich hoch. »Woher wusstest du, dass ich hierher kommen würde?«

»Ich wusste es nicht«, sagte sie sanft.

Er wies mit dem Kopf auf den Grabstein. »Ich habe ihre Briefe gelesen.«

»Alle?«

»Alle dreihundertsechzehn.«

»Sie war eine sehr pflichtbewusste Briefeschreiberin.«

»Das war sie.« Sterling stopfte die Hände in die Taschen. »Sie dachte, ich sei alt genug, eine wichtige Lektion gelernt zu haben. Aber das hatte ich nicht. Jedenfalls bis jetzt nicht.«

»Und was für eine Lektion soll das sein?«

»Dass die Menschen manchmal aus den allerbesten Gründen die falschesten Dinge tun.«

Laura schaffte es nicht, den bitteren Unterton aus ihrer Stimme herauszuhalten. »Bist du deshalb gekommen? Um mir zu sagen, dass du dich großzügigerweise dazu entschlossen hast, mir zu vergeben?«

»Nein. Ich bin hergekommen, um *dich* zu bitten, *mir* zu vergeben.«

Sie schüttelte vollkommen ungläubig den Kopf. »Und was soll ich dir vergeben?«

Sterling konnte ihrem Reiz nicht länger widerstehen und ging auf sie zu. »Den viel zu großen Stolz und den viel zu kleinen Menschenverstand. Und dass ich dich belogen habe, was meine Gründe anging, dich zu heiraten. Dass ich dir vorgemacht habe, nur einen Erben von dir zu wollen, wo ich es in Wahrheit doch nie ertragen hätte, wenn du aus meinem Leben verschwunden wärst. Dass ich dich zu meiner Frau gemacht habe, dich aber wie meine Mätresse behandelt habe.« Als ihr die Tränen in die ausdrucksvollen braunen Augen stiegen, nahm er ihr Gesicht in die Hände. »Dafür, nicht zugegeben zu haben, dass deine lachhafte kleine Scharade das Beste war, das mir passieren konnte. Weil sie mir nicht nur das Leben, sondern auch die Seele gerettet hat.« Er streichelte mit den Lippen über ihre seidigen Wangen und wünschte sich, jede Träne wegküssen zu können, die sie seinetwegen vergossen hatte. Und jede Träne, die sie in ihrem Leben noch weinen würde. »Doch ich bitte dich vor allem für eins um Vergebung. Dafür, dass ich nicht den Mut hatte, dir zu sagen, wie sehr ich dich liebe.«

Sie entzog sich seinen Armen und wandte sich ab. Und es gab nur noch eines, das Sterling tun konnte: nicht lauthals losjammern. Er betrachtete ihren unergründlichen Rücken und ballte die Hände zur Faust, um nicht wieder nach ihr zu greifen. »Wenn dein Herz mir nicht vergeben kann, kann ich dir keinen Vorwurf machen. Ich weiß, dass ich es nicht besser verdient habe.«

Sie drehte sich um und schaute ihn an. »Du hast mir einmal erzählt, dass es eine Sache gibt, die du niemals verzeihen kannst.« Bevor er noch begriff, was sie vorhatte, hatte Laura die Arme ausgebreitet wie vor langer Zeit seine Mutter.

Er zögerte nicht einen Herzschlag lang und umarmte sie, zog sie fest an sich und grub das Gesicht in ihr weiches Haar. »O Gott, Laura. Ich hätte es keine Sekunde länger ausgehalten. Ich musste dich sehen, dich berühren. Als ich dich hier stehen sah, habe ich an ein Wunder geglaubt.« Er schüttelte den Kopf. »Wenn du nicht hergekommen wärst, um die Blüten aufs Grab zu legen …«

»Welche Blüten?«, fragte Laura verständnislos. Sie lehnte sich, immer noch in seinen Armen liegend, ein Stück zurück. »Ich habe keine Blumen hergebracht. Ich wollte hier auf dich warten. Ich dachte, *du* hättest sie mitgebracht.«

Sie sahen einander einen erstaunten Moment lang an, dann drehten sie sich langsam zum Grab um, wo die Orangenblüten lagen. Ein warmer Windstoß wehte plötzlich durch den Kirchhof und ließ die zarten Blüten durch die Luft tanzen.

Sterling lachte laut, hob Laura hoch und wirbelte sie wie wild im Kreis herum. »Sie hat ihr Versprechen gehalten. Sie hat mir geschworen, ich würde nie mehr alleine sein.«

Laura lächelte mit Freudentränen in den Augen auf ihn hi nab. »Das wirst du auch nicht, mein Liebling. Weil ich immer da sein werde, um dich zu lieben.«

Der himmlische Duft von Orangenblüten hüllte sie ein, als ihre Lippen sich in einem Kuss trafen, den sie niemals vergessen würden.

Epilog

Nicholas Harlow, der nächste Duke of Devonbrooke, konnte ein ganz schöner Teufel sein mit seinen vier Jahren. Insbesondere wenn seine fünfjährige Schwester ihm einen Strich durch die Rechnung machte. Die beiden standen einander im Hof von Arden Manor gegenüber, seine sommersprossige Nase fast an ihrem Stupsnäschen und starrten einander an.

»Du musst alles machen, was ich sage«, verkündete Nicholas und raufte sich die dunkle Mähne aus der Stirn. »Weil ich nämlich Papas Erbse bin und einmal selber Herzog werde.«

Ellie stützte die Hände in die Hüften und schüttelte die goldenen Locken. »Papa ist aber selber schon Herzog, und Mama tut längst nicht alles, was er sagt. Du bist vielleicht Papas Erbse, aber ich bin die unvergleichliche Schönheit in der Familie. Das sagt jedenfalls Tante Lottie!«

Sie streckte ihm die kleine, rosa Zunge heraus, und er blubberte in einem fort Schimpfwörter, die aber glücklicherweise keiner verstand, weil er sich – zusammen mit den grässlichen Wortschöpfungen – auch Dowers Cockney Akzent angeeignet hatte.

»Eleanor! Nicky!«

Als sie ihre Mama rufen hörten, drehten sie sich um und sahen ihre Eltern auf der Veranda hinterm Haus sitzen, von wo aus sie die ganze Szene beobachtet hatten.

Papa zwinkerte ihnen zu und schaute genauso unschuldig drein wie die dicke, gelbe Katze, die ihm zu Füßen auf dem

Steinboden döste. »Cookie hat frische Sauerteigbrötchen gemacht!«

Die Kinder schauten einander entsetzt an und flüchteten in die entgegengesetzte Richtung vom Haus weg.

»Das war gemein!«, sagte Laura und knuffte Sterling am Arm. »Andererseits ... jetzt musst du alle selber essen.«

Sein durchtriebenes Grinsen verschwand. »Oh, daran habe ich nicht gedacht.«

Laura seufzte glücklich und betrachtete die Kinder, wie sie über die sonnenbeschienene Wiese davon stürmten, zwei knuddelige Mastiffwelpen auf den Fersen. »Genau, was du dir immer gewünscht hast. Ein Junge und ein Mädchen.«

»Das hat Nicholas Radcliffe sich gewünscht. *Ich* wollte ein halbes Dutzend.« Er griente anzüglich. »Für den Anfang.«

Sie zupfte ihn scherzhaft an den Haaren. »Wenn das so ist, solltest du deinen Pflichten gewissenhafter nachkommen.«

Er zog sie auf seinen Schoß und knabberte zärtlich an ihrem Hals. »Wenn ich noch gewissenhafter wäre, als ich es bin, hätten wir ein ganzes Dutzend Kinder.«

Laura schlang ihm die Arme um den Hals. »Was eine ziemliche Großtat wäre, wenn man bedenkt, dass wir erst seit sechs Jahren verheiratet sind.« Sie schüttelte den Kopf. »Kaum zu glauben, dass George diesen Herbst in Cambridge anfängt. Und dass Lottie im gehobenen Alter von sechzehn Jahren die Tage zählt, bis sie die Ballsaison in London bekommt, die du ihr versprochen hast.«

Sterling schüttelte sich. »Ich verabscheue die Vorstellung, Lottie auf all diese hilflosen, armen Jungchens loszulassen, geradezu. Es würde mir weniger Angst einjagen, wenn diese boshafte kleine Range am Ende nicht doch eine unvergleichliche Schönheit geworden wäre.«

»Du musst ihr einfach einen Ehemann suchen, damit sie nicht in Schwierigkeiten gerät.«

»Sorge dich nicht«, versicherte er feierlich. »Du bist die Erste, die es erfährt, wenn ich im alten Eichenwald auf einen nichts ahnenden, bewusstlosen Heiratskandidaten stoße.«

Laura lachte und unternahm einen halbherzigen Versuch, sich seinem Griff zu entziehen. »Du bist aber auch ein Teufel!«

»Das sagen zwar alle, aber das erklärt noch nicht, warum Gott mich mit meinem ureigensten Engel gesegnet hat und meinem eigenen, kleinen Stück vom Himmel mitten in Hertfordshire.« Er liebkoste ihre Wange, und der herausfordernde Blick war hilflosem Staunen gewichen.

Als er sie stürmisch, aber dennoch zärtlich auf den Mund küsste, drückte die gelbe Katze ihren Kopf an ihrer beider verschlungene Knöchel und schnurrte verzückt.

Laura legte den Kopf an Sterlings Schulter. »Deine Mutter hat mir einmal erzählt, dass alle von Lotties Kätzchen von einer einzigen Katzenmama abstammen. Hast du das gewusst?«

»Ja«, sagte Sterling leise, und es schnürte ihm fast die Kehle zu, als er die Hand hinunterstreckte und die Finger sanft ins dicke Fell der Katze grub. »Ich glaube, das habe ich gewusst.«

Danksagung

Ich möchte allen Mitarbeitern der Bantam Dell Publishing Group danken, insbesondere Anne Bohner, Amy Farley, Theresa Zoro, Betsy Hulsebosch, Susan Corcoran, Barb Burg, Yook Louie und Irwyn Applebaum. Ich danke Margaret Evans Porter, deren wunderbare Schriften über Brautwerbung und Eheleben der Regency-Ära meine Phantasie zu neuen Höhenflügen angestachelt haben. (Sollte mir dennoch ein Fehler unterlaufen sein, geben Sie nicht ihr die Schuld, sondern mir!) Ich danke meinen schreibenden Freundinnen, die dafür sorgen, dass ich nicht durchdrehe – Jean Willett, Elizabeth Bevarly und Rebecca Hagan Lee. Und vor allem gilt mein Dank Wendy McCurdy, Andrea Cirillo und Nita Taublib. Aschenbrödel hatte nur eine gute Fee, ich bin mit dreien gesegnet.